TEORIA DOS JOGOS

UM THRILLER INVESTIGATIVO DE KATERINA CARTER

Elogios ao livro *A TEORIA DOS JOGOS*

"Se você gosta de uma boa teoria da conspiração, vai adorar o thriller financeiro de Colleen Cross, *A Teoria dos Jogos*. A investigadora de fraudes financeiras, Kat Carter, vê-se frente a frente com a real possibilidade de uma conspiração de ordem mundial nesta leitura inteligente e irresistível, que remete de forma espantosa ao atual clima econômico e político global. A crise econômica foi inventada? As notícias que recebemos são elaboradas para moldar nossas opiniões e atitudes? Será que não passamos de joguetes nas mãos de outras pessoas?... Você vai começar a se perguntar isso tudo depois de ler *A Teoria dos Jogos*. Um livro provocador e extremamente envolvente!"

- Karen Cantwell, autora

"Outro livro cativante de Colleen Cross. Carregado de suspense, e oferecendo uma reviravolta atrás da outra, esta história verossímil sobre uma fraude mundial e monopolização da moeda atrai como um imã. Uma leitura inteligente e emocionante!"

- **Sandra Nikolai, autora**

TEORIA DOS JOGOS

UM THRILLER INVESTIGATIVO DE KATERINA CARTER

COLLEEN CROSS

Traduzido por
VANIA CANTO BUCHALA

SLICE THRILLERS

eBook ISBN: 978-1-999422-10-2

Publicado por Slice Publishing

OUTRAS OBRAS DE COLLEEN CROSS

"As leis são teias de aranha pelas quais as moscas grandes passam e as pequenas ficam presas."

Honoré de Balzac (1799-1850)

CAPÍTULO 1

Ele não parecia um homem prestes a morrer. Nenhum parecia.

Parte da emoção era justamente decidir seus destinos. Só era preciso um pouco de planejamento.

— Para trás. Só um pouco. - Ela o focalizou na lente. Com certeza ele tinha o dobro de sua idade, mas encontrava-se surpreendentemente em forma para sessenta anos. Havia conseguido acompanhá-la passo a passo enquanto, calçando raquetes, eles escalavam e venciam a neve pelo caminho íngreme de Summit Trail.

Ele a queria na cama, como qualquer outro. E ela, havia muito tempo, decidira tirar partido disso.

Ele recuou, beirando a cornija gelada que se projetava do penhasco sem nenhum apoio. Ela tomara o cuidado de fazer a aproximação pelo Leste, de modo que ele não se desse conta da perigosa saliência.

Sentiu a pulsação acelerar ao antever o que estava por vir. Gaios-Cinzentos passaram voando em reconhecimento, os corpos pequenos circulando e se precipitando para apanhar as migalhas de *muffin* da mão estendida do homem.

Era manhã de quarta-feira, e a região estava deserta. Outro sujeito usando raquetes de neve passara por eles, na direção oposta, havia mais de uma hora. Estavam sós.

— Sorria. - Ela aumentou o zoom, pressionou o obturador e sentiu uma onda de euforia. Seu rosto seria o último que ele veria. A última voz que ele iria ouvir seria a dela.

Ele sorriu, mudando o peso de um pé para o outro e desabotoando a jaqueta *Gore-Tex*. O sol brilhou através das nuvens baixas, projetando estranhas sombras na neve.

Uma fração de segundo depois, ele contraiu o cenho, a segurança substituída pelo medo escancarado. Abriu a boca e seus olhos afundaram com pavor.

Aquela era a parte favorita dela: o caçador virando caça... e a vítima ciente de que ela tinha algo a ver com aquilo.

A convicção congelou no rosto do homem conforme o chão a seus pés se partiu em pedaços, incapaz de suportar-lhe o peso. A saliência gelada desprendeu do penhasco com um estalo, e ele despencou para o vale duzentos metros abaixo, os gritos ecoando pelo desfiladeiro.

Então, o silêncio. Exceto pelos Gaios-Cinzentos adejando por alguns segundos.

Ela sorriu. Tinha sido quase fácil.

Arremessou a câmera para o abismo. Nada de projéteis, nada de sujeira. Nenhum rastro. A menos que alguém viesse procurá-lo antes da próxima nevasca, prevista para começar em algumas horas. Mesmo que o encontrassem antes do degelo da primavera, pareceria um acidente com um turista desacostumado às condições da neve na região.

Ela jogou os restos de *muffin* para os pássaros, e eles começaram a bicar uns aos outros, disputando o que restava das migalhas.

Assim como ela mesma já havia feito.

Não mais. Agora teria a sua justa parte, mesmo que tivesse de matar por isso.

CAPÍTULO 2

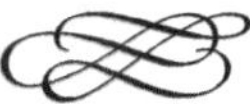

Katerina Carter remexeu-se na cadeira de plástico duro e enfiou as mãos debaixo das coxas. Tinha os dedos cruzados, os nós espremidos contra o assento implacável. Aquilo desafiava a lógica, mas ela o faria de qualquer jeito. O que tinha a perder?

A seu lado, tio Harry curvou-se para a frente, os cotovelos apoiados nos joelhos, preparado para a próxima pergunta do Dr. McAdam. Seu primeiro mini-exame de saúde mental fora seis meses antes, logo após o acidente. O diagnóstico de Alzheimer em estágio inicial resultara na perda de sua carteira de motorista e da independência que esta proporcionava. Ele andava deprimido desde então, e sua memória vinha piorando drasticamente.

A minúscula sala de exame mal comportava os três. Desde o diagnóstico, o médico insistia para que um membro da família acompanhasse seu tio. E essa tarefa havia sobrado para ela, dado o ataque cardíaco e a morte repentina de tia Elsie, um ano antes.

— Em que cidade estamos, Harry? - O Dr. McAdam recostou-se em seu banco, esperando por uma resposta.

— Vancouver. - O tio dela puxou um lenço do bolso e enxugou a camada fina de suor que lhe cobria a testa.

— Ótimo. Qual é o seu endereço?

— Essa é fácil. Maple, 418. - Harry sorriu.

— Muito bem. Em que ano estamos?

— 1989.

— Hum. Em que mês?

— Junho.

— Em que dia da semana?

— Sábado.

Era 5 de dezembro de 2012, uma quarta-feira. O canal de previsão do tempo finalmente conseguira acertar naquele dia: neve fresca e possibilidade de chuva gelada à noite.

Kat checou o relógio. A maior parte da tarde se fora, e um dia inteiro de trabalho a aguardava no escritório. Como na maioria dos dias, ultimamente: planos desfeitos, dias e semanas inteiros evaporando em um piscar de olhos. Manter Harry seguro, alimentado e tranquilo era praticamente um emprego em tempo integral.

— É melhor arrumar um calendário, doutor. Agora vai me ajudar a recuperar a minha licença?

— Vamos cuidar disto primeiro, Harry. - O Dr. McAdam apontou para um desenho. — O que vê nesta imagem?

Harry lançou um olhar rápido na direção de Kat.

— Um relógio.

— E nesta? - O Dr. McAdam sorriu para ele.

— Uma caneta. Viu?... Moleza.

— Agora, um pouco de aritmética. A partir de cem, conte em ordem decrescente, tirando sete de cada vez.

Harry juntou as mãos.

— Como isso vai me ajudar a recuperar minha carta de motorista?

— Tenha um pouco de paciência comigo, Harry. - O Dr. McAdam desviou o olhar para Kat.

— Tio Harry, relaxe. Não precisa ter pressa.

A mãe dela havia falhado em um teste semelhante vinte anos antes, quando fora diagnosticada pela primeira vez com Alzheimer. Aquelas mudanças de humor e memória eram incontestáveis até para uma criança de catorze anos.

O pai dela acompanhara sua mãe na consulta. Pouco tempo depois, havia abandonado as duas para sempre.

Foi quando ela havia se mudado para a casa dos Dentons.

O Alzheimer era uma sentença de morte cruel.

Ao menos Harry conseguira vinte anos de sanidade a mais do que a irmã. O Alzheimer precoce, como o da mãe dela, era supostamente genético.

Será que ela havia herdado o gene? Melhor não saber.

— Cem.

Silêncio.

— Noventa e três. - Harry franziu as sobrancelhas.

Kat apertou mais os dedos, sentindo o estômago roncar. Seus planos para o almoço tinham sido frustrados depois de ela passar duas horas convencendo o tio a sair de casa. Ele fazia todas as refeições com ela e Jace, agora, em parte porque sempre se esquecia de comer.

— Vinte e três.

Kat libertou uma das mãos e olhou Harry de esguelha. Não estava com tanta fome assim. Na verdade, sentia o estômago meio embrulhado.

Harry também reclamara de dor no estômago nos últimos dias. Devia ser a tal virose que havia se espalhado.

Harry contou até chegar a três, depois voltou o olhar para a porta, resmungando alguma coisa.

— Harry?

— Já acabou, doutor?

— Ainda não. - O Dr. McAdam suspirou e entregou-lhe um lápis e uma prancheta. — Quero que desenhe um relógio. Depois, desenhe os ponteiros apontando dez para as duas.

Fácil. Harry não lia nem fazia mais suas palavras cruzadas pela manhã, mas ainda sabia o que era tempo. Sempre a repreendia por seus atrasos.

Harry bateu o lápis contra o lábio, olhando a página em branco na prancheta. Devagar, baixou o braço e começou a desenhar.

Fez um círculo trêmulo, meio alongado, mas ainda um círculo.

Kat suspirou.

Harry deixou cair o lápis na prancheta e levou a mão ao rosto. Passou o dedo indicador pelo lábio repetidamente. Pegou o lápis novamente, por fim, e o pressionou contra o papel. Uma linha. Depois outra. De cima para baixo, marcando 6h35.

— Agora consigo recuperar minha carta de motorista?

— Harry, você se lembra do seu acidente de carro? — O Dr. McAdam tirou uma caneta do bolso. — Não pode recuperar sua carta, a menos que faça o exame de motorista e passe.

Harry tinha entrado com seu precioso Lincoln 1970 pela janela da frente da Cantina Carlucci's após confundir o pedal do acelerador com o do freio. Por sorte o acidente ocorrera logo após o almoço, quando a clientela já se dispersara. Ninguém havia se machucado, mas o estrago fora grande.

Sua vida tinha ido ladeira abaixo desde então. Ele havia perdido inúmeros compromissos, fora acusado de roubo pelo vizinho e, mais recentemente, tinha posto fogo na cozinha depois de esquecer o fogão aceso.

Felizmente, ela chegara a tempo de extinguir o incêndio, cujos danos se limitaram a uma parede enegrecida.

Kat estremeceu ao pensar no que podia ter acontecido.

Harry devolveu a prancheta para as mãos do médico.

— Um acidente em quase sessenta anos! Tirou minha carta por causa disso? Não é justo. Tenho os reflexos de um rapaz de trinta anos. – Ele fez um gesto para Kat. — Diga a ele, Kat.

Ela fingiu procurar o telefone celular na bolsa.

— Kat?

— Isso é o de menos, tio Harry. Posso levá-lo a todos os seus compromissos.

— Não quero você me levando a lugar nenhum. Sou perfeitamente capaz de dirigir sozinho.

— Não, não é. Você se perde e... - As palavras brotaram de sua boca antes que ela pudesse impedi-las. — Eu acho que seria mais fácil para você, só isso.

— Quer dizer que vocês dois estão contra mim?... Eu posso estar aposentado, mas não estou morto. Nem sou retardado. - Ele se voltou para o Dr. McAdam, o rosto em chamas. — Deixe-me refazer o teste de direção.

O Dr. McAdam comprimiu os lábios.

— Não acho que seja uma boa ideia.

— Não vai ficar em segurança na rua, tio Harry. E se acontecer de novo?

— Não vai acontecer nada. Se vocês não vão me ajudar, que seja. Hillary me ajuda.

Kat abriu a boca, então se conteve antes de responder.

O Dr. McAdam franziu a testa.

— Hillary?

— A filha dele.

Sentiu um arrepio só de pensar na prima. Hillary desaparecera havia dez anos, pouco depois de contestar um empréstimo de seis dígitos que tomara de Harry e Elsie. Os pais tinham se recusado a lhe dar mais dinheiro. Não que pudessem ter feito isso, já que haviam acabado com as próprias economias e levado anos para se recuperar.

Harry vinha falando muito da filha ultimamente. O Alzheimer eliminava as lembranças recentes e regenerava as antigas, tal como pedras rolando por baixo das águas de um rio.

O Dr. McAdam se levantou e esfregou as palmas das mãos no avental branco.

— Seus problemas são muito maiores do que apenas dirigir, Harry. Sugiro que coloque seus assuntos em ordem, e logo. O Alzheimer pode progredir muito rápido.

— Alzheimer?... Isso é ridículo. Eu não tenho Alzheimer. - Harry saltou da cadeira e passou pelo médico, virando-se quando já estava na saída. — Vão para o inferno, vocês dois! - Abriu a porta e a bateu atrás dele.

Kat piscou, combatendo as lágrimas enquanto se levantava. O Harry que ela conhecera jamais teria feito aquilo.

Agarrou-se à cadeira, tomada por uma vertigem, com pontos negros escurecendo-lhe a vista.

O Dr. McAdam ergueu uma das mãos, alheio a seu estado.

— Dê-lhe um tempo... Ele vai esfriar a cabeça na sala de espera.

Precisamos conversar, de qualquer forma. O que mais você tem notado?

A vista de Kat clareou, e ela parou de tremer.

— Ele tem delírios. Conversa com minha tia Elsie como se ela ainda fosse viva. Acha que tem gente invadindo a casa e tentando matá-lo.

— Típico. - O Dr. McAdam escreveu algo no talão de receitas e entregou a folha a Kat. – Vamos experimentar isto. Pode ajudar com as alucinações e retardar a progressão da doença. Também precisa providenciar cuidados especiais agora. O Alzheimer exige muita experiência e atenção. Os melhores lugares têm listas de espera, que você vai precisar enfrentar. Ligue para o meu escritório amanhã e vamos cuidar para que Harry consulte outro médico.

— Um especialista?

O Dr. McAdam ficou parado na entrada, olhando para os sapatos.

— Não vou poder continuar atendendo Harry. Com o Alzheimer e tudo mais...

— Está desistindo dele como paciente? Justo quando ele mais precisa de você? - Kat engoliu o pesado nó que tinha na garganta.

— É complicado. Mas ele vai ficar melhor com um geriatra.

— Harry é seu paciente há quase quarenta anos! Como vai ser consultar um médico que ele nem mesmo conhece?

— Não vai importar muito. Mas, vou recomendar alguém. Basta ligar para o consultório amanhã. - Ele olhou o relógio de pulso. — Estou meio atrasado, então, se me der licença...

— Mas...

— Boa sorte. – O Dr. McAdam fechou a porta atrás de si.

Depois de quarenta anos, foi um adeus e tanto.

CAPÍTULO 3

om o anoitecer, a neve fresca da tarde tinha se transformado em uma chuva gelada que agulhava o rosto e as mãos expostos de Kat e encharcava suas solas de couro. Sem paciência, ela digitou o número de celular de Jace, contudo ouviu sua mensagem de voz pela enésima vez. Onde ele havia se metido?

Desligou sem deixar outra mensagem. Tinha sido propositalmente evasiva em seu primeiro recado, pedindo apenas que ele fosse encontrá-la na frente do centro clínico. Harry ficara sozinho na sala de espera por menos de cinco minutos e agora ele tinha desaparecido. A culpa era toda dela.

— Kat!

Ela deu um pulo ao escutar a voz mal audível sob a chuva incessante.

Jace acenou da metade do quarteirão enquanto se apressava em sua direção. Mesmo com a volumosa jaqueta de esqui parecia alto e atlético.

— Desculpe, eu estava atendendo a um chamado. Vim assim que pude. - Ele a abraçou e beijou. — Um esquiador sem noção... Perna quebrada. Teve sorte por ter sido encontrado antes que a nevasca caísse. Do contrário não teria sobrevivido a esta noite.

Voluntário para buscas e salvamentos nas montanhas North Shore, Jace era sempre convocado a salvar esquiadores e andarilhos perdidos.

Aquele clima na cidade significava uma chuva torrencial sem fim. A chuva de Vancouver afugentava e reprimia, levando a uma espécie de sufocação que durava semanas, meses. Lento, porém implacável, o tempo na Costa Oeste obrigava à submissão antes mesmo que você se desse conta disso. Por isso havia tantos suicídios por ali.

A chuva açoitava na diagonal, enquanto o vento rolava no túnel que os arranha-céus do centro da cidade formavam. Kat não conseguia se lembrar. Tio Harry estaria usando sua capa de chuva ou aquele blusão leve, que não era à prova d'água?

Jace recuou um pouco para fitá-la.

— O que foi? Onde está Harry?

Ela evitou o olhar dele.

— Sumiu.

— Sumiu?... Como assim, "sumiu"?

Kat apartou-se do abraço e apontou para o alto edifício de concreto que abrigava o consultório médico, atrás dela.

— Estávamos no médico dele. Ele desapareceu da sala de espera.

Jace não ficara sabendo do diagnóstico de Alzheimer de Harry, seis meses antes. Eles haviam acabado de reatar o namoro, e ela decidira esperar o momento certo para contar tudo.

O problema era que nunca parecia haver um momento certo, e estava sendo muito fácil esconder a gravidade do problema de Harry. Era normal que as pessoas mais velhas se tornassem meio confusas.

— Ele ainda está doente? A gripe já devia ter passado.

— Ele desapareceu há quatro horas - ela mudou de assunto. — Não faço ideia de onde possa estar.

Kat explicou como havia vasculhado o edifício e as ruas vizinhas várias vezes. Tinha procurado em todos os lugares. E nada de Harry.

Quatro horas depois, sua busca exaustiva continuava infrutífera. Estava ensopada, exausta e completamente perdida sobre o que fazer.

Enrijeceu ao sentir o estômago revirar. Devia ter pego a virose de Harry.

— Por que não falou nada sobre Harry na mensagem? Eu podia ter tentado chegar mais cedo. Quatro horas é muito tempo... Agora ele pode estar em qualquer lugar.

Kat o afastou.

— Acha que consegue fazer melhor?

Jace apertou os lábios, o cenho franzido.

— Não. Só estou dizendo que duas cabeças pensam melhor que uma. Podia ter pedido minha ajuda antes que as coisas fugissem do controle.

Ela recuou e cruzou os braços.

— As coisas não estão fora de controle. Eu me viro.

Quanto mais ela mantivesse Jace longe daquilo, melhor. Homens costumavam cair fora quando as coisas ficavam complicadas. Como o pai dela tinha feito após o diagnóstico de Alzheimer de sua mãe.

— Mentira. Não está sabendo lidar com isso. Está um lixo. – Ele a tocou na face. — Por que não me deixa ajudar?

Jace já fazia consertos na casa de Harry, compras de supermercado e muito mais. Aquele relacionamento iria sobreviver, ou o fardo provocado por tantos cuidados acabaria por destroçá-lo?

Kat deu de ombros, sem saber o que dizer. Jace estava certo. Ela simplesmente não havia esperado que Harry fosse sair de suas vistas. Principalmente porque a consulta com o médico fora o único motivo para o passeio. Agora seu tio tinha desaparecido - um erro que ela não conseguia reparar.

Jace suavizou a voz.

— Você contou ao médico como ele anda esquecendo as coisas?

Kat assentiu. Jace achava apenas que Harry era muito esquecido.

O interminável gerenciamento de crise dos últimos meses a consumiu, por fim, e ela se viu exausta pela falta de sono. Cuidar de Harry e trabalhar na investigação de fraudes em tempo integral era impossível. Temia cometer erros críticos no trabalho. E não podia se dar o luxo de perder clientes ou a própria reputação.

Mais importante do que isso... não podia perder Harry.

Kat enfiou uma mecha de cabelo atrás da orelha enquanto se esforçava para ouvir Jace em meio ao vento que assobiava através das torres imensas dos edifícios, as rajadas aumentando a cada hora que passava. Estava profundamente preocupada com Harry. Ele estaria seguro?

Observou Jace. Sua calma interior a atraiu, envolvendo-a como uma aura. Seu olhar firme repousou no dela, como se ninguém mais existisse. Era o que ela mais amava nele.

A diferença era que agora o rosto moreno encontrava-se marcado pela preocupação, a despeito dos esforços dele para não demonstrá-la.

O Dr. McAdam queria que Harry recebesse cuidados contínuos, e Kat se viu tensa com a situação. Harry havia cuidado dela; agora ela precisava fazer o mesmo por ele. Queria agarrar-se ao tio pelo maior tempo que pudesse.

Desviou o olhar dos olhos azuis e límpidos de Jace, e observou as gotas escorrendo pela frente de sua jaqueta impermeável.

— Eu não queria incomodar. Além disso, você estava apertado com o prazo para sua reportagem - ela precisou levantar a voz para ser ouvida em meio à ventania.

— Incomodar? Será que não sou importante o bastante em sua vida para ser incluído nela?

— Eu não tive a intenção, Jace. É que eu... eu simplesmente não sabia o que fazer.

— Ainda assim, devia ter me falado. – Ele a puxou para mais perto.

Mesmo através da jaqueta, Kat experimentou a força do abraço. Traçou a curva do bíceps dele com a ponta dos dedos, sentindo os braços fortes circundá-la. Mais um pouco e ela iria desmoronar e se partir em mil pedaços. Pedaços pequenos demais para serem colados.

Desvencilhou-se do abraço de Jace.

— Eu vou fazer isso. Mas não podemos perder mais tempo.

Para onde ela iria se a demência lhe toldasse a mente?

Para casa.

Mas tio Harry não se lembraria do caminho. Sem dizer que era muito longe voltar para lá a pé, partindo do centro de Vancouver.

Não que isso fosse impedi-lo. Harry não costumava ter muita lógica.

— Não precisa ficar zangada. - Jace recuou um passo e desviou o olhar. — Só estou tentando ajudar.

Kat sentiu-se ainda pior. Os postes da rua lançavam uma luz amarelada e fria sobre ele, que agora a encarava com os braços cruzados, vestido com a jaqueta *Gore-Tex* e as botas Timberland; pronto para qualquer coisa, sempre sob controle.

Ela sentiu uma pontada de ressentimento, embora fosse grata a Jace. Ninguém mais largava tudo daquela maneira quando ela precisava de ajuda.

— Desculpe... Estou acabada. A audiência de Barron é amanhã e nem estou pronta.

O futuro do patrimônio líquido de Zachary Barron dependia totalmente dela.

Contadores forenses como ela eram especializados em detecção de fraudes e em encontrar ativos ocultos. Ou, em casos de divórcio onde o poder aquisitivo era alto, como naquele, em efetuar avaliações e fornecer um testemunho especializado. Uma ação de divórcio desagradável, o fundo de investimentos de um magnata com pavio curto, expectativas irreais e milhões em jogo não davam espaço para erros.

— Você vai dar conta.

— Eu não sei. Ainda tenho horas de trabalho pela frente.

Se as coisas dessem errado, Zachary Barron poderia arruinar a reputação dela com um telefonema. Se, por outro lado, ele vencesse a ação, a repercussão não teria preço.

— Vai dar certo.

Para Jace, tudo sempre daria certo.

A mente de Kat se voltou para o consultório médico mais uma vez. E se Harry estivesse machucado ou coisa pior?

Contaria a Jace sobre o Alzheimer, decidiu. Tão logo Harry estivesse são e salvo.

Franziu o cenho ao sentir outra cólica no estômago.

— Kat?

— ...Hã?

— Eu disse, sim, vamos para casa. Mas, precisamos chamar a polícia primeiro. Eles vão ser muito mais eficientes do que nós dois a pé. Eu sei que você não quer, mas...

Nos últimos tempos, Harry vinha chamando a polícia ao menos

duas vezes por semana, imaginando invasões e roubos. E nem todos os policiais se mostravam compreensivos quando convocados para o que, inevitavelmente, acabava se revelando como o delírio de um idoso, um alarme falso. Harry quisera continuar morando em sua própria casa e, enquanto ela havia podido ficar de olho nele, imaginara que o tio ficaria a salvo.

Até aquele momento. As coisas estavam ficando cada vez piores, e mais rápido do que ela jamais poderia imaginar.

— Não, tudo bem... Pode chamar.

Jace digitou os números no celular enquanto caminhavam para o estacionamento subterrâneo.

Kat voltou a checar o relógio conforme desciam a rampa. A audiência aconteceria em menos de onze horas.

Dobraram a esquina para o primeiro andar do estacionamento, o brilho das luzes fluorescentes lançando sombras nas paredes de concreto cinza.

Então ela o viu. No canto oposto, uma figura enrolada em posição fetal. Estava de frente para eles, recostado ao vão onde duas paredes se encontravam, a parte de cima do corpo parcialmente coberta por um pedaço de papelão.

Kat não tinha certeza, mas o homem parecia vestir um blusão cinza.

— Tio Harry?... - Ela saiu correndo.

O homem se pôs sentado e se livrou do papelão com um sorriso. Era Harry.

Kat se aproximou e estendeu-lhe a mão.

— Podemos ir para casa agora? – ouviu-o indagar sem perder tempo.

CAPÍTULO 4

O juiz bocejou enquanto Kat terminava o testemunho. Mau sinal. Em divórcios importantes, uma análise financeira era, com muita frequência, a diferença entre ganhos financeiros e a total ruína. Como contadora forense, ela sabia que aquilo era sempre uma loteria. Apostas de vulto eram decididas em uma canetada do juiz.

Naquele caso, um juiz entediado.

Não importava a frequência com que oferecia seu testemunho especializado - ela sempre ficava nervosa. E sentia-se responsável se as coisas davam errado para o cliente.

O caso de Zachary Barron não era diferente, e Kat se repreendeu mentalmente por sua falta de preparo. Não estava no seu normal. Se perdesse um caso de grande visibilidade como aquele, arruinaria a própria reputação e talvez até o próprio negócio.

Era só o que faltava. Mais do que nunca, precisava de dinheiro para cuidar de Harry e não podia pôr tudo a perder só pela falta de sono.

Os olhos de Zachary Barron pousaram nos dela. Por que seu cliente a encarava daquela maneira? Ela havia se esquecido de alguma coisa? Tinha dito algo errado?

Não. Precisava parar com conjecturas.

Finalmente, Zachary desviou o olhar, e ela suspirou. Relaxe.

No tribunal, bastavam dez minutos e as coisas já estavam fora de controle.

— Parece que se esqueceu de digitar alguns zeros na sua calculadora, Srta. Carter.

Kat meio que esperou Connor Whitehall piscar para ela, como se ela tivesse acabado de fazer uma brincadeira de criança. O advogado de cabelos grisalhos zombando do testemunho de uma especialista bem mais jovem. Aquela aparência de âncora de jornal, o terno caro e os trinta e poucos anos a mais do que ela causavam uma impressão poderosa. Uma impressão com a qual ele costumava desacreditá-la.

— Não me esqueci de nada. - Kat tentou não soar na defensiva. Sentada na cadeira da testemunha, ela apertou as mãos. O tribunal estava vazio, exceto pelas esposas de Barron e seus advogados. Victoria e Zachary Barron encontravam-se sentados em lados opostos da sala, evitando cuidadosamente fazer contato visual.

Whitehall balançou a cabeça. Ergueu o olhar para o juiz e caminhou com calma em sua direção. O magistrado desviou os olhos do que estava lendo tão logo o som dos passos do advogado preencheu o silêncio.

Kat pensou vê-los trocando um olhar. O juiz provavelmente também a considerava uma idiota. Talvez por isso não estivesse prestando atenção.

E se ela tivesse cometido um erro? Com menos de três horas de sono, e sem ter tido tempo para fazer um exercício de simulação naquela manhã, dificilmente encontrava-se totalmente preparada. Sem ter opção, havia trazido tio Harry para o tribunal mais uma vez. Deixá-lo sozinho em casa seria muito arriscado, afinal, ele estava convencido de que intrusos vinham tentando matá-lo. Desta vez, ela o pusera na lanchonete do saguão e dera uma gorjeta à garçonete para que esta tomasse conta dele. Sentia-se culpada, mas esgotara todas as alternativas.

Não havia se esquecido de nada, tranquilizou a si própria. Whitehall estava apenas lançando mão de seus velhos truques de advogado para desestabilizá-la. Ela era a única contadora forense na sala de audiências, e a única especialista em fraudes.

Ainda assim, rastrear os ativos de um magnata nunca era uma tarefa fácil.

— Você deixou de citar centenas de milhões de dólares! — Ele fez meia-volta, os cantos da boca subindo em um sorriso malicioso. – E, ainda assim, se considera uma contadora forense?

Whitehall fez uma pausa antes de retornar para a cadeira da testemunha, onde ela estava sentada. Inclinou-se para bem perto, invadindo seu espaço com um bafo de café.

Kat prendeu a respiração. Por que estava se sentindo como se ela estivesse sendo julgada?

— Protesto! - O advogado de Zachary Barron entrou em ação.

Finalmente, pensou Kat, sentindo-se como se tivesse sido jogada aos lobos; ou pior, a um advogado predador.

— Mantido. - A voz do juiz soou sem emoção enquanto ele checava o relógio. Devia estar contando os minutos para a hora do almoço.

Divórcios despertavam o pior nas pessoas. Mais do que as fraudes, os crimes de colarinho branco ou qualquer outra coisa.

Aquelas disputas, no entanto, eram o básico da contabilidade forense e proporcionavam um fluxo de caixa constante.

Desta vez, ela estava ao lado do cliente com dinheiro. Ele pagaria a conta no prazo, integralmente. Nas semanas em que ela fizera o trabalho de base, identificara todos os ativos, conferira os valores, estimativas e títulos legais, e até mesmo apontara algumas surpresas. Agora precisava apenas seguir adiante, e tudo aquilo estaria acabado em vinte minutos.

Kat olhou para seu cliente. Zachary Barron encontrava-se sentado, de cabeça baixa, digitando uma mensagem no celular. Tinha trinta e poucos anos, assim como ela, porém possuía mais dinheiro do que ela jamais viria na vida. Dinheiro do qual ele poderia perder a maior parte nos próximos dez minutos, caso Whitehall fosse bem-sucedido.

Havia tanto em jogo, e ele tratava a audiência como uma mera distração!

Ela, ao contrário, estava começando a suar. E o dinheiro nem era dela.

— Srta. Carter? - chamou Whitehall.

— Está me fazendo uma pergunta?

— Sim, estou lhe fazendo uma pergunta. Estou contestando a avaliação que a senhorita fez dos bens matrimoniais.

— Não me pareceu uma pergunta. - Kat devolveu o olhar direto de Whitehall com sua melhor expressão de perplexidade e consternação. Talvez fosse atrevimento de sua parte, mas estava disposta a entrar no jogo.

— Srta. Carter! Isto aqui não é o Show do Milhão. A senhorita avaliou os bens matrimoniais em trinta milhões. Por que excluiu o negócio da família? - Para se fazer entender, ele bateu a caneta na exposição que ela preparara com mais força do que o necessário.

Ótimo. Tinha conseguido enervar Whitehall, finalmente.

Até mesmo Zachary ergueu o olhar da mensagem que estava lendo e sorriu.

De uma coisa Kat estava certa: se ela tivesse milhões em jogo, não iria ficar checando a correspondência do escritório.

Victoria Barron, ex-esposa de Zachary, diretora financeira em meio-período e *outdoor* ambulante de cirurgiões plásticos, que se encontrava sentada à mesa oposta, cruzou e descruzou as pernas. Sua expressão permaneceu impassível, entretanto. Exceto por um leve e constante sorriso.

Kat concluiu que aquilo devia ser sequela do excesso de intervenções.

— Posso? – indagou. Levantou-se de seu assento e caminhou até o cavalete que exibia os ativos dos Barrons. Centrou o ponteiro laser no lado de Zachary do organograma financeiro. Em Edgewater Investments.

Era complicado. Operadoras, holdings e offshores. Zachary havia tido o cuidado de manter muito pouco em seu próprio nome.

Ela passou os dez minutos seguintes explicando a complexa rede de contratos e relações entre as entidades.

Whitehall ergueu as sobrancelhas, então se afastou e deixou-se sentar na cadeira ao lado de Victoria Barron. Cruzou os braços, lançando a Kat um olhar de desprezo.

Ela sorriu para ele.

— Posso continuar?

O homem a fulminou com o olhar.

Victoria Barron, ex-esposa-troféu de Zachary, mirava não apenas a metade dos bens matrimoniais, como também a metade dos negócios do ex-marido. Cem milhões eram a estimativa de Kat quanto ao que estava ou não incluído nos bens. Zachary, entretanto, possuía um acordo pré-nupcial.

— A Edgewater Investments é o negócio do Sr. Barron. Obviamente não se trata de bem comum, portanto eu excluí a empresa dos bens matrimoniais a serem partilhados. - Ela tirou o laser da tabela da Edgewater e o apontou para outras duas tabelas, ambas exibindo holdings. Uma delas era propriedade de Zachary Barron; a outra, do pai dele, Nathan Barron.

— Não é verdade. Minha cliente tem direito à metade disso tudo.

— Se for assim, então devemos aplicar a mesma lógica aos negócios da Sra. Barron.

— O que não passa de teoria – o advogado rebateu com desdém. — Ela não possui nenhum negócio.

Na verdade, a mulher era expert em casamentos. E o casamento de número três estava prestes a ter fim.

— Tem certeza? - perguntou Kat.

— Claro que tenho certeza! - Whitehall pôs-se de pé em um salto e marchou na direção dela. — E sou eu quem deve fazer as perguntas, não a senhorita.

— Deveria conversar melhor com a sua cliente. De acordo com os meus registros, ela possui altos investimentos, além de uma renda considerável. Ela não lhe informou nada a respeito?

Whitehall recuou, obviamente surpreso. Lançou um olhar furioso para Victoria Barron. Os olhos da mulher se arregalaram, a boca se abrindo em um perfeito "O" lapidado a Botox.

Kat virou a página, exibindo um segundo gráfico, e passou a dar detalhes sobre o vinho premiado de Victoria Barron, seus investimentos imobiliários, patrocínios de seu reality show de cirurgia plástica e recente contrato para o lançamento de um perfume em conjunto com uma empresa de cosméticos. Ela havia mantido tudo muito bem acobertado, com os lucros sendo canalizados para offshores nas Ilhas Cayman.

Uma planilha, contudo, era uma arma mortal nas mãos de um bom contador forense.

— Não se trata de investimentos - zombou Whitehall. — São bens pessoais.

Kat olhou para Victoria. A mulher deixou os ombros perfeitamente esculpidos caírem, e seus olhos se fecharam por um instante.

— Algumas garrafas de vinho, talvez. Entretanto, ela teve um lucro de duzentos mil dólares no ano passado apenas com seus investimentos em vinhos. E seu patrimônio imobiliário encontra-se na casa de oito dígitos... Um hobby e tanto.

A análise dissipara o mito da dona de casa dependente. Agora tudo estava nas mãos do juiz.

— Não se pode comparar isso a cem milhões - Whitehall soou vazio e derrotado.

— O que mais ela estará escondendo? - Kat virou-se para o juiz com um sorriso, porém este continuava de cabeça baixa, lendo o jornal escondido sob uma pasta de arquivos que ela já notara na lateral da mesa.

Whitehall corou e retornou para o próprio assento sem dizer nada. Parecia completamente sem chão. Provavelmente imaginara que jamais seria questionado. Ela o havia pego desprevenido, e ele sabia disso.

— Esses são apenas alguns das dezenas de negócios que a Sra. Barron fechou no ano passado. Ela não lhe contou?

O rosto do homem se tingiu de um vermelho profundo. Mesmo a seis metros e pouco de distância, Kat percebeu os nós dos dedos esbranquiçados enterrando-se na mesa de carvalho gasta.

Silêncio.

— Por que não pergunta à sua cliente? - Kat apontou a mulher com a caneta. — Como pode ver aqui, ela, na verdade, deve ao Sr. Barron, e não o contrário.

Nenhuma resposta.

Zachary inquietou-se, e Kat sentiu o rosto se aquecer. Teria ido longe demais?

— Esqueça, Srta. Carter. Os seus números são uma piada.

Kat respirou profundamente e virou a página para o diagrama final. Estava prestes a explicar por que Whitehall estava errado quando as portas do tribunal se abriram com um estrondo.

Ela ergueu a cabeça, assustada.

— Kat! - Tio Harry surgiu na entrada, balançando um molho de chaves. — Precisa me ajudar! Perdi o Lincoln.

Tio Harry... mais uma vez esquecido do acidente.

Ela fez um sinal para que o tio se acomodasse. Juízes eram imprevisíveis. Aquele era exatamente o tipo de coisa que poderia virar a maré contra seu cliente.

Harry levantou as mãos para o alto num floreio exagerado, mas deixou-se sentar numa cadeira da segunda fila. Tomara ficasse quieto nos minutos seguintes, torceu Kat.

— Amigo seu? - Whitehall levantou as sobrancelhas.

Kat o ignorou.

— Malditas empresas de reboque! - A voz de Harry se fez ouvir novamente, em um efeito infeliz da acústica da sala. — Por que eles não podem deixar um bilhete, um número de telefone ou algo assim?

O juiz fez um gesto para o oficial de justiça parado no fundo da sala.

— Perdão, Meritíssimo. Um minuto, por favor. - Se ela já não havia posto tudo a perder, agora não tinha mais dúvidas disso. Caminhou na direção de Harry o mais rápido que pôde, tentando não correr. - Onde eles deixariam o bilhete, tio Harry?... Na calçada? – sussurrou, acariciando-o no braço. — Mais dez minutos e iremos procurar seu carro.

O Lincoln encontrava-se em total segurança na garagem de Harry. Como precaução, ela havia desativado o sistema automático do portão, pois o tio se recusava a largar as chaves do carro.

— Eles podiam ao menos ter me ligado – resmungou Harry, cruzando os braços. Whitehall virou-se para o juiz.

— Precisamos prosseguir com esta audiência, Meritíssimo?

— Não, doutor. Acho que não.

O advogado regozijou-se.

Kat retornou para a cadeira das testemunhas. Olhou para Victoria Barron, que sorria para um espelho de mão, conferindo a maquiagem.

O sorriso de Victoria desapareceu tão logo o juiz começou a falar.

— Declaro que três milhões em bens matrimoniais devem ser divididos igualmente. Caso encerrado.

Zachary Barron fechou o notebook com um baque e se endireitou, agora completamente alerta, como se alguém tivesse ligado nele um interruptor.

Kat suspirou. Devia estar satisfeita, mas divórcios sempre a exauriam. Como duas pessoas podiam se apaixonar e depois passar a se odiar em três anos? O dinheiro despertava o pior nelas. Elas morriam, mentiam e até mesmo matavam por ele. Já tinha visto isso inúmeras vezes na carreira.

Por isso jamais iria se casar. Nem mesmo com Jace, apesar de ele já ter feito a proposta. Costumavam ter discussões acaloradas a respeito do assunto e haviam

até mesmo rompido por causa disso dois anos antes. Tinham decidido fazer uma nova tentativa como casal no último ano, mas ela não iria estragar tudo se casando com ele.

Enfiou os papéis na pasta e marchou na direção de Harry.

— Vamos lá para fora. – Deu o braço para o tio e tratou de guiá-lo para o saguão. Era a segunda vez, naquele dia, que Harry cismara ter perdido o Lincoln. — Tio Harry, acho que já está na hora de você...

Ele ergueu o braço em protesto.

— Quer parar com isso, Kat? Tenho o direito de dirigir. Dirijo melhor do que qualquer um desses malucos que se vê nas ruas. São eles que vivem aprontando.

— Dirigir é um privilégio e uma conveniência, tio, mas quando ficamos mais velhos, às vezes é melhor...

— Não me venha com essa história de "quando ficamos mais

velhos", mocinha! Eu posso ser velho, mas não preciso que cuidem de mim! - A voz alterada de Harry ecoou no cavernoso átrio de mármore. Grupos de advogados, requerentes e outros viraram-se para ver o que se passava, a maioria lançando olhares desconfiados em sua direção.

— Não precisa ficar aborrecido, tio Harry. Só estou preocupada com você.

— Eu sei. – Ele baixou a voz. — Mas é frustrante. O que está acontecendo comigo, Kat? - Harry passou a mão pela cabeça calva.

— Está tudo bem, tio. - Kat o tocou no braço. — Você anda muito atarefado... Todos nos esquecemos das coisas, às vezes.

O inesperado ataque cardíaco de tia Elsie, logo após o caso das Minas de Diamante Liberty, havia abalado o tio dela. O Dr. McAdam concluíra que o estresse tinha acelerado o declínio de sua saúde mental.

Agora, ela, Kat, era sua única parente. E o que os aguardava com a progressão daquela demência a deixava apavorada.

— Por isso digo que é mais fácil para o senhor andar de ônibus. Dessa forma não terá que se preocupar nem com o carro, nem com estacionamento. - Kat apertou-lhe a mão. – E eu posso levá-lo aonde o senhor precisar.

— Depois que entrou com o carro e tudo no rio Fraser, no ano passado?... - Harry tirou a mão da dela. — Não, obrigado.

Sua memória de longo prazo continuava absurdamente intacta.

— Kat!... Espere!

Ela se virou. Zachary Barron emergira da multidão e agora marchava na direção deles. Pessoas se amontoaram de ambos os lados, abrindo caminho como se ele fosse da realeza. Um homem distinto, trajando um terno Ermenegildo Zegna, transpirava sucesso e poder.

Por outro lado, a jornada dela um minuto antes, de braços dados com Harry, parecera mais um torneio de justa, aquela briga de lanças medieval entre dois cavaleiros, com ambos se acotovelando e ziguezagueando em meio à multidão.

Zachary não podia estar zangado com o desfecho do julgamento...

Ou podia? Teria encontrado algo do que se queixar depois de ela ter lhe economizado cem milhões?...

Isso porque ainda nem tinha visto sua conta.

— Kat, precisamos conversar.

— Sem dúvida. Você se deu conta de que obteve um ótimo resultado, não foi? É difíc...

— Não é sobre o divórcio. - Ele olhou ao redor para ver se havia alguém escutando, então se aproximou mais. — Você lida com fraudes, certo?

— Sim, claro.

Fraudes corporativas, assim como divórcios, constituíam grande parte de sua prática de contabilidade forense.

O problema era que Harry estava agitado. Ela precisava acalmá-lo e fazê-lo esquecer o Lincoln.

Harry!

Kat fez meia-volta, porém ele já tinha desaparecido, engolido pela multidão da hora do almoço.

Seus olhos vasculharam a turba, como em um Onde está Wally? em tamanho natural.

Nada.

Uma onda de pânico a invadiu. Como poderia encontrar um octogenário baixinho e calvo naquele mar de gente?

Pelo canto do olho, ela o vislumbrou. Cabelos grisalhos, uma capa de chuva bege. Harry – ou ao menos alguém que se parecia com Harry - desaparecia na esquina.

— Zachary, posso ligar para você mais tarde? Surgiu um problema... - Ela apertou a discagem rápida do celular, tentando contatar o tio e obrigá-lo a voltar.

Mesmo que ele estivesse com o telefone, dificilmente a atenderia. Mas valia a pena tentar.

— É urgente – resmungou Zachary. - Irei ao seu escritório esta tarde, então. Às duas.

Era mais uma ordem do que uma pergunta. Kat ergueu o olhar do celular para protestar, contudo Zachary Barron já havia ido embora.

CAPÍTULO 5

Kat e Harry beliscaram os restos da comida chinesa que ela havia pedido depois de ela o ter encontrado na escadaria do tribunal, duas horas antes. A comida lhe caiu bem, e ela sentiu-se feliz por estar de volta à Carter & Associados após o drama daquela manhã, no tribunal. As centenárias paredes de tijolos de seu escritório não suportariam um terremoto violento, mas naquele assemelhavam-se a uma verdadeira fortaleza. O bairro simples e os móveis rústicos lhe pareceram mais confortáveis, principalmente com o tio dela finalmente são e salvo.

— Ela voltou, Kat. É como se nunca tivesse ido embora. - Os olhos de Harry brilharam enquanto ele falava.

O retorno de Hillary era um dos delírios do tio que mais a incomodavam.

Kat se arrepiou ao se lembrar de sua primeira semana morando com os Dentons. Havia chegado da escola e encontrara Hillary junto à lareira, sorrindo. Diante do fogo crepitante, a prima segurava fotografias suas em uma das mãos, enquanto lhe acenava com a outra.

Então as deixara cair nas chamas, uma a uma.

As fotos de sua mãe tinham sido destruídas para sempre. Tudo o que lhe havia restado eram lembranças, e estas vinham desaparecendo a cada ano que passava.

— É mesmo? - Kat entrou no jogo. A despeito de seus sentimentos, lembrar Harry de que aquilo não era a realidade só lhe causaria mais angústia. Ninguém poderia gostar de saber que estava perdendo a cabeça.

— Sim, não é maravilhoso?

Kat apanhou um segundo rolinho primavera.

— Quando ela veio?

— Agora há pouco. Está voltando para casa. Eu queria que Elsie estivesse aqui para vê-la. Ela ficaria tão orgulhosa... – afirmou Harry, acomodado na mesa da recepção.

Kat sentara-se com as pernas cruzadas no sofá, sentindo-se mais relaxada após uma breve corrida. Havia colocado uma esteira no escritório sobressalente, disposta a se exercitar um pouco enquanto ficava de olho no tio.

— Orgulhosa por quê? – Porque a filha teria tido a coragem de dar as caras depois do que havia feito?

— Ela arrumou um emprego novo.

— De quê? - Hillary não havia trabalhado um único dia na vida. A menos que trapaça e manipulação para arrancar dinheiro das pessoas fosse considerado profissão. A prima convencera o pai e a mãe a lhe emprestar todas as economias que estes haviam guardado para a aposentadoria, prometendo devolver tudo depois. E eles nunca mais tinham ouvido falar dela novamente.

Às vezes, era melhor esquecer certas coisas.

— Não consigo me lembrar. Mas é alguma coisa importante.

— Sem dúvida - concordou Kat. Mesmo que não fosse importante, Hillary teria dado um jeito de fazer parecer que era ou, mais provavelmente, de inventar a coisa toda.

— E ela está ansiosa por contar tudo a você.

Kat sentiu uma pontada de apreensão. Nada vinha de Hillary sem algum ônus. Mas aquilo tudo era uma grande bobagem. Hillary só existia na imaginação de Harry agora.

— Almoço de negócios?

Kat piscou, surpresa, ao ouvir a voz masculina. Não esperava ninguém àquela hora, mas Zachary Barron estava parado na entrada, olhando para ela.

De repente, ela se viu consciente do próprio estado: o cabelo castanho-avermelhado desgrenhado, o rosto suado da corrida. Se ele chegasse mais perto, poderia sentir o cheiro de suas roupas úmidas de suor.

Mastigava o bocado de chow mein o mais rápido que podia quando Harry veio em seu socorro. Deu a volta na mesa da recepção, surpreendentemente rápido para um homem de oitenta anos.

— Acho que ainda não fomos apresentados. Sou Harry Denton, sócio de Kat. - Estendeu a mão.

Zachary a sacudiu, e teve o bom-senso de não mencionar seu prévio encontro no início do dia.

Na placa da porta do escritório lia-se Carter & Associados, mas, na realidade, Kat não possuía sócios desde a abertura da empresa, dois anos antes. Tio Harry, no entanto, sempre havia arrumado inúmeras desculpas para ir até ali. Por isso ela havia oficializado aquela informação.

Ao menos a presença de Harry no escritório permitia que ela ficasse de olho nele. Principalmente porque seu tio perdera o interesse em quase tudo, ou em quase todos. Seus amigos da pista de *curinga* varriam o gelo sem ele agora, e ervas daninhas eram tudo o que crescia em seu jardim outrora bem-cuidado.

À medida que ela passara mais tempo com Harry, tinha tomado consciência do declínio em seu estado mental. De qualquer forma, gostava de tê-lo no escritório e imaginava que o contato com outras pessoas só poderia lhe fazer bem.

— Hum... desculpe. - Kat engoliu o bocado de macarrão. Levantou-se e limpou a mão nos shorts. — Não costumo...

— Não precisa se explicar. Eu serei rápido.

Enriquecimento rápido, casamentos rápidos, divórcios rápidos. Existia alguma outra forma de as coisas acontecerem com Zachary Barron?

— Não disse que vinha às duas horas?

— Não gosto de assumir compromissos. Podemos conversar ou não? – ele indagou, exigente.

CAPÍTULO 6

Zachary Barron sentou-se na beirada da poltrona de couro, em frente à mesa de Kat, o terno e a gravata de grife em desacordo com a decoração elegante, ainda que um pouco gasta, do escritório. Ele parecia alheio ao mobiliário e à vista de milhões de dólares lá fora, no entanto.

As janelas do escritório de Kat emolduravam o porto de Vancouver, uma paisagem espetacular mesmo em um dia chuvoso. As docas encontravam-se desertas, contudo. Já não se viam os gigantescos navios de cruzeiro que atravessavam a Passagem Interior para o Alasca naquela época. O único movimento à beira-mar, naquele dia, era o de uma dúzia de gaivotas vorazes, esgravatando comida.

Zachary inclinou-se para a frente e apoiou os cotovelos na mesa de Kat.

— Quero que você investigue o meu sócio.

— Seu sócio? Mas ele não é...

— Nathan Barron. Sim, o meu pai. - Os lábios de Zachary se apertaram num esgar. — Mas isso não o torna menos capaz de cometer falcatruas.

— Ele fundou a Edgewater. - Kat sabia da emaranhada rede de

empresas pertencente a pai e filho por meio dos processos de divórcio de Zachary.

— Há vinte anos. Mas a empresa que ele fundou não tem mais nada a ver com a Edgewater de hoje em dia. Naquele tempo, tratava-se apenas de pequenos negócios; basicamente projetos que ele inventava com os amigos da faculdade. E as coisas iam de mal a pior.

— O que mudou?

— Dez anos atrás, entrei na empresa. Fui eu que fiz a Edgewater se transformar no que ela é hoje.

Modéstia não era o forte de Zachary.

— Como fez isso?

Ele se recostou e endireitou a gravata.

— Meu modelo de negócio exclusivo transformou a Edgewater no segundo maior fundo de investimentos do mundo. Os resultados financeiros apontam para o sucesso, mas, onde está o dinheiro? Tive problemas para fechar um negócio na semana passada. O banco disse que não tínhamos capital suficiente. Como é possível?

— Não foi uma questão de calendário?

— De maneira alguma. Para um fundo de investimentos multimilionário, nosso negócio é muito simples. Compramos e vendemos moeda utilizando o meu modelo. As transações são concretizadas alguns dias depois, e as taxas de corretagem são pagas como parte da operação. Além do aluguel do escritório, dos salários e demais despesas, não há mais nada com que gastar o dinheiro. - Zachary entregou a Kat o relatório anual mais recente da Edgewater.

— Nathan sempre cuidou da área administrativa e eu, da comercial. Nunca prestei muita atenção à sua gestão até a semana passada, quando o banco afirmou que estávamos apertados. Onde foi parar todo o dinheiro?

Kat tinha conhecimento dos resultados preliminares do final do exercício, pois estes faziam parte do processo de divórcio dos Barrons.

Abriu o relatório na página da declaração de rendimentos e deixou cair o queixo. Não tinha visto os resultados finais e auditados até então.

— A Edgewater lucrou dois bilhões de dólares já descontados os impostos? Muito mais do que eu imaginava.

Zachary teria atrasado a declaração anual com o objetivo de se favorecer no processo de divórcio? Tivesse ele feito isso ou não, sem dúvida havia dado certo.

— É esse o ponto. Para onde foi o dinheiro? Dois bilhões de lucro, e apenas alguns milhões no banco. A Edgewater tem utilizado todas as linhas de crédito. Por que há tão pouco dinheiro quando a maior parte de nossos negócios envolve centenas de milhões de dólares?

— Isso não quer dizer, necessariamente, que haja fraude, Zachary. Pode ser má administração. - Kat se deu conta, de repente, de que Harry perambulava do lado de fora do escritório. Andava de um lado para o outro, a testa vincada por alguma preocupação.

— Isso deveria me fazer sentir melhor?

— Não, mas precisamos considerar todas as possibilidades. De qualquer forma, vou verificar. Para quando precisa disso? - Kat torceu para que tivesse um prazo razoável. Olhou na direção do corredor. Precisava urgentemente de uma distração para Harry.

— Para ontem. Sem dinheiro, a Edgewater não poderá operar por mais do que alguns dias.

— Conversou com Nathan a respeito disso? - Kat sabia que as coisas andavam tensas entre pai e filho devido ao processo de divórcio de Zachary. Sua avaliação da Edgewater Investments pressupunha uma sociedade igualitária. Todavia, Nathan discordava desse acordo e vinha contemplando até mesmo abrir um processo contra o filho.

— Não. Quero que você investigue primeiro, antes de eu falar com ele. Preciso de tudo preto no branco.

— Posso fazer isso. E quanto às perdas de investimento? Isso também poderia acabar com seu fluxo de caixa. — Kat esticou o pescoço na direção do corredor tão logo Harry desapareceu mais uma vez.

— Impossível. Tivemos um ótimo ano. Pelo menos três tacadas de mestre e retornos de dois dígitos. Devíamos estar nadando de braçada. Em vez disso, estamos praticamente quebrados. Não me envolvo nas operações diárias; isso é função de Nathan. Mas, em termos de negociação, sei exatamente no que apostei, assim como nosso percentual de retorno.

— E quanto a resgates? Grandes investidores vendendo suas ações podem diminuir sua disponibilidade de caixa. - Tio Harry estava de volta, com um talão de cheques na mão. Ela devia ter imaginado. Ele vinha tentando conferi-lo havia semanas, e recusava qualquer ajuda.

Zachary sorriu com ironia.

— Não, está acontecendo justamente o contrário. Investidores andam brigando para entrar no nosso fundo. Na verdade, os novos investimentos superam os resgates na proporção de mais do que dois para um. O fundo Evergreen tem tido retornos excepcionais - tudo graças ao meu modelo de negócio. O nosso retorno de investimento é muito melhor do que o da concorrência.

Harry olhou, ansioso, pelo batente da porta.

— Tio Harry... Está tudo bem?

— Ah, sim. - Harry checou o relógio de pulso, depois tornou a desaparecer no corredor.

Kat voltou-se para Zachary.

— Vou precisar ter acesso ao seu escritório e a todos os registros financeiros, como folha de pagamento da Edgewater, etc. Tudo que envolver pagamentos ou recibos. E também ao sistema contábil. - Ela olhou o relógio. Passava um pouco das três. — Posso começar esta noite.

— Ótimo. Vou ficar no escritório até umas dez. Nathan está fora de novo, então vá para lá assim que puder. - Zachary levantou-se. — Preciso ir.

— Antes que vá embora... Por que tem tanta certeza de que existe fraude? Nathan fundou a Edgewater. Por que ele a usurparia?

— De que outra forma o dinheiro iria desaparecer? Nathan não passa de um ladrão - Zachary cuspiu as palavras.

Pelo visto, os dois continuavam às turras. Como pai e filho conseguiam trabalhar juntos todos os dias? Tratava-se de algum desentendimento recente ou de longa data?

— Alguma prova de suas suspeitas? - Kat recostou-se na cadeira, observando Zachary. Contadores forenses eram uma espécie de terapeutas financeiros. Sua psicanálise tinha como base questões diretas. Quando as pessoas falavam abertamente, sempre revelavam mais.

— Não, mas você vai encontrá-la. Tenho certeza.

— Se há mesmo uma fraude, por que só agora? Por que não há cinco ou dez anos?

— Quanto mais bem-sucedido eu sou, mais ressentido ele fica. Não se trata de dinheiro. Ele tem tudo o que precisa. Seria até difícil gastar todo o dinheiro que estamos ganhando.

Harry estava de volta. Só que, desta vez, não ficou esperando no corredor.

– Kat, desculpe interromper, mas precisa me ajudar. Temos que ir ao banco antes que ele feche. Preciso de um empréstimo.

— Tio Harry, dê-me só um minuto... - Kat sentiu-se mal por pedir ao tio que esperasse, porém tinha um cliente em potencial bem diante dela. Voltou-se para Zachary. — Se Nathan está roubando, talvez seja o modo que ele encontrou de ficar em pé de igualdade com você. Como você mesmo disse, bilionários como Nathan não precisam de mais dinheiro.

— Imaginei que ele fosse ficar grato. Nossos recursos cresceram astronomicamente depois que entrei na Edgewater. Meu modelo de negócio exclusivo privilegia vencedores, e a nossa performance é melhor do que a de qualquer outra empresa. Ele está se beneficiando de tudo, sem o menor esforço.

— O que há de tão especial no seu modelo de negócio? Por que ele não poderia fazer tudo sem você?

— A especulação monetária é metade análise técnica e metade feeling. O meu modelo enfraquece os números: PIB, dívida pública, taxas de juros e outros dados econômicos. Então, usa *A Teoria dos Jogos* para avaliar todas as possibilidades.

— Teoria dos Jogos? - Kat se lembrava desse modelo matemático dos tempos de faculdade. Os jogadores competiam ou cooperavam uns com os outros para maximizar seus próprios ganhos.

— Em resumo, é um modelo em que todos visam seus próprios ganhos, mesmo que seja à custa dos outros.

— Conheço a teoria, Zachary. - Kat lutou para controlar a irritação. - A minha pergunta foi como ela influencia o seu modelo de negócio.

— Você não precisa entender os detalhes. - Zachary dispensou a questão com um gesto. — Meu modelo determina a probabilidade de qualquer evento, aconteça este ou não, com base no quanto ele é rentável para os investidores envolvidos. Então, faço minha aposta e monopolizo o mercado. Minha própria aposta movimenta a moeda, porque nosso capital é considerável. A verdadeira recompensa, entretanto, vem quando os investidores nos seguem, imaginando que é a tacada mais certa. Acaba virando uma profecia autocumprida, o que traz ainda mais lucros à Edgewater. Os outros investidores ainda lucram, contanto que caiam fora antes que eu venda a minha posição. É quando a sorte vira para eles.

— Está manipulando a moeda.

— De modo algum. Estou apenas assumindo uma posição. Uma posição atraente, talvez... Mas não sou nenhum Flautista de Hamelin. Os outros especuladores não precisam me seguir cegamente. O fato de eles fazerem isso não significa que os estou manipulando.

— Mas a maioria desses seguidores vai se dar mal. É como um jogo de batata quente, onde os grandes investidores ou os mais experientes obtêm lucros à custa daqueles que compram quando deviam vender. Quem não está cem porcento atento ao jogo se ferra... É justo?

Zachary e o pai eram bilionários por natureza. Tinham mais dinheiro do que noventa e nove por cento da população mundial. Do que mais podiam precisar?

— Não há vítimas nesse jogo. Todos sabem que meu objetivo é lucrar.

— Enfraquecendo a moeda.

— É um mundo livre, Kat. Livre escolha, livre arbítrio.

— Até que o governo precise intervir?

— Em teoria. O governo também compra sua própria moeda para valorizá-la. Mas não pode exatamente controlar o mercado. O mercado movimenta cerca de quatro trilhões de dólares por dia, operados principalmente por especuladores como eu. As reservas públicas representam menos de um décimo disso.

— Impressionante - Kat concordou. — Então você aposta, digamos, que o Dólar americano vai cair. O que acontece depois?

— Toda moeda é comercializada em pares. Digamos que eu aposte contra o Dólar americano. Vou vendê-lo ao mesmo tempo que estarei comprando outra moeda - ou apostando que ele irá subir. Digamos que seja o Euro. O Dólar americano vai cair porque vendi mais do que outras pessoas estão comprando. O Euro irá valorizar em relação ao Dólar americano apenas porque acabei de comprar muito.

— Oferta e demanda - emendou Kat. — Um jogo exclusivo onde apenas alguns podem jogar.

— Qualquer um pode jogar.

— Só aqueles com muito dinheiro. É preciso muita grana para movimentar o mercado. Pequenos investidores só podem ser seguidores.

— Tecnicamente, sim. Mas os que me seguem podem ganhar muito.

— Se tiverem um bom timing.

— Claro. Timing é tudo. Ou então eles podem simplesmente aplicar no fundo de investimentos da Edgewater.

— O investimento mínimo não é de quinhentos mil? Isso é muito para a maioria dos investidores.

— Talvez. — Zachary levantou-se. – Mas não posso me preocupar com os outros. Preciso me concentrar no que faço de melhor: ganhar dinheiro.

— Tem certeza de que não quer falar com Nathan primeiro? Talvez exista uma explicação lógica.

— Não tenho por quê: ele nunca está por perto. No momento, deve estar velejando, para variar, ou então numa temporada de caça maior na África. Nathan não costuma me dizer para onde vai, nem quando.

Zachary provavelmente gostava daquilo. Dessa forma, podia tocar os negócios sem muita ingerência do pai. A maior parte das fraudes era feita na surdina. Ninguém gostava de assumir a responsabilidade por um roubo sob a sua própria supervisão e, a menos que isso impactasse significativamente os negócios e os lucros de seus acionistas, a diretoria normalmente obrigava o infrator a se demitir discretamente. A compensação era rara: geralmente o dinheiro já havia sido gasto.

Kat fez algumas anotações em um bloco.

— E se suas suspeitas forem confirmadas e eu encontrar alguma fraude? O que vai acontecer?

— Vou acabar com ele.

CAPÍTULO 7

Kat e Harry esperaram no minúsculo escritório sem janelas enquanto a gerente do banco consultava os registros bancários dele. Uma caixa de entrada abarrotada com quinze centímetros de altura de arquivos e documentos presos com clipes aguardava ao lado esquerdo da mesa de madeira gasta. Ao lado, em uma placa de bronze, lia-se Anita Boehmer. Vários diplomas e um desenho de criança pendiam da única parede. Três divisórias de vidro com persianas semiabertas circundavam o restante da sala.

Não era de admirar que Harry estivesse tão angustiado. De acordo com seu extrato bancário, ele estava quebrado.

Kat apontou para uma transação na metade da página.

— Aqui diz que você já fez um empréstimo.

— É mesmo? Deixe-me ver... - Harry correu o dedo para junto do de Kat. — Dez mil dólares? Só pode ser um engano.

Kat pensou a mesma coisa. Tio Harry era pão-duro ao extremo. Comprava em brechós, reutilizava filme plástico e usava o mesmo par de sapatos com solas refeitas desde que ela se conhecia por gente.

Ela correu os olhos pelo restante do extrato. Vários cheques com montantes na casa dos milhares também se encontravam listados.

Folheou a pilha de cheques cancelados. Todos cheques ao portador.

Sentiu a pulsação acelerar. Aquilo não era do feitio de Harry.

Anita Boehmer retornou com algumas pastas de arquivo. Deixou-as cair na mesa e sorriu para Harry, sentando-se na cadeira de espaldar alto, atrás da mesa.

— Já sei qual é o problema.

— Eu também. - Harry cruzou os braços. — Seus registros estão errados. Não fiz

nenhum empréstimo.

— Receio que o tenha feito, Sr. Denton. Lembro-me bem, porque fui eu quem o aprovou. Foi no mês passado. O senhor disse que precisava de dinheiro para reformas. Não se lembra?

— Impossível - contrapôs Kat. — Harry nunca financiou nada. Muito menos reformou coisa alguma.

— Aqui está o contrato de empréstimo. - A gerente do banco puxou-o para fora da pasta e o virou para que Kat pudesse lê-lo.

Sem dúvida era a assinatura de Harry ao pé da página, datada de um mês antes. Harry realmente havia feito um empréstimo.

Mas, por quê? Para onde estava indo todo o seu dinheiro?

Kat analisou o documento. Era a assinatura dele, embora o y exagerado fosse mais trêmulo agora.

— É a sua assinatura, tio Harry. Acho que você se esqueceu desse empréstimo.

Harry cruzou os braços e inclinou-se para olhar o documento.

— Não, não me esqueci de nada! – ele ergueu a voz, o rosto agora muito vermelho.

Kat deu-lhe um tapinha no topo da mão, e esta lhe pareceu frágil e trêmula sob seu toque.

— Olhe a assinatura.

— Deixe-me ver. - Harry arrancou o papel da mão dela. — Parece com a minha, mas não pode ser. Deve ter sido falsificada.

Kat suspirou. Mais uma vez, Harry estava sendo paranoico, imaginando que alguém o vinha roubando. Outro delírio causado pelo Alzheimer.

Sua assinatura estava bem ali, no formulário, feita com tinta azul. A questão era por que razão ele precisara do dinheiro. E quem o havia levado até o banco.

Ela se voltou para Anita.

— Isso não é nem um pouco do feitio de Harry. Não pensou em perguntar por que motivo ele estava fazendo um empréstimo pela primeira vez na vida?

— Katerina, sinto muito, mas não podemos interrogar todos os clientes que nos pedem dinheiro. Costumamos atendê-los de imediato, a menos que haja algum contrassenso.

A mulher estava certa, claro. A demência de Harry não era óbvia...

...Até você conversar com ele por uns dois minutos. Sem dúvida, o pedido de empréstimo havia demorado mais do que isso. Anita não percebera com que frequência Harry se repetia?

Mas agora era tarde demais para fazer qualquer coisa a respeito.

Kat tornou a se concentrar no extrato bancário. Apontou para a linha seguinte do documento. Os mesmos dez mil dólares tinham sido transferidos no dia seguinte. — Anita, para onde foi esse dinheiro?

— Foi transferido para outro banco. Tudo que temos é o número do banco e da conta. Receio que vá ter de entrar em contato com eles. Sinto muito.

Kat circulou a transação com a caneta. Se pudesse identificar o favorecido, estaria um passo mais perto de descobrir o que estava acontecendo.

CAPÍTULO 8

Kat seguiu Harry pelos degraus barulhentos acima, até a porta da frente. Ela e Jace haviam comprado a antiga casa vitoriana em um leilão, no ano anterior, e a escadaria era apenas um dos muitos reparos em sua interminável lista de tarefas.

Apesar de a reforma continuar em seus planos, a placa de VENDE-SE, não mais. Originalmente, a ideia de Kat e Jace era reformar o lugar e fazer dinheiro com ele, contudo tinham ficado apegados à casa vitoriana. Era uma das casas mais antigas do bairro Queen's Park, convenientemente localizada a apenas dois quarteirões da de Harry.

— Jace? Chegamos! - Ela fez uma pausa para inalar os restauradores aromas de manjericão, orégano e tomate.

— Aqui! Espero que estejam com fome.

Kat seguiu a voz de Jace até a cozinha. Ele estava diante do fogão, remexendo a fonte daquele cheiro maravilhoso. Ela deixou o olhar passear dos braços musculosos para a camiseta preta e justa. Até mesmo com um avental Jace era sexy.

Ele piscou para ela.

— Espaguete?

— Eu adoraria. - Kat o beijou, desejando poder ficar mais tempo ali. — Parece feliz.

— E estou. Meu artigo sobre fraude no setor imobiliário vai ser exibido na primeira página. Jornal de amanhã.

— Hum, que demais! Isso não lhe dá um status de astro do rock no *Sentinela*?

Jace descobrira uma fraude imobiliária envolvendo dezenas de propriedades de alto padrão no luxuoso lado leste de Vancouver. A jogada era supervalorizar os imóveis antes de vendê-los.

— Ainda não. Mas caí nas graças de McCleary novamente. Ele acha que posso fazer uma série de reportagens a respeito.

O intransigente editor de Jace era sabidamente difícil de agradar.

— Novidades... - Kat olhou para Harry. Ele estava sentado à mesa da cozinha, a cabeça caída sobre o peito, roncando.

Ela, então, baixou a voz e contou a Jace sobre o empréstimo bancário e a busca sem fim pelo Lincoln. Mas não sobre o Alzheimer. Ainda não. Dizer aquilo em voz alta tornava tudo muito real.

- Enfim, os problemas de Harry são muito piores do que eu pensava.

— O banco não consegue descobrir para onde foi o dinheiro?

— Não, e eu não sei o que fazer. É óbvio que Harry não pode mais cuidar de suas contas. Primeiro foi aquele incêndio, e agora isso.

Kat sentiu um nó na garganta e se virou, torcendo para que Jace não notasse sua aflição. O fato de o tio dela morar sozinho estava se tornando um grave problema.

Jace deixou cair a colher no balcão e passou os braços em torno de sua cintura.

— Ele poderia se mudar para cá. Temos muito espaço.

— Eu... não sei, Jace. Seria uma mudança muito grande para você.

Kat se desvencilhou do abraço. Jace não sabia o que estava oferecendo; no que estava se metendo. De uma hora para outra estaria mergulhado no mundo paranoico de Harry. Um mundo que piorava a cada dia de sua demência. Poderia ser demais para Jace.

— Não é grande coisa. A gente vive na casa dele, mesmo. - Jace bateu a colher na borda da panela. — Pode ser até mais fácil para nós dois.

Kat andou na ponta dos pés até a mesa da cozinha, não querendo acordar o tio. Tentou desviar do pedaço do piso que rangia, mas não foi bem-sucedida. Harry sentou-se, desperto, tão logo ela puxou a cadeira.

— Com sono?...

— Ora essa, por que eu estaria com sono? Ainda nem chegou a hora do almoço. - Harry ergueu-se de seu assento e se arrastou até o banheiro. — Vou me refrescar um pouco.

Na verdade, já passava das seis da tarde, porém Kat não se deu o trabalho de corrigi-lo.

— Eu sei... Mas já estou com fome.

Harry já havia esquecido o dia passado no tribunal e no escritório dela.

Jace se aproximou com dois generosos pratos de espaguete e os colocou sobre a mesa.

— Não posso ficar muito tempo, Jace. Vou começar a trabalhar no caso Edgewater esta noite.

— Agora está trabalhando à noite também? Zachary Barron não perde tempo, não é?

— Pelo visto, não. - Kat pegou o garfo e enrolou nele um pouco de macarrão. A porção em seu prato poderia alimentar um pequeno exército. — De qualquer maneira, será bom começar logo e ver do que se trata esse caso. Principalmente porque Nathan Barron está fora da cidade. — Ela explicou o caso dos Barrons envolvendo a Edgewater Investments e as suspeitas de Zachary.

Harry saiu do banheiro.

— Está contando a Jace sobre o empréstimo bancário? Nossa, esse banco me roubou na cara dura! Dez mil dólares, Jace, acredita? Bandidos!

Kat ergueu as sobrancelhas para Jace, surpresa por Harry ter se lembrado.

— Nós estávamos no banco. Eles disseram que Harry fez um empréstimo no mês passado.

— Sério? - Jace lançou um olhar para Kat. - O que anda comprando, Harry? Imóveis?

— Eu não comprei nada! Aqueles meliantes falsificaram a minha assinatura. E quer saber? Não vou esperar mais. Vou chamar a polícia. - Harry pegou o telefone da cozinha. — Qual é o número, Jace?

— Ahn... Harry, por que não comemos primeiro? - Jace voltou para o fogão e serviu outro prato de espaguete. Sentou-se no lado posto da mesa, em frente a Kat e o tio dela. – Podemos chamar a polícia depois do jantar.

— Hummm, está uma delícia, Jace. - Kat não tinha percebido o quanto se encontrava faminta. E Harry iria esquecer aquela história de chamar a polícia em um minuto.

Mas isso não resolveria o problema de descobrir quem havia planejado o empréstimo. Harry não ia mais ao banco por conta própria, pois não dirigia mais. Na verdade, já quase não saía de casa. Nunca ia a lugar nenhum sozinho, exceto, talvez, ao supermercado ou à lanchonete. Teria conhecido alguém em algum desses lugares?

— Eu descobri uma fraude, Harry! Vai ser manchete, amanhã. - Jace sorriu. – Os caras compravam casas e superavaliavam as propriedades para fazer subir os preços. Faziam empréstimos absurdos por conta dos imóveis, depois fugiam com o dinheiro.

Kat fez um gesto discreto, simulando uma tesoura. Empréstimo era uma palavra proibida no momento.

O sorriso de Jace desapareceu, e ele murmurou um "desculpe".

Mas continuou, logo em seguida.

— Eles deixavam os bancos executarem as hipotecas. Descobri pelo menos duas dúzias de mansões no lado leste e denunciei tudo. Até essa minha reportagem, os pilantras não estavam nem no radar da polícia.

— *Humpf* - Harry bufou enquanto enrolava o macarrão no garfo. – Quer saber, estou meio enjoado. Acho que já comi demais.

— Coma mais, tio Harry! - Kat observou o tio. Não era à toa que ele estava se sentindo mal: quase não comia. Parecia pálido e abatido. Aquela última gripe o havia pegado de jeito. Harry precisava de todas as calorias que conseguisse consumir.

— Está bem...

Os três fizeram o restante da refeição em silêncio. Apesar da própria profissão, Kat sentia, com frequência, que o dinheiro era a raiz de todo mal, ou da maior parte dele. Aquele era um desses momentos.

— Estou feliz por ter terminado o meu artigo. - Jace pousou o garfo e checou as horas no relógio de pulso. — Agora posso relaxar. Ei, o jogo de hóquei está começando. Quer assistir, Harry?

— E ver um bando de milionários desocupados correndo atrás de um disco? Não, obrigado.

CAPÍTULO 9

*K*at seguiu Zachary através das pesadas portas de madeira que guardavam o escritório de Nathan. Ela havia programado visitá-lo após o expediente, de modo a não levantar suspeitas entre os funcionários da Edgewater.

Uma mesa de mogno maciça e ricamente entalhada dominava o centro da sala. À esquerda, estantes embutidas transbordavam com livros, muitos com capa em couro, e outros, mais recentes, de capa dura. No canto direito, um sofá e uma cadeira de couro marrom-escuro ficavam de frente para uma mesa com um tabuleiro de xadrez em alabastro. A parede logo acima era forrada com fotos ostentando sólidas molduras de madeira. As janelas, emolduradas com pesadas cortinas na cor damasco, agora se encontravam parcialmente fechadas.

Apesar de ter subido vinte andares, Kat sentiu-se transportada para o escritório de uma propriedade rural do século dezenove. O ar carregava o leve aroma de charutos. Mesmo com a presença de Zachary, ela se sentiu pouco à vontade, como se tivesse entrado no covil de um predador. Um predador que poderia retornar a qualquer momento.

Seus sapatos afundaram no espesso tapete Berber conforme ela perambulou para olhar as fotografias. Nathan Barron estava em cada uma delas, em várias poses e locais. E em todas Nathan posava com algo que ele acabara de abater com um tiro ou lança. Em sua maioria, ursos, leões e outros felinos.

Um predador entre predadores.

Kat caminhou até a última imagem, ao final da parede. A julgar pela moldura, era a mais recente.

Um sexagenário encorpado ao lado de um hipopótamo. Sem camisa, usando apenas uma calça cáqui e um rifle pendurado no ombro.

E com um sorriso que parecia dizer "Topo da Cadeia Alimentar".

Ela sentiu um calafrio.

— Foi no ano passado. Reserva de Caça de Selous, na Tanzânia. Matar hipopótamos é caça ilegal, mas ele não se importa.

Kat deu um pulo ao ouvir a voz de Zachary, então se recompôs.

— Tenho que perguntar o óbvio: por que um bilionário roubaria sua própria empresa? Ele não precisa disso.

— Simples. Nathan é um filho da mãe. A Edgewater é cinquenta por cento minha. Se a empresa o banca, ele ganha um desconto de cinquenta por cento.

— E ele se arrisca a ir para a prisão? – ela questionou com ceticismo. Algo mais do que dinheiro estava por trás daquela fraude. — Por quê? Nathan já tem mais dinheiro do que poderia gastar a vida inteira.

Kat sentou-se na cadeira de Nathan Barron, tentando ter uma ideia do homem que ainda não conhecia. A mesa estava limpa, exceto por uma caixa de entrada vazia e um telefone, o que contrastava com o escritório de Zachary, onde desorganizadas pilhas de papel, além de três telas de computador, competiam por atenção.

Ela abriu a gaveta da mesa lateral e tirou um grosso maço de papéis de uma pasta de arquivo. Olhou a folha de cima: uma planilha. Vários números adicionados e subtraídos em cada uma das dezenas de colunas.

Folheou as páginas abaixo. Todas no mesmo formato. Apenas os títulos e números eram diferentes.

— O que é isto?

— Não sei - confessou Zachary. — Ontem foi a primeira vez em que estive aqui. Ele costuma manter o escritório trancado.

— Não tem uma chave-mestra?

Era estranho que Zachary, como sócio, não possuísse uma chave de cada escritório.

Kat voltou a atenção para a primeira planilha. Havia um conjunto de iniciais e números encimando cada coluna. Devia ser algum tipo de código.

E, se fosse, devia ter algum motivo. O que Nathan Barron tinha a esconder?

Zachary negou com um gesto de cabeça.

— Nathan mandou fazer uma fechadura especial para a porta do escritório. Eu trouxe um chaveiro, ontem, para fazer uma cópia da chave.

Ela colocou a planilha de lado. Havia chegado à Edgewater havia quase duas horas. Antes de fazer uma busca no escritório de Nathan, tinha analisado todos os cheques emitidos pela própria Edgewater Investments e por seu fundo de investimentos, o Evergreen. Havia estranhado o fato de muitos deles carregarem a assinatura de Victoria, já que esta deixara o departamento de contabilidade da empresa apenas após separar-se formalmente de Zachary. Além dos pagamentos habituais de despesas como aluguel, material de escritório e com folha de pagamento, havia notado algumas faturas com valor considerável e cheques cancelados para pesquisas de investimento.

Tirou a pasta de arquivo com os documentos da valise e a entregou a Zachary.

— O que sabe sobre isto?

Zachary sentou-se à mesa do pai e abriu o arquivo, passando os olhos pelas primeiras páginas.

— Research Analytics? Nunca ouvi falar.

— Não deveria estar a par dessa empresa?

Zachary ergueu os olhos das faturas, visivelmente confuso.

— Por que eu deveria?

— Porque essas faturas representam a maior despesa da Edgewater

- explicou Kat. – Sugerem um trabalho de pesquisa sobre moeda, sua área de especialização. Não deveria estar familiarizado com esse nome?

— Tem razão. Mas não estou. - Zachary destrancou a gaveta inferior de Nathan e vasculhou os arquivos.

— Posso? - Kat trocou de lugar com ele e ligou o computador de Nathan. Acoplou um HD portátil ao PC e clicou para copiar os dados.

Enquanto eles eram reproduzidos, abriu cada um dos arquivos na área de trabalho, procurando por mais pistas. Nas gavetas da mesa, além de pastas e material de escritório, havia apenas alguns cartões de crédito e algumas moedas.

Não estava muito esperançosa. Nathan quase não ficava no escritório, o que provavelmente significava que ele tinha pouca coisa naquele computador.

Depois que os arquivos do homem foram copiados com sucesso para o disco rígido portátil, ela clicou em alguns deles, abrindo-os um a um. Não havia nada muito importante; apenas algumas propagandas do desempenho do fundo da Edgewater.

Zachary permaneceu em pé atrás da cadeira enquanto ela fechava o último arquivo.

— Nada?

— Nada. Mas ainda há um lugar que eu quero checar.

Ela abriu o e-mail de Nathan e acessou sua lista de contatos. Centenas deles surgiram, o que contrastava com a escassez de arquivos no computador. Rolou a lista, reparando nos nomes de filantropos bilionários, da realeza e de chefes de estado.

Nathan circundou a cadeira.

Próximo ao pé da lista, algo chamou a atenção de Kat. Um grupo denominado W, de um tal Instituto Mundial.

— Zachary, o que vem a ser esse Instituto Mundial?

Ele se aproximou mais e apertou os olhos para enxergar a tela.

— Instituto o quê?

Kat clicou no grupo, revelando uma nova lista de nomes.

— Este grupo do Instituto Mundial. Já ouviu falar dele?

— Não tenho certeza... Acho que é um grupo internacional de pesquisa de que Nathan faz parte.

— O que eles fazem exatamente? - Ela digitalizou a lista. Chefes de estado atuais e antigos, o presidente do Fundo Monetário Internacional... além de membros de pelo menos duas famílias reais.

— Tem algo a ver com teoria da moeda, se não me engano. Nathan mencionou isso uma ou duas vezes, quando ainda costumávamos nos falar.

— Teoria da moeda... Isso não seria do seu interesse?

Por que Zachary não tinha conhecimento sobre algo claramente relacionado ao seu campo de atuação?

— Na verdade, não. Eu comercializo moeda. Não teorizo sobre ela. Teoria é para acadêmicos. - Ele apoiou a mão na parte de trás da cadeira enquanto corria os olhos pela lista de nomes.

Ela precisava investigar melhor aquilo, Kat anotou mentalmente.

Desconectou o disco rígido e guardou-o na pasta. Iria examinar cada byte do restante dos arquivos em seu escritório.

— Olhe só isto... - Zachary inclinou-se e tirou um papel da cesta de lixo de Nathan. — Ele nem se preocupa em esconder.

Kat olhou o papel. Era um roteiro de viagem. O voo e seis noites em um hotel de luxo.

— O que pode haver de errado em um voo para Londres?

— Para começar, Nathan deveria se encontrar com nossos banqueiros de Nova Iorque. Londres não tem nada a ver com o nosso negócio. Mas claro que ele não dá a mínima para isso.

— A linha entre viagens pessoais e de negócios às vezes é muito tênue. Isso é comum em negócios de família.

— Negócios de família? - Zachary cuspiu as palavras como se fossem veneno. — Somos família apenas no nome.

— O voo foi ontem. Tem ideia do que pode estar acontecendo em Londres?

CAPÍTULO 10

A respiração de Kat se acelerou enquanto ela subia a colina, incapaz de se concentrar em algo além de sua lenta corrida pela inclinação de dez por cento. A casa de tio Harry ficava a meio caminho; próxima, porém ainda a impossíveis trinta metros de distância. Suas pernas queimavam, não acostumadas a correr pelo longo aclive.

Já era sexta-feira, e aquela era sua primeira corrida na semana. Com as crescentes necessidades de Harry e a carga de trabalho aumentada, estava difícil fazer uma corrida decente ou encontrar algum tempo para ela. Aquela poderia ser sua melhor corrida em muito tempo, por isso queria dar tudo de si para que valesse a pena.

A inclinação pesada dava a impressão de uma estrada para lugar nenhum, subindo quase verticalmente até tocar o horizonte para depois terminar repentinamente. Ao menos essa era a visão ali de baixo. Quando ela era menina, depois que seu pai tinha ido embora e ela fora morar com Harry e Elsie, só pensava em continuar até o topo da colina, onde ela fingiria não haver nada acima do asfalto que não fosse céu. Lá, ela deixaria o mundo para trás. Ficaria bem longe de seu passado, de seu presente e, principalmente, ficaria bem longe de Hillary.

Havia levantado cedo para realizar a corrida de duas horas antes que Harry acordasse. O aguaceiro havia se transformado em uma chuva constante, mas, não importava mais. Suas roupas estavam encharcadas, e seus tênis praticamente guinchavam de tanto afundar nas inúmeras poças de água.

Kat finalmente alcançou o topo da colina e desacelerou o passo. O chalé de Harry surgiu a meio quarteirão de distância. Estava muito distante das condições impecáveis em que o tio sempre o mantivera. O musgo tomara conta do gramado, e a tinta das janelas estava descascando.

Após o acidente de carro, ela vinha ver Harry todas as manhãs. Fazia com que ele tomasse o café, depois o levava para o escritório, ou para a casa dela nos finais de semana.

Bateu na porta e esperou por alguns minutos. Nenhuma resposta. A televisão estava no último volume. A juíza Judy repreendia alguém acerca de um conversível que não lhe pertencia.

Kat se abaixou e abriu a caixa de correspondência, sentindo as pernas já enrijecidas.

— Tio Harry? Sou eu, Kat!

Passos se fizeram ouvir atrás da porta. Ela ouviu o barulho de metal enquanto Harry destrava meia dúzia de trancas.

— Que bom ver você! – Ele sorriu para ela.

Como se eles não se vissem há tempos. Como se ela não fosse ver como ele estava todo santo dia.

— O que a traz aqui? – indagou Harry. Usava uma camisa havaiana de mangas curtas e calças de lã presas com um cinto. Tinha perdido tanto peso desde que Elsie morrera no ano anterior!...

— Só vim ver como você estava. Está se sentindo melhor do que ontem?

— Por quê? O que aconteceu ontem?

— Estava enjoado. - Kat baixou o olhar para o antebraço do tio, todo roxo com hematomas. — Você caiu?

— Por que está perguntando isso? - Harry fechou a porta com o cenho franzido.

— Seu braço. - Ela o segurou e mostrou as contusões.

Harry olhou para o próprio braço, surpreso.

— É... acho que sim. Mas está tudo bem agora.

Harry fez um gesto, convidando-a a entrar.

— Já estava na hora de você me fazer uma visita, Kat. Eu não a via há semanas!

Kat seguiu Harry hall adentro e se viu envolvida por um bafo quente. Uma pilha de cartas aguardava no aparador. Ela pegou os envelopes e os examinou, procurando por contas ou qualquer outra coisa que precisasse de atenção imediata. Duas contas do Visa, uma do MasterCard, uma conta de telefone e o último extrato bancário.

Abriu a primeira fatura do Visa e quase engasgou ao ver o saldo a pagar. Vinte e dois mil e poucos dólares!

As outras duas faturas continham valores similares. Juntas totalizavam trinta mil. Aquilo equivalia a muitas aposentadorias.

Sentiu o coração bater mais forte no peito enquanto guardava os papéis no bolso. Entrou no banheiro e fechou a porta atrás de si a fim de examiná-los sem despertar suspeitas em Harry.

Seis mil na Tiffany. O que, por Deus, o tio dela poderia comprar na Tiffany? Mais quatro mil em diversas lojas de roupas de grife.

Preocupante, uma vez que Harry só comprava em lojas de segunda mão. Juros e o saldo remanescente constituíam o restante da dívida. Seria um erro?

Provavelmente não, dado aquele empréstimo suspeito. E agora mais três faturas de cartões de crédito diferentes.

Kat abriu o último extrato do banco e verificou o saldo final. Os saques a descoberto de Harry eram muito maiores do que ela se lembrava de ter visto no escritório da Anita Boehmer.

Mas a fatura que o tio havia levado para o banco era do mês anterior.

Prendeu a respiração e olhou a última página. Uma hipoteca, feita quase três semanas antes, constava junto do financiamento para reforma. Anita Boehmer não havia mencionado aquilo. Que diabo estava acontecendo?

Kat respirou fundo. Um financiamento, cheques pagos ao portador e agora contas de cartão de crédito e uma hipoteca. Em apenas alguns meses, as finanças de Harry tinham saído completamente do controle.

Saiu do banheiro e verificou o termostato. Vinte e nove graus! Baixou para vinte e dois e entrou na cozinha.

A pequena televisão sobre o balcão berrava as notícias da manhã.

— ...Fredrick Svensson mergulhou para a morte quando fazia trilha na neve. - A repórter da CBC ergueu a mão para afastar os cabelos que o vento insistia em lhe jogar no rosto. — Acredita-se que o acidente nas montanhas tenha ocorrido há dois dias, quando Svensson foi visto pela última vez na região. A equipe de busca localizou o corpo no início desta manhã, porém terá que adiar a operação de resgate ao menos até amanhã devido à tempestade que se aproxima.

O céu atrás da repórter estava carregado, com nuvens baixas obscurecendo os picos das montanhas cobertas de neve. À direita da câmera, viam-se vários homens levando mochilas e esquis nas costas.

Kat baixou o volume e juntou-se a Harry na mesa da cozinha. Pilhas de livros amontoavam-se na superfície, mal deixando espaço para um copo de suco de laranja.

— Comeu, tio Harry?

Ele bebericou o suco.

— Ah, faz tempo.

O calor dentro da casa era opressivo. Como de costume, todas as janelas encontravam-se fechadas.

Kat destrancou a janela do recanto do café e a abriu.

— O que você comeu? - Ela esticou o pescoço e inalou o ar fresco.

— Não consigo me lembrar. Não abra essa janela... os bandidos vão entrar.

— Está abafado aqui. Como consegue respirar?

Kat sentiu o cheiro de algo podre e começou a abrir os armários, um a um. Havia um hambúrguer comido pela metade, dentro da terceira porta, coberto de mofo. Com cuidado, ela o pegou com uma toalha de papel e o levou para a lixeira.

— Quer suco de laranja, Kat? - Harry pegou o copo sobre a mesa e o exibiu para ela.

— Quero. - Kat apanhou um copo no armário e caminhou até a mesa. Localizou a jarra de suco de laranja atrás de uma pilha de jornais e se serviu. Congelou ao notar o dedo anelar do tio sem nada.
—- Onde está sua aliança, tio Harry?... - Ele nunca tirara o anel em seus quarenta anos de casamento, muito menos depois que tia Elsie morrera.

— Ah... - Harry levou a mão à boca, cujos cantos se ergueram em um sorriso sem graça. — Acho que caiu no ralo.

— Verdade? Em que pia? - Se ainda estivesse no sifão, Jace poderia recuperá-la. Iria pedir que ele desse uma olhada naquela noite.

— Ahn, na pia da cozinha. Não... na do banheiro.

Kat engoliu o suco. Normalmente ele o refrescava após uma corrida, mas aquele estava com um gosto estranho. Na certa, Harry o mantivera fora da geladeira por tempo demais.

Ela afastou uma pilha de livros e colocou o copo vazio sobre a mesa.

— Vai ao escritório hoje?

— Claro.

— Ótimo. Podemos pegar uma carona. Vamos parar na minha casa para tomar o café. Preciso pegar algumas coisas. - Jace poderia tomar conta de Harry enquanto ela tomava banho e se trocava para o trabalho. Era parte da rotina deles garantir que ele se alimentasse bem. Sem dizer que um pouco de comida também ajudaria a acalmar seu estômago, pensou, fazendo uma careta ao sentir nova dor.

Seus pensamentos se desviaram para a fatura do Visa de Harry. Era inexplicável, assim como a hipoteca, o financiamento para reforma e os milhares de dólares em cheques ao portador em seu talão. Tudo estava fora de controle, e ela se sentia completamente impotente.

CAPÍTULO 11

Kat bocejou, sonolenta, após uma soneca. A análise dos registros financeiros da Edgewater, naquela manhã, não havia dado em nada. Tomar conta do tio e tentar dar sentido ao que acontecia na Edgewater a haviam deixado física e mentalmente exausta.

Olhou para Harry. Ele continuava sentado na recepção com a cabeça baixa, escrevendo naquele maldito talão de cheques. Aquilo o estava consumindo. Era melhor distraí-lo antes que ele, também, ficasse exaurido.

O sol do meio-dia penetrava pelas janelas altas, iluminando a poeira que flutuava até o chão. Ela continuava intrigada com a tal Research Analytics. A Edgewater havia pago cinquenta milhões à empresa naquele ano, e duzentos e vinte milhões no ano anterior. E Zachary não sabia nada a respeito. Fosse qual fosse o negócio da Research Analytics, este era, sem dúvida, muito lucrativo.

Discou o número do telefone que constava na fatura da firma e olhou pela janela enquanto esperava por uma resposta. As nuvens de tempestade finalmente haviam se dispersado lá fora, expondo os picos nevados das Montanhas North Shore em todo o seu esplendor. Contou seis chamadas. Estava prestes a desligar quando uma mulher atendeu, soando meio sem fôlego. E com um ligeiro sotaque... que ela não conseguiu identificar.

— Eu gostaria de algumas informações sobre os seus estudos de investimento.

Uma longa pausa. Apenas respiração do outro lado.

— Posso passar aí depois d...?

Clique.

Kat voltou a discar. Desta vez a chamada nem mesmo foi atendida, o que alimentou suas suspeitas. Empresas idôneas não ignoravam os clientes, muito menos desligavam na cara deles.

Tornou a analisar as faturas da Research Analytics. Muitos dos números das faturas encontravam-se em sequência. Bandeira vermelha em se tratando de fraudes. A maioria das empresas de verdade tinha mais de um cliente. Principalmente empresas com centenas de milhões em vendas anuais. Ou a tal Research Analytics não possuía uma clientela, ou os clientes eram muito raros.

E ela podia apostar que estava lidando com o primeiro caso.

As faturas da Research Analytics apontavam um endereço na East Broadway, a poucos minutos de carro dali do escritório. Iria lhes fazer uma visita mais para o final da manhã.

Pesquisou on-line para ver o que mais poderia encontrar sobre a empresa. Nada, nem mesmo um site.

— Problemas?

Kat estivera tão absorta em seus pensamentos, que nem mesmo tinha percebido Jace entrar e se curvar por trás de Harry.

— Olhe aqui... - Jace apontou no talão do tio dela. — Você se esqueceu de subir um.

Harry resmungou alguma coisa, e Kat lançou a Jace um olhar de advertência. Seu tio costumava ficar irritado sempre que alguém tentava ajudá-lo.

Voltou a se concentrar nos dados do computador de Nathan. Vasculhar os arquivos restantes durante toda a manhã não levara a nada de substancial.

Exceto à sua impressionante lista de contatos: um verdadeiro Quem é Quem de pessoas influentes do mundo inteiro.

O grupo do Instituto Mundial, em particular, a intrigava. Além de riqueza e poder, o que todos os seus membros tinham em comum?

Olhou para Harry, que agora tentava proteger seu talão de cheques com o braço direito. Jace continuava atrás dele, olhando por cima de seu ombro. A diferença, era que agora seu tio parecia mais animado.

Kat esperou pela inevitável explosão de Harry. O Dr. McAdam estava certo ao menos em uma coisa acerca de seu paciente: era melhor concordar com ele, mesmo que isso não fosse verdade.

— Pare com isso, Jace! - rosnou Harry. – Está me deixando careca de raiva!

Decididamente, aquele não era um bom momento para lembrar o tio dela que ele era careca havia décadas.

— Está bem. - Jace fingiu-se magoado. – Eu só estava tentando ajudar.

— Dê um tempo nisso, tio Harry - interveio Kat. – Eu o ajudo depois.

— Maldito banco! Como se não bastasse o tal empréstimo, ainda me aparecem todas estas cobranças erradas. Falam que ultrapassei o limite de crédito. Mas isso não pode estar certo. Por que eles não fazem um extrato menos complicado? É como ler grego! - Harry jogou a caneta e levantou-se da cadeira. — Deixem-me em paz, vocês dois!

— Tio Harry... Posso resolver isso em uma hora. Deixe-me ver. - Kat levantou-se do sofá e caminhou até a mesa. Olhou para a gaveta que agora se encontrava completamente aberta, fazendo as vezes de uma fita Não Ultrapasse. Estava cheia de elásticos emaranhados e maços de papéis cortados. E, claro, com uma caixa de metal. A versão de Harry para um cofre.

— Não. - Ele cruzou os braços e a encarou. — Quero fazer tudo sozinho. Isso me mantém esperto.

— Mas está lidando com isso há semanas! Eu trabalho com extratos o tempo todo. Deixe-me acertar as contas no seu talão de cheques. Posso acrescentar todos os erros do banco, assim vai poder ligar para eles.

— Eu já quase cheguei a uma conclusão. Mais algumas horas e...

— Preciso que você me ajude em outra coisa – desconversou Kat. – Estou preocupada com a agenda do escritório.

— Já que é assim, acho que vamos ter que nos concentrar cada um na sua especialidade. - Ele completou a frase com um longo suspiro, enquanto recolhia seus papéis.

— Ótimo. Preciso que você coloque estas faturas por ordem de data. - Kat entregou-lhe a pasta da Research Analytics, sabendo que Harry gostava muito mais de se sentir indispensável do que de matemática.

— Sim, chefe. - O semblante de Harry suavizou-se. — Se precisar de mais alguma coisa, grite.

Kat estendeu a mão.

— É melhor me dar isso aí.

Harry entregou-lhe o talão de cheques e os extratos bancários, relutante.

— Promete que não vai desfazer o que fiz até agora? Preciso continuar de onde parei.

Kat sorriu para ele, embora se perguntando, preocupada, que outras surpresas financeiras aquele talão poderia revelar.

— Prometo.

Lançou um olhar para Jace, porém ele evitou o contato visual. Em vez disso, mergulhou no sofá da recepção, os ombros largos caídos. Acomodou-se e afrouxou a gravata.

Algo estava errado. O terno bem passado com que ele tinha saído de casa naquela manhã agora estava todo amarrotado. O sorriso iluminado também desaparecera.

— Esse é o seu look casual de jornalista? Se for, está perfeito...

Nenhuma resposta.

— Jace, quero conversar com você. - Ela fez um sinal para que ele a seguisse.

Kat ouviu os passos do namorado atrás dela enquanto se dirigiam para o escritório.

— Tem trabalho para mim também?

— É sobre Harry. — Ela baixou a voz. - Ele está com um problemão financeiro. Maior ainda do que aquele que eu descobri ontem. Está com dívidas pesadas de cartão de crédito. Harry está praticamente falido, veja só... - Entregou uma cópia do extrato do tio para Jace, mostrando a enorme hipoteca no valor total da casa. – Está endividado até o pescoço e não tem um tostão no banco. A cada vez que eu pisco, encontro um novo empréstimo ou cobrança de cartão. No entanto, ele fica conosco noite e dia... Onde está encontrando tempo para fazer essas coisas?

Jace deu de ombros.

— Será que está fazendo isso pela internet?

Kat negou com um gesto de cabeça.

— Mais um pouco e ele perde a casa.

— Eu já disse, Harry poderia morar com a gente. Ele pode vender a casa.

Jace não se sentiria da mesma maneira se percebesse o que estava em jogo.

— Ele se recusa a fazer isso. Diz que o estou enganando. Não tem mais noção das coisas e não se lembra de ter hipotecado a casa. O problema é que suas finanças saíram do controle. O que eu faço?

— Não sei. - Jace deixou-se sentar na cadeira à sua frente e soltou um suspiro.

Algo estava errado mesmo. Jace sempre tinha uma resposta para tudo, e agora parecia um trapo. Dava dó só de olhar para ele.

— O que aconteceu? Parece que alguém morreu.

Kat limpou uma parte da mesa e colocou nela a papelada de Harry. Poderia esperar mais alguns minutos para começar.

Jace inclinou-se para a frente, os cotovelos sobre os joelhos. Manteve a testa apoiada nas mãos, ainda em silêncio.

— Jace... O que foi?

— O *Sentinela* acabou de me despedir.

— Não acredito! Por quê?

Ele se recostou e passou os dedos pelos cabelos.

— Acho que sei por quê. Sabe a história da fraude imobiliária? Deve estar relacionada a alguém importante.

— Quem? - Kat sentiu-se egoísta por ter colocado os próprios problemas à frente dos dele.

— Foi o que não consegui descobrir. Eles não apenas abortaram a minha matéria de primeira página, como também disseram que não precisam mais dos meus serviços.

— Que loucura! Seu editor adorou a reportagem!

Jace vinha investigando a tal empresa havia mais de um mês. Ela mesma o ajudara com a análise que tinha acabado por revelar as superavaliações das propriedades.

— Não acho que tenha sido por decisão dele. Alguém mais influente deve ter posto fim em tudo, mas ninguém quis me falar nada. Eles me puseram para fora, Kat. Depois de dez anos. Pelo visto, mexi em um vespeiro.

— E não é isso o que as manchetes fazem? Mexer em um vespeiro, convidar à discussão, expor malfeitos?

— Aparentemente, não no *Sentinela*. Mas, por que me incentivaram a prosseguir se planejavam matar a história no final? - Ele jogou o jornal sobre a mesa. – Olhe aqui... Eles preferem fazer propaganda de empreendimentos imobiliários a levantar um pingo de polêmica. - Uma página inteira exibia um casal de vinte e poucos anos enroscado em um sofá, com uma mesa posta e uma cozinha gourmet em segundo plano. — Eles nem podem me falar a verdade a respeito. Disseram que estavam substituindo os repórteres por outros, sindicalizados. Mas eu fui o único a ser cortado.

A equipe de repórteres do *Sentinela* já havia sido reduzida quando um grupo de mídia global o comprara no ano anterior.

— Eles não podem demitir você. Você não é funcionário, é freelancer. — Kat pulou da cadeira e deu a volta na mesa para se inclinar e beijar o topo da cabeça de Jace. Ela odiava vê-lo tão abatido. O jornalismo era a vida dele.

— Semântica pura. No fim, o resultado é o mesmo: acabou o dinheiro. Sem dizer que, como freelancer, não tenho nenhuma indenização. O jornal era minha única fonte de renda havia mais de uma década. O que vou fazer, Kat? Era a minha única chance de trabalho na cidade.

Era verdade. Ninguém mais lia jornais. Agora era tudo on-line, limitado a monossílabos... e de graça.

Kat sentou-se na beirada da cadeira de Jace e deu-lhe um abraço.

— Há um monte de revistas on-line. - Ela tentou parecer animada, embora ela própria não acreditasse no que estava dizendo. — Pode fazer muita coisa.

— Duvido. Todo mundo é contratado agora, e eles não pagam mais do que centavos por palavra. Não dá para o sustento de ninguém, e eu preciso pagar as contas.

— Vai encontrar alguma coisa. Você é um bom jornalista. - Jace ganhara prêmios da indústria por três anos consecutivos.

— Não tenho tanta certeza. Com todas essas fusões, tudo é propriedade de cada vez menos pessoas hoje em dia. Ninguém está contratando.

— Posso dar conta das nossas despesas, Jace. Acabei de receber uma bolada por conta desse meu novo caso. E você vai arrumar trabalho em breve, tenho certeza.

Ele balançou a cabeça, desolado.

— Eu devia ter escolhido outra profissão. Quem teria imaginado que os jornalistas iriam pelo mesmo caminho dos ferreiros e dos técnicos em máquinas de escrever? Estamos obsoletos.

— Não está obsoleto. As pessoas ainda precisam ouvir a verdade.

— É pior do que você imagina. - Ele abriu o jornal na seção de finanças. — Leia isto.

Kat correu os olhos pela manchete. Grandes Pechinchas nos Negócios Imobiliários da Região.

— É totalmente o posto da sua reportagem sobre fraude nas avaliações e mercado superaquecido. — Ela balançou a cabeça, inconformada. — Não importa, Jace. Azar deles.

— Claro que importa. Eles me mandaram embora para encobrir alguma coisa. Quero saber o que é.

— É melhor, para a sua paz de espírito, esquecer isso tudo.

Jace nunca sabia quando parar. Era tão teimoso quanto um cachorro que não largava o osso.

Às vezes, isso era bom. Como quando ele lidara com os empreiteiros naquela reforma sem fim da casa deles.

Mas enfrentar gente grande raramente dava certo no final.

— É exatamente isso o que eles querem que eu faça. Obviamente, há mais nessa história do que eu consegui encontrar, e vou descobrir o que é. Eles não podem me calar. Sempre vale a pena lutar pela verdade.

— Às vezes. Mas sempre há um custo, Jace. — Kat queria acreditar no que ele dizia, mas gente implacável costumava vencer a qualquer custo, e muito frequentemente à custa de idealistas como Jace. Pessoas assim não pensavam duas vezes antes de pisotear os corpos, corações e mentes alheios para avançar. Bastava confrontá-las para que elas enterrassem qualquer um em um buraco às vezes profundo demais para se escavar.

Como estava acontecendo com tio Harry e seu dinheiro. Ou com os pequenos investidores que iam atrás das apostas financeiras de Zachary.

Seria melhor se Jace assimilasse sua perda e seguisse adiante em vez de piorar as coisas. Era preciso escolher as próprias batalhas. Aquelas preto no branco. As muito preciosas para se perder.

CAPÍTULO 12

Kat marchou para dentro do banco, pronta para o combate. Ignorou os olhares dos caixas e foi direto para o escritório de Anita Boehmer.

Jace estava certo. Valia a pena lutar por certas coisas. E como Harry não podia fazer isso sozinho, ela o faria por ele.

Como o banco podia colocar os próprios interesses acima de um abuso financeiro tão flagrante? Lucrar fácil era mesmo tão importante para eles?... Aquilo era um crime.

Kat respirou fundo, focou os pensamentos e se esforçou para manter a calma. Bater de frente com um banco não estava em seus planos naquele dia.

Jace havia levado Harry às compras, o que lhe dera a chance de trabalhar no talão de cheques do tio. Queria estar com tudo acertado quando este retornasse.

E a situação financeira de Harry era muito pior do que ela imaginara. Após um estudo mais acurado das contas dos últimos seis meses, ela havia notado outras coisas. Pagamentos dos dois financiamentos tinham sido devolvidos por falta de fundos. Harry sempre fora cuidadoso com suas economias e, de repente, passara a ultrapassar seu limite de crédito.

Kat encarou a surpresa Anita Boehmer no escritório do gerente do banco.

— Por que não mencionou a hipoteca que Harry fez quando estávamos aqui, ontem?

— Estávamos falando sobre o empréstimo para a reforma. Não havia nenhuma razão para mencionar a hipoteca. - Anita levantou-se e se pôs junto à mesa.

— Nenhuma razão? - Kat jogou o extrato bancário de Harry sobre a escrivaninha da gerente. – Viemos até aqui para esclarecer uma transação atípica. O que seria uma boa razão para citar outras transações suspeitas na conta de um aposentado de oitenta anos?

Anita suspirou e sentou-se. Então fez um gesto para que Kat fizesse o mesmo.

— Como eu lhe disse ontem, ele me parecia perfeitamente normal quando fez o empréstimo. Quanto à hipoteca, foi feita pelo funcionário responsável. – Anita encolheu os ombros, as palmas das mãos voltadas para Kat. — Não vejo o que há de tão susp...

— Ele tem oitenta anos, Anita! Vive com a renda fixa gerada pelo dinheiro que tem no banco. De repente, todo o dinheiro desaparece e Harry está endividado. Você deixaria seus pais idosos hipotecarem a própria casa?

— Eu não podia impedir Harry de fazê-lo. Não é da minha conta.

— Ele tem Alzheimer. Se você não ajudá-lo, quem vai fazer isso?

Anita limitou-se a fitá-la inexpressivamente, como se ouvisse aquilo o tempo todo.

— Esse silêncio só piora as coisas. Mas imagino que deva ter ganhado alguns pontos extras para a sua cota mensal – arriscou Kat, embora não tivesse ideia se bancários recebiam incentivos ou não.

O rosto de Anita tingiu-se de vermelho.

— Lamento muito que a situação financeira de Harry esteja tão precária. Sinceramente. Mas não é nossa função gerenciar o dinheiro dos outros.

— Não?... E quando é que isso passa a ser função de vocês? Depois de venderem a eles todos os serviços do banco e mais alguma coisa? -

Kat apontou o extrato bancário de Harry. — Depois que os tiverem arruinado?

— Desculpe, mas não vejo como o banco possa ser responsável por isso.

— Anita... você o ajudou a preencher o pedido de empréstimo. - Kat mostrou no formulário. — Esta não é a letra do meu tio.

— Eu me lembro de ele estar com dificuldades para preenchê-lo. – A moça mordeu o lábio.

— É exatamente esse o ponto. De uma hora para a outra, meu tio não consegue se lembrar do que fez. Não pode conferir o talão de cheques, muito menos preencher esse tipo de papelada. E, mesmo assim, você ficou tranquila ao lhe fornecer um empréstimo...?

O talão de Harry estava lotado de erros. Seus cálculos indicavam um saldo milhares de dólares maior do que o que constava no extrato.

— Eu não poderia me recusar a ajudá-lo - defendeu-se a gerente. — Ele parecia apto, e os números batiam. E essa letra, no pedido de empréstimo, não é minha. Alguém o ajudou.

— Quem? – exigiu Kat. Se assim fora, iria conversar com a pessoa.

— Não se trata de ninguém do banco. Ele trouxe o formulário de casa.

CAPÍTULO 13

No final da tarde, Kat deixou o elevador e entrou nos escritórios luxuosos e silenciosos da Edgewater. A recepcionista interfonou para Zachary e a fez acomodar-se em uma cadeira estofada na sala de espera.

Zachary não a aguardava, porém, a revelação sobre a auditoria exigia atenção imediata. Se a Beecham não existia, as demonstrações financeiras da Edgewater não tinham sido auditadas de forma independente.

A manobra intencional significava apenas uma coisa: resultados financeiros fraudulentos. Alguém estava escondendo alguma coisa.

Ela apanhou o celular e digitou o número de Jace sem delicadeza. Deixou uma mensagem, pedindo que ele fizesse uma verificação nos antecedentes da Beecham.

Dez minutos depois, Zachary cumprimentava-a na recepção e a conduzia até seu amplo escritório.

Ele empurrou uma pilha de papéis para a lateral da mesa e fez um gesto para que ela se sentasse. Kat falou, então, sobre o endereço fictício da Beecham e suas suspeitas.

— Impossível. As autoridades reguladoras exigem que as demonstrações financeiras sejam auditadas. Sem mencionar os nossos clientes. Eles não investiriam em fundos não auditados. – Zachary negou com um gesto de cabeça.

— Chegou a conhecer os auditores? Checou suas credenciais?

— Nunca precisei fazer isso. Como eu disse, Nathan era quem lidava com as questões administrativas.

— Mas você afirmou que seu modelo de negócio era complicado. Os auditores precisariam compreendê-lo para fiscalizar a Edgewater. Quem explicou tudo a eles? Nathan?

A realidade abateu-se sobre Zachary, e ele encarou Kat.

— Nathan nunca me falou nada a respeito. E ele faz negócio com essa Beecham há anos, antes mesmo de eu entrar na empresa. - Zachary se deixou afundar na cadeira e apoiou a testa nas mãos. — Isto não pode estar acontecendo.

— Pois está. A menos que a Beecham funcione em um terreno baldio.

— Eles não podem ter se mudado? - Ele limpou minúsculas gotas de suor da testa.

Kat ergueu as sobrancelhas.

— A Beecham provavelmente nem existe. Tenho alguém verificando isso neste exato momento.

— Mas a assinatura do auditor consta nas declarações. Está me dizendo que é tudo uma farsa?

— Qualquer um pode falsificar uma assinatura. A auditoria anual da Edgewater foi feita há alguns meses. Não havia nenhum auditor no escritório?

Auditores normalmente trabalhavam nos próprios escritórios de seus clientes durante parte da inspeção. Em uma empresa do tamanho da Edgewater, o trabalho de campo duraria ao menos algumas semanas.

— Não que eu me lembre. Não recebemos muitos visitantes, nem mesmo auditores. Trabalho administrativo não é exatamente a minha praia, mas, mesmo assim... como isso pôde acontecer bem debaixo do meu nariz? - Zachary deu um murro na mesa enquanto se punha de pé. — Como pude ser tão estúpido?

— Em retrospectiva, pode parecer óbvio. Mas, enquanto não ficava sem dinheiro, não tinha motivos para questionar coisa alguma.

Exatamente como acontecera com tio Harry e seus empréstimos.

Zachary lhe pareceu frágil enquanto caminhava de um lado para o outro diante da paisagem emoldurada pelas janelas enormes, os ombros caídos com a frustração.

— Tenho que pôr um fim nisto. Qual é o próximo passo?

— Tente pensar por que motivo as demonstrações financeiras teriam sido falsificadas. Vou reavaliar os resultados do seu sistema financeiro e ver quais são os verdadeiros números.

— Verdadeiros números? - Ele estacou para encará-la.

— Se as demonstrações financeiras forem falsas, pode ter certeza de que os números reais são muito diferentes. E, imagino, não para melhor. Preciso de total acesso aos seus livros e registros. Podemos trabalhar durante a noite, enquanto sua equipe não está aqui.

Como se ela tivesse outra equipe com que contar... Refazer uma análise financeira poderia ser extremamente demorado. Talvez Jace pudesse ajudar de alguma forma.

Zachary franziu o cenho.

— Puta merda... Não é à toa que a Edgewater não tem mais verbas. Vou chamar meu advogado e obter um pedido judicial. Vou congelar as contas bancárias e os fundos.

— Zachary, essa seria a minha primeira reação também, mas...

— Não me peça para esperar e ter certeza. Tenho que barrar Nathan. - Zachary rumou para a porta do escritório, o celular em punho.

— Está bem, ligue para o seu advogado. Mas ele também vai querer uma prova. Algo que Nathan não possa explicar. Principalmente se você quiser que seja instaurado um processo.

— Isso pode levar dias. Enquanto isso, a Edgewater é saqueada?... - Zachary virou-se abruptamente e encarou Kat. — Não temos mais condições. Vamos adiante com qualquer coisa que você descobrir até segunda.

— Segunda? - A sexta-feira já estava quase no fim. Considerando que o próprio futuro de Zachary dependia daquela investigação, ter apenas alguns dias para trabalhar era ridículo. – Preciso, no mínimo, de uma semana ou duas, apenas para refazer a análise financeira. A Edgewater é uma empresa multibilionária.

— Segunda-feira. - Zachary saiu para o corredor antes que ela tivesse a chance de dar uma resposta.

CAPÍTULO 14

Kat passou o começo da noite no escritório de Nathan, extraindo dados do sistema de registro de clientes da Edgewater - o primeiro passo para confirmar a receita da empresa. A Edgewater recebia uma porcentagem dos resultados obtidos com os investimentos de seus clientes. Se as aplicações dos investidores rendiam, a receita da empresa aumentava. Mas, se estes perdiam dinheiro, ou mesmo se alcançavam o ponto de equilíbrio, o fundo de investimentos não ganhava nada.

Esse era o problema. De acordo com seus cálculos, as comissões da Edgewater totalizavam apenas uma fração do que estava registrado nas demonstrações financeiras. A menos que houvesse uma fonte de renda ainda desconhecida, as receitas da empresa tinham sido supe-restimadas em bilhões.

Será que ela havia deixado escapar alguma coisa? Pouco provável depois de uma análise tão exaustiva. Algo muito suspeito estava acontecendo. Precisava conversar com Zachary antes de continuar.

Havia, também, o problema do terreno baldio onde deveria estar a Beecham. Seguindo um pressentimento, Kat digitou o endereço Cedar Street, 422, da empresa, no Snoopy, seu software de análise de auditoria exclusivo. Pressionou *Enter* e esperou enquanto o programa escaneava todos as contas a pagar da Edgewater. Ficou surpresa ao ver que os resultados continham não apenas um, mas dois fornecedores com o mesmo endereço.

O segundo nome lhe pareceu familiar, mas não conseguiu entender por quê.

— Zachary?

Nenhuma resposta. Poderia atravessar o corredor até o escritório dele em um minuto. Antes, contudo, faria mais uma busca. Encontrar dois fornecedores da Edgewater em um endereço inexistente era mais do que alarmante.

Olhou a tela por um momento, perguntando-se onde já tinha ouvido o nome Svensson. Então se lembrou: Fredrick Svensson. Era o homem que havia morrido no acidente com raquetes de neve! Tinha certeza de que era esse o nome que escutara no rádio de Harry, naquela manhã.

Digitou Svensson em um mecanismo de busca, pressionou *Enter* e, no mesmo instante, no topo da página de resultados, visualizou meia dúzia de entradas sobre o acidente de quarta-feira envolvendo a prática de *snowshoeing*.

Clicou na primeira. Um sexagenário de cabelos grisalhos, com uma barba cuidadosamente aparada e óculos ao estilo John Lennon, a fitou da fotografia. A legenda logo abaixo dizia: Economista indicado para o Nobel morre durante a prática de trilha na neve.

Por que a Edgewater contrataria um economista indicado para o prêmio Nobel?

Kat puxou o registro de fornecedor de Svensson no sistema contábil da Edgewater e clicou nos detalhes da transação. Várias faturas haviam sido pagas nos últimos dois anos, todas na faixa de oito ou nove mil dólares.

Clicou em uma delas e leu a descrição: taxa de consultoria. Consultoria do quê? O que Svensson e a Beecham tinham em comum?

Mais importante do que isso: o que Svensson e a Edgewater tinham em comum? Kat leu o restante das entradas. Além de seu amor pela natureza, Fredrick Svensson tinha uma visão muito peculiar a respeito de moeda.

Clicou em outro artigo, datado do ano anterior.

Uma Moeda Mundial - Faz Sentido em Termos Econômicos?

Fredrick Svensson, economista indicado para o Nobel e pioneiro em reforma monetária, falou hoje no Fórum Econômico Mundial de Davos. Seu trabalho sobre reforma monetária é conhecido e controverso, afirmando que várias moedas criam ineficiências e barreiras para o comércio mundial e para o bem-estar econômico geral. Svensson alega que essas barreiras resultam em maiores custos operacionais e colocam em desvantagem os países em desenvolvimento. Ele falou sobre a necessidade de uma moeda mundial como um passo para a prosperidade global.

Kat passou os olhos pelo restante do artigo. A Edgewater e Svensson tinham a moeda como um denominador comum. A Edgewater comercializava moedas, e Svensson era um especialista mundial proeminente.

Suas visões de moeda, entretanto, diferiam drasticamente. As teorias de Svensson, se adotadas, impactariam diretamente a Edgewater. A Edgewater explorava taxas de câmbio, exatamente o que Svensson recomendava que não fosse feito.

Então, por que a Edgewater pagaria taxas de consultoria a Svensson?

Kat pressionou o botão de impressão e tirou o artigo da impressora. Parou por um instante diante do enorme jogo de xadrez em mármore de Nathan, depois rumou para o corredor. Talvez Zachary pudesse explicar melhor aquilo tudo. Ele havia se retirado para o próprio escritório algumas horas antes.

Pela primeira vez, ela notou a série de molduras em madeira escura, cada uma contendo uma cédula ou obrigação financeira antiga de algum tipo. Reparou nos nomes: Mississippi, South Sea Company e outros. Todas sem valor, exceto como itens de colecionador. Que irônico era ver as paredes da Edgewater repletas com instrumentos de antigas fraudes financeiras!... Teriam sido escolhidas por Nathan ou Zachary?

O corredor estava estranhamente silencioso. Nada de vozes, nem digitação, apenas o ruído de seus sapatos afundando no carpete espesso.

— Zachary?

Nenhuma resposta.

Ela chamou de novo, mais alto desta vez. Imaginara que Zachary se encontrava em algum lugar do escritório, pois não tinha ouvido ninguém entrar nem sair.

Virou a esquina para o escritório dele, porém ele não estava lá. Havia imaginado errado.

Pegou o celular e digitou seu número. Deu um pulo ao ouvir o toque nas proximidades. O celular de Zachary estava sobre a escrivaninha, entretanto seu paletó tinha desaparecido.

Kat praguejou baixinho. Por que Zachary não a havia avisado de que ia embora? Ele iria voltar mais tarde, ou esperava que ela trabalhasse ali sozinha, a noite toda? Ela não tinha nem mesmo uma chave para trancar o escritório.

Deixou uma mensagem para que ele lhe retornasse o mais rápido possível, porém certa de que isso não adiantaria muita coisa.

Voltou para o escritório de Nathan e fechou o laptop. Juntou as demonstrações financeiras da Edgewater, as listas de contas, os extratos de clientes. Embora ainda nem tivesse começado a conciliar os totais dos clientes com as finanças da empresa, havia um resultado em particular que a perturbava.

A conta bancária da Edgewater agora possuía um saldo inferior a cem mil dólares. Para um bilionário que investia pesado na própria empresa, um montante desses era absurdo.

Não bastasse isso, o valor ainda diferia muito do constante na declaração de patrimônio líquido de Zachary para o divórcio. Se a conta estivesse certa, seu pecúlio era muito menor do que ele imaginava, uma vez que este se encontrava intrinsicamente ligado à Edgewater. Isso significava que o acordo de divórcio com Victoria Barron tinha como base um dinheiro que, na verdade, não existia.

Zachary seria realmente tão desligado quanto ao valor de seus próprios bens? Como reagiria quando descobrisse a verdade?

Kat enfiou os documentos na pasta e apanhou o casaco. Embora o prazo dado por Zachary a incomodasse, ela estava longe de conseguir se concentrar. Além da dor no estômago, sentia-se febril. Precisava descansar antes que aquela gripe a derrubasse. E também ver como estavam Harry e Jace.

Ela parou na porta, depois voltou para o escritório de Nathan. Tornou a abrir a pasta e analisou o saldo final daquele dia no banco. De acordo com seus dificílimos cálculos, o dinheiro da Edgewater acabaria na terça-feira - dali a poucos dias -, e um dia após o prazo dado por Zachary.

O senso de urgência de Zachary tinha fundamento. Segunda-feira poderia ser tarde demais se ela houvesse subestimado as perdas da Edgewater e a ganância de Nathan Barron.

Uma chave clicou na fechadura da porta da frente.

Não poderia haver melhor hora para conversar com Zachary.

Kat largou o casaco e a valise no sofá de Nathan e rumou para a entrada.

Mas não era Zachary. A risada de uma mulher rompeu o silêncio.

Kat congelou no lugar. Sentiu o coração disparar enquanto procurava um lugar para se esconder no escritório.

Foi então que percebeu: ela conhecia aquela voz!

Era Victoria.

Mas, por que a mulher estaria ali àquela hora? Após uma batalha tão feia no tribunal, por que Zachary não trocara as fechaduras?

A porta da frente fechou-se com um baque. Kat fez meia-volta e buscou um esconderijo. A única porta levava direto à recepção e à Victoria.

Atrás do sofá? Não. Victoria poderia entrar no escritório. Se resolvesse sentar-se, seria no sofá ou à mesa.

Os saltos-agulha da mulher clicaram no chão de mármore da recepção, depois silenciaram quando ela alcançou o carpete Berber no corredor. Kat reprimiu um espirro quando um perfume forte flutuou em sua direção, então mergulhou para trás das pesadas cortinas cor de damasco, as quais tinham sido penduradas como mandava a moda - compridas o bastante para amontoar o tecido no chão e, por sorte, cobrir seus pés.

Victoria sussurrou algo ao celular, presumiu Kat. A mulher se encontrava agora no escritório de Nathan, perto demais para seu sossego.

Olhou para baixo, horrorizada, quando viu luz penetrando pela cortina, a seus pés, e percebeu que a ponta de seu sapato estava para fora, no carpete. Lentamente, deslizou o pé para dentro, esperando que o movimento não atraísse a atenção.

Havia alguém com Victoria? Não tinha ouvido outros passos.

Uma gaveta se abriu e Kat ouviu o ruído de papéis. Espremeu contra a parede, desejando não ter exagerado tanto no almoço. Estaria visível por detrás das cortinas? Não fazia ideia.

— Ok, entendi. Ligo mais tarde.

Kat mal pôde ouvir as palavras sussurradas. Victoria devia, mesmo, estar falando ao celular. O que ela havia entendido?

Soltou um suspiro de alívio quando os saltos da mulher ecoaram no chão de mármore do saguão. Victoria tinha que ter muito sangue frio para ir até ali, uma vez que não trabalhava na Edgewater desde sua separação. Não se importaria em encontrar Zachary? Ou sabia, de alguma forma, que ele não estaria ali?

A porta de saída do escritório bateu, e Kat prendeu a respiração enquanto a chave clicava na fechadura.

Prestou atenção à campainha do elevador, depois esperou ao menos cinco minutos antes de sair de trás das cortinas. O perfume forte de Victoria perdurava. Fez-lhe cócegas no nariz, e ela espirrou.

Quando procurou por um lenço de papel, avistou seu casaco e pasta largados no sofá. Victoria os teria visto?

Deu um pulo ao ouvir o celular tocar. Verificou o número no display enquanto silenciava o aparelho. Era Jace. Contudo, ela não se arriscaria a telefonar de volta dali. Victoria poderia voltar.

Sem dizer que, em vinte minutos, ela estaria em casa de qualquer forma.

CAPÍTULO 15

Os olhos de Kat reviraram com a fadiga. Eram quase três da manhã. Ela ansiava por uma soneca, mas não conseguiria descansar até fazer um levantamento do prejuízo de Zachary. A Edgewater parecia ter sido vítima de uma fraude gigantesca, maior do que qualquer outra que ela já havia visto.

Desde que tinha chegado da empresa, várias horas antes, ela continuara a comparar as contas dos clientes exclusivos com as cópias dos demonstrativos que encontrara no escritório de Nathan. Tinha sido um processo árduo e exaustivo para a vista. Conferira mais de cento e cinquenta contas até o momento, e ainda não encontrara nenhuma em que o extrato batesse com os registros do computador. Os documentos apresentavam lucros de dois dígitos, entretanto, a maioria das contas no sistema tinha saldos próximos de zero, com perdas de investimento em vez de ganhos.

Os lucros dos investimentos nos extratos também eram particularmente consistentes. Consistentes demais, na verdade. Cada uma das contas que havia analisado tinha retornos de exatos doze por cento, independentemente do momento em que o cliente havia investido. Tal consistência era estatisticamente impossível, dado o fato de que o próprio fundo era flutuante e investia em diferentes moedas, com perdas e ganhos recorrentes.

O vento soprava forte lá fora, e Kat ansiou pelo calor de sua cama.

— Ainda nisso? - Jace parou na entrada do escritório, que ficava no andar de cima, segurando duas xícaras de café fumegante.

— Venha dar uma olhada nisto, Jace. - Ela o chamou para ver a tela do computador. — As contas dos clientes totalizam cerca de cento e cinquenta milhões de dólares. Não os bilhões apresentados nas demonstrações financeiras da Edgewater. Fiz uma comparação com os extratos que encontrei. Não me parece boa coisa. - Ela encontrara extratos em papel arquivados na Edgewater. Nenhum batia com os saldos do sistema informatizado.

Jace entregou-lhe uma caneca de café e puxou uma cadeira.

— Cento e cinquenta milhões em três bilhões? Está querendo dizer que faltam dois bilhões e oitocentos e cinquenta milhões? Como é possível uma diferença dessas?

— Aparentemente, Nathan está operando um gigantesco esquema Ponzi, ou pirâmide financeira. Ele pega o dinheiro dos investidores e o transfere assim que este entra. Deve haver cópias dos extratos falsos. É como ele controla as contas. Está vendo isto?... - Kat apontou para a tela do computador, onde ela recalculara o retorno dos investimentos de um grupo de vinte investidores da Edgewater que usara como amostra. — Todos esses investidores obtiveram exatamente doze por cento de lucro ao ano nos últimos três anos.

— Impressionante. Consigo menos de dois por cento no banco. Será que preciso fazer outro tipo de investimento?

— Isso tudo é uma farsa, Jace. Tudo fabricado. Cada um desses clientes investiu em diferentes momentos. Alguns mantiveram suas aplicações no fundo o tempo todo, enquanto outros investiram apenas no último ano. No entanto, todos tiveram exatamente o mesmo retorno.

— Coincidência, talvez?

— Não. Comparei dezenas de clientes e seus respectivos investimentos no fundo. Teoricamente, o fundo trabalha com todo tipo de especulação monetária, mas não consigo fazer as operações em cada uma das contas baterem, nem em qualquer outra transação do fundo de investimentos da Edgewater. Analisei todos os acordos comerciais registrados nos extratos bancários e também reconstituí os ganhos ou perdas em cada moeda em que a Edgewater negocia. Sabe o que obtive?

— O quê?

— Uma perda, Jace. Não existe nenhum lucro de doze por cento. Zachary pensa que seu modelo monetário funciona, mas está enganado. Não há nenhuma transação. Nathan simplesmente não as concretiza. Ele não está investindo dinheiro. E Zachary não tem consciência desse fato porque nunca confere as contas.

— Quer dizer que é tudo uma fraude? Não há outras pessoas trabalhando lá? Como isso tudo pode passar despercebido?

— Nathan é muito atuante, o que não deixa de ser surpreendente dadas as suas frequentes viagens e ausências. Um executivo que faz o trabalho administrativo é outra bandeira vermelha de fraude. É uma função muito amadora para um fundador bilionário.

Alguém tinha que estar ajudando naquilo. A extensão da manipulação manual da conta era trabalho demais para uma só pessoa.

— Tem certeza de que Zachary não fazia ideia disso?

— Diz ele que não. E, por mais difícil que seja acreditar, acho que ele está dizendo a verdade - afirmou Kat.

— Mas, como Nathan pôde desviar tanto dinheiro sem que Zachary ou outra pessoa tenha percebido?

— Não sei. Essa fraude vem acontecendo há pelo menos dez anos. Olhe só isto... - Kat entregou-lhe um dos extratos. O papel tinha o nome da Edgewater e o logotipo da empresa, porém possuía um formato diferente dos outros extratos gerados por computador. Uma etiqueta com o nome do cliente fora colada ao documento.

Jace apanhou o extrato e passou o dedo pelo logotipo.

— Que coisa malfeita. Esta falsificação não enganaria ninguém.

— Ele não usa essa cópia. Escaneia o papel e o envia por e-mail para que ninguém perceba que foi falsificado. Registra tudo em uma planilha, limita-se a adicionar uma porcentagem em cada conta, a cada trimestre, e todos ficam felizes.

As tabelas absurdas que ela encontrara no escritório de Nathan finalmente faziam sentido. Eram seu sistema de contabilidade manual.

— Como ele consegue manter os extratos de verdade incógnitos?

— Deve haver mais alguém envolvido nessa história. Quando o sistema imprime os extratos oficiais, eles são destruídos. Em vez deles, os clientes recebem os extratos falsificados.

Jace assobiou.

— E para onde está indo todo esse dinheiro?

— Uma boa parte foi para uma empresa chamada Research Analytics. Vou fazer uma visitinha a eles amanhã. - Kat apontou a pilha de faturas da Research Analytics. — Já foram transferidos cinquenta milhões este ano. Duzentos e vinte milhões no ano passado. Ainda estou procurando o restante.

— E se um cliente quisesse seus ganhos em dinheiro? Isso não revelaria a fraude?

— Apenas se Nathan não lhes desse o dinheiro. Enquanto estiver entrando a verba dos investimentos, ele pode bancar os resgates sem que o fundo quebre. Nathan simplesmente transfere o dinheiro de um investidor para outro. - Kat percebeu um movimento pelo canto dos olhos e se virou. Harry surgira no corredor, vestindo shorts e uma camisa polo. – Vai sair, tio Harry?

— Só vou dar uma volta.

— Mas estamos no meio da noite... E está chovendo. — Harry decidira ficar por ali após assistir a um jogo com Jace. Teria feito antes aquelas excursões noturnas?

— É mesmo? Melhor eu ficar por aqui, então.

Kat e Jace trocaram olhares. E se ela não estivesse acordada? Harry teria saído naquele clima gelado sem agasalho.

— Tudo bem, tio Harry. Até amanhã.

Harry se arrastou de volta pelo corredor. O médico tinha razão: o tio dela não estava mais seguro morando sozinho.

Interná-lo em um asilo, contudo, estava fora de cogitação. Ela pensaria em alguma coisa pela manhã.

Kat voltou-se para Jace.

— Você faria algum resgate de seus investimentos se estivesse ganhando doze porcento ao ano há cinco anos?

Ele negou com um gesto de cabeça.

— De jeito nenhum. Não conseguiria esse tipo de retorno no banco, nem em outro lugar.

— É exatamente o que os clientes da Edgewater pensam. Entra ano, sai ano, e eles continuam tendo lucros fantásticos. Ninguém faria um resgate, a menos que estivesse em maus lençóis. Seria uma loucura mexer nessa aplicação. Nathan vem trabalhando com pouquíssimos resgates. Investidores sempre resgatam investimentos menos lucrativos primeiro.

— Então Nathan só precisa de dinheiro suficiente para cobrir as poucas contas que sofrem resgate.

Kat assentiu.

— Sim, e isso não tem sido problema. Os clientes estão praticamente batendo na porta da Edgewater para investir em seu *hedge fund*, que tem um quê de exclusividade. Nathan não permite que qualquer um invista, então esses clientes se consideram privilegiados por fazê-lo. Se eles fizerem algum resgate, podem não conseguir investir novamente. E é preciso ser rico para investir em um fundo de investimentos de alto risco. O investimento mínimo é de quinhentos mil.

— Nem parece haver risco algum. Os investidores obtêm um rendimento robusto, ano a ano. O mercado não funciona assim. É bom demais para ser verdade.

— Pois é... Isso enquanto a Edgewater continuar tendo esse lucro absurdo. Zachary pensa que é por conta de seu modelo de negócio secreto.

— Parece duvidar dele.

Kat tomou um gole do café.

— Acho que ele realmente acredita que esse modelo funciona. O problema é que este nunca foi testado, uma vez que Nathan não está processando as operações. E Zachary nunca as põe à prova. Acho que ele imagina que doze por cento é mais do que razoável. Zachary está começando a suspeitar, no entanto. Nathan está defraudando a Edgewater. Os extratos falsos dos clientes e a tal Beecham &

Company provam isso. Eu só não entendo como Zachary pôde se manter tão alheio a isso tudo. E mais... – Kat contou a Jace sobre a absurda conexão da Edgewater com Fredrick Svensson.

— O economista do Prêmio Nobel? Talvez haja um bom motivo para contratá-lo. Mesmo com diferentes pontos de vista, ele pode fazer bons prognósticos.

— É muito estranho, Jace. A bandeira de Svensson é uma moeda comum – como o Euro - mas em escala global. A Edgewater explora e lucra com as discrepâncias que Svensson procura eliminar com sua teoria. Não faz sentido.

— Talvez Zachary tenha planos, já que ele é tão inteligente... - Jace sorriu.

— Duvido, Jace. Zachary insiste que todos as transações têm como base seu modelo de negócio exclusivo. Afirma que eles não fazem nenhuma investigação externa. E há outra coisa que não consigo entender.

— O quê?

— Como Nathan está lucrando com isso. Zachary diz que ele mesmo lança as operações no sistema, mas eu chequei, e essas transações não aparecem no sistema contábil. É como se nada estivesse conectado.

Jace não teve a chance de responder. Ambos congelaram no lugar quando um estrondo, seguido do barulho de vidro estilhaçando, veio do andar de baixo.

Kat largou a caneta quando passos pesados se fizeram ouvir na escadaria da frente da casa. Ela se ergueu de um salto e espiou pela janela do escritório. Uma silhueta escura corria pela calçada na direção de um sedan preto, estacionado no meio-fio. Não saberia dizer se era um homem ou uma mulher. Bateram a porta do passageiro, e o carro se afastou da calçada cantando os pneus.

Kat correu para o corredor com Jace logo atrás dela. Ambos estacaram no patamar da escadaria, contudo, ao sentirem o cheiro de gasolina.

CAPÍTULO 16

Kat e Jace brecaram no patamar, paralisados diante da cena lá embaixo. Restos de um coquetel Molotov caseiro ardiam no centro do tapete do corredor. Vapor de gasolina fundia-se com fumaça, e os estilhaços do vidro da janela lateral cobriam o piso de madeira.

De repente, o frasco explodiu, lançando fogo em todas as direções. Em segundos, a visão que eles tinham da porta da frente foi obliterada pela fumaça, e chamas lamberam o corrimão da escada.

Kat sentiu o cheiro de gasolina arder nas narinas. Deu um pulo quando uma segunda explosão aconteceu, avolumando-se em uma bola de fogo.

— Meu Deus... Tio Harry, venha aqui! Corra! – Kat fez meia-volta, prestes a rumar para o quarto de hóspedes, porém Harry já estava no corredor.

— O que está acontecendo? - Ele esfregou os olhos, que se arregalaram diante das chamas. — Puta merda!

Kat correu para o escritório a fim de chamar o corpo de bombeiros, mas o telefone sem fio não estava na base. Praguejou baixinho e correu de volta para o corredor, perguntando-se onde poderia estar o aparelho.

— Vou tentar apagar o fogo! - Jace voou escada abaixo enquanto arrancava o moletom.

— Jace! Cuidado! - Kat ficou assistindo do alto da escadaria. Em menos de um minuto, as chamas tinham crescido vários metros. Era tarde demais para fazer qualquer coisa. Logo o fogo bloquearia as escadas... e a passagem deles.

Ela se virou para o tio.

— Harry... vamos! - Ela o chamou com um gesto e desceu as escadas com o tio logo atrás dela.

— Deixe-me ajudá-lo, Jace! - Harry arrancou a camisa polo pela cabeça e rumou na direção do rapaz.

— Não! - Kat o agarrou pelo braço e o puxou de volta. Então o empurrou para a cozinha e para longe do incêndio. – Siga em frente, Harry, pela porta dos fundos! Jace, você também! Esqueça isso!

O fogo agora tomava conta de todo o hall de entrada, já muito violento para ser apagado. Estava fora de controle.

De repente, Kat se lembrou dos papéis no andar de cima. As planilhas de Nathan e os extratos dos clientes! Ela estava com os originais! Se corresse escada acima agora, talvez pudesse resgatá-los.

Não. Seria uma estupidez.

— Jace, saia daí! – Ela sentiu o rosto corar com o calor.

— Vou apagar! - Jace franziu o cenho enquanto puxava o moletom já queimado do tapete. Avançou mais alguns centímetros e jogou a blusa contra o fogo. Pisoteou-a com as botas, tentando extinguir as chamas.

Kat parou na porta da cozinha. O trabalho de Jace podia ter dado certo um minuto atrás, antes que as chamas dobrassem de tamanho. Agora, não estava surtindo nenhum efeito, além de ter ficado ainda mais perigoso.

— Aumentou demais, Jace! Vamos!

Jace saltou para trás e protegeu o rosto quando uma terceira explosão avolumou as chamas. O fogo agora bloqueava a escadaria que eles tinham acabado de descer.

Jace virou-se e correu para Kat, fazendo um sinal para que ela saísse. Kat fez meia-volta para entrar na cozinha, e viu Harry imóvel ao lado do fogão, torcendo as mãos. Parecia perdido.

— Vamos pelas escadas do fundo, tio! Venha comigo para a saída da cozinha! - Ela pegou o telefone sem fio no balcão enquanto passava, tentando manter a calma. Abriu a porta da cozinha e encheu os pulmões com o ar fresco e limpo. Digitou 911 e desceu as escadas, puxando Harry atrás de si.

Quando olhou para trás, sentiu o coração parar. Onde, diabos, estava Jace? Ele devia estar logo atrás dela e de Harry!

Mas não estava.

— Espere aqui! Fale com eles! - Kat empurrou o telefone para as mãos do tio e correu de volta para a casa.

— Como assim, "espere aqui"?... - Harry ergueu a mão, alarmado. - Não entre aí, Kat!

Ela se voltou para fitá-lo.

— Tenho que encontrar Jace!

A chuva intensa abafou os pedidos de Harry, ou talvez ela mesma os tivesse bloqueado.

— Não! - Harry gritou mais alto e torceu as mãos. – Espere pelo corpo de bombeiros!

Mas Kat já subia as escadas. Atravessou o umbral, deparando com uma espessa cortina de fumaça. Tapou a respiração e se abaixou, esperando encontrar ar fresco mais abaixo. Por que Jace não a seguira? Ele estava logo atrás dela! Era óbvio que o fogo já estava grande demais para ser extinto... O que ele estava pensando?!

Engatinhou ao longo do chão da cozinha, tentando se manter abaixo da fumaça densa. Harry estava certo. Voltar tinha sido um erro.

Mas alguns segundos poderiam fazer toda a diferença antes que o corpo de bombeiros chegasse. Os documentos da Edgewater eram importantes, mas não podia abandonar Jace!

Tossiu quando a fumaça invadiu seus pulmões, afetando-lhe também os olhos, e ela piscou, combatendo as lágrimas. Arrastou-se pela cozinha até o corredor, incapaz de ver mais do que uns poucos centímetros à frente. Apesar de as chamas já terem diminuído, a fumaça preta permeava cada centímetro do corredor, tornando impossível enxergar qualquer coisa.

Com dificuldade, ela se aproximou de onde tinha visto Jace pela última vez, a respiração pesada. Não conseguia ar suficiente.

Enquanto lutava para respirar, ouviu as sirenes do carro de bombeiros descendo o quarteirão, depois os pneus do caminhão cantando lá fora. Portas bateram e vozes masculinas se fizeram ouvir pela janela quebrada.

Ela ainda tinha esperanças, até que as luzes piscantes do carro de bombeiros penetraram a escuridão. O hall estava vazio. Jace tinha desaparecido.

CAPÍTULO 17

Kat estremeceu e apertou mais o cobertor de lã em torno dos ombros. Sentou-se nos degraus da frente, ouvindo a água escorrer pelas calhas dos beirais. A chuva tinha diminuído, e o fogo fora extinto. Agora ela tossia em espasmos, resultado da inalação de fumaça.

Harry sentou-se a seu lado e concordou com um gesto de cabeça enquanto o chefe dos bombeiros a repreendia por ter entrado na casa. Um a um, os vizinhos retornaram à suas residências e apagaram as luzes, aliviados pelo fogo não ter se espalhado.

Jace atravessou o gramado e passou por uma dupla de bombeiros ocupados em arrumar seus equipamentos. Tinha a mão e o braço direito envolvidos por uma faixa. Havia quebrado a janela da sala de estar e pulado para o jardim.

Kat levantou-se e desceu as escadas, indo a seu encontro. Abraçou-o, grata por ele ter escapado do incêndio.

— Nunca mais faça isso, Jace. Pensei que tivesse morrido lá dentro.

Ele se afastou para fitá-la, e seus olhos se estreitaram.

— Não devia ter voltado. Posso cuidar de mim mesmo.

Kat não concordava com aquilo, porém nada disse. Estava aliviada por ele não ter se ferido mais gravemente.

Passou o braço pelo de Jace – o que não estava enfaixado. Juntos, eles subiram a escadaria para a porta da frente.

Ela parou e contemplou o hall de entrada.

— Por que alguém faria isso? – indagou, olhando os restos ainda ardentes do coquetel Molotov, que parecia caseiro. Havia um trapo enegrecido saindo do gargalo da garrafa de vinho quebrada.

Jace não respondeu. Agachou-se e examinou o piso danificado.

Um círculo negro era tudo o que restava do tapete da Índia Britânica, tão antigo quanto a própria casa. O corrimão da escada e os lambris dos corredores estavam denegridos e carbonizados, e as tábuas do piso - que ele havia restaurado com tanto cuidado - agora encontravam-se debaixo de poças d'água. Os bombeiros haviam apagado o incêndio rapidamente, porém o estrago já tinha sido feito.

— Não sei. - Jace ergueu-se e se virou para ela. - Talvez tenham nos confundido com alguém e atacado a casa errada.

— A maior parte dos nossos vizinhos tem mais de setenta anos, Jace. Não consigo imaginá-los sendo alvos de coisa alguma.

Os aposentados do bairro Queens Park faziam coquetéis... mas não os Molotov.

— Alguém jogou essa coisa para vocês, meninos. - Harry surgiu atrás deles e espiou os estragos. – Acho melhor eu não ficar por aqui.

— O que é isso? - Jace cutucou uma lata comprida com a ponta da bota. Estava parcialmente escondida sob o armário do corredor e passara despercebida pelos investigadores do incêndio criminoso. Ele se abaixou e pegou o objeto. Desatarraxou a tampa e tirou de dentro um pedaço de papel.

— O que é?... – quis saber Kat. – Melhor deixar isso aí.

Jace a ignorou. Sua expressão se fechou enquanto ele lia a nota. Sem dizer nada, guardou o papel no bolso.

— Deixe-me ver. - Kat estendeu a mão.

Ele negou com a cabeça.

— Não é nada.

— Como assim, "nada"? - O frasco de metal devia estar dentro do coquetel Molotov. - Eu também moro aqui. Quero saber o que diz esse papel.

Jace deu de ombros e tirou o papel do bolso, entregando-o a ela.

Kat leu a nota datilografada.

Pare com a reportagem.

— Então foi por causa do seu artigo... Mas o *Sentinela* não o arquivou?

— Sim.

— Há alguma outra matéria sua de que eu não esteja sabendo? - Ela sentiu novo arrepio enquanto devolvia o bilhete, e apertou mais o cobertor ao redor dos ombros.

— Não, essa era a única em que eu estava trabalhando, e ela nem foi impressa. Ninguém sabe nada a respeito.

— Ninguém, a não ser o pessoal do *Sentinela*. As mesmas pessoas que o demitiram.

— Acha que alguém do jornal pôs fogo aqui? Isso é loucura, Kat.

— Talvez não seja ninguém do *Sentinela*. Alguém de lá pode ter deixado vazar essa história para um dos que você está acusando... Será?

— Por que fariam isso? - Jace olhou o papel antes de enfiá-lo no bolso.

— Não sei. Talvez pela mesma razão pela qual sua reportagem foi arquivada. Quer dizer, então, que o *Sentinela* está mesmo conectado a essa história de alguma forma. Eles devem estar achando que você vai publicar o artigo de qualquer jeito.

— Sabe que, no fundo, não é má ideia. O *Sentinela* não é o único jornal da cidade.

— Não vale a pena, Jace.

— Por que não? Posso vender a história para outra pessoa. Sem dúvida, há mais nisso tudo. Eles não vão calar a minha boca. Talvez eu deva ir mais fundo e ver aonde isso vai dar.

— E ser alvo outra vez? - Kat desejou jamais ter levantado aquela hipótese. Jace era feito um sabujo atrás de um rastro. Não iria parar enquanto não descobrisse quem estava por trás daquele incêndio.

— Seja lá quem for, precisamos detê-los, Kat. Principalmente levando em consideração a violência deste ataque. Se eu não parar essa gente, o que virá a seguir? Tudo que é controverso será abafado? É assim que começa a opressão.

Kat suspirou. Ela também queria saber quem estava por detrás daquela agressão e queria justiça.

Mas, às vezes, era melhor esquecer. Estava ali algo que ela aprendera no tempo em que fora criada na casa dos Dentons.

Não estava disposta a discutir, entretanto, depois de tudo o que tinha acontecido. Mudou de assunto.

— Descobriu alguma coisa sobre os auditores da Edgewater ontem à noite, enquanto eu estava no escritório da empresa?

— Na verdade, sim - concordou Jace. - A Beecham & Company é uma empresa registrada, embora não opere naquele terreno baldio.

Ao menos haviam feito algum progresso. Com ou sem incêndio, ela ainda tinha um trabalho a fazer.

— Então, ela existe.

— A Beecham existe, sim, mas apenas no nome. É propriedade de uma holding que, por sua vez, é propriedade de Nathan Barron.

Os piores medos de Kat se concretizaram.

— Isso explica por que os auditores não confirmaram a fraude. Não há auditores. É tudo uma farsa.

Era claro que Nathan Barron não poderia se arriscar a ter um auditor de verdade descobrindo toda a manobra. Com bilhões em jogo, contudo, por que não havia encoberto melhor seus rastros? Dar o endereço de um terreno baldio e um número de telefone falso era muito amadorismo.

— Investidores milionários não costumam se certificar desse tipo de coisa mais do que as pessoas comuns? - perguntou Jace.

— Você pensaria assim. Mas com doze por cento de lucro entrando na conta ano após ano... talvez não. Zachary contou que seus clientes estão praticamente se digladiando para investir no fundo. E mais... outra pessoa nos registros da Edgewater tem o mesmo endereço da Beecham.

— Verdade? Quem?

— Fredrick Svensson. Preciso que você me ajude a descobrir pelo que ele estava sendo remunerado.

— Isso e como Zachary pode fazer negócios sem dinheiro. Alguma coisa não está cheirando bem nessa história.

CAPÍTULO 18

Exaustos depois do incêndio da noite anterior, Kat e Jace deixaram-se sentar no escritório de Kat, no centro da cidade. Além da janela quebrada em casa, o fogo havia acabado com horas e horas de restauração minuciosa do corrimão entalhado e dos lambris.

Felizmente, não tinha havido danos estruturais. Mesmo assim, era difícil olhar para tudo aquilo. Quando terminaram de limpar a casa e recolocaram a vidraça, já era sábado de manhã. Tinham vindo para o escritório, então, a fim de escapar do ar esfumaçado que ainda impregnava o andar de baixo.

— Diga-me que não estou louca, Jace. - Kat mostrou os relatórios financeiros da Edgewater dos últimos dois meses. — A Edgewater está quebrada. Para começar, não há nem mesmo contratos fechados. Como Zachary não sabia disso? - Ela fez uma careta ao bebericar o café. Estava gelado.

— Tem certeza de que ele não está a par de nada? Ele seria louco de contratá-la se estivesse... - Jace se contraiu de dor ao apoiar o braço direito ferido no joelho.

— Com certeza. Mas, como ele não percebeu que os negócios não estavam indo bem? A Edgewater Investments parece não ser nada daquilo que ele descreveu. Está prestes a implodir.

— Os contratos também não podem ser falsificados? - indagou Jace.

— Sim, mas Zachary não conversa com outras pessoas? Com outros operadores? Com seu corretor?

Apesar do incêndio, o trabalho da noite anterior havia rendido, concluiu Kat. Com a prova de que um bom montante fora desviado, ela começara a achar que poderia cumprir o prazo de Zachary. Se conseguisse rastrear o dinheiro até seu destino final, seu cliente teria uma prova contundente contra o pai.

Aquela última dúvida, entretanto, a estava deixando confusa.

— Zachary não concretiza os negócios em uma plataforma eletrônica? Se esta também for falsa, trata-se de uma fraude muito elaborada. Preciso ver como ele a opera.

— Você disse que a Edgewater pagou à Research Analytics cerca de duzentos e vinte milhões no ano passado? - Jace coçou o queixo.

— Isso mesmo.

— Isso é praticamente a receita total da Research Analytics no ano. Eu baixei o relatório anual deles - lembrou Jace. – E não foi nada difícil obtê-lo.

— Isso significa que a Edgewater pode ser a única cliente deles. - Kat pensou no terreno baldio da Beecham e no seu telefonema recusado. A Research Analytics também devia ser de fachada.

Mas fachada para o quê? O que Nathan estaria escondendo, e por que ele precisaria de todo aquele dinheiro?

Kat levantou-se da mesa e pegou uma pasta de arquivo grossa de cima do armário.

— Aqui estão as cópias de todos os depósitos bancários feitos no último ano. Quase todos os depósitos são de clientes investindo seu dinheiro. Que eu saiba, não há nenhum outro tipo de negócio aqui.

— Mais uma prova de que não existem transações.

Kat assentiu e sentou-se no braço da poltrona estofada de Jace.

— A menos que haja uma conta bancária de que eu não tenha conhecimento. - Ela abriu a pasta. – Mal os depósitos entram, já são transferidos para outra conta. E todos para esta conta do Bank of Cayman.

— Aposto que é a conta da Research Analytics. - Jace olhou para ela. — Quer que eu confirme?

— Claro. Também vou revisar as transferências. - Kat ergueu-se, largou a pasta sobre a mesa e caminhou até o quadro branco. — Ajuda saber quem está relacionado a quem.

Ela apontou o diagrama desenhado no quadro. No topo, um retângulo onde se lia Edgewater. Logo abaixo, dois outros retângulos marcados com Research Analytics e Svensson, respectivamente. Linhas onde se via escrito Pagamentos os conectavam à Edgewater. Outro traço com a palavra Relatórios corria para a direita, ligando a Edgewater a um retângulo identificado como Beecham.

— Para que isso tudo? - Jace levantou-se, segurando o braço, enquanto a seguia até a lousa.

— Para ter uma ideia dos fluxos de caixa e de informações. O que tudo isso tem em comum? - Kat passou o indicador pelo topo do diagrama.

Jace ergueu as sobrancelhas, porém nada disse.

— Sabemos quanto a Edgewater pagou à Research Analytics. E, pelo relatório anual, quanto eles têm no total. – Ela deu um tapinha no documento sobre a mesa. Assim como o Registro Comercial nas Ilhas Cayman e as pesquisas on-line, o diagrama continha todas as informações que ela poderia obter da empresa.

Apontou o retângulo da Research Analytics.

— Quase todo o dinheiro que a Research Analytics recebe - cerca de duzentos e vinte milhões por ano - vai para uma organização sem fins lucrativos: o Instituto Mundial, do qual Nathan é membro.

Por sorte, o Instituto Mundial tinha um website. E um site que, orgulhosamente, listava seus doadores e membros.

Ela desenhou um círculo abaixo do diagrama e escreveu IM dentro dele. Então traçou setas saindo da Research Analytics.

— A Research Analytics é simplesmente um canal entre a Edgewater e o Instituto Mundial.

— Isso é uma fortuna. Se tudo vai para um só lugar, por que os doadores não pagam direto para o Instituto Mundial?

— Quer dizer, como a Edgewater? - Kat deu um tapinha no quadro.

Jace assentiu.

— Boa pergunta. É sem fins lucrativos, portanto, não há vantagem fiscal em fazer o dinheiro passar pelas Ilhas Cayman ou por qualquer outro paraíso fiscal.

— A Research Analytics é apenas uma fachada. - Jace continuou segurou o braço ao voltar para a poltrona. — O dinheiro da Edgewater acaba no IM sem que ninguém o rastreie.

— Exatamente. Aposto que alguns doadores têm algo a esconder. Talvez eles queiram permanecer anônimos.

— Estão escondendo os rastros por algum motivo, sem dúvida. - Jace se moveu na poltrona e fez uma careta, esfregando o braço ferido.

— Está doendo muito? Devia ir ao médico, Jace.

Ele dispensou a sugestão com um aceno da mão esquerda.

— Está tudo bem.

— Você é quem sabe. - Kat sentou-se à mesa, digitou Instituto Mundial no site de busca e pressionou *Enter*. O resultado foi uma dúzia de entradas além do site oficial do IM. Ela clicou na primeira. – Aparentemente, eles também realizam uma conferência anual.

— Pensei que fosse uma organização secreta.

— E é. Ninguém sabe o que é discutido na conferência, ou mesmo onde ela é realizada. Apenas que ela acontece uma vez por ano.

Para uma organização tão clandestina, era surpreendente a facilidade com que ela encontrara informações on-line. Talvez a intenção fosse atrair outros investidores.

— Quem são os membros? – quis saber Jace. — Investidores?

— Não. E isso é o mais interessante. Há todo tipo de gente. Magnatas, filantropos, realeza, futuros presidentes e até apresentadores bem-relacionados. Gente endinheirada.

— Futuros presidentes? Como eles podem prever o próximo chefe de estado antes que aconteça?

— Eles não precisam prever o futuro – afirmou Kat. — Eles o decidem. Ao menos é o que dizem. - Ela rolou a página até o demonstrativo financeiro. – Escute só... O faturamento total, no ano passado, foi de quatrocentos milhões. Isso significa que os duzentos e vinte milhões que entraram para a Edgewater por meio da Research Analytics representam mais da metade de todo o faturamento.

— Uau. Um número de respeito. Quem está financiando o restante? - Jace curvou-se para a frente.

Kat franziu o cenho. Tal qual um cão farejador, Jace já encontrara uma pista. Mas isso era o que ele fazia de melhor.

— Não sei. Você tem como checar e descobrir quem mais está afiliado?

Uma rápida pesquisa de Kat encontrou todo tipo de teorias de conspiração relacionadas ao Instituto Mundial. Enquanto o IM se autodenominava um laboratório de ideias no relatório anual, outros eram mais humildes.

Na melhor das hipóteses, o IM era considerado uma sociedade secreta da elite global – ricos e famosos manipulando a política e a lei para atender às suas necessidades. Na pior, era descrito como um governo paralelo que minava a soberania nacional ao apoiar políticos afeitos a grandes negócios.

Ela deixaria Jace formar suas próprias opiniões, entretanto. Ninguém era melhor do que ele para descobrir falcatruas. Precisava apenas garantir que Jace não perdesse o fio da meada uma vez descoberto o potencial daquela história.

— Vou chegar lá. - Jace recostou-se na poltrona de couro e esticou as longas pernas à frente do corpo. Tirou um laptop da pasta e o ligou.

Kat olhou a própria caixa de entrada, e o extrato bancário de Harry chamou sua atenção: estava em cima do talão de cheques e de outros extratos.

Outra tarefa de que precisava dar conta logo. Quem estava por trás daquele imbróglio financeiro precisava ser detido.

O problema era que ela estava no limite do prazo de Zachary. Trabalharia no caso da Edgewater por mais uma hora e, depois, iria se concentrar nas coisas de Harry. Precisava resolver aquela história do tio de uma vez por todas.

Pegou a pilha de papéis para guardar na pasta, e uma linha no extrato saltou-lhe à vista. Era uma transferência mensal para a mesma conta onde aquele empréstimo recente fora creditado.

Jace se moveu na poltrona, porém continuou em silêncio, exceto por sua digitação no teclado.

Kat voltou a se concentrar no extrato bancário de Harry. Sem sombra de dúvida, transferências mensais vinham acontecendo havia pelo menos seis meses; o mesmo tempo de registro dos talões de cheques do tio dela. Até onde ela sabia, entretanto, Harry não possuía outra conta no mesmo banco.

Intrigada, ela fez uma anotação para questionar Anita Boehmer a respeito.

~

Trinta minutos depois, Jace chamou Kat.

— Kat, isto é incrível. Não acredito que nunca ouvi falar sobre o Instituto Mundial. Aqui diz que eles estão tentando dar início a uma nova ordem global.

Kat correu os olhos pelo artigo. A legenda sob a foto do autor dizia Roger Landers, autor de "A Conspiração da Moeda e a Nova Ordem Mundial".

— Podemos descobrir o que está por trás do Instituto Mundial mais tarde - resolveu Kat. — Como não temos muito tempo, vamos nos concentrar em como os pagamentos da Edgewater vão parar lá.

— A lista de membros é impressionante - comentou Jace. – Rastreei todos os participantes, desde as primeiras reuniões, em 1954. Naquele ano, cem integrantes da elite global se encontraram com o único objetivo de estabelecer um governo mundial. A cada ano, desde então, cerca de uma centena de poderosos tem se reunido para fazer essa causa avançar.

— Isso, sim, é que eu chamo de uma teoria da conspiração....

Kat se deu conta de seu erro tarde demais. Jace já enveredara por outra tangente.

— Há vários fatos interessantes para comprová-la. Por exemplo, os últimos três presidentes americanos, o primeiro-ministro britânico e o primeiro-ministro canadense participaram dos encontros. E pouco antes de serem eleitos.

— Eles foram eleitos pelo povo, Jace. Democraticamente.

Como ela poderia fazê-lo retomar o fio da meada?...

— É verdade – ele concordou. – Mas, quem decidiu quais seriam os candidatos?

— Acha que essas indicações foram planejadas?

— No mínimo tiveram grande influência. Noventa e três por cento de todos os políticos participantes do Instituto Mundial assumiram um cargo, um ou dois anos mais tarde. Isso é mais do que uma coincidência. Mas, como e por que eles estão relacionados ao IM? Eu nunca tinha ouvido falar dessa organização até agora.

— O que isso tem a ver com o dinheiro?

— Cenário, Kat. Pano de fundo. Imagino que o único motivo pelo qual não ouvimos falar do IM antes é porque eles não querem que ninguém saiba a respeito. É claro que alguns jornalistas escreveram esse monte de coisas que li, mas foram demitidos como se fossem loucos.

— E você não acha que eles são loucos. - Kat suspirou.

— Deve haver uma nota de verdade nisso tudo. Pelo que posso ver, esse IM é muito discreto. As reuniões são fechadas para a mídia. Ao menos para a mídia comum. Alguns jornalistas de destaque são chamados, mas com a condição de manterem sigilo. Se o rompem, não são mais convidados. Se escrevem um livro, como Landers, estão fora do jogo. Nem mesmo os jornalistas mais flexíveis deixaram vazar qualquer coisa. Nada, há mais de cinquenta anos! Qualquer jornalista que se preza gostaria de escrever uma matéria a respeito.

— No entanto, nenhum jornalista de renome escreveu nada. - Kat voltou-se para ele. – Diga... Por quê?

— Eles foram silenciados, ora. - Jace ergueu as sobrancelhas. – Receberam propina. Ou algo pior.

— Ou talvez não haja nada sobre o que escrever.

— Talvez sim, talvez não. Não se engane, Kat. Esta é uma grande história. Há uma razão para não termos ouvido falar nada disso até agora. Estes caras são algumas das pessoas mais ricas e poderosas do mundo. Eles controlam bancos, governos e até países. Seu objetivo é concentrar ainda mais poder. União Europeia? Esse foi o primeiro passo. Eles têm planos para uma União Asiática e uma Norte-Americana muito em breve. - Jace apontou para o Relatório Anual do Instituto Mundial na tela do computador de Kat. – O objetivo deles é uma moeda mundial. E a Edgewater é uma das maiores operadoras de câmbio do mundo.

— Não faz sentido para mim - contestou Kat. — Menos moedas arruinariam o negócio da Edgewater. Eles não teriam nada para negociar. - Ela voltou a se concentrar na tela do computador. — De qualquer modo, não precisamos, necessariamente, saber os motivos de Nathan para desviar o dinheiro. Apenas provar que ele o fez.

— Não quer saber o motivo do crime?

— Claro que seria interessante, mas não temos tempo, Jace. Preciso desenroscar isso tudo até segunda-feira, dentro do prazo que Zachary me deu.

Era como se Jace não tivesse ouvido uma só palavra.

— Um exemplo perfeito: a União Europeia. O que aconteceu depois disso? O Euro. Uma só moeda.

— E daí?

— Esse é apenas o começo, Kat. E se a crise do crédito aconteceu de propósito?

— Está insinuando que ela foi planejada?

— Exatamente. E se a sua moeda não valesse mais nada? O que você faria?

— Eu manteria meu dinheiro aplicado em uma moeda mais forte. Ou, se isso não fosse suficiente, em algo como Euro ou diamantes. Assim como todas as outras pessoas. Mas, por que alguém orquestraria uma desvalorização da moeda? Isso prejudicaria todo mundo.

— Nem todo mundo. Apenas as pessoas que não a vissem chegando.

— Parece com as outras teorias da conspiração que já conheço - resmungou Kat. — E não tem nada a ver com o problema da Edgewater e de Zachary.

— É aí que você se engana, Kat. Independentemente do péssimo conceito que Zachary faz do pai, Nathan Barron é um especialista em moeda muito respeitado. E se o objetivo fosse adotar uma moeda mundial? Como você convenceria as pessoas - ou os governos – a fazer isso?

— Eu teria que tornar as outras moedas inúteis - ponderou Kat.

— Então todos iriam querer trocar a sua por uma mais segura e estável.

— Exatamente. Desvalorizar o Dólar, a Libra, o Iene... Todo mundo entraria em pânico e *voilà*, você ofereceria uma moeda única para tirá-los do caos em que se meteram. Nos seus termos, lógico.

— De onde tirou isso, Jace? Está completamente maluco.

— Acho que não. Olhe estas listas. - Ele entregou a Kat uma cópia dos participantes de cada conferência.

Em todos os anos, era como ler os Top 100 da Billboard. A diferença era que não se tratava das músicas de sucesso, e sim das celebridades do ano: as pessoas mais ricas, mais poderosas e influentes do mundo, desde 1954.

— A rainha da Holanda? Ela é uma filantropa. O Instituto Mundial é um laboratório de ideias. Não vejo nada estranho nisso. - Kat correu os olhos pela lista. Ricos e famosos, sim, mas nada que indicasse motivos sinistros.

— Ela controla uma das maiores companhias de petróleo do mundo - afirmou Jace. — É mais do que interesse na humanidade. É uma concentração de poder.

— Mesmo que esteja certo, como exatamente isso se relaciona a Nathan Barron e à Edgewater? - Kat começou a se sentir fisgada.

— É preciso fazer dinheiro, Kat. Se você fica sabendo que uma moeda está prestes a cair, pode lucrar com esse conhecimento.

— Quer dizer especular? Como nos negócios da Edgewater?

— Exatamente - acedeu Jace. — Por isso precisamos expandir essa esfera e incluir o Instituto Mundial. Sabemos que a Research Analytics desempenha um papel importante na fraude de Nathan. No mínimo, temos que investigar a relação da Research Analytics com o Instituto Mundial.

— Não, Jace. Precisamos apenas fornecer informações sobre o

Instituto Mundial e provar que o dinheiro está indo para lá. Qualquer coisa além disso está fora de cogitação.

— Por quê? Além do fato de Nathan estar contribuindo com um dinheiro que não lhe pertence, deve haver uma razão pela qual ele o faz em segredo. Zachary não iria querer saber que Nathan financia uma organização que prejudica seus negócios?

— Tudo bem. Mas só se Zachary concordar. - Kat suspirou. Tinha certeza de que Zachary toparia qualquer coisa que revelasse as falcatruas de Nathan. – Tente se concentrar nisso.

— Precisamos ir a essa conferência.

— Jace, não. - Kat ergueu os braços em protesto. — Não me importo em ajudar você em uma matéria, mas estamos perdendo o foco. Não precisamos ir à conferência nenhuma.

— Mas, acho que é daqui a alguns dias... Ao menos parece ser, segundo as informações que você encontrou no e-mail e no calendário de Barron. Ela é realizada em um lugar diferente todos os anos, geralmente em um resorte próximo a uma grande cidade. No ano passado, foi em um resorte suíço. No ano anterior, perto de Nova Iorque.

Kat deu um tapa na testa ao se dar conta.

— A viagem de Nathan para Genebra no ano passado! – ela exclamou, lembrando-se de tê-la visto no calendário do homem.

— Exatamente. A reunião acontece na mesma época, todos os anos. Aposto que, se voltar um ano, também vai encontrar uma viagem para Nova Iorque.

— Meus honorários não incluem viagens internacionais, Jace. Se quiser ir por conta própria, tudo bem. Onde vai acontecer este ano?

— Não tenho certeza. O sigilo inclui não dizer nada, nem mesmo aos participantes, até o último minuto. Não querem um bando de jornalistas bisbilhotando. - Jace sorriu. – Mas esses são os melhores lugares... Sem dúvida, eles têm algo a esconder.

CAPÍTULO 19

ma hora depois, Kat ainda não tinha conseguido fazer Jace esquecer o assunto.

Já era meio-dia, e ela mesma não havia feito muitos progressos. Olhava o diagrama no quadro branco do escritório, tentando entender os fluxos financeiros e como estes se relacionavam à Edgewater.

Jace, no entanto, tornara-se um especialista nos assuntos do Instituto Mundial.

— Onde, exatamente, está Nathan Barron? – ele perguntou. — Isso pode nos dar uma pista do próximo encontro.

— Eu não sei. Na agenda dele constava um voo para Londres, ontem, mas Zachary verificou com a secretária e confirmou que Nathan não estava nele. Só sei que ele está fora da cidade.

— Onde ele pode estar?

— Não sei. A secretária dele também não. Ao menos foi o que ela disse a Zachary. E Zachary não vê o pai há quase uma semana.

— Acha que ele fugiu?

— Duvido. - Kat se lembrou dos troféus no escritório de Nathan. O ego do homem era grande demais para que ele deixasse tudo para trás. — Nathan vem fazendo isso há mais de uma década. Tenho certeza de que ele não faz ideia de que o estamos investigando. Para ele, tudo isso não passa de negócios.

— Vamos supor que isso seja verdade, e também que ele seja membro do Instituto Mundial. Deve ser, já que está desviando toda essa grana para eles. Isso significa que Nathan vai participar da conferência.

— Talvez seja isso o que está acontecendo em Londres - deduziu Kat.

— Quando a passagem foi reservada?

Kat apanhou a cópia da passagem de avião de Nathan.

— Foi emitida há seis meses. Por que isso importa?

— Não pode ter sido para o Instituto Mundial. Eles organizam tudo no último minuto, um mês ou dois antes do congresso, para manter o local em segredo. Mas, ele é sempre realizado nesta época do ano. Acho que Nathan não foi para Londres porque tem algo mais importante: a conferência anual do Instituto Mundial.

— Digamos que ele tenha ido. Como vamos descobrir onde está sendo? - indagou Kat.

— Há uma outra maneira de descobrirmos... Deixe-me ver a lista da conferência. - Jace pegou um punhado de percevejos. — Se estou procurando por alguém no país, começo por seu último paradeiro conhecido. Isso me dá um padrão para definir nossa área de busca. Depois, vamos por eliminação.

— Esta não é uma missão de Busca e Salvamento.

— Não, mas os mesmos princípios se aplicam.

UMA HORA DEPOIS, eles estavam no escritório sobressalente de Kat, olhando a parede em frente à esteira. Era o único espaço disponível onde pregar o mapa que Jace havia comprado em uma loja de um dólar. Percevejos marcavam o local de todas as cinquenta e pouco conferências do Instituto Mundial ocorridas até aquela data. Estavam concentradas na Europa, mas também tinha havido muitas na costa leste dos EUA e no Canadá. Pinos azuis marcavam congressos que haviam ocorrido nos últimos dez anos; amarelos, os da década anterior, e assim por diante.

O mapa parecia uma versão do orçamento de algo que você encontraria na sala de crise do Pentágono.

— Conceito interessante - comentou Kat. — Mas como isso nos ajudará a encontrar o local?

— Acho que é como nas Olimpíadas. Não escolhem sempre o mesmo continente ou país. Para serem justos com todo mundo.

— Isso exclui a Europa.

— Na América do Norte parecem um pouco dispersos... - observou Jace.

Era verdade. Havia apenas sete pinos, todos no Leste.

— O encontro acontece sempre em resortes exclusivos, sob um pesado sistema de segurança - Jace acrescentou. — Guardas armados, soldados, serviço secreto, polícia...

— Faz sentido. Algum lugar em que eles possam proteger o perímetro.

— E livrar a área ao redor de residentes e visitantes.

— Sério? - Kat arqueou as sobrancelhas, surpresa. — Eles chegam a esse ponto?

Ficaram em silêncio, estudando o mapa. Embora os lugares e os participantes tivessem mudado ao longo dos anos, aqueles que controlavam as cordas por trás dos bastidores permaneciam os mesmos. Mudanças no governo, guerras civis, nem mesmo a democracia tinham alterado a verdadeira estrutura de poder. A peça de teatro era a mesma; havia apenas um elenco diferente no palco.

Algumas coisas nunca mudavam.

CAPÍTULO 20

Kat olhou o mapa de Jace. Os agrupamentos e conexões lembravam as redes neurais e a demência que reinavam no cérebro de Harry: partes em branco e emaranhados rompendo suas últimas linhas de defesa, reprimindo sinapses e sabotando suas memórias. As frentes de batalha eram diariamente redefinidas, conforme a demência invadia cada vez mais sua mente e corpo.

Harry bateu uma gaveta de arquivo na recepção do escritório e murmurou algo ininteligível.

Kat deu um pulo.

— O que está acontecendo com você? - perguntou Jace, intrigado. — Não me ouviu entrar?

Ela encontrou o olhar do namorado e não conseguiu responder. Seu lábio inferior tremeu.

— Por que está me olhando desse jeito?...

Kat explodiu em lágrimas.

— Harry está com Alzheimer.

Jace não hesitou. Puxou-a para si, segurando-a contra o peito enquanto as lágrimas escorreriam pelo rosto dela.

— Então, agora o diagnóstico é oficial.

— Você não parece surpreso.

Jace se afastou um pouco para fitá-la nos olhos e a acariciou no rosto.

— Ora, Kat. Nós dois sabíamos o que estava acontecendo com ele. Todos esses desvarios e acidentes... São mais do que simples esquecimento. Mas, por que não falou comigo? - Ele a puxou mais para si. – Ficou sabendo aquele dia, no consultório do médico?

— Sim. - Ela não mencionou a primeira consulta. Suas lágrimas encharcaram a camisa de Jace quando ela escondeu o rosto no peito largo.

— E você não me contou nada... Por quê?

Como ela podia contar? Dizer a Jace que temia que ele a deixasse?... Ele ficaria ofendido com a simples sugestão.

Mas o pai dela tinha ido embora. Talvez Jace também fosse.

— Eu estava esperando o momento certo.

— O momento certo era aquele em que ficou sabendo, Kat. Você não me disse nada. Sabe como eu estou me sentindo?... – Ele fez meia-volta com uma expressão de mágoa no olhar.

— Eu não sabia o que dizer. - Jace estava certo, claro. Mas ela havia ficado apavorada.

Jace tornou a se aproximar e a beijou.

— Kat, eu te amo. Eu tinha o direito de saber. Não pode me deixar fora dessas coisas.

— Eu sei, mas, falar sobre esse assunto... me apavora. É tudo muito real. Não estou conseguindo lidar com a situação. - Kat se esforçou para parar de chorar. Chorar nunca resolvia nada.

— Sua mãe tinha a doença de Alzheimer.

Ela assentiu enquanto as lágrimas lhe escorriam pelo rosto.

Pronto. Jace havia falado por ela, em voz alta.

Tinha apenas catorze anos quando a mãe morrera, e ela precisara se mudar para a casa dos Dentons. A casa de tio Harry e de tia Elsie.

E de Hillary.

— Harry sabe?

— Não tenho certeza. Ele chegou a ter consciência disso, acho; mas agora já se esqueceu de tudo.

— Vai dar tudo certo, Kat. Vamos superar isso tudo. - Jace a acariciou no rosto e enxugou-lhe uma lágrima.

— Não quero que Harry termine como a minha mãe, Jace.

Ela ainda alimentava a esperança de que o diagnóstico tivesse sido um erro, mas, bem no fundo, sabia que estava certo.

— Eu vou ajudar com Harry. Não se preocupe com nada.

Eles foram interrompidos por um estrondo vindo da recepção.

— Tio Harry! - Kat correu pelo corredor com Jace logo atrás dela.

Harry estava caído no chão. Tinha a cadeira de pernas para cima, ao seu lado, as rodas ainda girando. Ele segurou o ombro e fez uma careta de dor.

— Estou bem. Só perdi o equilíbrio.

— Nunca mais suba em uma cadeira com rodas, tio!

— Eu precisava ajudá-la... A pasta estava na prateleira de cima.

Anteriormente, o escritório de Kat abrigara uma clínica odontológica, o que explicava as prateleiras até o teto. Ela não usava as de cima, mas ainda não havia conseguido reformar o espaço.

— Ajudar quem? Não há ninguém aqui, a não ser o senhor.

— Hillary - explicou Harry. — Ela precisava de um arquivo para o projeto da faculdade. Precisa entregar amanhã.

— Entendi - respondeu Kat. – Mas não a estou vendo... Onde ela está agora?

— Ela precisou ir embora. Estava atrasada para a aula.

Kat lutou contra a vontade de chorar mais. Jace não fazia ideia no que havia se metido, e ela não tinha expectativas de que ele a ajudasse por muito tempo. Era pedir demais.

CAPÍTULO 21

Kat finalmente encontrou tempo para ir de carro checar a Research Analytics. Esterçou na direção da calçada e parou o Lincoln. O único espaço grande o suficiente para estacionar a barca de Harry ficava a um quarteirão de distância... o que foi bom, já que parar na rua lhe permitiu observar a Research Analytics sem chamar a atenção.

Harry insistira para que eles fossem com seu carro, o que, obviamente, a obrigara a dirigir. Embora houvesse perdido a carteira de motorista, ele havia consertado o Lincoln após o acidente e se recusava a vendê-lo.

Estava sentado ao lado dela, agora, no banco do passageiro, rodando os polegares. Andava meio agitado, embora aparentemente não se desse conta disso.

— Preste atenção às guias brancas, Kat! Vai raspar nelas. - Harry prendeu a respiração. - Por que sempre estaciona tão perto da calçada?

Kat virou-se para o tio.

— Estou a quinze centímetros de distância. Abra a porta e veja por si mesmo.

Ela sempre estacionava o mais longe possível da calçada para evitar aquela discussão sem fim, mas a percepção de espaço e proximidade com as coisas de Harry parecia nula agora.

Ele revirou os olhos e rodou os polegares mais depressa.

— Por que está discutindo comigo, Kat?

— Não... Você tem razão, tio Harry. Estou perto demais.

Kat percebeu, de repente, por que o tio estava agitado: a maçaneta da porta. A perda mental causada pela demência oscilava demais. Harry se lembrava das letras das canções de sucesso de sua juventude, mas se esquecera de como lidar com uma maçaneta. Mesmo em um carro do qual era dono havia mais de trinta anos.

— Vou tentar ser mais cuidadosa da próxima vez.

Ela saltou do veículo e rumou para o lado do passageiro a fim de abrir a porta. Estudou a rua enquanto aguardava que o tio saísse. Aquela parte da cidade era uma confusão de vitrines e prédios de apartamentos de três andares, construídos principalmente entre os anos quarenta e setenta. Exceto pelas pinturas desbotadas e pela falta de manutenção, permanecia praticamente inalterada em relação ao seu apogeu. Até mesmo as pessoas, ali, exsudavam cansaço.

Ela fechou a porta do carro.

— Pronto?

Harry assentiu, e eles subiram a rua. Aquele era o antigo bairro dele; estavam a apenas três quarteirões da casa em que ele havia crescido.

— Onde estamos, Kat? - Harry olhou em volta, admirado. — Nunca estive aqui antes. É bem movimentado...

— Eu sei.

Kat não o corrigiu. Isso apenas o perturbaria, e eles já haviam chegado a seu destino.

A sede corporativa da Research Analytics era um prédio de apartamentos com uma placa TEMOS VAGA na frente. Ela caminhou até a entrada e examinou a lista de moradores. Nenhum dos nomes sequer lembrava Research Analytics. O mais próximo ao número mil e quatrocentos era o número doze, que pertencia a um tal A. Knopf.

Assim como ela imaginara, a Research Analytics era uma completa farsa. O número de telefone também não existia. Fornecedoresfantasma eram um método comum de desvio de informações privilegiadas.

Kat pegou o celular e tirou uma foto do prédio a fim de usá-la como evidência em seu relatório.

~

Uma hora depois, estava sentada diante de Zachary na sala de reuniões da Edgewater Investments. Embora fosse sábado, metade dos escritórios se encontrava ocupada por gente falando ao telefone ou digitando em seus computadores. Trechos de conversas fluíam através da porta aberta da sala de reuniões enquanto os funcionários passavam com seus cafés.

Ela tirou uma grossa pilha de documentos da pasta e a colocou sobre a mesa.

— O que conseguiu? O bastante para eu pôr as mãos nele, espero... - Zachary parecia quase feliz. Uma reação estranha para quem descobrira estar sendo roubado por seu sócio... e pai.

A investigação dela trouxera mais perguntas do que respostas., mas uma coisa era certa: a Edgewater e a família Barron nunca mais seriam as mesmas.

Kat respirou fundo. Zachary não iria gostar nada do que ela tinha a dizer.

— Estou trabalhando para isso. Aqui está o que temos até agora. - Ela contou como o dinheiro havia passado da Edgewater para a Research Analytics.

— A empresa de pesquisa de investimentos de que você falou?... De quanto estamos falando? - Zachary a encarou.

— De cinquenta milhões até agora, só neste ano. Duzentos e vinte milhões no ano passado. - Ela ergueu as mãos e encolheu os ombros. - Quanto a antes disso, ainda estou trabalhando nos números.

Zachary saltou da cadeira.

— Impossível. Eu sei que está acontecendo alguma coisa, mas, duzentos e cinquenta milhões?! Isso não pode estar certo.

— Lembra-se de ter dito que não havia dinheiro no banco?

— Mas tudo isso?... Impossível.

— Receio que seja possível, sim, Zachary.

A expressão irônica dele se transformou em pânico.

— Como podemos recuperá-los?

— Estou tentando descobrir isso no momento. O que sei até agora é que a Research Analytics é uma farsa. O endereço na fatura é um prédio de apartamentos decadente, no leste da cidade. - Ela apanhou o celular para mostrar a fotografia do prédio abandonado.

Zachary bufou.

— Eu sabia. Nathan é um embusteiro! Quero processá-lo, colocá-lo para fora da Edgewater!

— Nathan não agiu sozinho, Zachary.

Ele enrijeceu e seus olhos se estreitaram.

— O que está querendo dizer?

— Ele teve ajuda. Alguém tinha que emitir os cheques para a Research Analytics. Nathan não tem segurança de acesso para fazer isso.

— E quem tem?

Não havia como evitar.

— Foi Victoria. Os auditores da Edgewater também são suspeitos.

Kat contou sobre os números sequenciais de fatura e a Beecham, incluindo sua conexão com Nathan. Victoria era a única outra pessoa na Edgewater com acesso aos cheques.

— As faturas não existem? Nathan criou uma empresa de auditoria falsa?

Zachary não pareceu muito surpreso.

A falta de emoção dele a perturbou. Seu cliente não percebia as implicações? Ou talvez se desse conta delas, mas estivesse em negação.

— É muito grave, Zachary. Tudo na Edgewater é suspeito. As finanças, o desempenho dos investimentos... tudo. - Não havia como disfarçar. – A Edgewater está quebrada, e você também.

— Como assim, "quebrada"?

Kat puxou o extrato de conta da pasta e deslizou-o sobre a mesa da sala de reuniões.

Zachary agarrou o papel e ficou em silêncio por um momento enquanto lia a análise que ela havia feito.

— Vou matar aquele desgraçado! – disse, esmurrando a mesa.

Kat deu um pulo, embora esperasse por aquele tipo de reação.

— A pior parte será recuperar o dinheiro. Você tem alguma reserva? Alguma linha de crédito?

Zachary negou em silêncio.

— Não sobrou nada? – ele quis saber.

Kat fez que não com a cabeça.

— Está me dizendo que estou arruinado? - Zachary saltou da mesa e pôs-se a andar diante dela.

Ele estava mais quebrado do que Harry, ela pensou. Só que ainda não sabia disso.

CAPÍTULO 22

at e Jace ficaram sentados no escritório, olhando para os vinte e sete nomes no quadro branco. Muitos dos participantes da conferência do Instituto Mundial também se encontravam na lista de contatos de Nathan. À direita dos nomes havia colunas, uma por ano para cada um dos últimos cinco encontros.

A tarde de sábado estava passando, e eles se aproximavam cada vez mais do prazo de Zachary, que terminava na segunda-feira. Do lado de fora, gaivotas gritavam, rodeando o céu nublado à procura dos restos nas docas, lá embaixo. Uma delas, maior, precipitou-se sobre um pássaro pequeno, no cais, roubando-lhe o alimento.

Ela e Jace haviam decidido concentrar os esforços na Research Analytics. Mas isso significava apenas seguir o rastro do dinheiro até seu destino final, o Instituto Mundial. Cada passo trazia mais perguntas, e Zachary exigia respostas para todas elas.

— Quem são essas pessoas? - Kat se perguntava tanto quanto Jace.

Ela se pôs em pé e caminhou para o quadro branco.

A lista de partícipes da conferência do Instituto Mundial não fora difícil de obter. Teóricos da conspiração haviam documentado as idas e vindas dos participantes durante anos, seguindo alguns dos protagonistas para terem certeza quanto à localização dos encontros.

112

Isso era tudo que eles haviam descoberto. Como aqueles que não eram membros não eram admitidos, não podiam reportar a programação dos congressos.

O destacamento de segurança para uma conferência do Instituto Mundial competia com o de uma cúpula do G8: diversas equipes da SWAT, vigilância aérea e terrestre, além dos esquemas de segurança pessoal de cada um dos participantes.

— A maioria é rica - afirmou Jace. — Quase todos são famosos, e todos são figuras públicas importantes. Além de serem convidados do Instituto Mundial, todos esses nomes têm algo a ver com muito dinheiro.

— Verdade. - Kat estudou a lista. — Secretários do tesouro, presidentes de bancos centrais, CEOs de bancos e diretores de fundos de investimento... Ou eles desenvolvem políticas, ou as controlam, ou são afetados pelas regras.

— Exato - concordou o namorado dela. — E são todos especialistas mundiais em política monetária. Mas, por que todo esse sigilo? Por que se reúnem como um grupo supranacional, fora do governo?

— Os governos são um obstáculo para eles, pois envolvem eleitores, leis e debates, além de democracia e consenso. Gente poderosa como Nathan Barron e o restante do Instituto Mundial querem que as coisas aconteçam a seu modo, nos seus termos. Como um bloco, suas companhias multinacionais são maiores do que a maioria dos governos.

Às vezes, era melhor não saber como o mundo funcionava realmente.

Jace não disse coisa alguma.

— Soa meio paranoico, não é? - indagou Kat.

— Sim, mas há um fundo de verdade. Cada vez mais, as grandes multinacionais é que ditam as regras. Elas usam lobistas remunerados para influenciar parlamentares. Eliminar barreiras comerciais significa obter lucros maiores. Transações em moeda estrangeira são apenas mais um empecilho, que lhes custa tempo e dinheiro.

Era a única conclusão a que eles tinham chegado na última hora. E era preocupante.

Kat ainda não conseguia compreender por que Nathan faria parte daquilo. Menos moedas significava menos oportunidades para arbitrar as diferenças, e era disso que vinham os lucros da Edgewater Investments.

— Que tipo de conferência é organizada no último minuto? – perguntou-se Kat.

— Uma secreta. Uma que queira alcançar seus objetivos sem ingerência externa.

— Certo. - Kat tocou o quadro branco com um marcador seco. — Vamos rever cada nome e conferir o que mais eles têm em comum. Jason Blackstone – começou.

— Presidente da Reserva Federal dos EUA - Jace leu em seu laptop. — Esteve na conferência nos últimos três anos.

Kat colocou três "X" ao lado do nome de Blackstone.

— Jean-Claude Bruneau.

— Participou pela primeira vez no ano passado. Dirige o Fundo Monetário Internacional.

— Desde quando? - Kat indagou.

— De seis meses para cá. Antes de entrar no FMI, ele era ministro das finanças da França. - Jace esvaziou um pequeno envelope de açúcar em seu café e mexeu-o com a ponta do lápis.

Kat lançou-lhe um olhar de reprovação.

— Vai sofrer envenenamento por chumbo. Não pode pegar uma colher?

— Estou sem tempo. - Ele sorriu para ela, travesso.

— Problema seu. O timing aqui é interessante... Bruneau foi convidado pouco antes de sua nomeação para diretor-gerente do FMI. Assim como o atual presidente dos EUA e o primeiro-ministro do Canadá.

— Todos foram convidados antes de se tornarem chefes de Estado - recapitulou Jace.

— Certo. E ministros das finanças, como Bruneau, geralmente não participam.

— A menos que o Instituto Mundial tivesse planos maiores para eles.

— É o que parece. O Instituto Mundial decide quem dá as cartas. A escolha já está feita antes mesmo das eleições. Gordon Pinslett - Kat prosseguiu.

Jace engasgou com o café.

— Quem?!

— Gordon Pinslett. É um magnata da mídia. Mercado Financeiro Global.

— Eu sei quem ele é, Kat. Ele é dono do *Sentinela*.

— Sério? Você nunca me falou dele antes.

— Ele nunca pôs os pés no nosso humilde escritório. Tecnicamente, é dono do conglomerado que é dono do *Sentinela*.

— Ah. E o que ele está fazendo no Instituto Mundial?

— Não sei, mas pretendo descobrir. - Jace coçou o braço enfaixado. — Talvez ele seja o motivo pelo qual o editor cancelou minha reportagem. Mexer com o cara era perigoso para a casa, imagino. Mas, se histórias como as minhas não são contadas, nunca sabemos a verdade. Que mundo é esse?... – Ele não esperou por uma resposta. — Um mundo censurado.

Kat deu de ombros e sorriu, esperando arrancá-lo daquele humor taciturno.

— Nada disso importa agora. Você não trabalha mais lá.

— É importante para mim, Kat. Pessoas como Pinslett não podem simplesmente comprar toda a mídia e nos reprimir. Matérias como a minha têm que ser divulgadas.

Ela suspirou.

— Está certo, mas, por enquanto, vamos nos concentrar no assunto em questão: por que Nathan está desviando dinheiro para a Research Analytics e para o Instituto Mundial.

Discutir democracia com Jace poderia levar horas. Se ela queria cumprir o prazo dado por Zachary, precisava fazer o namorado voltar para os trilhos. Ver o nome de Pinslett envolvido havia ouriçado Jace outra vez.

— Está melhor longe de lá, Jace... Você mesmo disse que as coisas no *Sentinela* estavam indo ladeira abaixo já havia algum tempo. Esta é a chance para um recomeço.

Ele encolheu os ombros.

— Pode ser. Mas ainda preciso ganhar a vida.

— Eu seguro as pontas.

Aquilo era contestável. Eles haviam ganhado a casa, seu único e degradado patrimônio, com um lance em um leilão municipal, no ano anterior.

Ganhado era a palavra errada. A antiga residência vitoriana era um poço sem fundo. Consumia todo seu tempo e dinheiro com reparos e reformas. A legislação imobiliária rigorosa da cidade exigia reformas caras e demoradas. Era um desafio constante acompanhar as regras de zoneamento.

— Voltemos à lista...

Eles analisaram os nomes restantes enquanto o céu escurecia lá fora. Começou a chover.

— Svensson - falou Jace. - Convidado nos últimos três anos. Sua indicação para o Nobel foi a base para a maior parte das teorias sobre uma moeda mundial.

Kat escreveu pagamento Edgewater e acidente em caminhada na neve ao lado do nome do homem.

— Não foi esse o sujeito que morreu nas montanhas?

Ela assentiu.

Jace digitou no teclado.

— Ele caiu de uma cornija.

Cornijas se formavam sob condições climáticas severas, como uma nevasca. Eram blocos de neve que se estendiam alguns metros além da borda de um penhasco. Para quem os via de baixo, ficava óbvio que não possuíam nenhuma sustentação. Olhando-os de cima, era como ver terra coberta por neve. Eram uma causa comum de quedas na região.

— Lembro-me de ter ouvido algo sobre o acidente, mas não os detalhes – comentou Kat.

— Os detalhes não saíram no noticiário. Foi Kurt quem me contou. Ele participou da operação de resgate.

O amigo de Jace, Kurt, também era voluntário em Busca e Salvamento. Kurt trabalhava em Sunshine Coast, enquanto o território de Jace era North Shore.

Jace digitou algo no teclado.

— Espere um pouco... diz aqui que o legista agora suspeita de suicídio.

— Suicídio? Quando o homem tinha chance de ganhar um Prêmio Nobel? - duvidou Kat. — Ganhar um Nobel seria o auge da carreira de qualquer um. E a premiação é daqui a duas semanas. Valia a pena esperar, mesmo com depressão.

— A depressão faz coisas estranhas com as pessoas. Também encontraram narcóticos no corpo de Svensson. Em quantidade grande demais para ele ter conseguido fazer a caminhada até lá. Ele deve ter ingerido depois de chegar ao ponto de onde caiu. O artigo também diz que ele estava com problemas financeiros.

— Um monte de gente tem dificuldades financeiras, Jace. O dinheiro do prêmio Nobel também teria dado um jeito nisso...

— A reportagem diz que Svensson deixou um bilhete. Mas, eles só o encontraram no quarto do hotel. - Jace bateu de leve na tela do computador.

- Eu gostaria de ver essa nota de suicídio - disse Kat. - O homem está em um país estrangeiro, no meio do inverno, e caminha por horas na neve apenas para pular de um despenhadeiro? É muito esforço para alguém que quer pôr fim à própria vida.

— Verdade – concordou Jace.

Kat olhou pela janela. Um senhor, vestido com um impermeável amarelo, espalhava migalhas de pão ao longo do cais. Algumas dúzias de pombos se aglomeravam a seus pés, ciscando.

— Espere um pouco... - prosseguiu Jace. — Não é uma nota de suicídio comum. Diz aqui que ele pediu desculpas.

— Pediu desculpas? Pelo quê?

Jace digitou no teclado.

— Svensson mudou de opinião. Concluiu que uma moeda mundial era bobagem.

— Mas essa foi toda a base para sua indicação ao Nobel.

Jace ergueu a mão enquanto lia da tela.

— Um trecho do bilhete foi impresso no The Herald, hoje.

Kat foi para junto dele, disposta a ler sobre seu ombro:

UMA MOEDA única ou supranacional enfraquece a soberania das nações. O dinheiro é uma ferramenta fundamental na política monetária. Os governos necessitam dele para ajustar taxas de juros, dívidas e oferta de moeda para gerenciar suas economias.

THE HERALD ERA o outro jornal da cidade, concorrente do *Sentinela*.

— Tenho que concordar com ele - falou Kat. - Acabe com os recursos e, quando menos esperar, você terá perdido o controle sobre sua economia e, em parte, sobre seu destino.

— Obviamente, essa nova teoria de Svensson está completamente em desacordo com o Instituto Mundial. Uma moeda única é a *raison d'être* do Instituto. Sua razão de ser.

— Fico me perguntando o que fez Svensson mudar de ideia...

Kat olhou pela janela. Dois pombos grandes atacaram um pássaro menor, que voou até um poste, observando, impotente, enquanto os dois grandalhões devoravam sua parte.

— Não sei, mas pretendo descobrir. Há uma boa história aqui. Eu sinto isso. - Jace pressionou mais algumas teclas do notebook. — Outra coisa... Svensson está fora da corrida pelo Nobel, agora. Que eu saiba, estando morto não se pode ganhar nada.

– Mas ganhar um Prêmio Nobel não envolve dinheiro?

— Dez milhões de coroas. Um milhão e meio de dólares.

— É uma bela grana - comentou Kat. – Muita gente mataria por isso.

— Acha que ele foi assassinado?

— Possivelmente. Não sei. De qualquer forma, temos que encontrar o local do congresso deste ano e obter a prova do envolvimento de Nathan. Svensson esteve nas últimas três conferências, então, provavelmente foi convidado para esta última, mesmo tendo mudado de ideia... Acho que sei onde ela está acontecendo.

— Onde?

— Aqui mesmo – Kat afirmou. – Está vendo estes pontos no seu mapa? Ficam na Costa Oeste. Isso também explica o motivo de Svensson estar por aqui. Veja se consegue descobrir se há mais alguns deles na região. Verifique todos os hotéis de luxo. Esse pessoal pode chegar no dia anterior e ficar em algum lugar no centro da cidade. Depois, cheque todos os centros de conferência locais. Lugares fora da cidade, onde o perímetro possa ser protegido. De preferência, os com acesso limitado. Não temos muito tempo se eles já estão aqui.

— Entendi.

Essa era a parte fácil. A parte difícil só estava começando.

CAPÍTULO 23

O palpite de Kat foi confirmado dez minutos depois.

— Resorte *The Tides*, em Hideaway Bay - declarou Jace. — Perto, mas difícil de acessar.

— Em Sunshine Coast? Não consigo imaginar esses VIPs entrando na balsa.

A Sunshine Coast ficava a dezesseis quilômetros ao norte de Vancouver, entretanto era acessível apenas por barco. Chegar lá envolvia duas jornadas curtas de carro, com uma travessia por balsa de quarenta minutos entre elas.

Os moradores locais dependiam das barcas do governo para se manterem conectados ao resto da província. No entanto, as balsas da Colúmbia Britânica eram para o proletariado, e não para as elites globais acostumadas a serviços cinco estrelas. Kat não conseguia imaginá-los se alinhando, atrás de SUVs e minivans, em filas de duas horas para as balsas, nem bebericando café em canecas instáveis na tentativa de se aquecerem.

— Eles não precisam pegar a balsa - esclareceu Jace. — Podem voar do Aeroporto de Vancouver, em questão de minutos, em jatinhos fretados ou helicópteros. O resorte *The Tides* tem uma pista de pouso.

— Precisamos confirmar isso de alguma maneira.

— Já está feito. Liguei para o hotel porque Monsieur Bruneau esqueceu sua medicação. - Jace sorriu. – Providenciei que fosse enviada imediatamente.

— Você é tão ardiloso... - Kat passou os braços em torno da cintura dele e o abraçou.

Jace inclinou a cabeça para beijá-la.

— Quando partimos? Bruneau vai fazer o *check in* amanhã.

DUAS HORAS DEPOIS, Kat, Jace e Harry estavam sentados no banco gasto da cabine dianteira da balsa de Sunshine Coast. O interior do barco não havia mudado desde o início das operações, nos anos sessenta, exceto pelos remendos no *courvin* azul-claro, resultado da utilização de várias gerações de passageiros e da manutenção insuficiente. As janelas da cabine estavam embaçadas graças às roupas úmidas em contato com o calor do interior.

— É ele. - Kat deixou cair o jornal e apontou para o outro lado do corredor, do lado oposto da embarcação.

Um homem alto e magro equilibrava uma caneca de café em uma das mãos, enquanto retirava um notebook de uma mochila com a outra.

Jace chegou mais perto quando o aviso de segurança gravado estalou, distorcido, pelos alto-falantes antigos da balsa.

— Ele quem?

— Roger Landers. - Kat manteve os olhos fixos no homem. Ele usava jeans, e o casaco de esqui aberto revelava um pulôver de lã por baixo. – Definitivamente, estamos no lugar certo.

Kat ficou surpresa por Jace não tê-lo notado primeiro. Landers havia rastreado as últimas doze conferências do Instituto Mundial e tentara entrar em todas.

Só poderia haver uma razão para sua presença naquela balsa.

O jornalista ergueu o olhar e encontrou o de Kat. Deu um pulo do assento e fez uma careta ao derramar café na mão. Deixou cair a caneca e esfregou a mão contra a jaqueta. Então virou-se e caminhou em direção ao meio da barca, dirigindo-se para as escadas do convés.

— Preciso falar com ele. - Kat levantou-se e o seguiu.

Jace franziu a testa e balançou a cabeça, visivelmente perturbado, porém ela o ignorou.

Harry virou-se em seu assento.

— Onde está indo, Kat?

Ela não respondeu.

Landers se voltou para fitá-la. Alcançou as escadas e se pôs a descê-la correndo, saltando de dois em dois degraus.

— Espere! - gritou Kat. — Eu só quero falar com você!

Landers acelerou o passo e desapareceu em uma esquina da barca.

Kat desceu as escadas correndo, alcançando a porta da garagem quando esta já se fechava. Ela a escancarou e olhou para o mar dos veículos estacionados. Landers tinha sumido.

Em algum ponto entre as enormes filas de carros e caminhões, um cachorro latiu, e o barulho ecoou sob o teto baixo do convés dos veículos. Exceto pelo cachorro, o lugar parecia estranhamente silencioso; um forte contraste com o caos de trinta minutos antes, quando tinham embarcado em Horseshoe Bay.

Ela precisava encontrar Landers antes que a balsa ancorasse, dali a vinte minutos. Talvez eles pudessem unir forças.

Kat deu um pulo quando passos soaram em algum lugar à sua frente. A silhueta de Landers delineou-se sob um feixe de luz fluorescente branca, a cerca de seis metros. Ele a viu e se abaixou atrás de uma caminhonete Ford F-150.

Ela se pôs a serpentear entre os veículos, os olhos fixos no ponto em que o tinha visto pela última vez.

— Sr. Landers! Por favor, não fuja. Podemos ajudar um ao outro!

Silêncio.

Kat correu até a caminhonete, porém Landers já havia desaparecido.

Ela aguçou os ouvidos na tentativa de ouvir passos, mas escutou apenas uma goteira a seu lado.

Que razão ele tinha para fugir dela? Landers nem mesmo a conhecia!

E o mais importante, para onde ele teria ido?

Kat levou um susto quando um estrondo veio da parte dianteira da barca. Parecia vir da seção onde estacionavam as bicicletas, mas claro que não havia nenhuma naquela época do ano.

Foi então que ela viu Landers. Ele estava de costas para ela, a silhueta delineada contra o fundo azul do mar. A frente do convés do estacionamento encontrava-se completamente aberta, exceto por uma barreira de cordas duplas que eram removidas quando os veículos desembarcavam. Ele se virou e encontrou seu olhar por uma fração de segundo.

Então pulou.

CAPÍTULO 24

O desvio da balsa deixou passageiros irritados e um cronograma a ser corrigido. O anúncio de bordo do capitão da embarcação praticamente acusava Kat de armar uma farsa. A polícia também pareceu cética depois de não ter encontrado provas de que um homem se jogara ao mar.

Kat mal podia esperar para desembarcar e escapar dos olhares zangados dos passageiros atrasados. Dirigiu o Subaru pela rampa da balsa abaixo e seguiu o fluxo de veículos para fora do terminal, subindo a encosta íngreme que levava à rodovia.

Era o mesmo caminho que eles faziam com frequência para a cabana de Kurt Ritter. Assim como Jace, Kurt também era voluntário para Busca e Salvamento.

— Por que Landers pularia? – A floresta se abria para a vista panorâmica de Howe Sound, além da margem da estrada, contudo Kat mal a notou. Ela ainda não se conformava como Roger Landers podia ter desaparecido no ar, bem diante de seus olhos.

— Por medo - conjecturou Jace. — Eu também teria ficado com medo com você me perseguindo daquele jeito.

Kat revirou os olhos.

— Eu só queria falar com ele. Não entendo por que ele fugiu, muito menos por que pulou.

— É obvio que ele pensou que você era outra pessoa – Jace concluiu.

— E preferiu se afogar do que ser pego? - Landers não devia ter durado cinco minutos nas águas geladas do oceano. — De que diabos ele estava fugindo?

Vários passageiros ao redor praticamente a haviam atacado depois que ela puxara o alarme de emergência. Aparentemente, seus compromissos eram mais importantes do que um acidente marítimo.

O fato, contudo, permanecia: Landers havia pulado da barca. Ela tinha certeza do que havia visto, mesmo sendo a única testemunha. Não se devia ajudar um homem que se jogara ao mar?

— Não temos certeza de que ele se jogou. Apenas de que ele está desaparecido.

— Jace, ele sumiu! Não havia para onde nadar. Não havia terra firme, nem barcos. Landers tinha desaparecido sem deixar rastro, apesar dos esforços do capitão em virar a balsa, e da chegada quase imediata da guarda costeira.

Kat lançou olhares na direção do mar enquanto o Subaru abraçava as curvas ao longo da estrada que beirava o litoral. Fossem quais fossem os segredos que aquelas águas guardavam, ali eles permaneceriam, ao menos por enquanto.

Ela deixou a estrada principal para entrar em uma menor, não pavimentada e bem acidentada. Uma hora depois, as raízes e pedregulhos finalmente deram lugar a um asfalto uniforme, e a propriedade surgiu diante deles.

O resorte *The Tides* se erguia na encosta como um bunker. Pedras gigantescas ancoravam vigas de cedro enormes e antigas, formando três andares e emoldurando uma vista deslumbrante no centro. Através dos vidros, Kat enxergou o lobby amplo e, além deste, o mar. Uma grande lareira de pedra, agora acesa, dominava o saguão, tingindo-o com uma luz alaranjada. Várias pessoas se encontravam sentadas em torno dela, tomando suas bebidas.

À esquerda havia um segundo prédio, que Kat imaginou ser o

centro de conferências. Por detrás da fachada de vidro e aço, avistava-se o oceano e nada mais.

Dois abetos de Douglas altos flanqueavam ambos os edifícios como *Sentinelas*. Um jardim e uma passarela descansavam entre eles, além dos quais um penhasco dava para o oceano lá embaixo. Mesmo em um dia de inverno, a vista era de tirar o fôlego.

— Lembra-se do plano, Jace?

— Sou o técnico que vai configurar o equipamento audiovisual. Uma substituição de última hora.

Kat descobrira o nome da empresa e do funcionário com apenas um telefonema para o hotel, alegando precisar checar as acomodações do especialista no local. Em seguida, havia ligado para a verdadeira empresa de vídeo e cancelado o serviço.

Agora eles tinham um quarto e estavam livres para ocupar o lugar da firma. Era o disfarce perfeito. Ninguém jamais vira os funcionários da dita empresa. Como o equipamento de áudio era básico, eles estariam em segurança.

Jace, no entanto, mostrou-se preocupado.

— Não tenho tanta certeza de que isso vá dar certo, Kat.

— Pensei que fosse um repórter investigativo... - Ela manobrou o Subaru ao longo da longa calçada circular e parou.

— Por que eu? – A expressão de Jace se fechou enquanto o manobrista se aproximava do carro. — Isso não vai dar certo... Eu nem sei como o sujeito é! Como posso me passar por ele?

— Não precisa saber. A equipe do resorte nunca viu o rapaz. Além disso, você é homem. Eu é que não poderia fazer esse papel! E Harry é muito velho.

O comentário chamou a atenção do tio dela, no banco de trás.

— Muito velho para quê?

— Não importa. - Kat entregou as chaves ao manobrista e abriu a porta.

— Nossa... Nós vamos ficar aqui? - Os olhos de Harry se arregalaram. — Uau.

— Pegue suas coisas, Harry. - Jace abriu a porta do passageiro. — Vamos.

— Lembre-se - ela sussurrou para Jace enquanto entravam —, está cansado e quer fazer o *check in* o mais rápido possível. Aja com mau humor, assim eles não vão querer muita conversa com você.

Kat conduziu Harry até dois sofás de couro baixos, o olhar acompanhando Jace, que se dirigira para o balcão da recepção. Ela havia insistido para que ele usasse um terno. Mesmo fazendo as vezes de um simples técnico de audiovisual, era importante que ele se integrasse ao ambiente. Aqueles poderosos todos deviam dormir de terno!

Viu-se feliz por ter insistido naquele detalhe. Jace estava vestido como os outros dois homens no bar do saguão.

A diferença era que ele, decididamente, era muito mais bonito e gostoso, pensou, admirando a forma como o paletó bem cortado definia os ombros largos e a cintura estreita. Definitivamente, Jace não se parecia com um daqueles técnicos de audiovisual nerds.

Kat observou os dois desconhecidos sentados no bar. Estavam absortos em uma conversa, voltados um para o outro, o que dificultava sua identificação. Provavelmente dois da centena de convidados.

Um deles agitou os braços com ênfase, quase derramando as bebidas no bar. Kat pegou o celular e o posicionou.

— Não é bonito aqui? – indagou em voz alta para Harry, forçando um sotaque que, ela esperava, parecesse europeu. Tirou uma fotografia, certificando-se de que os dois homens fossem enquadrados. A foto poderia ser útil mais tarde.

Dez minutos depois, ela, Jace e Harry estavam sentados na varanda de sua suíte, no terceiro andar. Admiravam o oceano, vestidos com seus casacos de inverno, as costas voltadas para o aquecedor a gás que Jace havia ligado na máxima potência.

— Tem certeza de que vai dar certo, Kat? Eles nem sequer pediram o meu cartão de crédito. Alguém pode descobrir.

— Não se nos mantivermos discretos. As pessoas que contrataram os serviços provavelmente nem estão aqui. Mesmo que estejam, com tantos outros detalhes e pessoas importantes para acompanhar, a distribuição dos quartos é a última coisa com que estão preocupadas.

Além do mais, o resorte inteiro foi reservado, então, não importa. Ninguém vai notar.

— Eu não tenho tanta certeza disso. E se nos pegarem? - Jace espiou por cima do balcão da varanda.

— Não vão nos pegar. Vamos apenas obter provas de que Nathan está aqui. Talvez até do nível de seu envolvimento. Podemos cair fora amanhã, com tempo suficiente para encerrar o caso Edgewater.

De repente, Kat sentiu fome. Levantou-se da cadeira e entrou na suíte, disposta a dar uma olhadela no frigobar. Escolheu um pacote de amêndoas torradas, três barras de chocolate *Coffee Crisp* e uma garrafa de *Merlot*. Carregou o vinho e três copos lá para fora, junto com os petiscos.

— Vamos pedir serviço de quarto, assim ninguém vai perguntar por que não estamos comendo com os outros convidados.

— Aposto que eu é que terei de fazer isso. - Jace desembrulhou um Coffee Crisp.

— Você é o chefe. - Kat jogou o cardápio sobre a mesa, depois serviu o vinho nos copos.

— Para mim não precisa. — Harry se pôs em pé. — Estou exausto. Preciso de um cochilo.

Kat levantou-se e levou Harry até seu quarto. A suíte tinha dois cômodos adjacentes, ambos com lareira.

— Lembre-se, tio, não vá a lugar nenhum sozinho!

— Não vou. Boa noite, Kat.

Ela fechou a porta e voltou para a suíte principal. Teria agido certo trazendo o tio até ali? Provavelmente não. Mas não poderia deixar Harry sozinho por dias a fio, principalmente depois daquele incêndio na cozinha.

Jace veio da varanda no momento em que ela olhava o relógio de pulso. Eram seis horas. Ela ligou a televisão, na esperança de ouvir alguma coisa sobre Roger Landers e seu desaparecimento da balsa, mas o âncora deu apenas notícias locais, sem mencionar o jornalista desaparecido.

Notícias do mundo todo dominaram a transmissão. Grécia e Portugal não haviam cumprido os termos do acordo de empréstimo feito junto ao Fundo Monetário Internacional, como parte de seus resgates anteriores.

— O diretor-gerente do FMI não está aqui na conferência? - Jace recolocou o interfone no gancho. Havia pedido filés para eles dois e um sanduíche Monte Cristo para Harry, caso este acordasse.

— Jean-Claude Bruneau? - Kat não gostou da expressão de Jace. — Nem pense em segui-lo, falar com ele ou confrontá-lo, Jace!

— Serei discreto. É a oportunidade da minha vida!

— De jeito nenhum. Não até que eu ponha as mãos em Nathan. Promete?

Ele fez um muxoxo.

— Está bem. Acho.

— Fico me perguntando o que Bruneau pensa sobre a ajuda a esses países.

Era o destino de tantos nas mãos de tão poucos!... Aquilo a fazia lembrar-se dos senhores feudais, nos tempos da Idade Média, onde a elite vivia nos castelos e os servos do lado de fora dos muros. Alguns sortudos conseguiam morar do lado de dentro das fortalezas, mas o restante vivia desprotegido e vulnerável.

— Bruneau? Ele não está dando a mínima para nada. Só está cumprindo o mandato do FMI. Não precisa se preocupar com isso.

— Verdade, mas é preciso se perguntar, em primeiro lugar, se o sistema financeiro mundial realmente provocou essas falências. Uns poucos países estabelecem regras para que todos os outros as sigam. Regras que os favorecem.

Kat voltou a atenção para a televisão. A previsão do tempo era de um misto de chuva e neve no dia seguinte. Ainda não havia nenhuma menção a Landers e seu desaparecimento da balsa.

— O não pagamento dos empréstimos não piora o caso deles, exatamente – ela ponderou. — A menos, é claro, que eles quisessem que eles fossem à falência.

Os pagamentos à Research Analytics provavam que o dinheiro estava sendo desviado para outra coisa além de despesas legítimas com pesquisa. Supondo que a Research Analytics fosse de fachada, para que o Instituto Mundial estava usando o dinheiro? Seria realmente uma conspiração para acabar com as moedas do mundo?

Kat pegou o controle remoto no mesmo instante em que ouviu a voz de um homem do lado de fora do quarto. Sentiu o pulso se acelerar. Era cedo demais para o serviço de quarto.

Ela diminuiu o volume e percebeu que a voz não estava vindo do corredor. Era apenas tio Harry falando enquanto dormia, no quarto ao lado.

CAPÍTULO 25

Kat acordou com uma batida na porta. Jace devia ter pedido o café da manhã. Ao imaginar ovos Benedict e *waffles*, ela sentiu água na boca.

Virou-se na cama e estendeu o braço, apoiando-o sobre o estômago dele. Correu os dedos pelos abdominais rijos.

Mas, se Jace ainda estava na cama, ele não havia pedido o serviço de quarto!

Sua decepção se transformou em apreensão. Já teriam sido descobertos?

— Jace! - ela sussurrou. – Tem alguém na porta!

— *Hmmm.* — Ele se virou e a acariciou no ombro.

Kat sentiu a pele arrepiar ao sentir a mão quente se movendo por seu braço.

As batidas ficaram mais altas e ela voltou a se concentrar.

— Jace, vá lá atender!

— Está bem... Não saia daqui. – Ele se levantou e vestiu uma camisa e uma calça. Caminhou até a porta e espiou pelo olho mágico. Então se virou e voltou para a cama. Sentou-se e balançou a cabeça.

— Não vai acreditar – disse, abotoando a camisa.

131

— O que foi? - Kat pulou da cama e vestiu uma calça de moletom e uma camiseta.

A batida soava cada vez mais forte, com a pessoa colocando toda sua força na tarefa.

— É a sua prima, Hillary.

Hillary, Kat e Jace haviam frequentado a mesma série no colégio. Jace tinha antipatizado imediatamente com a moça, apesar dos esforços dela em excitá-lo.

Kat sentiu o pulso acelerar ao recordar seu último confronto com a prima. Os anéis de diamante de tia Elsie haviam sido roubados. Hillary insistira que tinha havido uma invasão, porém ela, Kat, suspeitava do contrário. Logo após o assalto, Hillary aparecera com um novo relógio Rolex, sem dúvida trocado pelos anéis desaparecidos. Ela sempre fora uma encrenca.

— Impossível. Ela foi embora há dez anos! Além disso, como poderia saber que estamos aqui?

— Eu sei... mas tenho certeza de que é ela. Talvez Harry não venha imaginando coisas, afinal. Venha aqui e veja por si mesma.

Kat aproximou-se da porta pé ante pé e prendeu a respiração ao espiar pelo visor. Os anos haviam lhe adicionado rugas, uma papada e uma tonelada de maquiagem. Os olhos da mulher encontravam-se ocultos pelos óculos de sol Chanel, cujo logotipo enorme era um rótulo anunciando seu status e seu gosto impecável, a despeito do fato de ela estar dentro do hotel e no final do inverno.

Kat abriu a porta, e a prima passou por ela feito um trator. Usava um vestido curto sem mangas, mesmo com a temperatura abaixo de zero lá fora. Manchas brancas de sal pontilhavam suas botas de salto agulha marrons, de cujos zíperes pendiam exagerados logos da marca D & G.

Era Hillary, sem dúvida.

— Onde, diabos, está o meu pai? - A mulher rumou para as portas deslizantes da varanda, empurrando os óculos de sol gigantes para cima dos cabelos armados a spray. — O que você fez com ele? Você o sequestrou!

— Hillary... - começou Kat. — O que está fazendo aqui? Por que acha que eu...

Jace deixou cair o queixo quando Hillary quase o atropelou ao ir direto para o terraço e permitiu que uma rajada de ar gelado invadisse o quarto. Sem encontrar ninguém na varanda, a mulher voltou para dentro da suíte, deixando a porta deslizante aberta para o frio. Dirigiu-se ao closet e quase arrancou a porta dos trilhos.

— Diga-me onde ele está. Agora!

Jace caminhou até a porta da varanda e a fechou. Ergueu as sobrancelhas para Kat, porém não disse nada.

— Ele está no quarto ao lado. O que está acontecendo? - Kat indagou, ainda em choque.

Hillary girou a maçaneta sem delicadeza e, quando a porta não abriu, bateu nela com força.

— Papai! Abra já essa porta!

— Vá com calma – ralhou Kat. – Desse jeito vai quebrá-la!

Hillary apenas a olhou com desdém.

A porta se abriu do outro lado, e Harry emergiu, parecendo sonolento.

— Hillary! - Ele sorriu. — Que surpresa boa!

Kat lançou um olhar para Jace. Ele fulminava a outra mulher com os olhos, porém esta nem pareceu notar.

— Como sabia que estávamos aqui? – indagou Kat. Quando elas eram adolescentes, às vezes desconfiava de que a prima a perseguia.

— Não gostaria de saber? - Hillary a encarou do outro lado da suíte.

Kat observou a outra mulher. Uma pesada sombra marrom lhe emoldurava os olhos fazendo-os parecer um par de soquetes queimados.

— Vou ligar para a polícia e dar parte de você! - Hillary agarrou Harry pelo braço. – Não vai conseguir trabalhar nem mais um dia na sua vida quando eu puser um fim nisto tudo.

— E me acusar do quê?

Que diabos Hillary estava fazendo ali?!

— De forçar meu pai contra a vontade dele.

— Tio Harry, eu o forcei a vir para cá?...

Hillary tapou a boca de Harry quando ele ia começar a falar e virou-se para Kat.

— Não fale com ele! Você já fez o suficiente.

— Hillary, eu tive que trazê-lo comigo. - Ela olhou para o tio, imaginando como iria explicar tudo à prima sem ferir os sentimentos de Harry. — A demência... está ficando pior.

Harry baixou o olhar para o carpete, derrotado.

— Desculpe, tio Harry.

— Tudo bem. Kat está certa, filha. Eu sei que não ando tão esperto como costumava ser.

— Ele não fica em segurança por conta própria, Hillary. Se houvesse estado por perto nos últimos anos, talvez soubesse disso.

Hillary não sabia que Harry deixara o fogão aceso e quase incendiara a casa. Ou que havia invadido a vitrine da Cantina Carlucci's com o Lincoln.

Ou sabia?

Harry vinha falando sobre a filha havia meses, e com mais frequência ultimamente. Depois tinha havido aquela cobrança da Tiffany em seu cartão de crédito.

Mas Hillary não daria um golpe tão baixo... ou daria?

De qualquer forma, Kat precisava se concentrar no tio. Desligar o fogão, desativar o mecanismo da porta da garagem, assim como a bateria do carro, tinham sido apenas paliativos. Harry necessitava de cuidados em tempo integral, e ela, Kat, havia ficado sem alternativas. Hillary certamente não a ajudaria em nada.

De súbito, algo lhe veio à cabeça. O reaparecimento da prima devia ter uma razão. A demência de Harry era óbvia. Hillary estaria ali para tirar partido da situação? Por que mais ela teria voltado depois de uma década?

— Você sequestrou o meu pai contra a vontade dele. Como pôde fazer uma coisa dessas? É uma criminosa!

— Como você pôde fazer o que fez, Hillary? Você é a criminosa aqui: roubou as economias de uma vida inteira dele e de tia Elsie!

— Foi um presente.

Kat revirou os olhos.

— Claro... Como não?

Harry continuou olhando para o chão, sem dizer nada.

— Você não sabe de nada, Hillary. Seu pai se esquece de comer. Ele está aqui porque eu cuido dele. Eu não poderia deixá-lo sozinho, nem que fosse por alguns dias.

— Ah, sei sim! Você o sequestrou para se aproveitar dele. Pois vou pôr um fim nisso agora.

Harry devia ter falado com Hillary pelo telefone na noite anterior. Ela devia ter ligado para o celular dele. Harry não se lembraria do nome do resorte *The Tides*, mas ainda conseguia ler. Hillary só devia ter pedido que ele encontrasse algo com o nome do hotel.

— Eu o sequestrei...? Está falando a sério? - Kat olhou para Harry. Ele havia saído do ar. Já não tinha mais consciência do porquê da discussão. — Ele quis vir junto.

— Finalmente estamos todos juntos outra vez. - Harry sorriu. - Vamos tomar o café da manhã e comemorar.

Kat estava prestes a explicar por que não poderiam fazer isso, quando Hillary interveio.

— Não, pai. Nós vamos embora. Pegue as suas coisas. - Hillary empurrou Harry de volta para o outro quarto e bateu a porta.

Kat olhou para Jace, aturdida.

Uma onda de impotência a invadiu quando pensou em Hillary levando Harry. Seu tio sobreviveria à viagem de volta para casa antes que a filha, com seu parafuso a menos, se cansasse dele e o largasse nas mãos de outra pessoa? Isso se ela realmente o levasse para casa!

— Deixe-a ir. — Jace a abraçou. — Ele vai ficar bem. Estaremos em casa amanhã.

— Mas ela não sabe como ele está ruim!

Hillary era egocêntrica demais para lidar com os medicamentos, os delírios e a confusão de Harry.

— Não acredito nisso nem um pouco - declarou Jace. — Ela sabe exatamente o que está acontecendo.

— Então, por que ela fica dizendo essas coisas?

— Para atingir você. E para lançar toda a negatividade dela sobre a sua pessoa. Para esconder o que realmente está acontecendo.

Kat se afastou.

— Eu sei que ela é egoísta e sei que ela o roubou. Mas não pode estar pensando que eu o estou prejudicando! - lamentou Kat. - Ela não pode estar pensando isso!

— Ora, Kat, o único interesse de Hillary é alcançar os objetivos dela. Você, mais do que ninguém, devia reconhecer uma farsa quando vê uma. Aqueles saques misteriosos no banco, as cobranças da Tiffany...? Explique isso tudo.

— Também pensei nas cobranças da Tiffany. Mas não seria óbvio demais?

— E a série de inconsistências nas finanças de Harry, justamente quando ela aparece de novo, depois de dez anos? São coincidências demais para mim. Levante essa bandeira para Hillary... Tenho certeza de que ela vai insistir que tudo foi "presente".

— Acha que ela voltou porque cancelei os cartões de crédito e sequei sua fonte? - Kat sentou-se na cama. — Ela não chegaria a tal extremo. Seria fraude e abuso de incapaz!

— Abra os olhos, Kat. Harry não faz compras na Tiffany. Por que acha que ela está de volta?

Jace estava certo.

— Mas... roubar o próprio pai?

— A maioria das pessoas não faria isso - concordou Jace. — Mas Hillary não é como a maioria das pessoas. Ela faria qualquer coisa.

— Jace, mesmo que seja verdade, não há mais o que eu possa fazer. Eu cancelei os cartões de crédito, e todo o dinheiro dele foi usado para pagar as contas. Não há mais nada que ela possa roubar.

CAPÍTULO 26

Kat e Jace se encolheram sob suas parcas quentinhas, na varanda, tomando seus cafés da manhã. O sol havia acabado de surgir no horizonte, e um brilho alaranjado espreitava por entre as perenes altas e frondosas. Uma estranha luminosidade refletia a camada de neve fresca, contrastando com as longas sombras das árvores.

Kat engoliu seu último pedaço de rabanada. Durante a noite, os sintomas de gripe tinham passado, e ela ficara surpresa em ver como estava com fome.

— Acha que Harry está bem? Hillary tem o pavio tão curto... A demência dele vai deixá-la louca.

— Ela não vai ficar por muito tempo. Vai cair fora assim que descobrir que o dinheiro dele acabou. Hillary só se importa com ela mesma. - Jace levantou-se e olhou por cima da balaustrada, fazendo um gesto para que Kat se juntasse a ele.

Dois guardas de segurança haviam acabado de sair da porta da cozinha do hotel, bem abaixo deles, porém conversavam em um tom baixo demais para que ela pudesse ouvir o assunto.

Ela era quem tinha notado os dois rapazes de trinta e poucos anos do lado de fora do prédio, naquela manhã. Eles estavam lá embaixo, em pé no solo congelado, guardando a entrada. A cada pouco, falavam nas mangas, aparentemente em contato com alguém por rádio.

A segurança fora se materializando gradualmente em Hideaway Bay, conforme os participantes da conferência iam chegando. Mesmo vestidos com ternos, os agentes lembravam mais comandos do Exército, fazendo um forte contraste com os participantes idosos e obesos que guardavam.

— Deve haver uma dúzia desses caras só deste lado do hotel - sussurrou Jace. —Vou dar uma volta... algum VIP deve estar chegando.

Kat levantou a mão, não querendo arriscar ser ouvida pelos homens logo abaixo. Porém Jace já havia entrado e agora colocava o terno.

Kat correu atrás dele, fechando a porta deslizante da varanda atrás de si.

— Preciso usar este terno o tempo todo, enquanto eu estiver aqui? - Jace sentou-se na cama para calçar os sapatos.

— Você não pode ir lá, Jace. - Kat jogou a parca sobre a cama.

— Por que não? Se sou do suporte técnico, não preciso estar presente? A equipe do hotel deve estar se perguntando por que ainda não saímos do quarto. - Jace fechou as cortinas, então se aproximou e passou os braços em torno da cintura dela.

Kat colocou as mãos sobre as dele.

— Não podemos simplesmente relaxar e aproveitar o lugar? Quando a conferência começar, os seguranças vão relaxar um pouco. Vamos dar algumas horas para que eles sosseguem – ponderou, ainda que ela própria estivesse longe de sentir-se relaxada. Agora que estavam dentro do hotel, não queria fazer nada que pudesse levar à sua descoberta.

— Você mesma disse que eles não estão checando ninguém que já está aqui dentro.

A segurança parecera estranhamente ausente até aquele momento. Afinal, até Hillary tinha conseguido entrar.

Kat percebeu que eles haviam tido sorte por ter chegado um dia antes do início da conferência. Caso contrário, podiam não ter conseguido nem mesmo se aproximar da entrada do resorte.

— Estou mais preocupada com você... que decida enfrentar Pinslett ou algo assim. Preciso encerrar este caso e atender ao prazo de Zachary. O ideal é que consiga fazer isso antes que a Edgewater fique sem dinheiro, amanhã ou terça-feira. Não podemos nos arriscar a cruzar com Nathan Barron. Não ponha o meu caso em risco, Jace.

Ele balançou a cabeça.

— Ah, Kat, me dê um voto de confiança! Claro que não vou fazer nada disso. Mas também não posso deixar passar a oportunidade de uma vida inteira! Nenhum jornalista conseguiu entrar em uma conferência do Instituto Mundial antes.

— Exceto Pinslett.

— Ele não é jornalista. Ele apenas comanda uma bancada de jornalistas. Quero denunciá-lo, fazê-lo pagar. – Jace cerrou o punho.

— Entendi, mas você não vai sair coisa nenhuma. Está muito estressado. Vai despertar suspeitas e acabar nos tirando daqui.

— Está me fazendo de refém? E se eu perder alguma coisa?

— Jace, sabe muito bem o que eu quero dizer. Temos prioridades. Vamos conseguir provas do envolvimento de Nathan primeiro. Assim que a tivermos, pode passar o dia com Pinslett e o resto. Até eu vou ajudar. O problema é que eu não posso entrar na conferência. Quase todos os delegados são homens.

— E eles logo vão saber que sou um impostor.

— Talvez sim, talvez não. De qualquer forma, precisamos obter uma prova de que Nathan está aqui, e de seu envolvimento. Caso contrário, sem nenhuma gravação, ainda será a nossa palavra contra a deles. - Ela precisava de algo mais robusto.

— Então, o que fazemos? - ele quis saber.

Kat vestiu-se rapidamente e calçou um par de tênis de corrida.

— Tenho uma ideia. - Ela guardou o cabelo comprido sob um boné de beisebol. — Dê-me quinze minutos.

Kat abriu a porta do corredor e espiou lá fora.

Tudo livre.

Ela virou à direita, direção em que achou menos provável encontrar outros hóspedes. Depois de seguir o corredor até o final, espiou da esquina e pegou outra passagem.

Um carro de arrumação estava parado no meio do caminho, entre o lugar onde ela se encontrava e as escadas. Kat caminhou na direção do carrinho, a cabeça baixa para o caso de deparar com alguém. Examinou o aparato e, por um momento, ficou tentada a pegar um condicionador extra. Todas as portas dos quartos do hotel estavam fechadas, o que significava, provavelmente, que a camareira não estava em nenhum deles.

Ela virou outra esquina e avistou uma porta com a placa Organização Interna. A porta encontrava-se ligeiramente entreaberta, e ela a empurrou de leve. Se fosse descoberta, fingiria estar à procura de travesseiros extras.

Não havia ninguém lá dentro, e Kat não demorou a encontrar o que estava procurando. Um uniforme de camareira pendia de um gancho atrás da porta. Ela o pegou e se trocou rapidamente, enfiando a calça de moletom e a camiseta em um saco de lavanderia.

Deu um puxão na camisa apertada para tentar cobrir a barriga. Não importava... Não ficaria no corredor por muito tempo.

Ele continuava vazio. Ela saiu e caminhou em direção ao carrinho. Pegou dois flaconetes de condicionador, então sentiu algo duro lhe raspando o quadril.

Ao tirá-lo do bolso, mal pôde acreditar na própria sorte. Não apenas tinha um uniforme de camareira, como conseguira um cartão chave-mestra para todos os quartos do resorte.

Kat fez meia-volta e se afastou, ansiosa por cruzar o corredor sem ser vista por ninguém. Alcançou os elevadores que dividiam as duas alas do edifício no exato momento em que a campainha de um deles tocava.

Foi então que ouviu uma voz. Uma voz que ela reconheceria em qualquer lugar.

CAPÍTULO 27

Kat brecou, quase trombando com a parede, e lutou contra a vontade de se virar e voltar pelo mesmo caminho por que tinha vindo.

Mas era tarde demais. Ela já tinha sido vista.

Victoria Barron estava em pé junto aos elevadores. Batia a ponta da sandália Gucci, impaciente, enquanto via as horas no relógio, a silhueta tamanho 36 envolta em um espesso roupão de algodão, exatamente igual aos do quarto dela, ainda que, de alguma forma, este parecesse mais glamouroso na mulher.

— Não se atreva a ir embora! – ameaçou Victoria.

Kat congelou. Olhou para os tênis surrados e se perguntou o que viria a seguir. Por que Victoria estaria ali? O Instituto Mundial havia reservado todo o hotel, e a mulher não devia fazer parte da delegação!

— Não me ignore! Eu não vou sair daqui tão cedo, e posso fazer você perder o emprego em um piscar de olhos.

Kat ergueu o olhar lentamente para encontrar o da outra mulher. Victoria não a havia reconhecido naquele uniforme de camareira?

— Vocês nunca fazem mais do que o mínimo, não é? - Victoria apontou um dedo com a unha benfeita para Kat, o esmalte combinando exatamente com o batom. — Há poeira demais no meu quarto e shampoo de menos. Será que não percebe como tem sorte por trabalhar aqui? Jamais conseguiria um emprego destes no seu país, seja lá qual ele for! Aposto que nem está aqui legalmente.

Kat segurou o ar. Não tinha aberto a boca, e Victoria já a tachara de preguiçosa, ilegal e incompetente.

— Sim, senhora – respondeu, na esperança de conseguir usar o mesmo sotaque da Europa Oriental que havia utilizado anteriormente. — Pego mais shampoo. O número do seu quarto é...?

— 216. Estou indo ao *spa*. — As portas do elevador se abriram, e Victoria entrou. - Espero encontrar shampoo suficiente no meu quarto quando voltar. Qualquer coisa menos do que isso será inaceitável.

— Sim, senhora.

As portas do elevador se fecharam. Foi um alívio não ser reconhecida, mas também degradante. Afinal, ela enfrentara Victoria no tribunal... e a derrotara!

Kat tocou o cartão chave-mestra que levava no bolso. Com Victoria fora do caminho, poderia dar uma busca no quarto da mulher. Talvez conseguisse descobrir por que ela estava ali.

Parou diante do quarto 216 e bateu na porta. Nenhuma resposta. Deslizou o cartão pela fechadura e foi recompensada por uma luz verde piscante e um clique. Abriu a porta, depois a fechou atrás de si.

O quarto era semelhante ao seu na disposição, porém na posição inversa. As cortinas estavam fechadas, e havia duas malas empilhadas perto da janela. Mesmo na penumbra, ela viu roupas espalhadas por toda parte: no chão, na cama desfeita, penduradas nas portas do armário e sobre a tábua de passar. Como Victoria podia ter encontrado pó ali?... Não havia superfícies livres para que ele se instalasse.

Ela caminhou até a mesa, quase tropeçando em uma pilha de sapatos de salto jogados no chão. Também havia papéis espalhados por toda a escrivaninha.

Kat ligou a luminária e os folheou rapidamente. Mal podia acreditar na própria sorte. Debaixo dos folhetos de informação para o *check in* no hotel, estava a programação da conferência do Instituto Mundial.

Sem pestanejar, ela a guardou na parte da frente do uniforme.

Passou a avaliar o restante dos documentos: uma pilha espessa, presa com um clipe buldogue. Folheou as páginas. Em cima, encontrou as minutas do congresso do ano anterior, seguidas por algumas demonstrações financeiras e outros documentos.

Victoria seria uma das participantes? Era difícil acreditar. Mas, por qual outro motivo estaria ali? E por que tinha uma cópia da programação do Instituto Mundial?

Kat tirou a folha do maço e a leu. Victoria não constava da lista de participantes.

Olhou para o relógio de pulso. De acordo com a programação, a conferência não começaria no dia seguinte, mas em trinta minutos! E Victoria, sem dúvida, não iria ao congresso de robe!

Kat disfarçou os papéis em meio a uma pilha de toalhas dobradas e colocou tudo debaixo do braço.

Deu um pulo quando a porta do banheiro se abriu, e uma nuvem de colônia masculina e vapor de banho flutuaram em sua direção.

Rapidamente, ela segurou as toalhas diante do peito, sem conseguir evitar um espirro.

— Que diabo está fazendo no meu quarto? - Nathan Barron saiu do banheiro. Estava nu, exceto pela toalha presa em torno da cintura. Era muito menor pessoalmente do que em seus retratos de caçador. Nas fotos, obviamente, seus troféus eram mamíferos mortos, não pessoas vivas, então era difícil ter noção de escala.

Kat começou a suar. Nathan estava entre ela e a porta, bloqueando sua saída. Sentiu a garganta se apertar e o coração disparar no peito enquanto lutava para encontrar uma desculpa para estar no quarto.

Então se lembrou: ela só havia conhecido Nathan por fotografias. Ele não estava na Edgewater quando ela fora até lá, portanto, nunca tinha posto os olhos nela. Não fazia ideia de quem ela era.

E, vestida com aquele uniforme de camareira, ela tinha uma desculpa perfeita para estar ali.

— Eu... Perdão, senhor. Achei que o quarto estava vazio. Eu só estava checando as toalhas.

— Deixe-as na cama. - Ele cruzou os braços e a encarou.

Kat não podia. Escondidos em meio às toalhas estavam os papéis que ela acabara de surrupiar da mesa.

Ela tentou manter a voz calma.

— Estas estão sujas... Deixe-me pegar limpas.

— Está bem – resmungou Nathan. De cenho franzido, ele se virou, voltou para o banheiro e bateu a porta atrás dele.

Kat soltou um suspiro e só então percebeu que estava prendendo a respiração. Enxugou uma fina camada de suor da testa e abriu a porta para o corredor. Aqueles encontros-surpresa estavam acabando com seus nervos.

Nathan e Victoria deviam ser amantes. Por que outra razão iriam compartilhar um quarto? Zachary sabia que sua ex-mulher estava tendo um caso com o pai dele?... Aquilo não estava exatamente no escopo de sua investigação, decidiu Kat. Mesmo assim, Zachary não merecia saber?

Por outro lado, se ela contasse, ele saberia que ela havia invadido o quarto de hotel.

Talvez houvesse uma boa razão para a hostilidade de Zachary em relação ao pai, afinal. Que tipo de homem se envolvia com a ex-esposa do filho?

Kat deixou o quarto, ouvindo a porta se fechar atrás dela enquanto saía para o corredor. Abriu a boca quando quase colidiu com uma mulher pequena e loira, vestida com um uniforme de limpeza.

— Quem você é? - perguntou a outra em um inglês com forte sotaque.

Russo, deduziu Kat. A mulher devia ter uns cinquenta e seis anos, e cerca de cinquenta quilos. O uniforme largo, destinado a alguém muito maior, lhe pendia dos ombros.

— Eu sou nova aqui. - Kat estendeu a mão, ainda que não disposta a cumprimentá-la. – Meu nome é Marcie. É o meu primeiro dia.

A mulher a observou sem dizer nada.

Kat recolheu a mão e enxugou a palma na frente do uniforme mal ajustado. O seu era para alguém quinze centímetros menor, e ela não precisava de um espelho para adivinhar o quanto estava ridícula.

Puxou a blusa para cobrir a barriga e tornou a estender a mão. A funcionária lançou um olhar para sua cintura, então segurou a mão dela sem muita vontade.

— Angelika. Estar aqui para conferência? Dorothy não falou nada você.

O inglês de Angelika era salpicado de verbos malconjugados e pronomes omitidos. Ela espiou o corredor, parecendo tensa, e prendeu uma mecha loira do cabelo atrás da orelha.

— Sim, a conferência. - Kat não pôde deixar de notar como a mulher era linda, com maçãs do rosto benfeitas e uma pele clara e translúcida.

Angelika tornou a olhar o corredor.

— Está procurando alguém? – ela indagou com um sorriso.

A mulher negou com um gesto de cabeça.

— Não, apenas verificando quartos. Qual deles é o próximo.

— Só me convocaram esta manhã. - Quantas camareiras trabalhavam em um turno? Cinco? Duas dúzias? Uma delas podia estar procurando por seu uniforme naquele exato momento, lembrou Kat.
— Com essa conferência e tudo mais...

Angelika ainda parecia intrigada.

— Não estou neste andar - Kat acrescentou depressa. – Só vim buscar um pouco mais de shampoo.

Com sorte, Angelika não perguntaria em qual andar ela estava trabalhando.

— Claro. Há caixa de shampoo depósito. – A mulher sorriu e apontou para o corredor, na direção da qual Kat acabara de vir. – Pode pegar. Está lugar de Annie?

— Sim, Annie. Eu não conseguia lembrar o nome dela... Sobre o que é essa conferência?

— Dorothy não disse? Talvez não, se você entrar hoje. É *top, top secret*. Não poder falar com ninguém isso. Assinou termo confidencialidade? - Angelika inclinou-se sobre o carrinho, derrubando uma caixa de papel no carpete.

Kat inclinou-se para apanhá-la.

— Ainda não. Vou assinar no meu intervalo. - Ela entregou os lenços para Angelika, os olhos fixos nos sapatos da camareira. Os sapatos de grife eram de salto cinco, totalmente inadequados para limpar quartos de hotel.

— Fico feliz chegar sexta-feira - Angelika suspirou. — Seguranças em todos os lugares, e convidados... tão exigentes.

— Sexta-feira?

— Quando terminar conferência. Coisas voltam ao normal.

Sexta-feira também era a data de vencimento da próxima parcela da hipoteca de Harry, lembrou-se Kat. Se ele não conseguisse pagá-la, o banco iria executá-lo judicialmente. Como ela poderia lidar com aqueles empréstimos do tio e o caso de Zachary ao mesmo tempo?

Ela temia a sexta-feira e esperava por ela, tudo ao mesmo tempo.

Seus pensamentos se concentraram no tio enquanto ela rumava para o depósito. Quando Hillary descobrisse que Harry estava quebrado, o que faria? O retorno da prima depois de todos aqueles anos só podia significar que ela estava desesperada. Até onde Hillary iria para arrancar mais dinheiro do pai?

Kat passou o cartão na fechadura da sala de armazenamento. Abriu a porta e estacou ao se ver cara a cara com Roger Landers.

CAPÍTULO 28

Kat deu um pulo para trás quando a porta bateu atrás dela. As toalhas caíram de suas mãos e se desdobraram no chão. O clipe buldogue devia ter se quebrado em algum ponto entre o quarto de Nathan e o depósito, pois se desfez, espalhando os papéis.

Ela chutou os documentos, empurrando-os para debaixo das toalhas.

— Cale a boca e não se mova. - Roger Landers brandia o cabo de uma vassoura acima da cabeça, pronto para atacar.

Kat permaneceu imóvel, a mente trabalhando na tentativa de descobrir o que fazer.

Agarrou a maçaneta da porta. Landers estava perto o suficiente para golpeá-la, mas não para segurá-la. Se agisse com rapidez, ela poderia abrir a porta e escapar pelo corredor. Landers provavelmente não a perseguiria, principalmente se estivesse se escondendo.

Mas isso significava deixar os papéis para trás.

Como Landers havia entrado ali? Uma vez que era persona non grata em conferências anteriores, ele jamais passaria pela segurança sem ser reconhecido. Sem dizer que, teoricamente, havia se afogado, e seu corpo sem vida flutuava em algum ponto de Howe Sound.

147

Talvez ele tivesse sido convidado para a conferência. Mas, mesmo que não fosse um dos participantes, a segurança parecera um tanto quanto descuidada antes da chegada dos VIPs. Afinal, ela, Jace, Harry e Hillary tinham conseguido entrar no resorte sem problemas. Jace só precisara dar o nome da empresa de áudio e vídeo.

— Pensei que estivesse morto - confessou Kat.

— Pensou errado. - Landers ainda tentava cercá-la, mas ao menos parecia ter relaxado um pouco o punho no cabo da vassoura.

— De qualquer modo, minha opinião não importa. Eu estava apenas tentando falar com você – ela afirmou. — Por que pulou da balsa? Você nem me conhece!

— Eu sei quem você representa.

— Eu não represento ninguém. Estou aqui pela mesma razão que você: para descobrir mais sobre o Instituto Mundial. - Kat curvou-se sobre as toalhas e as recolheu, torcendo para que Landers não visse os papéis.

As toalhas estavam intactas antes de ela entrar no depósito? E se o clipe tivesse se quebrado antes disso? Papéis espalhados pelo corredor, no lado de fora, seria um desastre.

— É mesmo?...

— Estou investigando um dos membros. - Kat manteve o olhar fixo no de Landers por alguns segundos, antes de ele mudar o foco para a porta atrás dela com uma expressão preocupada no rosto. O depósito era como um armário.

— Está mentindo. Esses caras não são investigados. Eles estão acima da lei.

— Ninguém está acima da lei.

Nem mesmo os ricos e poderosos, pensou Kat.

Muito menos as ricas e poderosas que se autodenominavam "filhas".

As pessoas se curvavam demais ao primeiro grupo, e davam carta branca ao segundo. Dois pesos e duas medidas a tiravam do sério.

– Principalmente esse sujeito – completou.

— Prove.

— Não tenho que provar nada. Além do mais, é confidencial.

O problema era que ela também não queria ser exposta por Landers.

Kat suspirou e deu de ombros. Era melhor ter Landers como aliado, não como inimigo.

– Trata-se de um dos membros do Instituto Mundial, mas não vou dizer quem.

Landers baixou os ombros, e ela tomou a postura relaxada como um sinal de que ele acreditara nela. Provavelmente o jornalista tinha ficado preocupado que fossem competir por uma reportagem.

Mesmo assim, ele não abaixou a vassoura, que permaneceu imóvel sobre sua cabeça.

— Dê-me uma boa razão para confiar em você. Como posso saber que não vai contar que estou aqui?

Kat respirou fundo.

— Estou tentando trabalhar em conjunto com você. Mas se não quer, tudo bem. Estou indo.

Ela se virou para a porta, porém o cabo da vassoura desceu à sua frente, impedindo-lhe a saída.

— Espere... Estou ouvindo. Quem é você, e por que está aqui?

— Kat Carter. Investigadora de fraudes. - Ela estendeu a mão devagar.

Landers não aceitou o cumprimento, mas ao menos abaixou o cabo da vassoura.

Kat, então, contou como a pista dos pagamentos da Edgewater à Research Analytics a levara ao Instituto Mundial.

— Research Analytics? Nunca ouvi falar.

— Deve ter ouvido. Não escreveu um livro sobre o Instituto Mundial? Com certeza checou as finanças deles...? Se o fez, deve saber que a Research Analytics é uma das maiores colaboradoras do Instituto. Está tudo em seu relatório anual.

Ela ficara até surpresa com a transparência financeira do Instituto Mundial, uma vez que este ocultava todo o restante. Isso se o esquema secreto deles fosse verdade.

— O Instituto Mundial não publica nenhum relatório anual.

— Claro que publica. Está na internet. Não tem uma cópia? - Kat tocou o peito. Os documentos de Nathan continuavam seguros sob seu uniforme. Ela mal podia esperar para lê-los.

— É isso o que tem aí? - Landers arqueou as sobrancelhas. — Mostre-me.

— Não o tenho aqui comigo. Mas tenho coisa melhor...

Ela puxou os papéis, de maneira a deixar apenas os cantos superiores visíveis. O uniforme estava tão apertado, que corria o risco de perder um botão com qualquer movimento, pensou, corando.

Uma camada de suor lhe cobriu a pele, mantendo a programação do Instituto Mundial no lugar. Aquilo sim era um plano secreto, pensou com um breve sorriso.

— Qual é a graça?

— Informação privilegiada. Está dentro ou não?

Ela mal pudera ler a programação, porém podia imaginar o que estava anexado ali. Muito provavelmente organizações multimilionárias tinham demonstrações financeiras anexadas à agenda. As demonstrações seriam discutidas no encontro anual, e os delegados receberiam uma cópia.

Estava ansiosa por retornar ao quarto e obter sua recompensa por cada menção de Nathan Barron e da Edgewater.

— Por que eu deveria colaborar com você? Só vai chamar a atenção para mim. Primeiro me perseguiu na balsa, e agora aqui. Para uma investigadora, você não é nada discreta.

Kat riu.

— Acha, mesmo, que tudo gira em torno de você, não é?... Está escondido em um depósito e diz que eu o estou perseguindo. Você é louco. - Ela abriu os braços, e a manga do uniforme justo rasgou.

Kat praguejou baixinho. Esperava poder trabalhar com Landers. Seu conhecimento, após dez anos seguindo o Instituto Mundial, poderia fazê-la economizar tempo, mas, obviamente, ele não estava disposto a cooperar.

Landers a olhou de cima a baixo.

— Não mais louco do que você, vestida com essa roupinha de camareira. Também está limpando os quartos?

— Mais ou menos. - É mais como uma faxina, pensou, sentindo os papéis furtados roçando-lhe a pele sob o uniforme quando ela se virou para a porta. Landers que fosse para o inferno. Ela não precisava de sua ajuda. Tirou o cartão-chave do bolso e o exibiu para dele. — É uma chave-mestra. Posso ir a qualquer lugar, conseguir qualquer coisa. Está comigo ou contra mim?

— Ganhou um ponto - admitiu Landers, apoiando a vassoura na parede. — Duas cabeças pensam melhor que uma.

— Até que enfim caiu a sua ficha. Agora, como conseguiu chegar à terra firme antes de morrer de hipotermia? Eu vi você pular da balsa. Não duraria mais do que alguns minutos naquela água gelada.

— Ah... mas você não me viu caindo na água. Apenas desaparecendo de vista. – Ele abriu um leve sorriso, que logo foi substituído pela expressão severa de antes. — Se você não pulou, para onde foi?

— Escorreguei por um buraco de corda na popa. Há uma pega e uma borda do outro lado. Você apenas presumiu o óbvio: que eu tinha caído na água. Nunca considerou outra hipótese. Eu apenas me segurei por alguns minutos até a balsa atracar, depois saí antes dos carros e dos outros passageiros. Antes do trânsito, à frente da formação. O que me fez economizar um bom tempo, na verdade.

— Inteligente. - Kat ainda não conseguia entender por que ele havia fugido. Apanhou as toalhas, ajeitando os papéis dentro delas cuidadosamente para que Roger Landers não os percebesse.

— Também achei.

Eles combinaram de se encontrar novamente no depósito em trinta minutos. Kat decidiu não contar que estava hospedada no hotel. Landers ainda não ganhara sua confiança.

CAPÍTULO 29

Jace pulou na cama e puxou as cobertas até o pescoço, os olhos arregalados pelo pânico.

— Relaxe, sou eu! - Kat sentou-se ao lado dele e olhou para o mostrador em LED do relógio da mesa de cabeceira. Tanta coisa já tinha acontecido, e o despertador apontava apenas oito e meia da manhã. — Você voltou a dormir?

— O que mais eu podia fazer? Você me aprisionou neste quarto de hotel. Ei, por que está vestida assim?... - Ele soltou o edredom e estendeu um braço para alcançá-la.

— É uma longa história. - Kat chutou os sapatos e jogou as toalhas ao pé da cama. Então se aninhou juntou a Jace. — Enquanto você estava descansando, eu estava reunindo informações.

— Hum, isso é bom. Conte tudo. - Ele a puxou para si, mas parou em seguida. — Espere um pouco... Por que está fazendo barulho de papel?

Kat encolheu o peito, as mãos apertando ambos os lados. Era a única maneira de remover o maço de documentos sem arrebentar os botões da blusa justa. Extraiu os papéis cuidadosamente. - Olhe só o que eu consegui...

Jace observou seu peito, intrigado.

Kat soltou o ar, por fim, conseguindo respirar novamente. As toalhas foram ao chão quando ela deslocou o peso na cama para erguer os documentos e exibi-los. Pegaria as toalhas e o restante dos papéis em um minuto.

— Deixe-me ver isso. - Jace segurou a papelada e correu os olhos pela primeira página. — Gordon Pinslett é um dos participantes! Esse tem muito que explicar. Em primeiro lugar, por que é um dos delegados ao invés de denunciar essa farsa de instituição. Vou falar com ele.

— Não! - Qualquer clima de romance fora sido substituído pela ambição cega de Jace. – Se desafiar Pinslett, vai pôr em risco o meu caso. Além do mais, a empresa dele demitiu você. - Ela se virou para encará-lo. — É uma péssima ideia, e em muitos sentidos.

Era o que ela temia. Jace farejara um furo de reportagem e faria qualquer coisa para obtê-lo.

O rosto dele se fechou.

— Pinslett na conferência do Instituto Mundial. Isso é o que eu chamo de "dormir com o inimigo".

Kat passou os dedos pelo braço moreno.

— Quer dizer, como a gente?...

Uma sombra de sorriso tocou os lábios de Jace.

— Você sabe o que eu quero dizer. Pinslett e seus comparsas estão assumindo tudo. Eles já influenciam o governo, fazem leis e controlam o comércio. Liberdade de imprensa? Não funciona quando a própria imprensa está de caso com os políticos.

Kat deitou a cabeça no peito largo.

— Não vou deixar você sair desse quarto.

— OK. Mas vou escrever esse artigo assim que sairmos daqui.

— Não se preocupe. Você vai ter muito sobre o que escrever. Não vai acreditar quem eu encontrei... - Kat contou o encontro com Victoria, depois como tinha deparado com Roger Landers.

Enquanto descrevia o comportamento paranoico de Landers, alguém bateu na porta.

Ambos congelaram no lugar.

— Vá atender, Jace. - Kat mergulhou sob as cobertas. – Depressa!

— Não estou vestido. Quem quer que seja, irá embora.

A porta foi aberta.

— Serviço de limpeza... - Angelika, a camareira, entrou no quarto.

— Olá. - Jace sentou-se de um pulo.

— Ah, desculpe, senhor.

Kat se encolheu contra o colchão, desejando não ter comido tanto no café da manhã. Angelika a notaria sob o edredom?

Ela se encolheu mais e prendeu a respiração. O que era pior: uma camareira na cama com um hóspede, ou uma hóspede se fazendo passar por camareira?

Não importava. O problema era seu disfarce ir para o espaço!

Kat ergueu a coberta apenas o suficiente para dar uma espiadela. Angelika estava junto à televisão, ao pé da cama.

— Sinto muito, senhor. – A mulher levou a mão à boca. – Eu pensar que já tivesse saído para a conferência.

— Não estou me sentindo muito bem... Vou ficar aqui e descansar um pouco. - Jace tossiu. — Não precisa limpar o quarto hoje.

— Tem certeza? Não quer que eu voltar mais tarde? - A camareira pareceu em dúvida ao examinar o cômodo. Roupas pendiam das cadeiras e se empilhavam sobre as malas.

Kat avistou as duas xícaras de café na mesa. Angelika as notaria?

Movia-se com cuidado sob o edredom, querendo uma visão melhor, quando a chefe das camareiras se voltou para a saída.

Angelika parou, parecendo ter captado o movimento. Olhou para a cama, aparentemente confusa com o volume extra sob as cobertas.

Ou talvez fosse apenas sua imaginação, concluiu Kat.

— Não há necessidade, mas obrigado – agradeceu Jace.

— Por nada, senhor. - Angelika inclinou-se para apanhar as toalhas caídas.

As toalhas contendo os papéis que ela nem sequer examinara!

Kat chutou Jace por debaixo das cobertas.

— Ai!... Ahn, pode deixar as toalhas, por favor.

Angelika pareceu intrigada.

— Ter toalhas limpas no carrinho. Trago em um minuto.

Kat tornou a chutar Jace.

— Não! Quero dizer, eu quero essas. Pode deixá-las aí.

— Ok, senhor. - Angelika sorriu. Esqueceu as toalhas ao pé da cama e rumou para a porta. — Melhoras.

Após perguntar, pela enésima vez, se havia necessidade de sabonete e shampoo extras, a camareira finalmente foi embora.

Kat olhou o relógio. Seu encontro com Landers era em menos de cinco minutos.

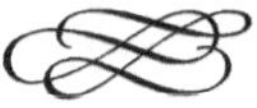

— Essa foi por pouco. Agora, onde estávamos? - Jace levantou as cobertas e a beijou no topo da cabeça. — Antes de você começar a me chutar, quero dizer.

— Você estava prestes a se vestir. - Ela adoraria brincar a manhã toda naqueles lençóis luxuosos, mas simplesmente não havia tempo.

— Não me lembro disso. - Jace a acariciou no ventre e mergulhou os lábios na curva de seu pescoço.

— Preciso ir. - Kat se ergueu e rolou de lado para beijá-lo. Olhou para o rádio-relógio na mesa de cabeceira. — Landers está esperando. - Ela pulou da cama e pegou o restante dos papéis nas toalhas, colocando-os sob a programação e os outros documentos que Jace deixara no criado-mudo.

— Tudo bem. - Ele suspirou e sentou-se. Jogou as pernas para a lateral da cama e clicou no controle remoto da televisão. — Está totalmente obcecada por esse cara.

— Teremos mais tempo depois. - Ela o beijou no rosto e pegou os tênis de corrida, sentando-se na cama para amarrá-los. — Prometo.

— Estarei esperando. - Jace se pôs de pé e apanhou as roupas do armário.

Depois estacou diante da televisão.

Kat acompanhou seu olhar. Roger Landers estava em frente à estação da Polícia Real Montada do Canadá de Hideaway Bay. A câmera virou, e um policial, ao lado dele, cerrou os olhos contra a luz do sol.

— Quando concluiu que Svensson tinha sido assassinado? - Landers segurava o microfone diante do guarda. Usava jeans e uma jaqueta *Gore-Tex* com o zíper aberto.

Kat deixou cair o queixo e buscou o olhar de Jace.

— Impossível. Como Landers pode estar na TV? Acabei de falar com ele, meia hora atrás, escondido no depósito. Estamos a pelo menos oito quilômetros da cidade.

— Deve ter sido gravado antes - conjecturou Jace. — Ele não poderia entrar e sair do resorte a todo momento. Não com todo esse esquema de segurança.

Jace se virou para pegar uma caneta e papel sobre a mesa, e começou a escrever. Kat não tirou os olhos da tela. O policial voltou-se para Landers.

— Suspeitamos de assassinato desde o início da investigação, mas não tínhamos provas suficientes. Agora temos várias pistas promissoras e esperamos poder instaurar um processo em breve. - O comandante Kravitz apertou os olhos para a câmera, a luz do sol cintilando no crachá com seu nome. Ele estufou o peito e ajustou o cinto.

Kat voltou-se para Jace.

— Primeiro um suicídio, e agora um assassinato? Fico me perguntando se eles têm, mesmo, um suspeito.

Jace a ignorou, hipnotizado pela televisão.

— Aposto que nenhuma coisa desse tipo aconteceu em Hideaway Bay antes – comentou Kat. — Primeiro uma conferência mundial, e agora toda essa intriga internacional com o assassinato.

Ela ainda não se conformava com o fato de o Instituto Mundial ter escolhido aquele vilarejo sossegado para a conferência.

Mas talvez fosse justamente essa a vantagem. O lugar ficava próximo a um aeroporto internacional, embora remoto e de difícil acesso; exceto por jatinhos particulares... que se mantinham fora do radar.

— E quanto ao motivo? - Landers perguntou a Kravitz.

— Imaginamos ter sido um assalto. Hideaway Bay é um lugar muito seguro, e queremos garantir a todos que...

Jace desligou a televisão.

— Preciso falar com esse Landers. Vamos.

A visita inesperada de Angelika também havia perturbado Kat. Desde quando camareiras limpavam os quartos às oito e meia da manhã?

As notícias sobre Svensson davam um toque a mais àquilo tudo. Seu assassinato estaria relacionado às teorias de política monetária do homem ou à outra coisa?

Kat se levantou e, ao fazê-lo, notou vários cartões no carpete, saindo de baixo da cama. Curvou-se para apanhá-los: um cartão-chave e um MasterCard. Deviam ter caído de seu bolso quando ela calçara os tênis.

Jace os notou ao mesmo tempo que ela e fez um sinal para Kat, pedindo para vê-los. Ela lhe entregou o cartão-chave, e ele esticou o elástico preso ao cartão entre os dedos.

— Esta não é a nossa chave. É de uma cor diferente. Onde conseguiu isto?

— Estava no bolso do uniforme que vesti. É uma chave-mestra. - Kat estendeu a mão, fazendo um gesto com os dedos. – Dê-me aqui.

— Como sabe que é uma chave-mestra? - Jace entregou-lhe o cartão e caminhou até o armário. — Espere um minuto... está entrando nos quartos?

— Usar uma chave não é o mesmo que arrombar. - Ela piscou, abrindo o que esperava ser o seu sorriso mais encantador. — De que outra forma acha que consegui todo esse material do Instituto Mundial?

— Eu não posso averiguar nada, e você pode invadir os quartos das pessoas? Não é justo.

— Lembre-se do principal motivo pelo qual estamos aqui, Jace. A Edgewater. Preciso resolver esse caso. E sem você se intrometendo nele.

— E ainda me acusa de atitudes questionáveis... - Jace se pôs próximo à porta, os braços cruzados.

— Não queira bancar o inocente comigo. Faz esse tipo de coisa o tempo todo para conseguir boas matérias.

Kat não havia notado o segundo cartão que tinha no bolso. Observou o MasterCard. Não havia nenhum nome de cliente nele. Uma escrita minúscula acima do holograma dizia apenas Débito. Não era um cartão de crédito, propriamente dito, mas um cartão de crédito pré-pago. Cartões pré-pagos eram normalmente utilizados por pessoas sem crédito ou que não possuíam contas bancárias.

Ela se perguntou se haveria algum saldo a ser usado nele. Se houvesse, a dona do cartão devia estar à procura do uniforme.

— Está equivocada, Kat. Nunca roubei uniformes, nem chaves-mestras. Está investigando um crime e cometendo outro.

— Eu me dei bem em se tratando de Nathan, não foi?

— Como, exatamente, conseguiu? Você não é muito de contar os detalhes. Acho que eu mesmo não entraria no quarto de alguém para conseguir uma boa reportagem.

— Não planejei nada. Simplesmente aconteceu.

Afinal, a própria Victoria insistira para que ela a reabastecesse com shampoo.

O que ela havia se esquecido de fazer!

Ao menos isso lhe daria uma desculpa para retornar lá, se fosse necessário.

— Coisas assim não acontecem do nada.

Kat deu um tapinha no relógio de pulso.

— Explico mais tarde. Estamos atrasados.

Dez minutos depois, Kat e Jace voltavam para o quarto com Roger Landers. Landers sentou-se na cadeira da escrivaninha, as pernas longas esticadas à frente do corpo. Jace e Kat acomodaram-se na beirada da cama. O depósito provara-se muito apertado, e reunir-se lá apenas aumentava o risco de serem descobertos.

— Conte-nos o que sabe sobre o assassinato de Svensson - pediu Kat.

Landers não respondeu. Em vez disso, inclinou a cabeça para trás e entornou sua segunda caneca de café em minutos.

Kat abriu o frigobar, pegou uma lata de Pringles e a jogou para ele. Landers apanhou a lata com uma das mãos e arrancou o invólucro da parte de cima, devorando as batatas feito um animal faminto.

— Não há muito para contar. A polícia diz que o motivo foi um assalto, o que é ridículo. Em uma caminhada de duas ou três horas, no meio do nada? Assassinos costumam gostar de alvos mais fáceis.

— Quando falou com a polícia?

Kat tinha certeza de que a entrevista fora gravada mais cedo. Mas, quando? O tempo, no dia anterior, estivera nublado, e o sol ao amanhecer fora rapidamente ocultado pelas nuvens.

— Há algum tempo.

— Pode ser mais específico? É onde sua teoria da conspiração se enquadra?

— Não é teoria, Katerina. É fato. - Landers colocou a lata de Pringles quase vazia de volta na mesa. - As teorias de Svensson eram o pilar da função do Instituto Mundial. A base para sua indicação ao Nobel. Isso até ele voltar atrás. Imagino que eles não tenham gostado de ver seu principal economista mudando de lado.

— Acha que o Instituto Mundial está envolvido no assassinato de Svensson? - indagou Jace.

Por que ela havia apresentado Jace a um teórico da conspiração como Landers?, perguntou-se Kat. Que erro crasso!... Agora, ambos os jornalistas tinham farejado uma boa matéria e não se deteriam por nada.

— De que outro modo pode explicá-lo?

— Há muitas possibilidades - contrapôs Kat. — A polícia diz que foi roubo. Por que não está explorando a sua hipótese?

Os dois estavam se desviando do foco principal rápido demais, e a proposta de apanhar Nathan Barron, evaporando junto com a paciência de Kat.

— Neste vilarejo? - Landers bufou. — A polícia não faz ideia nem de por onde começar uma investigação de assassinato. Os maiores crimes de Hideaway Bay são canoas roubadas ou invasões de cabanas. É o lugar perfeito para o Instituto Mundial se livrar da acusação de um crime.

— Qual seria o motivo? – quis saber Jace.

— Silenciar uma voz dissonante - opinou Landers. — Svensson era membro do Instituto Mundial, no entanto vinha discordando da plataforma. Não apenas tinha prestígio como economista indicado ao Nobel, como também era o principal especialista mundial em reforma monetária. Não deixou escolha.

— Não deixou escolha? - Kat ficou surpresa como Landers, de alguma forma, racionalizara o assassinato de Svensson.

— Não se eles quisessem cumprir o mandato. - Landers tirou o suéter sobre a cabeça, revelando uma camisa xadrez azul. — Está abafado aqui.

Kat caminhou até o termostato e o diminuiu.

— Outros membros do Instituto Mundial também são influentes – ela comentou. — Eles só precisariam desacreditar Svensson. O Instituto Mundial teria dinheiro e poder suficientes para contrariar suas afirmações. Não precisaria matá-lo.

As observações de Kat nem sequer foram ouvidas. Landers e Jace tinham o olhar fixo na televisão. Ambos pareciam hipnotizados por uma reportagem da CNN.

Mas Jace sempre ficava ligado nas notícias; ela já nem se importava mais.

Kat suspirou e também olhou a televisão. Uma estrela de cinema milionária embalava um bebê etíope nos braços. Ela não conseguiu se lembrar do nome da atriz, apenas das incursões anuais da moça por orfanatos de países africanos.

Perguntou-se se os pais realmente queriam doar a criança, ou se estavam sendo obrigados a fazer aquilo. Como negar ao próprio filho uma vida de incontáveis riquezas?

Algumas escolhas realmente não podiam ser consideradas escolhas.

Olhou para Landers, perguntando-se por que razão ele era tão obcecado pelo Instituto Mundial. Apesar de acompanhar o IM há dez anos, seu trabalho sempre fora amplamente desacreditado. Ela mesma tinha descoberto muitas críticas e comentários desfavoráveis ao livro de Landers enquanto pesquisava sobre o Instituto.

Foi então que reparou na camisa do jornalista. Era azul-clara; a mesma que ele usara na balsa. Não a camisa vermelha que ela o vira usando na televisão.

Então, a entrevista fora, mesmo, gravada. Isso, somado à diferença de clima, era muito significativo. As nuvens do momento contrastavam com o clima ensolarado exibido na entrevista de Landers com o oficial da Polícia Real Montada do Canadá. Hideaway Bay ficava a apenas alguns quilômetros de distância, o que, sem dúvida, não era suficiente para explicar aquela diferença de temperatura.

Dado que a entrevista devia ter acontecido há algum tempo, quando, exatamente, a morte de Svensson deixara de ser tratada como um suicídio para ser investigada como assassinato? E por que Landers não mencionara isso anteriormente?

Embora estivesse se esforçando, pensou Kat, ela também estava perdendo o foco.

CAPÍTULO 31

— Olhe só isto. - Jace tirou o clipe dos documentos e espalhou-os na pequena mesa da suíte. Apontou para o primeiro item da programação. — Uma moeda única.

Kat lançou-lhe um olhar. Eles não haviam decidido o quanto mostrar a Landers, e ela não pôde deixar de ficar ressentida por Jace exibir os documentos da reunião sem sua concordância. Cinco horas tinham se passado desde que Landers entrara no quarto, e o jornalista ainda não havia compartilhado com eles nenhuma informação. Até ali, a via fora de mão única.

— Onde conseguiram isso? - Landers se inclinou para analisar os documentos. - Não podem ser originais.

— Claro que são! - Jace puxou o papel como se tivesse sido alfinetado. – São de um dos participantes da conferência do Instituto Mundial.

— Qual deles? - Landers ergueu a cabeça para fitá-los. — Nunca consegui pôr as mãos em nenhum papel do congresso antes.

— É confidencial. - Kat pegou os documentos tão logo Landers fez menção de tocá-los.

Tinha sido um erro convidar o jornalista para entrar no quarto deles. Agora ele conhecia seu objetivo, e não oferecera nada em troca.

163

Obviamente, ela não incriminaria a si própria revelando os papéis que surrupiara do quarto de Nathan e Victoria.

Kat buscou o olhar de Jace, porém ele continuava de cabeça baixa, concentrado na programação.

— Mesmo que sejam legítimos, não trazem muita novidade. - Landers engoliu outro punhado de batatinhas Pringles. — Uma moeda única está na agenda do Instituto Mundial há anos.

— Talvez na teoria, mas agora eles estão prontos para colocá-la em prática – declarou Jace.

— Não pode afirmar isso. - Landers limpou as migalhas de batata frita das mãos. – Tudo que a programação exibe são tópicos para discussão.

— Temos provas. - Jace apontou uma das pilhas espalhadas sobre a escrivaninha. Os documentos retirados do quarto de Nathan prometiam ser uma rica fonte de informações.

Isso se ela tivesse alguma privacidade para analisá-los com cuidado, pensou Kat. O problema era que, até aquele momento, ela ainda não tinha conseguido pôr os olhos neles.

Jace, ao contrário, agora os folheava. E com Landers bem à sua frente!

— Eles estão fazendo uma campanha de mídia impressionante... Estão planejando um colapso financeiro! Para começar, crises de endividamento que irão desvalorizar todas as principais moedas. Primeiro na Europa, depois na América do Norte. Assim que essas estiverem em andamento, virão a Ásia e o resto do mundo.

— Deixe-me ver isso... - Landers estendeu a mão.

Jace olhou para Kat, e ela praticamente o instruiu com o olhar: Agora não!

Ele continuou folheando os papéis.

— Se as moedas desvalorizarem, uma moeda única será muito mais palatável. Com a economia mundial à beira do caos, o Instituto Mundial poderá entrar em cena como o salvador da pátria. Ninguém vai imaginar que eles orquestraram tudo. Não vai haver questionamento. Será uma espécie de faroeste cambial. Todos que entrarem no jogo receberão a sua parte.

Landers virou-se para Kat.

— Era exatamente isso o que eu vinha prevendo. Agora entende o motivo do assassinato?

Kat balançou a cabeça, exasperada. Ela não era nenhuma colegial.

— Isso é assunto da polícia. Estou aqui para desvendar uma fraude.

— Está tudo relacionado. Acha, mesmo, que a força policial desta cidadezinha está preocupada com o Instituto Mundial? - Landers não esperou por resposta. — Eles não têm a sofisticação necessária, muito menos mão de obra para tanto. Precisamos orientá-los, denunciando a missão do IM.

— Precisamos? - repetiu Kat.

— Ele está certo, Kat. - Jace apontou os papéis. — Pinslett e os amigos fazem parte desse controle de mídia rasteiro. O conglomerado deles já possui sessenta por cento dos principais jornais da América do Norte e da Europa. Eles também são donos de estações de televisão e rádio. Pinslett e esses outros caras controlam a maior parte dos meios de comunicação mundiais mais importantes. Eles só divulgam o que querem.

— Apenas o que eles querem que a gente saiba. Dinheiro e informações são as chaves para o poder - acrescentou Landers. – Com essas duas coisas, pode-se controlar os políticos, os governos e a sociedade.

Kat ficou arrasada. Tinha perdido Jace para mais uma teoria da conspiração maluca.

— Primeiro, eles planejaram a União Europeia, depois ajudaram a criar o Euro – afirmou Landers. — O próximo passo é fazer o mesmo em outras regiões do mundo: América do Norte, Ásia e América do Sul.

— E quanto à África? - indagou Jace.

— Não é necessário fazer nada por lá. Ao menos, essa é a visão do Instituto Mundial. – O jornalista pegou outro punhado de Pringles, os olhos pousando nas pilhas de papel sobre a mesa de canto. – A África já é controlada ou explorada - dependendo de sua política - pelo resto do mundo. Não há uma moeda estável e dominante para ser enfraquecida. O comércio é feito principalmente em moeda americana ou em Euros, e a China detém a maior parte de seus recursos naturais.

Tudo o que Landers dizia estava confirmado nas atas das reuniões do ano anterior. Mas, por que era papel deles salvar o mundo?

Talvez, se eles cortassem o fornecimento de alimentos a Landers, ele fosse embora, imaginou Kat.

A julgar pelo rumo da conversa, contudo, provavelmente era tarde demais.

— A linha de argumentação de Svensson, no ano passado, era uma moeda única - lembrou Jace. — Por isso ele foi indicado para o Nobel. Então, pouco antes de morrer, ele mudou de ideia... um bom motivo para um assassinato. O que não entendo é, por que todo esse sigilo? O Euro funciona. Por que não colocam a ideia de uma moeda única em votação?

Kat fez menção de responder, mas percebeu que uma resposta só faria alimentar a discussão por mais algumas horas. Em vez disso, virou-se para o frigobar e o abriu, remexendo os aperitivos. No fim, pegou tudo que havia e fez uma pilha sobre a escrivaninha.

Landers pegou uma barra de *Mars Bar* e sorriu para ela.

O âncora da CNN agora falava sobre a relação entre gratificação instantânea e o endividamento das famílias.

— Nem todos são a favor, Jace - prosseguiu Landers. — A maioria dos governos não é, uma vez que uma moeda única lhe tira o poder. Apenas os países mais importantes a querem, porque ela remove barreiras comerciais e reduz os custos das operações cambiais. Eles ditam as regras, então estas sempre acabam sendo a seu favor. Os outros podem ser praticamente forçados a adotar uma moeda única se quiserem que as barreiras comerciais caiam. O problema é que os preços podem aumentar drasticamente quando se muda de moeda. De repente, está-se pagando salários em uma moeda mais forte, o que impulsiona a inflação...

— ... e torna o seu produto interno mais caro e menos acessível. - Jace caminhou até a janela. As nuvens lá fora tinham ficado mais densas, e o céu escuro ameaçava desabar a qualquer momento. — Bom argumento, mas o sofrimento, nesse caso, é apenas temporário.

Em vez de nivelar o campo de jogo, este se torna mais irregular no longo prazo.

— Por isso Svensson mudou de ideia - afirmou Landers. – Pena que ele tenha sido vítima desse acidente, quero dizer, desse assassinato. Svensson era o único com um papel moderador nessa história.

— Que prova tem a polícia de que foi um assassinato? - Jace escreveu em seu bloco de notas.

— Um relatório toxicológico. O médico legista afirma que ele não teria conseguido chegar até o local com a quantidade de drogas que tinha no organismo.

— Talvez ele tenha ingerido as drogas quando já estava lá - conjecturou Jace.

— Não. Um outro excursionista o viu em Summit Trail às duas da tarde. - Landers desembrulhou a última barra de chocolate e a mordeu. — Ele não estava debilitado. O relatório do médico diz que Svensson ingeriu drogas por volta das três da tarde. Com base no momento em que o outro andarilho passou por ele, Svensson ainda estava a algumas horas de caminhada de onde morreu. Ele não teria conseguido chegar até lá após ingerir as drogas. Elas eram muito fortes.

— Ninguém mais o viu? - Kat tinha feito aquela trilha muitas vezes com Jace, a caminho do chalé de Kurt. A neve era espessa naquela época do ano, e muitas vezes eles haviam caminhado por horas a fio sem cruzar com vivalma.

— Não. Mas uma pessoa lembrou de tê-lo visto na companhia de uma mulher no começo do dia - contou Landers. – Um outro praticante de raquetes passou por eles, mas ninguém deu pela falta de Svensson até o dia seguinte. Foi quando o pessoal de Busca e Salvamento seguiu sua pista e o encontrou. Foi uma queda de trezentos metros.

— Conheço essa trilha - murmurou Jace. — E quanto à mulher? Quem é ela?

— Ninguém sabe. Não a encontraram. Não havia nenhum carro no estacionamento, então ela deve estar bem - concluiu Landers.

— Ninguém fez uma denúncia de pessoa desaparecida? - Kat sabia que a única maneira de se chegar ao início da trilha era indo de carro. Era bem mais prático ser deixado lá. – Não é preciso ter autorização para entrar na área?

— Sim - concordou Jace. — Mas ninguém pergunta o seu nome. Não há nenhum sistema para verificar quem entra ou sai de lá. Conheço alguns caras da Busca e Salvamento... Vou tentar descobrir o que mais eles sabem a respeito. Kurt liderou as buscas em Hideaway Bay e provavelmente está a par dos detalhes.

— Essa mulher não iria embora sem dizer nada a ninguém – Kat conjecturou, desconfiada. – A menos que estivesse envolvida no assassinato.

Landers pegou uma caneta e um bloco de notas do bolso traseiro. Levantou-se e apanhou uma caneta da escrivaninha quando não conseguiu fazer a sua funcionar.

— A mudança de opinião de Svensson não agradou. Seu parecer de especialista era a base para toda a discussão em torno da reforma monetária. Um indicado ao prêmio Nobel em Economia é um peso pesado.

— Um dissidente é mais pesado ainda - completou Jace. — Em vez de um trunfo, ele acabou se tornando um obstáculo. Agora não há discussão, muito menos opiniões contrárias. Fácil.

CAPÍTULO 32

*D*epois de Landers devorar o conteúdo do frigobar tal qual um refém resgatado, eles pediram o serviço de quarto. E ele acabou com um filé de quase trezentos gramas e duas sobremesas em minutos.

Um detalhe ainda incomodava Kat. Landers chegara à Hideaway Bay na mesma balsa que ela e Jace. Supondo que ele houvesse gravado a entrevista anteriormente, quando o tinha feito? O dia na entrevista estava ensolarado, e o sol não dera as caras durante todo o tempo em que eles haviam estado ali.

Depois, tinha havido a descoberta do cadáver de Svensson, que só fora recuperado no dia anterior, e cuja autópsia só fora completada naquele dia. Landers chegara na mesma balsa que eles, antes que os resultados da necropsia fossem anunciados. Se a entrevista fora gravada antes disso, quando Landers e a polícia haviam obtido os resultados da autópsia?

Kat suspirou. Estava cansada de bancar a anfitriã para um oportunista como Landers. Após comer a comida deles e absorver todas as informações possíveis, ele não oferecera nada de concreto em troca.

Já eram onze horas da noite. Ela ficara escondida no quarto o dia inteiro e não podia trabalhar no caso com Landers ali.

Kat voltou-se para a televisão, onde o jornal da noite estava sendo exibido. Mesmo sem o volume, ela viu que Paris encontrava-se em estado de sítio. A câmera avançou para o Bairro Latino, onde uma multidão irada havia incendiado vários carros, incluindo um *Cruiser* da polícia.

— A França é a próxima a se dar mal. - Landers acompanhou o olhar dela. — Está seguindo os passos da Grécia e de Portugal. As pessoas não vão aceitar as medidas de austeridade que estão propondo. Muito menos os franceses.

Jace aumentou o volume. A transmissão mudou para a Champs Élysées, onde vários homens disfarçados com bandanas chutavam as vitrines das lojas. Uma multidão se formara atrás deles, aplaudindo.

— Por que estão tão enlouquecidos? – quis saber Jace. — A culpa é deles mesmos, por terem abusado da oferta de crédito e se endividado. Agora precisam pagar por isso.

— Mais ou menos – ponderou Kat. — O governo e os bancos também têm alguma culpa por conta de sua política monetária. O governo, por ter mantido as taxas de juros baixas demais. Os bancos por terem emprestado a qualquer um, independentemente de sua solvabilidade. Quando as pessoas não honraram seus compromissos, tudo aconteceu. Não foram apenas elas que abusaram do crédito, mas também o próprio país.

Kat entendia por que Svensson tinha mudado de opinião. Uma moeda única fazia sentido na teoria, até que se levasse em conta o comportamento egoísta das pessoas – cada vez em menor número - que a controlavam. A concentração de poder se prestava à corrupção.

— Por que os bancos simplesmente não pararam de conceder empréstimos quando as coisas ficaram complicadas? - indagou Jace.

— Estavam ganhando dinheiro demais – ela afirmou. — Os bancos se livraram dos riscos colocando bons e maus empréstimos no mesmo pacote, a fim de criar um novo produto de investimento. Se a maioria dos empréstimos feitos em conjunto tem uma avaliação de crédito alta, eles podem aplicar as taxas mais altas no grupo. Na realidade, os empréstimos são realocados tantas vezes, que ninguém se lembra mais para quem ou para que eles são.

— Ou de quem não está honrando com seus compromissos - interveio Landers. - Os bancos ganharam muito dinheiro na alta, emprestando a qualquer pessoa cujo endereço era do lado de fora de um cemitério... No entanto, estavam contando com a ajuda do governo, caso houvesse inadimplência. Acontece que oferecer a um catador de cerejas um financiamento para a compra de uma casa que vale um milhão de dólares na alta, sem entrada, é pedir por um desastre. Quando tudo implodiu, os banqueiros também quiseram ganhar dinheiro na baixa.

— No que, exatamente, você está trabalhando, Roger? - Kat questionou de forma direta, de modo que ele não tivesse como evitar a pergunta. Se ela precisava dar de comer a um pobre náufrago, queria algo em troca. Como poderia confiar nele quando tudo o que Landers fazia era se aproveitar da situação?

— Nunca ouviu falar de mim antes? Meu trabalho é bastante conhecido.

Kat fingiu ignorância.

— Não até pesquisar o Instituto Mundial e descobrir que você é habitué do Instituto.

Jace franziu o cenho para Kat.

Ao menos ela finalmente obtivera a atenção do namorado. Ele vinha praticamente bajulando Landers, convencido de que poderiam fazer uma reportagem juntos.

Ela, entretanto, sabia que Landers jamais dividiria o crédito com ninguém. Ele era um usurpador, um tomador nato. Como Jace não enxergava aquilo?

Landers encheu o peito.

— Sou jornalista, Katerina, não um frequentador do Instituto. Se tivesse lido meu livro, entenderia o quanto isso tudo é sério.

Kat ignorou a desfeita.

— Sua teoria sobre o Instituto Mundial não é um pouco exagerada? Não pode negar que conjecturar sobre todas essas coisas aumenta as vendas do seu livro, e você provavelmente já conseguiu material suficiente para uma série.

A vendagem dos livros de Landers havia caído, e um pouco de

controvérsia não faria mal algum às vendas. Ferir seu ego talvez o fizesse mostrar as garras.

O rosto de Landers se tingiu de vermelho, e ele cruzou os braços.

— Dispenso a sua opinião.

— ...Vamos deixar para lá.

Kat fez meia-volta e entrou no banheiro. Talvez Landers decidisse ir embora se fosse ignorado.

Ela estava prestes a fechar a porta, quando Jace entrou.

— Kat, por que está agindo dessa forma? É a oportunidade de uma vida para mim! Landers investiga o Instituto Mundial há dez anos. Juntando tudo com o que já temos, podemos colocar as cartas na mesa. Sabe que essa é uma história e tanto sobre ganância e corrupção.

Kat passou por ele, rumando para a porta parcialmente aberta do banheiro.

— Deixou Landers lá fora, com todos os documentos?... Jace, como pôde?

Jace a deteve, depois ergueu os braços num gesto conciliatório.

— Landers não fará nada - sussurrou. — Vou me certificar disso.

— Claro que vai! É um oportunista! - Kat abriu a torneira a fim de abafar a conversa. – Não vê onde isso vai dar? Ele está apenas usando você até conseguir o que quer. Então vai lhe dar um pontapé no traseiro e ficar com todo o crédito.

— Por que você é sempre tão negativa? - Jace se pôs ao seu lado, na pia do banheiro, encarando-a pelo espelho.

— Estou apenas sendo realista. - Kat espremeu a pasta de dente na escova, furiosa. Sentia a cabeça latejar e não se conformava por aquela conversa ter virado uma discussão. Tudo por causa de Landers. Por que tinha inventado de falar com ele? Havia maneiras melhores de se obter informações, e agora que tinha envolvido Jace naquilo, as coisas só pioravam. — Tenho que pôr um fim a este caso antes de encontrar Zachary amanhã, ao meio-dia. Não posso correr o risco de me meter em alguma encrenca ou de me atrasar.

Zachary já lhe havia deixado várias mensagens, e ela precisava de uma prova concreta antes de revelar a conexão de Nathan com o Instituto Mundial. De outra forma, nada daquilo pareceria crível.

— Será possível que não consegue me dar um pouco de crédito, Kat? Vamos ter que passar a noite aqui, de qualquer maneira. Qual o problema de eu tentar aproveitar esta oportunidade?... Acho que vou dormir no outro quarto. - Jace virou-se e bateu a porta do banheiro atrás dele.

Jace não conseguia enxergar Landers como ele realmente era?

Kat apertou os lábios e olhou para o reflexo no espelho. Não gostava da pessoa que havia se tornado. Embora não condenasse Jace por não querer perder uma boa oportunidade para um artigo, não podia deixar que isso ocorresse à custa de sua própria investigação.

Ao ouvir a voz dos homens lá fora, desligou a torneira do banheiro e pressionou a orelha contra a porta na tentativa de ouvir alguma coisa.

— Vamos para o quarto ao lado - Jace dizia a Landers. — Kat está cansada. Assim, podemos continuar nossa conversa.

— Claro.

— Se quiser, pode dormir lá. O quarto está vazio, e é melhor do que o depósito...

Kat deixou cair o queixo. Como Jace podia oferecer o quarto a Landers? Mesmo que este fosse confiável, o que ela duvidava, uma pessoa a mais iria apenas aumentar as chances de que eles fossem descobertos.

Ela enxaguou a boca e abriu a porta, pronta para verbalizar suas objeções, porém Jace e Landers já não estavam mais lá. Os papéis do Instituto Mundial também tinham sumido da mesa.

Kat encostou o ouvido na porta da suíte adjacente. Vozes animadas seguiam imersas em uma discussão.

Ela pensou em bater, mas desistiu da ideia. Jace que obtivesse sua matéria. Precisava confiar nele em se tratando dos papéis. Embora ela não concordasse em revelá-los totalmente para Landers, sabia que Jace jamais iria negligenciá-los. Contanto que tudo aquilo não interferisse em sua investigação, seria bom ver o entusiasmo do namorado depois de ele ter sido demitido do *Sentinela*.

Ela se arrastou até a cama e desabou no colchão. Jace iria conseguir o que precisava naquela noite e, no dia seguinte, eles poderiam pôr um fim àquilo tudo e ir embora.

CAPÍTULO 33

Kat acordou sobressaltada, banhada de suor. Seu coração batia, descompassado, quando livrou as pernas das cobertas.

Foi então que viu a luz piscante do detector de fumaça do quarto do hotel, acima da cama, e percebeu onde estava.

Seu pânico se desfez. Fora apenas um sonho ruim, onde Hillary havia derrubado a casa de Harry e o deixado em um abrigo para indigentes.

Mas nem mesmo Hillary chegaria a esse ponto, pensou, esfregando os olhos.

Virou-se para o relógio de cabeceira. Três da manhã. E a cama, ao seu lado, estava vazia.

Kat se lembrou: Jace tinha ido para o outro quarto com Roger Landers.

A conversa acerca do Instituto Mundial e o subsequente desentendimento deles voltaram-lhe à mente. Aquela aliança de Jace com Landers era preocupante, mas não devia ter ficado tão aborrecida com ele. Jace tinha todo o direito de ir atrás do que poderia ser um furo de reportagem e, no entanto, ela colocara uma série de obstáculos.

Pois, então, não confiava que ele fosse usar de discrição? Claro que sim.

Estava com vergonha do próprio egoísmo.

Após vestir uma camiseta e jeans, calçou tênis, só para garantir. Aproximou-se da porta da suíte adjacente e aguçou os ouvidos. Nenhuma voz. Eles estariam dormindo?

Não. Jace teria retornado ao quarto, independentemente da discussão que haviam tido.

Kat bateu suavemente na porta e esperou.

Poucos segundos depois, ouviu vozes baixas.

— Jace? - Ela tentou girar a maçaneta, porém a porta estava trancada.

Bateu ligeiramente uma segunda vez, e uma fresta da porta se abriu.

Kat sentiu a nuca se arrepiar ao perceber que o outro quarto continuava escuro. Escuro demais para saber se a figura sombria à sua frente era Jace ou Landers.

— Jace, é você?... - A porta se abriu um pouco mais e, de repente, ela se viu agarrada e puxada para a suíte adjacente.

— Ei!!

Mãos fortes a seguraram pelos ombros e a empurraram para dentro do quarto. Kat tropeçou e quase caiu quando as solas de borracha do tênis se prenderam ao carpete. Jace não faria aquilo.

— Roger?! – ela exclamou ao ser atingida no rosto.

— Cale a boca! Alguém pode ouvir.

Kat recuperou o equilíbrio e virou-se para encará-lo. Seus instintos não a haviam traído. Landers não estava do lado deles!

— Está me machucando! O que está fazend?...

Ela nem sequer teve a chance de terminar a frase antes de Landers bater a porta atrás dela.

As luzes se acenderam, e Kat se viu face a face com o mal. Nathan Barron estava completamente vestido desta vez. Usava um smoking preto sob um *trench coat*.

E também luvas de látex.

Seu coração disparou quando ela notou as mãos do homem. Luvas significavam apenas uma coisa: nada de impressões digitais ou evidências.

Sentiu as pernas bambearem e deu meio passo para trás antes de se recuperar.

— Veio até aqui só para investigar Victoria? - Nathan Barron a segurou tão logo Roger Landers a deixou livre. Landers permaneceu junto à mesa de cabeceira, impedindo-a de ver uma terceira pessoa sentada na cama. — Que emocionante...

— O que quer de mim?

Seria possível que Nathan não soubesse de sua investigação de fraude?

Kat olhou ao redor à procura de Jace, sem sucesso. Os documentos que ela levara do quarto de Nathan também não estavam à vista.

Landers permaneceu atrás dela, bloqueando a porta da suíte contígua. Nathan moveu-se ligeiramente para a direita, por fim, revelando a pessoa atrás dele.

Victoria estava sentada na beirada da cama, sorrindo para ela... tanto quanto o excesso de Botox lhe permitia.

— Levei algum tempo, mas acabei reconhecendo você. Sabe de uma coisa? É péssima camareira.

— Isto não precisa ser desagradável, Srta. Carter - declarou Nathan. – Pode ir embora agora, abandonar a investigação, e ambos deixaremos isso tudo para trás. - Os lábios do homem se curvaram nos cantos, porém seus olhos frios a cingiam. — Se colaborar plenamente, claro.

Kat devolveu o olhar.

Calma.

Ela respirou fundo duas vezes, soprando o ar devagar na tentativa de diminuir os batimentos cardíacos. Não sucumbiria àquelas táticas de terrorismo. Poderia dar um jeito de escapar da situação.

Nathan estava mesmo pensando que ela viera até ali apenas por causa do divórcio de Zachary e Victoria?

Não. O julgamento já havia acontecido, então tinha que ser um blefe. Landers devia ter lhe contado sobre a investigação.

— Colaborar como? - Ao menos ela não havia dito a Landers qual membro do Instituto Mundial estava investigando. Jace não trairia sua confiança, porém Landers podia ter encontrado outras pistas nos documentos, enquanto estes tinham ficado largados na mesa do outro quarto.

— Roger me contou tudo. - Nathan diminuiu o aperto, contudo não a soltou. — Você não vai sair impune disto.

Nathan Barron era um empresário, não um assassino. Kat tinha certeza de que ele não sujaria as mãos com aquele tipo de coisa.

Bastou olhar as mãos enluvadas, entretanto, e ela duvidou da própria conclusão. Ele costumava matar a sangue frio, ou alguém fazia o trabalho sujo por ele?

Kat sentiu-se como uma presa.

— Sair impune do quê?

Então Nathan sabia da investigação.

Mas, e daí? Ele não poderia intimidá-la.

Kat tornou a olhar ao redor, na tentativa de obter pistas sobre o paradeiro de Jace, e viu o próprio notebook com o protetor de tela rodando.

Praguejou baixinho. O quanto Jace havia contado a Landers? A presença de seu laptop ali também significava que Nathan, Victoria e Landers tinham acessado os arquivos da Edgewater armazenados no computador.

— Dessa sua investigação, ou seja lá como chama essa sua viagem de campo idiota. Está perdendo o seu tempo e o nosso. Mas, eu gosto de você... Vou ajudá-la a sair desta encrenca em que você mesma se meteu.

— Como? - Kat manteve a voz equilibrada. Nathan Barron teria dito o mesmo a Jace? A Svensson?

Nathan a soltou, e ela sacudiu os braços adormecidos.

— Cease and desist. Pare com tudo. O que Zachary estiver lhe pagando, eu pago em dobro. Vá embora agora e desista do caso. Depois trabalhe para mim.

Mudar de lado pelo dobro da remuneração?... Zachary já era muito generoso no pagamento. O dobro, para ela, seria equivalente a um ano de faturamento.

Aquilo chegava a ser ridículo agora que ela sabia o quanto o dinheiro de Nathan era sujo. Não era de admirar que Nathan e o Instituto Mundial operassem com total impunidade e se livrassem de assassinatos.

— O que, exatamente, você tem em mente? - A morte de Svensson tinha alguma coisa a ver com aquilo. E fora um assassinato. Ela duvidava de que Nathan fosse abrir o jogo, mas Landers o faria.

— Investigue Zachary por fraude. Ele vem operando um esquema Ponzi, de pirâmide, do qual eu tenho provas.

— Atribuiria seus próprios crimes ao seu filho?

Os olhos de Nathan se estreitaram.

— Ele é o culpado, e tenho provas disso. Os negócios irresponsáveis e agressivos de Zachary quase arruinaram a Edgewater. Estaríamos falidos se eu não tivesse restringido seu acesso ao dinheiro.

— Está se referindo às centenas de milhões de dólares que você desviou para a Research Analytics e para o Instituto Mundial? - Não havia mais motivos para manter segredos. Era óbvio que Nathan sabia ser o alvo de sua investigação. Kat voltou-se para Landers. — Onde está Jace?

Landers recostou-se na porta. Permaneceu em silêncio, os olhos fixos no chão. Kat partiu para cima do jornalista, contudo Nathan a agarrou pelos braços e a puxou para trás.

— Seu amigo Jace teve um pequeno acidente. - Nathan a apertou mais. — É isso o que quer para você?

— Não vai sair ileso disso tudo. A polícia sabe o que está fazendo.

— A polícia? - Nathan riu. — Não fiz nada ilegal.

— Discordo. - Kat tentou não demonstrar nenhuma emoção. Não daria esse gostinho a Nathan.

Victoria sorriu para ela, porém o Botox transformou o sorriso em um tortuoso esgar.

— Acha que eu sou o criminoso? - Nathan a jogou na cama. - A Edgewater é minha, e eu gasto o meu dinheiro como quiser.

— O dinheiro é dos seus investidores, não seu. Mas não se importa, não é? Não apenas está prejudicando o público em geral, como também o está pagando com o dinheiro de outras pessoas.

— Isso é ridículo!

Kat sentou-se.

— Não é isso? Uma moeda única, controlada por uma instituição acima do governo? Algo perigoso demais para se permitir que aconteça... Seria a ruína da democracia. Svensson pensava assim, e você calou a boca dele para dar cabo do seu plano.

As palavras doeram enquanto ela falava. Era o que Jace tentara explicar, mas ela estivera mais interessada na própria investigação.

Que seja. Mas, não importa mais. A sorte está lançada, e não há mais nada que você possa fazer a respeito.

Kat encarou Nathan conforme o pânico se instalava dentro dela.

— Deixe-me ir.

Nathan a agarrou pelos braços, apertou seus punhos e tornou a empurrá-la para trás com facilidade.

— Quer o mesmo tratamento? Continue com isso e o terá.

Nathan praticamente admitira seu envolvimento na morte de Svensson!

Ele continuou a segurá-la fortemente pelos pulsos com uma das mãos enquanto procurava por algo no bolso.

Uma corda!

Os fios de nylon queimaram a pele de Kat. Nathan enrolou e apertou seus pulsos até ela gritar em protesto.

Kat sentiu o peito se apertar como se o quarto fosse desabar sobre sua cabeça.

— Pegou a agulha? - Nathan fez um gesto para Victoria enquanto se mantinha sentado sobre as pernas dela, mantendo-a cativa.

Victoria se pôs de pé.

— Peguei, querido - respondeu a mulher com uma voz doce e melosa. Então remexeu a bolsa de grife enorme e tirou desta uma seringa.

Kat tentou se libertar em vão, os pensamentos correndo por todas as coisas que Roger Landers havia dito na noite anterior. Ele teria fingido desde o início, ou teria capitulado para um tubarão, que agora rondava em um tanque cada vez menor?...

— Quanto ele pagou a você, Roger? Qual é o seu preço? - Kat se contorceu na cama para encarar Landers, porém ele não parecia estar fazendo nada contra a vontade.

Silêncio.

— Cale a boca, sua vadia. - Victoria bateu na seringa com a unha benfeita. – Está na hora do seu remedinho...

Kat deu um pulo ao sentir a agulha lhe picando a pele. Depois, um líquido gelado entrou por seu bíceps e lhe percorreu as veias, queimando em seu peito, para depois fluir para seu pescoço e cabeça.

Tudo nela ficou quente, quente, quente... então as vozes desapareceram.

Nenhum som. Nenhuma cor. Nada mais importava.

CAPÍTULO 34

*K*at gritou quando algo pontudo a cutucou nas costelas, e rolou de lado, dando as costas para o agressor.

— Levante-se! - ordenou o homem em um inglês com forte sotaque.

Ela trouxe os cotovelos para a frente do rosto, na defensiva.

Então percebeu: seus pulsos não estavam mais amarrados. Nathan e Victoria tinham ido embora. Roger Landers também não se encontrava à vista.

Em vez disso, viu-se diante de um guarda da *Securicor*, que trajava uma jaqueta amarelo-limão. Ele se avultava sobre ela, preocupado.

Kat apertou os olhos contra o facho de luz da lanterna *Maglite* do homem.

— Eu disse para se mexer, senhorita! Agora!

Kat deixou cair o queixo ao examinar os arredores. Vozes ecoavam conforme as pessoas cruzavam o piso ladrilhado em busca de seus destinos. Ela estava deitada em um banco de carvalho gasto, um dos vários que beiravam o vão livre. Molduras entalhadas se arqueavam sobre pinturas de paisagens canadenses de montanhas e florestas.

Demorou algum tempo antes de ela perceber que se encontrava na estação de trem Waterfront, no centro de Vancouver. A julgar pela horda de passageiros, era horário de pico, entre sete e meia ou oito da manhã.

Era manhã de segunda-feira! Apenas algumas horas antes do meio-dia, o prazo dado por Zachary.

— Perdão, senhor. Já estou indo. - Kat se pôs de pé e inalou o aroma de café fresco e *muffins*, que vinha do Starbucks do outro lado do saguão. Remexeu o bolso da calça na esperança de encontrar algum trocado. Nada.

Olhou para as próprias roupas. A mesma calça de moletom e camiseta que tinha usado na noite anterior. Graças a Deus havia calçado tênis antes de ir ao quarto conjugado do hotel!

Buscou o celular no outro bolso, sem sucesso. Na certa este continuava no resorte *The Tides*, junto com sua bolsa, dinheiro, notebook e os documentos do Instituto Mundial.

Nathan, Victoria, ou mesmo Landers, teriam encontrado seu relatório sobre a Edgewater?

Estremeceu só de pensar.

Eles a teriam apanhado se ela não tivesse entrado na suíte adjacente, na noite anterior?

Provavelmente. Landers sabia onde ela estava, e era claro que vinha cooperando com Nathan e Victoria.

E ainda havia Jace. Ele tinha desaparecido. Talvez houvesse tido um destino pior do que o dela.

Jace jamais iria embora sem ela, a despeito de sua discussão. As únicas pessoas que conheciam seu paradeiro haviam estado no quarto – Nathan, Victoria Barron e Roger Landers. Teriam jogado Jace em qualquer lugar, também?...

Kat sentiu a esperança ressurgir ao se dar conta de que talvez pudesse encontrá-lo. A única questão era: onde?

O chalé de Kurt era uma possibilidade, uma vez que ficava a curta distância a pé de Hideaway Bay. Mas era improvável, já que as temperaturas alpinas, abaixo de zero, requeriam roupas de inverno, e ele nem sequer pegara o casaco.

Será que eles o haviam deixado na estação, também? Nesse caso, ele podia ter ido para casa e telefonado para ela.

O problema era que seu telefone continuava no resorte. Encontrar Jace em casa seria um tiro no escuro. Mas nada era impossível.

Kat ficou mais animada ao perceber o quanto estava próxima de casa. Precisava apenas do suficiente para uma tarifa de ônibus ou de táxi para chegar lá. Talvez conseguisse algum trocado no escritório, a oito quarteirões dali.

Ela deixou a estação de trem. Ao empurrar a pesada porta para a rua, foi atingida por uma massa de ar gelado. Uma chuva de granizo caía na diagonal, conduzida por um vento forte que fez seus cabelos lhe açoitar a face. Pessoas passaram por ela, os rostos escondidos nas abas dos casacos, como proteção, e Kat se arrepiou ao sentir o ar gelado penetrar a camiseta fina.

Um mendigo abordou um casal enquanto este passava. Estendeu um boné de beisebol na esperança de ganhar alguns trocados, porém o casal acelerou o passo e se livrou dele.

Kat atravessou o estacionamento em direção à rua onde estava o indigente. A mão estendida do homem a fez se lembrar de que ela também precisava de ao menos dois dólares para o ônibus até em casa. Podia esquecer o táxi.

O mendigo notou seu olhar e puxou o boné para perto, como se ela fosse pegá-lo.

— Este canto é meu. Arrume um para você. - Ele franziu o cenho, revelando as falhas nos dentes.

— O quê?...

Só então Kat se deu conta do que ele estava imaginando: que ela também era uma mendiga fazendo concorrência!

Estaria, assim, tão horrível? Apenas oito horas haviam se passado.

Pela segunda vez, ela se sentiu um lixo.

Kat caminhou pela Water Street até o prédio de escritórios de Gastown, os braços cruzados contra o frio. A calçada de pedras arredondadas se mostrou escorregadia sob seus tênis quando a neve se transformou em lama. Esta se infiltrava em seus calçados, fazendo-a lembrar-se das botas quentinhas que continuavam em Hideaway Bay, abandonadas junto ao restante dos seus pertences.

Apesar da temperatura acima de zero, o vento e a chuva a gelavam até os ossos. Seus dentes batiam, e ela tremia enquanto cruzava a rua deserta. A maioria dos sem-teto havia buscado abrigo contra o frio úmido.

Passou pelo Café Marseilles, onde um grupo de mendigos recostava-se no edifício, as mãos enfiadas em copos de papel.

Quando chegou ao prédio do escritório, estava quase congelada. Tinha as mãos tão entorpecidas, que não conseguiu sentir os nós batendo na porta de vidro. O prédio geralmente ficava fechado no período da manhã, principalmente no inverno, quando indigentes procuravam abrigo do frio.

Depois do que pareceu uma eternidade, o zelador do edifício finalmente saiu da porta lateral para ver quem estava batendo. Deu uma olhadela rápida, depois a dispensou com um gesto, de longe.

— Marcus, sou eu! Deixe-me entrar! - Kat acenou freneticamente, porém o homem recuou para a sala lateral.

A Carter & Associados era inquilina do Hudson House havia quase três anos. Como o zelador não a havia reconhecido?

Kat bateu novamente na porta, tão forte quanto podia.

— Marcus!

Vários transeuntes usando capas e guarda-chuvas franziram o cenho para ela e se afastaram depressa. Ela evitou os olhares, envergonhada da própria aparência. Não precisava de um espelho para saber que as roupas rasgadas, os cabelos desgrenhados e a ausência de maquiagem a faziam parecer uma indigente. Era aquilo o que sentiam as pessoas que passavam a vida sendo menosprezadas?...

Marcus finalmente reapareceu. Caminhou a passos largos até a porta e a abriu.

— Circulando ou vou chamar a pol...

— Marcus, não está me reconhecendo? Kat, do andar de cima...?

O reconhecimento finalmente surgiu no rosto do homem, e ele estacou, de queixo caído.

— Que diabo aconteceu com você?! - Marcus abriu a porta e a fez entrar.

— Não posso explicar agora. - Kat passou por ele e se arrastou até o elevador, começando a sentir as pernas novamente. Pressionou o botão para cima e esperou, de costas para o zelador. Não se sentia disposta a dar explicações no momento, até porque ele não as merecia.

Marcus foi atrás dela.

— Kat, desculpe! Eu não fazia ideia de que era você.

Ela o ignorou e entrou no elevador. Aquele era um lado de Marcus que ela não conhecia. E de que não havia gostado nem um pouco.

Apertou o botão para o quarto andar. Nathan e Victoria não iriam escapar.

O que tinham feito com Jace?... Por que ele havia desaparecido, e Landers não? Ela duvidava de que Nathan fosse levar Landers a sério se ele simplesmente dissesse que os documentos não eram dele. Nathan iria querer se livrar dos dois, já que ambos tinham visto os planos do Instituto Mundial.

A menos que Landers já fizesse parte daquela conspiração, fosse esta qual fosse. Obviamente, o jornalista havia colaborado com eles. E pensado apenas em si próprio, como de costume.

Nathan Barron havia dito que Jace tinha sofrido um pequeno acidente. Aquilo soava mais ameaçador do que o que acontecera a ela, que saíra relativamente ilesa, exceto por algumas contusões e uma dor de cabeça por conta do que lhe fora injetado no corpo.

Jace teria tido o mesmo destino de Svensson?... A despeito de suas diferentes ocupações, ambos haviam se manifestado contra o Instituto Mundial e aquela elite poderosa. Aquilo seria motivo suficiente para morrer?

Kat se arrepiou com a possibilidade. Svensson encontrara a morte pouco depois de mudar de posição e discordar do dogma do Instituto Mundial. Já o desaparecimento de Jace podia estar relacionado ao fato de ele ter denunciado a fraude dos financiamentos. Afinal, muitos tinham sido prejudicados por conta daquilo.

O sumiço de Jace, contudo, acontecera em Hideaway Bay. Estaria o cancelamento de sua matéria a respeito dos imóveis conectado ao Instituto Mundial?

Se estava... como?

Ou talvez o objetivo fosse algo mais simples, como o silêncio de dissidentes contra qualquer um de seus membros. Uma vez silenciadas as vozes contrárias, o IM poderia continuar agindo sem ser punido. Era assim que funcionavam as coisas nos corredores do poder: eliminando-se os obstáculos.

A ganância fazia coisas terríveis com as pessoas.

Talvez eles não estivessem atrás dos documentos do Instituto Mundial. Não era apenas a matéria de Jace que eles queriam abafar, embora esta fosse prejudicial o bastante. Era mais do que isso. Queriam abafar sua opinião, sua voz. Jace era um jornalista respeitado, que as pessoas ouviam, assim como Svensson. Suas vozes não podiam ser ignoradas ou negadas.

Mas eles poderiam ser eliminados.

Embora ela não tivesse lido o rascunho em que Jace estivera trabalhando no resorte, sabia que aquela sua denúncia do Instituto Mundial iria implicar todos os membros da instituição, ainda que Nathan e Gordon Pinslett pudessem ser mais particularmente atingidos. Nathan por desviar fundos de investidores da Edgewater para financiar o mandato do IM. E Gordon Pinslett por suprimir a reportagem desfavorável ao mesmo instituto.

Uma coisa era forçar uma teoria que desagradava politicamente. Outra, bastante diferente, era lucrar com esta uma exorbitância, manipulando a moeda e negociando informações privilegiadas.

Também havia a censura da mídia e a fraude que a acompanhavam.

Uma coisa era clara: todos aqueles com coragem para falar tinham sido calados. Jace fora demitido e tivera sua matéria cancelada pelo *Sentinela*, o qual, não por acaso, pertencia a Gordon Pinslett.

Jace teria sido silenciado de uma vez por todas?...

Kat sentiu um arrepio com o pensamento.

Ele estava certo. Era fácil não dizer nada até que acontecesse com você. E, nessa hora, ninguém o defenderia.

Com o silêncio, vinha o risco de se perder a liberdade, o bem-estar econômico e o direito à livre expressão.

Mas, se ela não tomasse uma atitude, quem o faria?...

Havia algumas coisas pelas quais valia a pena lutar a qualquer custo.

CAPÍTULO 35

*H*illary ficou na entrada da cozinha, vendo o pai tirar a louça suja da máquina de lavar. Um a um, os objetos sujos foram entrando no armário: pratos, xícaras de café, copos. Harry continuou carregando e descarregando o aparelho com os itens não lavados. Era como pressionar um botão de retrocesso várias vezes seguidas.

Deus! Ele estava cada vez pior! Era naquilo que sua vida tinha se transformado?

— Precisa se mudar daqui, pai. - Ela olhou o relógio de pulso. Já passara de uma da tarde, e tudo o que eles haviam feito a manhã toda fora tomar café com gosto de sabão. Tinha coisas melhores para fazer em uma segunda-feira. – Melhor ir para uma dessas casas de repouso.

— Casa de repouso? Nem morto! Harry guardou as facas sujas na gaveta de talheres. — Não preciso ir para casa de repouso coisa nenhuma. Estou bem aqui.

— Olhe só para você... virou um velho maluco. Não consegue nem usar uma máquina de lavar louça. Olhe só essa bagunça! - Hillary apontou o balcão entulhado da cozinha. – Não está dando conta.

— Claro que estou. A bagunça é minha, e eu gosto assim. - Ele enxugou a testa com a manga da camisa. – Mantenho a minha casa do jeito que eu quero.

Não se ela tivesse algum poder de decisão.

Que coisa patética... agora ele iria chorar?

Hillary passou o braço pela pilha de livros sobre a mesa da cozinha e jogou tudo no chão. Sentou-se, irritada. O pai não conseguia nem limpar a casa, muito menos pagar as próprias contas. Desde quando aquilo se tornara problema dela?

— Não consigo nem mesmo encontrar um lugar na mesa! Como pode comer neste chiqueiro?

— Ah, Hillary, por que fez isso?! Eu disse para deixar os livros aí.

Harry fechou a porta da máquina de lavar louça e se arrastou até a mesa com um pano de prato sobre o ombro. Seu olhar pousou nos livros jogados no piso vinílico. Os pobres coitados agora estavam com as páginas amassadas e as lombadas destruídas.

— Porque você está louco, pai. Está morando em um depósito de lixo.

Hillary revirou os olhos. Por que ele criava tantos problemas para ela? Era óbvio que ela não iria cozinhar, nem limpar a casa para ele.

— Não é lixo, Hillary. Alguns destes livros são itens de colecionador! Ponha-os de volta - ordenou Harry. – Vamos comer na sala de estar.

— Não vou comer em lugar nenhum. Esta casa é um nojo. - Hillary bateu a caneca de café na mesa. — Como pode viver assim?

— Muito fácil. Gosto das minhas coisas do jeito que elas são. Não está vivendo sob este teto, então não me diga o que fazer.

— E se eu estivesse morando aqui? Poderia dizer como as coisas devem ser?

O rosto de Harry se iluminou. Exatamente o que ela pretendia.

— Talvez eu volte para casa...

— Verdade? Isso seria maravilhoso! Tenho me sentido muito sozinho desde que sua mãe morreu.

— Posso pensar no assunto. Mas precisaríamos de algumas regras básicas... - Hillary levantou-se e caminhou até a geladeira. Talvez ela conseguisse ficar ali mais uma semana, no máximo. Apenas o tempo suficiente para ajeitar as coisas e conseguir que os pagamentos em atraso do Porsche fossem retomados.

— Podemos dar um jeito – ele concordou.

— Ótimo. — Hillary puxou um jarro de suco de laranja da geladeira e serviu um copo. Em seguida, despejou neste uma colher de sopa do pó, mexendo até dissolvê-lo. Guardou o frasco no bolso antes de se voltar para Harry. — Tome... Beba isto. - Entregou o copo ao pai.

Não que ela tivesse que ficar se esgueirando. Podia atirar com um maldito canhão na cozinha, e Harry nem se daria conta. Idiota.

— Obrigado! – Harry bebericou o suco e sorriu.

Hillary suspirou. Mais cinco minutos, e ele desmaiaria naquela poltrona xadrez horrorosa. Então ela poderia começar a jogar fora todas aquelas tralhas.

Claro que não iria esperar até ele morrer para fazer isso. Aquela bagunça a estava sufocando. Harry se importava mais com aquele casebre cheio de quinquilharias do que com ela. E mesmo depois de ela ter levado uma vida para voltar àquele buraco, àquela *vizinhança-zinha* medonha.

E, para quê? Nada havia mudado em dez anos. Exceto pelo fato de os vizinhos estarem ainda mais velhos e ranzinzas, e os tentáculos de Kat terem ido ainda mais longe.

Kat fingia gostar de seu pai, porém ela não era nenhuma imbecil. Até parecia!... Ele não passava de um velho demente. A prima iria se dar mal se esperava lucrar alguma coisa sugando Harry.

Por isso os cheques não eram mais compensados. Kat estava ficando com todo o dinheiro, tinha certeza. Por que outro motivo ela vivia indo ali aos trinta e quatro anos?, ruminou Hillary. Já não era o bastante que seus pais tivessem adotado Kat depois que o pai desta a abandonara? Quem adotava uma menina de catorze anos?...

A próxima coisa que Kat faria seria contestar o testamento de Harry.

Pois ela poria um fim àquilo.

CAPÍTULO 36

*H*illary mudou o peso do pé direito para o esquerdo. Não se atrevia a tirar os sapatos naquela imundície. Seu Manolo Blahnik salto dez a estava matando, mas ela não podia ficar sem ele. Como poderia ter certeza de que não havia vermes rastejando naquela pocilga?

— Coma, papai - ordenou, colocando outro copo de suco de laranja ao lado do prato.

— Já comi. Não aguento mais. Estou empanturrado. - Harry estava sentado à mesa da cozinha. Tinha um garfo na mão e um guardanapo de pano enfiado no colarinho da camisa.

— Mas tem que comer. Coma tudo. - Hillary sentiu o rosto se aquecer. Ele precisava da mesma dose todos os dias. Era cumulativa. Se deixasse de dar um só dia, teria que começar tudo de novo. E ela, com certeza, não iria investir mais tempo ou dinheiro do que já estava investindo.

— Já estou satisfeito, Hillary. Não estou mais com fome. Quer o resto? - Harry apontou as batatas fritas com o garfo.

— Eu já comi.

Hillary imaginou a vida que levaria em algumas semanas. Teria vendido aquele antro e estaria com dinheiro novamente. Talvez pudesse esquiar na Suíça, como a família real... Quem sabe até encontrasse um príncipe.

— Quando comeu? Eu não vi.

— Claro que comi. Você se esqueceu. Está com Alzheimer, velho. — Hillary desenhou círculos ao redor da orelha com o dedo indicador. – Está maluco, lembra? Ou se esqueceu disso também?

Harry balançou a cabeça e pousou o garfo.

Ela usou o mesmo garfo para apanhar mais um bocado do prato, então o segurou a centímetros de distância da boca do pai.

– Abra... Coma o resto.

Harry levantou a mão para protestar.

— Eu disse coma! - Hillary enfiou as batatas na boca do pai quando ele fez menção de reclamar.

— Pare com isso! - Harry desviou a mão dela com o antebraço. Cuspiu as batatas, espalhando-as por toda a mesa e o chão.

— Olhe só o que você fez! - gritou Hillary, jogando o garfo na mesa. — Quem vai limpar esta sujeira agora? Você não merece ter alguém cuidando de você!

O pai dela abaixou o braço e se encolheu na cadeira.

Aquilo era uma total perda de tempo. Aquela casa era um nojo, uma bagunça, cheia de sujeira e poeira; quase tão nojenta quanto as casas em Acumuladores, aquele programa de TV. A diferença era que os móveis desgatados da Sears ainda eram visíveis em meio àquela decoração cafona dos anos setenta.

Ela sentia enjoo só de ficar ali.

Cada dia passado no depósito de lixo dos Dentons era mais um roubado de sua nova vida. A vida que ela merecia, e pela qual tinha esperado por tanto tempo. Após meses se escondendo dos vizinhos e de Kat, seu plano funcionara perfeitamente. Uma vida nova a aguardava. Estava bem ao seu alcance agora que conhecera o homem com quem iria compartilhá-la.

Só precisava tirar Harry do caminho. E mantê-lo longe de Kat, aquela cadela intrometida. Não havia tempo a perder.

CAPÍTULO 37

$\mathcal{H}$illary ficou na entrada da sala de estar, observando o pai. Seu ronco reverberava por toda a casa, competindo com a CNN na televisão. Harry estava largado na poltrona articulada, a cabeça caída sobre o peito subindo e descendo a cada ronco.

Uma repórter narrava os tumultos em Paris, entrevistando um dono de loja choroso, no Bairro Latino, enquanto bandidos mascarados chutavam as vitrines atrás dela. Era noite e estava chovendo.

De repente, a sirene de um carro de polícia soou num lamento, e suas luzes deixaram estrias coloridas quando este cortou o fundo da imagem. Hillary deu um pulo ao ouvir o barulho.

Entrou na sala na ponta dos pés e pegou o controle remoto do braço da poltrona. Baixou o volume, preocupada em acordar Harry.

Relaxou, entretanto, ao se lembrar da dose que tinha ministrado. O suficiente para nocautear um elefante.

Tinha pelo menos algumas horas. Onde procurar primeiro? No cofre?

Decidiu começar pelo quarto. Dessa forma, poderia terminar antes que Harry despertasse. Depois, poderia convencê-lo a tirar uma soneca lá em cima enquanto ela procurava no restante da casa.

Calçou tênis, um pé de cada vez, tomando o cuidado de não deixar

193

os pés tocarem o chão imundo. Em seguida, subiu as escadas de dois em dois degraus para o quarto do pai, ansiosa por começar.

Procurou primeiro nas gavetas da escrivaninha, depois no armário. Seus esforços não renderam nada além de roupas velhas, sapatos e uma caixa de fotografias. Ela derrubou o conteúdo da caixa sobre a cama e o remexeu. Fotos dela quando bebê, de toda a família, e outras, mais recentes, já na companhia de Kat.

Sem pensar duas vezes, abriu um saco de lixo e jogou fora as recordações. Harry não precisaria delas no lugar para onde estava indo. Até porque, em breve ele nem reconheceria aquelas pessoas.

Não demorou muito para Hillary perceber que o que estava procurando não se encontrava ali.

Ela caminhou pé ante pé pelo corredor, tranquilizando-se ao ouvir os roncos do pai do alto da escada. Abriu o roupeiro do corredor e tateou ao longo da parede até encontrar o cofre. Puxou a porta. Estava destrancada. Ela a

abriu e embolsou os documentos, assim como quinhentos dólares em notas novinhas de cinquenta. Mais cedo ou mais tarde, estas seriam dela de qualquer maneira.

Só precisava manter Kat afastada por alguns dias, enquanto punha seu plano em prática.

Hillary arrastou os sacos de lixo de plástico preto escada abaixo, em pares, e os levou para a rua de trás. Dezesseis sacos, e todos de um só quarto. O velho nem sequer iria dar falta daquela tralha toda.

Voltou para a cozinha, limpando o suor da testa. O calendário ainda apontava junho. Ela virou as folhas até dezembro e arrancou as partes contendo anotações feitas na caligrafia de Kat. Também jogou fora o número de telefone da prima, o número de telefone de Jace, uma lista de compras e lembretes de refeições pendurados na geladeira. Havia o dedo daquela vaca intrometida em toda parte, e ela já estava farta daquilo. Rasgou todos os bilhetes e fez uma bola com eles.

Então, respirou fundo e lembrou a si própria: desta vez seria diferente. Precisava se manter fria e trabalhar no plano. Bastava se livrar do velho, e estaria a caminho de sua nova vida.

Hillary tornou a olhar para o calendário. O mês de dezembro fora retratado numa aquarela amadora de poinsétias, que parecia ter sido pintada por uma criança de dois anos. Que porcaria.

Bastou arrancar a folhinha da parede e encontrou o que estava procurando. Atrás do calendário havia uma chave. A chave que abriria a porta para o seu futuro.

CAPÍTULO 38

*K*at saiu do elevador para o quarto andar esfregando as mãos. Arrastou-se em direção ao escritório, grata por ter se livrado do frio.

Parou ao ver a porta de entrada. Estava entreaberta e era óbvio, dado o batente danificado, que tinha sido forçada. Alguém havia estado ali.

Ela cogitou chamar Marcus antes de entrar, porém isso só provocaria mais perguntas e atrasos. Não tinha tempo para aquilo agora. Em primeiro lugar, precisava se trocar, baixar o relatório da Edgewater do armazenamento remoto e mudar as senhas para dificultar o acesso de Nathan e Victoria aos seus arquivos. Abriu a porta devagar e aguçou os ouvidos. Não ouviu ninguém, entrou e olhou ao redor, começando pela área da recepção, depois a cozinha e os dois escritórios. Relaxou um pouco ao perceber que quem quer que fosse que andara por ali, tinha ido embora. O escritório estava exatamente como antes, exceto pela visível ausência de Harry e Jace.

Pensar em Harry provocou-lhe uma pontada no estômago, mas ao menos o tio se encontrava na companhia de Hillary.

Tensa, Kat digitou o número do celular de Jace. Sua ansiedade aumentou quando notou que não havia mensagens dele no telefone do escritório.

Havia, no entanto, meia dúzia de mensagens de Zachary. Mensagens malcriadas, questionando por que, diabos, ela não havia telefonado.

Kat sabia que deveria telefonar para Zachary. As chamadas que ele devia ter feito para seu celular também não tinham sido respondidas e, diante de sua situação financeira delicada, ele tinha todo o direito de ser atendido.

Zachary, no entanto, precisaria esperar até a reunião deles, dali a algumas horas, decidiu Kat. No momento, tinha coisas mais urgentes com que se preocupar.

Como encontrar Jace, por exemplo.

Jace deixaria uma mensagem de voz ali e na casa deles se não tivesse conseguido falar com ela pelo celular. Tinha certeza disso.

Sentiu-se dominada pelo medo.

Desligou depois de uma dúzia de toques e olhou o bloco de mensagens ao lado do telefone. Garranchos indecifráveis preenchiam a página. As poucas palavras que conseguia decifrar tinham sido escritas de maneira errada e repetidamente. Harry sempre fora extremamente caprichoso com sua caligrafia, mas os emaranhados da demência o haviam vencido em poucos meses. Partia seu coração vê-lo definhar daquela maneira.

Foi então que ela notou um ponto vazio e quadrado na mesa. O desktop de Harry havia desaparecido!

Praguejou baixinho. Sem o próprio notebook ou o computador de Harry, ela não conseguiria baixar o relatório da Edgewater, nem os outros documentos do servidor remoto. Precisava ir para casa.

Resolveu telefonar para lá antes, e tudo que ouviu foi a gravação da voz de Jace.

Sentiu as lágrimas brotando dos olhos. E se ela nunca mais o visse? Onde quer que ele estivesse, devia estar contando com ela para resgatá-lo.

Kat digitou o número da Polícia Real Montada do Canadá de

Hideaway Bay e aguardou, nervosa. Após seis toques, a chamada caiu no correio de voz.

Ela se sentou na cadeira de Harry, derrotada. Que tipo de delegacia de polícia não atendia ao telefone?

Deixou uma mensagem e depois bateu o fone na base, furiosa. Jace estava desaparecido, e ela, completamente perdida sobre o que fazer.

Ninguém a atendeu no telefone da casa de Harry, tampouco em seus outros celulares. E ela nem tinha o número de Hillary.

Harry não se lembrava mais de nenhum telefone, então era improvável que ligasse para o escritório, mesmo que os números do trabalho e de casa estivessem programados em seu aparelho. Ele havia tido dificuldades em usar o novo celular, que fora uma substituição ao que ele perdera alguns meses antes.

Talvez Hillary ligasse. Em algum momento ela perderia a paciência e iria querer se livrar do pai para se concentrar na própria vida.

Kat pensou melhor no caso de Zachary e telefonou para seu cliente a fim de adiar a reunião. Ficou aliviada, entretanto, ao escutar apenas uma mensagem de voz. Para um sujeito que não largava o celular, Zachary era surpreendentemente difícil de ser encontrado.

Decidiu não deixar mensagem alguma. Tinha tempo suficiente para ir para casa e voltar. Além do mais, precisava conversar com Zachary pessoalmente sobre Nathan e Victoria, e sobre os acontecimentos da noite anterior.

Também precisava de tempo para pensar numa abordagem. E se as acusações que Nathan fizera sobre Zachary fossem verdade? De que outra maneira Zachary podia negociar quantias absurdas e não saber de nada? Como podia ignorar um esquema de pirâmide tão gigantesco? Era preciso ser um idiota para não saber que as transações não estavam sendo realmente concretizadas.

Ela olhou o relógio de pulso e se deu conta de que precisava se mexer se pretendia estar de volta a tempo.

Antes, porém, resolveu dar uma conferida rápida no escritório.

Nada mais parecia estar faltando.

Fez uma pausa no espelho do banheiro. Uma massa de cabelo emaranhado moldava um rosto sujo, coberto de arranhões da briga com Victoria. De onde vinha aquela sujeira, ela não fazia ideia. Não era de admirar que Marcus a houvesse estranhado.

Ela revirou a cesta de vime onde costumava manter as roupas de corrida e conseguiu encontrar um agasalho esportivo, meias e uma jaqueta velha. O suficiente para ir até em casa sem congelar outra vez.

Ainda precisava de dinheiro para o ônibus ou um táxi.

Após esgotar as possibilidades de encontrá-lo no escritório, cruzou o corredor para a mesa de Harry. Olhou na gaveta da escrivaninha, esperando encontrar pelo menos algumas moedas para a tarifa do ônibus.

A gaveta de cima do tio estava uma bagunça, com elásticos e clipes emaranhados em bolos. Kat tirou tudo que havia ali dentro e colocou sobre a mesa: dois grampeadores, um rolo de fita adesiva cheio de sujeira grudada, três pares de óculos de leitura e um frasco de Ibuprofeno com a validade vencida.

Ela abriu o frasco e engoliu duas pílulas na esperança de amenizar a dor de cabeça.

Encontrou uma latinha de *Sucrets©* e a sacudiu. Estava enferrujada pelo tempo, mas o barulhinho era promissor. Uma fita crepe onde se via escrito TROCO, fora afixada na tampa.

Ela a abriu e encontrou moedas e duas notas de vinte dólares. Contou tudo, guardou o dinheiro no bolso e deixou um bilhete escrito "Estou te devendo" na lata.

Foi então que notou as duas chaves. A primeira era uma cópia da chave do escritório. A outra parecia idêntica à chave da casa de Harry, a mesma que havia em seu chaveiro.

De repente, ocorreu-lhe que sua chave estava na bolsa que havia ficado no resorte.

Sem pensar duas vezes, Kat apanhou a chave de Harry. Ao menos, assim, poderia pegar a chave sobressalente que tinha na casa do tio, caso ele não estivesse lá.

Fechou a primeira gaveta e abriu a segunda. Estava quase vazia, o que era no mínimo incomum dada a costumeira desorganização de Harry.

Na verdade, a arrumação ali era espartana. Completamente diferente das outras gavetas.

Que coisa estranha... Lembrava-se de que o tio guardava algo ali, mas não conseguia se lembrar exatamente o quê. E era algo importante, já que Harry não costumava deixar espaços vazios. Da mesma forma como ele preenchia um lugar com sua presença, assim faziam suas coisas.

Kat suspirou. Nunca estivera tão consciente daquele vazio como agora.

CAPÍTULO 39

Vinte minutos depois, Kat pagava o motorista do táxi e galgava os degraus da casa do tio.

Bateu na porta da frente e esperou. Nenhuma resposta.

Tentou novamente e espiou pela janela lateral. Nenhum sinal de movimento.

Desceu as escadas e foi para o quintal. Harry poderia estar na garagem, namorando o Lincoln. Ou talvez no jardim, mesmo que fosse dezembro. Os absurdos provocados pela demência nem mais a surpreendiam.

Ela abriu a porta que dava para a garagem e congelou. O Lincoln tinha desaparecido. Harry havia conseguido descobrir como destrancar o portão? Era pouco provável, dado seu atual estado mental. Alguém devia ter feito isso por ele.

Sentiu o coração pular uma batida ao pensar no tio dirigindo na neve. Um desastre iminente, concluiu, por mais que tentasse pensar de outra forma.

O Porsche de Hillary também não se encontrava à vista. Harry podia estar com ela.

Mas sua prima não haveria de querer ser vista em um Lincoln do final dos anos setenta nem morta, fosse como motorista ou passageira.

Kat apertou o botão da garagem com o polegar, e o portão se abriu. Exatamente como ela temia... alguém o havia religado.

Saiu para a rua pelo portão escancarado da garagem, na esperança de encontrar o carro. Em vez disso, descobriu dúzias de sacos de lixo plásticos empilhados contra a cerca traseira.

Uma onda de medo varreu-lhe o estômago conforme se aproximou para examinar melhor o entulho. Uma ponta de tecido xadrez marrom puído projetava-se a um canto. Ela ergueu um saco e o jogou de lado. Era a poltrona articulada de Harry, encharcada pela chuva e ainda mais perto da ruína. Por que o estofado favorito do tio estava ali fora, descartado como lixo?

Kat sentiu o peito se apertar. Seu tio jamais se livraria daquela poltrona reclinável. O estofado, assim como seus outros móveis, combinava com ele e com a casa feito um sapato velho e confortável.

Hillary devia estar por trás daquilo, e também do desaparecimento do Lincoln, deduziu Kat. Sua prima sempre ultrapassava todos os limites. Tinha certeza de que o tio não fazia ideia de que seus pertences tão adorados tinham sido jogados no lixo. Harry ficaria com o coração partido.

O caminhão de lixo rosnou na rua, um quarteirão adiante, e ela se deu conta de aquele era o dia da coleta. Olhou o relógio. Primeiro as coisas mais importantes... Tinha que impedir que as coisas de Harry fossem para o aterro!

Decidida, pegou saco por saco da viela e os colocou na garagem vazia.

Parou de contar depois de umas quatro dúzias. Restava apenas um espaço na pilha, suficiente para acomodar a poltrona reclinável de Harry. Céus, devia haver centenas deles!...

Ao menos ela chegara a tempo de salvar as coisas do tio, mas, e agora?

Iria se preocupar com tudo aquilo mais tarde.

Arrastou a poltrona para dentro da garagem, sentindo os pés do móvel raspando pelo asfalto irregular enquanto a puxava centímetro por centímetro para fora da chuva.

Jogou o último saco na garagem de Harry no mesmo momento em

que o caminhão de lixo dobrou a esquina.

Kat parou e limpou o suor da testa com o dorso da mão. A chuva tinha lhe eriçado os cabelos, porém ela não se importava. Pelo menos tinha conseguido fazer alguma coisa certa naquele dia.

O lixeiro acenou para ela, e Kat levantou o braço em câmera lenta, quase como numa rendição. Não eram nem nove horas, e ela já estava cansada da batalha. Jace continuava desaparecido, assim como os documentos do Instituto Mundial, seu laptop e as pastas do caso Edgewater. Seu cliente estava furioso com ela, embora tivesse de ser o contrário...

Presumia que ao menos Harry se encontrava na companhia de Hillary.

Mas agora estava começando a duvidar disso.

Fosse qual fosse o caso, precisava ir para casa.

Voltou para a garagem. Apertou o botão do portão, e este se fechou com um forte rangido. Ela, então, passou a mão pela prateleira acima da bancada de trabalho de Harry, procurando por sua cópia da chave da casa.

Suspirou, aliviada, ao tocar o metal. Duas chaves: sua cópia e mais uma de Harry. Pelo menos Hillary não tinha conseguido colocar as mãos nelas.

Guardou a chave no bolso e saiu da garagem, depois se obrigou a subir as escadas do fundo até a porta da cozinha de Harry. Bateu e esperou um minuto para o caso de ele estar dormindo. Muito provável, depois que toda sua parafernália fora jogada na rua...

Estava com um mau pressentimento em relação àquilo tudo.

Já tinha esperado bastante. E se Harry estivesse lá dentro, ferido ou coisa pior?... Kat deslizou a chave na fechadura e abriu a porta da cozinha.

Estava vazia.

Os livros de receitas de tia Elsie, que costumavam ficar nas prateleiras ao lado da geladeira, também tinham sumido. As figuras acima da pia da cozinha também, assim como o calendário onde Harry planejava sua rotina.

Até a mesa da cozinha não estava mais lá, embora ela não a tivesse visto na pilha jogada na rua. Catadores já teriam mexido nas coisas de Harry? Que diabo estava acontecendo?

Ela já sabia a resposta. Coisas simples de uma vida inteira não significavam nada para Hillary. Principalmente as de um idoso regrado, que tinha passado a vida economizando para dar a ela tudo do bom e do melhor.

Os itens de grifes e os carros caros de Hillary também eram regularmente dispensados, substituídos a qualquer custo pelos símbolos de status mais recentes. Para ela, tudo e todos eram descartáveis após terem servido a algum propósito. Toda a sua existência girava em torno de reinventar a própria imagem, de se posicionar como a fêmea disponível de uma certa classe socioeconômica.

O problema era que ela precisava de outros para financiar seu tipo.

A poltrona preferida de Harry, assim como seus guardados, não passavam de lixo para ela; uma lembrança de onde ela havia vindo. Por isso ela os descartava, apesar de saber muito bem o quanto o pai prezava tudo aquilo.

Kat sentiu o estômago se apertar. Hillary não tinha o direito de decidir o que ficava e o que podia ser jogado fora da casa de Harry. Mesmo que esta estivesse entulhada, a bagunça era dele, e Harry tinha o direito de viver como bem entendesse.

A natureza egocêntrica de Hillary, no entanto, era apenas parte do problema. A maior preocupação de Kat era a intenção por debaixo daquela atitude. Como livrar-se das coisas de Harry se encaixava no plano da prima?

Harry estaria ciente do que a filha tinha feito?

De qualquer forma, aquilo seria um desastre. Familiaridade era algo fundamental para uma pessoa com demência. Qualquer divergência na rotina de Harry podia estressá-lo.

E se ele estava por perto quando a filha jogara todas as suas coisas fora?...

Kat estremeceu só de pensar.

Seus pensamentos se voltaram para o Lincoln. Correu para a sala de estar e olhou para a rua. Talvez ela não tivesse notado o Porsche de Hillary.

Engano seu. O único veículo estacionado lá fora era a caminhonete F-150 de um vizinho.

A sala de estar também fora esvaziada. Não apenas a poltrona tinha sido tirada dali, mas também o restante. A casa estava vazia, reduzida ao piso de carvalho e às paredes nuas, além de um balde vazio e um esfregão junto à lareira.

A mente de Kat fervilhou. Se aquilo era serviço de Hillary, onde estaria Harry? Seria terrível para ele ver a própria casa despojada, mas seria pior ainda se a filha o tivesse abandonado em algum lugar.

A súbita volta de sua prima, depois de dez anos, fora um choque. Hillary sempre considerara aquela cidade, assim como a família Denton, muito inferior a ela própria.

E agora ela estava de volta feito uma praga.

— Olá! - Sua voz ecoou pela casa vazia.

Kat subiu as escadas. E se Hillary tivesse desaparecido outra vez e levado Harry com ela?

Descartou a ideia. Harry iria prejudicar muito o estilo de vida da prima.

De repente, Kat se deu conta de que tudo aquilo podia ser sua culpa. Ao cancelar os cartões de crédito de Harry, ela havia trazido Hillary de volta à sua fonte. Quando a prima conseguisse algum dinheiro, desapareceria novamente e deixaria o pai de coração partido.

O que aconteceria em breve, já que o dinheiro de Harry tinha chegado ao fim.

Hillary não era capaz de amar ninguém além de si mesma. Até certo ponto, Harry tinha consciência disso, mas mesmo assim dava dinheiro à filha. Era seu modo de manter a verdade velada. Uma forma de negação.

Kat deu um pulo ao ouvir um clique na fechadura. Eles tinham voltado!

Suspirou, aliviada, e correu escada abaixo.

Mas não foi Harry nem Hillary quem a encarou do hall de entrada, e sim um completo estranho.

CAPÍTULO 40

O homem tinha trinta e poucos anos e o rosto bem barbeado. Usava um blazer cujos botões se esticavam além da conta na tentativa de conter um corpo aparentemente recheado por muitos almoços de negócios. Ele colocou o celular de volta no bolso e olhou para Kat.

— Quem, diabos, é você? Como conseguiu entrar aqui? - Sorriu para ela, porém seus olhos frios traíram sua irritação.

Um casal de seus trinta e poucos anos surgiu atrás dele, a mulher obviamente grávida.

O fato de ela parecer uma mendiga não lhe dava o direito de falar com ela naquele tom!, pensou Kat.

— Eu deveria lhe perguntar a mesma coisa. Sou Katerina Carter, sobrinha de Harry Denton.

Harry não podia ter feito aquilo. Ele não estivera fora de sua vista até deixar Hideaway Bay na manhã anterior, na companhia de Hillary.

Hillary.

O que sua prima estaria aprontando agora?

Por que ela, Kat, tinha que dar explicações a estranhos?

— Denton? Ah, sim. Mas, não deveria estar em outro lugar?...

Preciso mostrar a casa. – As pupilas do homem se dilataram tal qual dois cifrões.

— Você é corretor de imóveis? - Kat cruzou os braços e bloqueou a passagem. — A casa de Harry não está à venda.

— Está, sim, e Hillary me disse que estava vazia. Agora, se nos der licença...

A mulher bufou e se recostou na parede para passar por Kat.

— Hillary não é dona desta casa. - Kat não se moveu. — Harry Denton é o legítimo dono. A menos que tenha permissão dele, sugiro que vá embora. Podemos resolver isso tudo mais tarde.

— Katerina, não é? - O corretor não esperou a confirmação de Kat, contudo. – Hillary, a proprietária, colocou a casa à venda. E os nossos simpáticos amigos, aqui - ele apontou o casal, que já discutia como chegar à cozinha – querem conhecê-la. - Tornou a apanhar o celular. – Isto não para... Eu não quero problemas, então se fizer a gentileza de nos deixar agora...

Kat sentiu seus últimos resquícios de energia evaporarem. Fez menção de protestar, mas sentia-se vazia.

Então Hillary havia se apossado da casa de Harry também. Aquilo explicava as coisas dele jogadas no meio da rua.

Uma coisa era certa: o corretor não iria lhe dar os detalhes da transação. E ela estava até com medo de ouvi-los.

No final, decidiu ir embora. Mesmo que a casa fosse de Harry, não era hora nem lugar para uma briga. Ela enfrentaria Hillary, mas agora tinha coisas mais importantes para fazer...

...Como encontrar Jace e arrancar a verdade de Zachary.

CAPÍTULO 41

Kat virou a esquina e soltou um suspiro de alívio ao ver surgir a própria casa. O antigo solar vitoriano ficava espremido entre um bangalô dos anos quarenta e uma casa de artesão da virada do século.

Mesmo a meio quarteirão de distância, era óbvio que Jace não estava lá. Sua caminhonete continuava estacionada no mesmo lugar de antes de eles partirem para Hideaway Bay. Uma fina placa de neve, meio derretida, deslizara em parte do para-brisa.

A ausência de marcas de pneu na calçada significava que o Subaru também não estivera ali. Ninguém tinha vindo ou ido embora desde a partida deles.

Ela galgou os degraus da frente, sentindo o peso dos problemas queimar no estômago. A casa de Harry, Jace desaparecido, e o tom cada vez mais sinistro do caso Edgewater estavam acabando com sua saúde.

Jace tinha razão sobre o Instituto Mundial. Por que ela descartara tudo aquilo como se fosse uma teoria da conspiração mal resolvida? Reter aqueles documentos do IM para ajudar a provar a fraude de Nathan podia ter dado novo rumo às coisas, mas o resultado final fora o mesmo.

Agora estava mais do que arrependida de ter ido a Hideaway Bay.

Landers, obviamente, também tinha seu papel na história. Se ao menos ela não tivesse ficado tão ansiosa por falar com ele!...

Kat girou a chave na fechadura e abriu a porta, preparando-se intimamente para deparar com outra invasão. Em vez disso, a porta da frente brecou em uma pilha de cartas e folhetos, comprovando que ninguém havia estado ali.

Ela se inclinou para apanhar a correspondência do piso de abeto e parou, repentinamente consciente do *tic-tac* do relógio da cozinha. Nunca havia notado aquela calma antes.

O silêncio apenas a fez se lembrar de Jace. Ele podia estar ferido, ou coisa pior. E se nunca mais o visse?

O pensamento a inundou feito uma enxurrada.

Cada centímetro daquela casa tinha muito de Jace. Principalmente a carpintaria e os lambris entalhados que ele passara horas restaurando, e que agora exibiam as cicatrizes do incêndio. Algumas tiras do tapete eram tudo o que restava, espalhadas nas tábuas do piso também empenadas devido à água usada pelos bombeiros.

Kat engoliu o nó na garganta. Discutir com Jace sobre sua denúncia do Instituto Mundial lhe parecia tão inútil agora.

Jogou a correspondência na mesinha lateral feita de Maple Olho de Pássaro e cruzou o corredor até a cozinha. Preocupar-se não ajudaria em nada. Ela precisava fazer alguma coisa.

Mas o quê? Denunciar o desaparecimento de Jace não fizera a Polícia Real Montada do Canadá agir, e ela não podia esperar mais.

A cozinha também parecia intocada. Ninguém havia estado ali, muito menos Jace. Os mesmos pratos continuavam na pia. E o jornal continuava aberto onde ele tinha deixado: o *Sentinela*.

Agora aquele jornal lhe provocava raiva mais que indiferença.

Seu senso de urgência voltou quando ela se lembrou do notebook desaparecido. Se Nathan e Victoria já não tinham vasculhado seu conteúdo, eles o fariam em breve. Era melhor trocar as senhas e recuperar os dados do armazenamento remoto antes que aqueles dois os acessassem. Sem dúvida, eles destruiriam todos os arquivos.

Kat galgou os degraus para o andar de cima e ligou o computador do escritório. Enquanto esperava, telefonou para Marcus, o zelador do prédio, e deixou uma mensagem sobre a porta do escritório que fora arrombada.

O computador inicializou finalmente, e ela se conectou. Deu um suspiro de alívio e trocou de senha rapidamente.

Clicou no arquivo Edgewater, reparando que o último acesso fora no início da noite anterior, antes de ela ir para a cama. Seus registros continuavam intactos e seguros, ao menos por enquanto.

Selecionou todos os arquivos do notebook e os copiou para o desktop, bem como para o disco rígido portátil. Enquanto esperava os dados serem copiados, deu-se conta de que precisaria de um computador no escritório, já que o dela e o de Harry haviam desaparecido.

Decidida, Kat pegou o laptop de Jace da mesa, junto com o HD externo, e colocou ambos na bolsa. Agora poderia terminar o relatório da Edgewater para Zachary.

Checou as horas no relógio. Tinha exatamente quarenta minutos até o encontro com seu cliente.

Trinta minutos depois, Kat estava de volta ao escritório. A porta continuava quebrada, então ela mandou uma mensagem para Marcus, na esperança de que ele viesse consertá-la de uma vez. Não estava disposta a falar pessoalmente com o zelador.

Devolveu a chave de Harry para a gaveta da mesa e, no mesmo instante, percebeu o que mais estava faltando. O tio mantinha uma chave atrás do calendário de cozinha: a chave do cofre de metal que havia na segunda gaveta daquela escrivaninha. E tanto a chave como a caixa tinham sumido. Harry era por demais econômico para pagar tarifas bancárias por um cofre, preferindo manter documentos importantes em sua caixa de metal. A caixa continha seu passaporte, testamento e outros documentos. Também guardava a escritura da casa.

Eles haviam aberto a segunda gaveta de Harry enquanto estavam revisando seu talão de cheques, lembrou Kat. Tinha certeza de que, nesse dia, a caixa de metal estava ali dentro.

Ela sentiu o estômago se apertar. Harry só podia ter tirado a caixa dali se alguém o tivesse trazido para o escritório.

Isso significava que Hillary estivera ali com ele.

Depois, ainda tinha havido aqueles comentários do corretor de imóveis... que a casa pertencia a Hillary e não a Harry.

Uma onda de pavor a envolveu. Era melhor ela falar com um advogado. Harry precisava de proteção.

Kat ligou o laptop de Jace e telefonou para o celular de Harry enquanto esperava. A chamada caiu direto no correio de voz. Ou o aparelho estava desligado, ou sem bateria.

O nervosismo de Kat aumentou. Harry e Hillary tinham deixado o resorte havia quase vinte e quatro horas. Tempo demais. Hillary se cansaria de Harry em poucas horas. Onde eles poderiam estar?

Ela copiou os arquivos da Edgewater do HD externo para o laptop.

Foi quando viu. Em meio aos arquivos para investigação da Edgewater, havia um documento que não era dela.

Sentiu o coração dar um pulo enquanto abria o arquivo. Estava datado da noite anterior, depois da meia-noite. Aquilo acontecera depois que ela havia ido dormir; depois que Jace fora para o quarto ao lado.

Kat prendeu a respiração e clicou em abrir.

Era a matéria sobre fraude imobiliária de Jace; a que fora cortada do *Sentinela* antes de ser divulgada:

GLOBAL FINANCIAL ENVOLVIDA em Fraude Imobiliária

A GLOBAL FINANCIAL, uma holding, fez uso de avaliações fraudulentas de imóveis que superestimavam o valor de dezenas de propriedades comerciais do centro da cidade de Vancouver. A holding comprou imóveis que foram repassados várias vezes para inúmeros laranjas a preços cada vez mais extorsivos. Uma vez que os compradores estavam todos de conchavo, esses preços eram artificialmente aumentados.

Com os valores dos imóveis substancialmente inflados, a acusada obtinha significativos financiamentos vinculados aos imóveis e, posteriormente, deixava de honrar com os pagamentos. A extensão da fraude ainda está sendo avaliada, mas estima-se que os valores ultrapassem quatrocentos milhões de dólares. Ninguém na Global Financial quis comentar o assunto. O suposto endereço da holding é Cedar Street, 422, porém a complexa rede de empresas torna difícil determinar o verdadeiro dono.

KAT QUASE CAIU DA CADEIRA. Cedar Street, 422 era o endereço do terreno baldio que ela fora visitar. O mesmo endereço que Nathan Barron usava para os auditores da Edgewater, e para onde os pagamentos de Fredrick Svensson eram enviados. Aquilo conectava a fraude imobiliária de Jace à Edgewater e à Research Analytics, que, por sua vez, estavam diretamente ligadas ao Instituto Mundial.

Não era de admirar que a matéria de Jace tivesse sido abortada.

Jace teria feito aquela conexão também? Ao contrário dela, ele não havia ido ao terreno baldio. Duvidava de que ele tivesse prestado atenção ao endereço, sabendo que ela já o havia checado.

Kat sentiu um arrepio. O Instituto Mundial não era a única coisa que Gordon Pinslett e Nathan tinham em comum. Estava explicado por que Jace se tornara um alvo.

Só havia uma dúvida. As únicas pessoas que sabiam que Jace se encontrava no resorte eram Roger Landers, Hillary e Harry. Hillary era egocêntrica demais para se preocupar com tudo aquilo, e Harry não era problema.

Portanto só restava Roger Landers. Em apenas dois dias, Jace emergira como um concorrente em uma matéria que Landers vinha escrevendo havia anos. Ao menos era isso que devia parecer ao jornalista.

Conhecendo Jace como ela conhecia, tinha certeza de que ele pedira a Landers, um colega, um feedback quanto sua matéria sobre fraude imobiliária ao descobrir a conexão com a Beecham.

Landers teria traído Jace?, perguntou-se Kat. Por que seu namorado não lhe contara nada?

Ela se arrepiou e pôs um suéter ao redor dos ombros. Parecia improvável, mas, e se fosse verdade?...

Ainda havia a questão de Fredrick Svensson, que já fora membro do Instituto Mundial e também estava vinculado ao mesmo endereço. Alguém havia calado Svensson.

Jace também teria sido neutralizado?

<h1 style="text-align:center">CAPÍTULO 42</h1>

— nde, diabos, você esteve? - Zachary andou de um lado para o outro no escritório de Kat, o rosto vermelho de raiva. — Estou tentando falar com você há dois dias. Primeiro, você me diz que estou financeiramente arruinado, depois não retorna minhas chamadas. Faz alguma ideia do que estou passando?

Zachary estava enfrentando uma perda de bilhões de dólares, porém ela também vivia o seu inferno particular, Kat pensou consigo. Não sabia onde estava Jace, tampouco como encontrá-lo.

E era sua culpa. Nada daquilo teria acontecido se não tivesse pedido ajuda a Jace.

— Sinto muito, Zachary. Eu teria telefonado, mas não podia.

Kat contou tudo, então, começando pela Research Analytics... e terminando por Nathan e Victoria.

— E não podia me dar um telefonema?

— Eu tentei, mas...

Zachary não se incomodava pelo pai e a ex-esposa estarem mantendo um caso?

— Não faço ideia em que ponto está sua investigação, do que está acontecendo na Edgewater, se há dinheiro o bastante para mais um

214

dia ou mais uma hora – ele prosseguiu. — Você me deixou de mãos atadas.

— Eu podia estar morta, Zachary! E Jace continua desaparecido... Pode me dispensar, se quiser. Não importa mais.

Kat começou a suar. Por que imaginara que Zachary fosse compreendê-la, afinal? A Edgewater e o Instituto Mundial eram muito mais do que ela esperava.

Na verdade, ela era quem devia estar louca da vida com Zachary. Se ele não fosse tão negligente quanto ao que se passava à sua volta, nada daquilo estaria acontecendo.

— Muito bem. Diga-me o que fazer, e eu farei. Mas não me deixe fora da jogada.

Ele não tinha ouvido nada do que ela acabara de dizer? Como, diabos, ela podia ter telefonado depois de ter sido drogada e jogada em um banco de praça, sem dinheiro nem telefone para ligar?

— Vou ser curta e grossa: está quebrado, Zachary. Precisa interromper todos os pagamentos e resgates, e congelar as contas bancárias, se puder.

— De quanto tempo eu disponho?

— De nenhum. Precisa parar com tudo imediatamente.

Kat falou sobre os falsos resultados de Nathan, começando pelos extratos manipulados dos clientes e os retornos de investimento superavaliados, depois sobre o desvio de recursos para a Research Analytics e os vínculos desta com o nebuloso Instituto Mundial.

— Como Nathan pôde armar tudo isso? - Zachary inclinou-se para a frente e esmurrou a mesa. — Como os auditores não perceberam?!

— Eu comentei a respeito na última vez que nos falamos: esses auditores, na verdade, não existem. A Beecham é uma empresa criada por Nathan e, aparentemente, a Research Analytics serve de fachada para o Instituto Mundial. Nathan vem tirando dinheiro das contas dos clientes e desviando-o por meio da Research Analytics. Esconde as transferências dos clientes mascarando os extratos de investimento. Você nunca lê os relatórios administrativos?... Deveria.

Zachary suspirou.

— Eu sei. Mas não posso estar em todos os lugares. Além do mais, o trato era que eu me concentraria na área comercial, enquanto Nathan gerenciaria a área administrativa. Ao menos eu estava tendo excelentes retornos com meu modelo de negócio.

Kat respirou fundo.

— Em relação a esse seu modelo de negócio... também não funciona da maneira como você pensa.

Agora, ele iria realmente demiti-la da função.

— Do que está falando?...

— Reconstituí todos os seus negócios dos últimos dois anos. O retorno médio de doze por cento que diz ter o seu fundo especulativo não existe. É muito menor. Na verdade, é uma perda.

— Isso é ridículo. Não acredito em você.

Kat entregou o relatório a Zachary.

— Na verdade, você teve uma perda de cinco por cento nos últimos dois anos. Mais do que isso... Nenhuma das suas transações aconteceu. — Ela fez uma pausa, aguardando a reação de Zachary. — Nenhuma. Nathan não as concretizou.

Zachary levantou-se, irado.

— Isso não está acontecendo... Eu teria que ser um idiota para não perceber! Como tudo isso pôde se passar bem debaixo do meu nariz?!

O desempenho do fundo foi o que mais pareceu incomodar Zachary. Muito mais do que ouvir que ele estava quebrado, ou que Nathan e Victoria estavam romanticamente envolvidos.

Kat mal podia acreditar que Zachary desconhecesse os desmandos do pai, porém sua surpresa parecia genuína.

Entregou a ele uma pasta abarrotada de extratos bancários.

— Veja por si mesmo. As únicas transações que vai encontrar são as entradas e saídas do fundo pelos clientes. Nada mais. Nenhum registro de compra ou venda de Dólares, Ienes, Libras ou qualquer outra moeda.

Zachary abriu a pasta e a folheou.

Deixou os ombros caírem, então, sem dizer nada. Parecia derrotado.

— Isso não pode estar acontecendo.

— É um esquema Ponzi, Zachary. Não há negociação. Na verdade, não há muita coisa acontecendo, a não ser o fato de Nathan estar desviando todo o dinheiro. Não é de admirar que tudo estivesse funcionando sem qualquer problema enquanto ele se mantinha ausente, em suas frequentes viagens. Funcionava porque não havia nenhuma transação de verdade.

O rosto de Zachary Barron tingiu-se de vermelho.

— Um esquema Ponzi?... Impossível.

— Receio que seja verdade.

O que parecia impossível era o total desconhecimento de Zachary quanto à fraude gigantesca bem diante de seus olhos.

— Nathan vem sacando dinheiro das contas dos clientes e pagando a Research Analytics. Na verdade, faz isso há anos. - Kat continuou esperando por uma reação de Zachary. — Enquanto houver novos investidores, o esquema funciona. Nathan só tem que pagar os clientes que resgatam suas aplicações com o dinheiro dos novos aplicadores. O esquema dá certo enquanto entra mais dinheiro do que sai, e funcionou até ser atingido pela recessão. Mas, de repente, os investidores perderam seus empregos e tiveram que cobrir empréstimos ou perdas de outros investimentos. Precisando de dinheiro, foram forçados a resgatar até suas melhores aplicações... como as feitas nos fundos da Edgewater.

— Como isso pôde acontecer comigo? - Zachary ficou em pé diante da janela, de costas para Kat.

— Você não tinha motivos para questionar coisa alguma. Ninguém faz isso quando as coisas estão bem. Os extratos forjados de Nathan mostravam aos clientes um retorno de doze por cento, então ninguém pensava em resgatar suas aplicações. Por que o fariam? Os retornos eram melhores do que em qualquer outro lugar... até a crise financeira. A partir dela, muitos dos seus investidores enfrentaram uma crise particular e foram obrigados a resgatar seus melhores investimentos. Teoricamente os da Edgewater. Foi quando o saldo do banco despencou.

— Não pode ser tudo uma farsa. Você deve ter deixado escapar alguma coisa. Uma conta bancária, registros contábeis... Quero as provas.

Kat pegou os extratos cortados e colados dos clientes.

— Aqui estão os verdadeiros extratos dos clientes. Nathan vem operando essa fraude há pelo menos dez anos. Provavelmente desde antes de você entrar na empresa. Enquanto o dinheiro dos novos investidores era maior do que as quantias resgatadas, tudo ia às mil maravilhas.

Kat engoliu em seco. Estava revelando ao operador de fundos de investimento número um do mundo que seu sucesso, na verdade, era uma mentira.

— Não compreendo. E quanto aos câmbios? Eu mesmo os operava nos terminais de negociação.

— É tudo uma farsa, Zachary. Uma fraude cara e elaborada. Quanto aos terminais... não estão capacitados para nenhuma negociação. Tudo não passa de um programa sofisticado sendo executado na rede local da Edgewater. Dinheiro não é problema quando se está encobrindo uma fraude de bilhões de dólares.

Kat havia encontrado o software nos terminais de câmbio após uma busca nos computadores da Edgewater. Suas suspeitas foram confirmadas quando não encontrou nenhum fornecedor para o programa personalizado.

— Está me dizendo que tudo não passa de um jogo com cartas marcadas? - Zachary jogou o relatório na mesa de Kat e caminhou até a entrada. Virou-se para encará-la. — Eu simplesmente não sei no que acreditar. Ou você é totalmente incompetente, ou eu sou o maior idiota do mundo.

— Sinto muito, Zachary. Eu verifiquei tudo mais de uma vez. Gostaria de estar enganada. - Kat entregou a pasta da Research Analytics a Zachary, tensa. — O dinheiro vai primeiro para a Research Analytics. Depois é transferido quase imediatamente para o Instituto Mundial.

— Está me dizendo que a Edgewater é parte de uma conspiração global? - Zachary apertou os lábios como se fosse explodir. Mas não explodiu.

— Parece que sim. Mas também acho que qualquer um poderia se apaixonar pela ideia. Retornos astronômicos significam investidores felizes. Investidores felizes não fazem perguntas nem resgatam suas aplicações. Enquanto dinheiro novo continuar entrando, Nathan pode perpetuar sua fraude.

Zachary deixou-se sentar na poltrona em frente à Kat. Não abriu a boca. Ficou apenas fitando o nada com os olhos parados. Gotículas de suor se formaram em sua testa.

— Há um lado bom - afirmou Kat. — Seu acordo de divórcio teve como base uma representação fraudulenta. Talvez possamos virar o jogo.

Zachary tirou um lenço do bolso e enxugou a testa.

— Vamos nos preocupar com isso mais tarde. Onde está o dinheiro da Edgewater neste exato momento?

— O dinheiro está nas Ilhas Cayman. Isso se continuar nos cofres do Instituto Mundial. Se é recuperável... isso já é outra história. As leis de sigilo bancário nas Cayman tornam mais difícil rastreá-lo.

— Por que o Instituto Mundial iria querer Nathan como membro? - Zachary ergueu-se e caminhou até a janela. — Não faz sentido.

— Pense no dinheiro que ele injeta lá - observou Kat. – No IM, Nathan fica ombro a ombro com as pessoas mais poderosas do mundo.

Zachary bufou.

— Nathan não está nesse grupo. Ele só é rico por minha causa. Que prova tem disso?

Ele continuava sem entender.

Kat pegou uma pilha de papéis da impressora e a entregou a Zachary. Aquilo era um resumo de suas descobertas.

Infelizmente, não tinha mais os documentos que ela tirara do quarto de Nathan, no hotel.

— Havia mais provas, mas elas ficaram em Hideaway Bay. - Ela explicou o que havia lido na programação do Instituto Mundial e nas minutas da conferência do ano anterior. — E Jace continua desaparecido – lembrou, por fim.

Zachary não disse nada enquanto folheava página por página do relatório. Sua surpresa parecia genuína.

Dez minutos depois, ele se manifestou por fim.

— Você seguiu Nathan? - Os olhos de Zachary se arregalaram.

— Não exatamente. Segui apenas o rastro do dinheiro... literalmente. Isso me levou a Nathan e ao Instituto Mundial. Como a conferência era nas proximidades, achei natural tentar participar dela.

— Natural... - Zachary ergueu as sobrancelhas. – Você, com certeza, não brinca em serviço. O que fazemos agora?

— Precisamos dos documentos de Nathan: a programação, as minutas e o relatório anual do Instituto Mundial. É a trilha de auditoria de que precisamos para comprovar a fraude de Nathan. E não apenas disso: precisamos provar que você não estava envolvido. Sem esses documentos, vão imaginar que você faz parte da história.

Kat não contou a Zachary como havia conseguido os documentos. Invadir o quarto de hotel de Nathan não era algo de que pudesse se orgulhar.

— Nem sei por onde começar. - Zachary colocou os cotovelos sobre a mesa e apoiou a cabeça nas mãos.

— Não se preocupe com essa parte. Vou dar um jeito. - Talvez Jace tivesse escapado de alguma forma com os documentos, pensou Kat. Sentia muito por Zachary. Seu mundo inteiro, assim como sua autoestima, haviam sido esmagados. Podia ver o fracasso em seus olhos. — Há uma coisa em que você pode me ajudar. Jace está desaparecido, e acho que Nathan está envolvido nisso de alguma maneira. - Ela hesitou. Poderia confiar em Zachary?... Não tinha escolha. —Também suspeito que Nathan tenha algo a ver com o assassinato de Fredrick Svensson.

Zachary concordou com um gesto de cabeça.

— Se o que está dizendo é verdade, ele calaria a boca de qualquer um que estivesse prestes a entregá-lo.

Então Nathan era tão implacável que uma simples diferença de opinião poderia levá-lo a um assassinato. A morte de Svensson validava essa teoria.

Kat clicou em um podcast e virou a tela do notebook para Zachary. No clipe, Svensson discutia a reforma monetária em um congresso de economia europeu, poucos dias antes de deixar a Suécia e vir para o

Canadá. Aquele fora seu último discurso público, dez dias antes de ele encontrar a morte em Hideaway Bay.

Zachary dispensou a imagem.

— Estou sabendo de Svensson. Viu a matéria no Herald? Dizia que ele tinha voltado atrás em sua teoria sobre uma moeda única. Finalmente havia caído em si.

— Estranho. Era o trabalho de uma vida. - Kat deu de ombros e tornou a virar a tela para si.

Paralisou ao ver a pequena figura parada atrás de Svensson. Havia notado o grupo de pessoas ao redor dele nas várias vezes em que tinha assistido ao clipe, mas não lhe dera muita atenção.

Aquela desconhecida, entretanto, lhe parecia familiar demais.

Kat deu zoom até que a mulher e Svensson preenchessem a tela, e congelou a imagem. Svensson parecia inseguro e se voltava para a companheira, como se em busca de apoio. Ela assentia. E de um modo tão íntimo que, no mesmo instante, percebia-se que eram amantes. Isso era tão incontestável quanto a identidade da mulher.

Sem o vídeo, pensou Kat, ela não teria ligado um ao outro nem em um milhão de anos.

CAPÍTULO 43

Kat não esperava ter que enfrentar Connor Whitehall outra vez tão cedo. No entanto, ali estava ela, no escritório dele, em plena tarde de segunda-feira. Tão logo ela pôde correr até lá após a saída de Zachary.

Ao menos ela e Connor não estavam se enfrentando em um tribunal.

O problema era que ela não tinha alternativa, e muito menos tempo. Além do fato de ele ser o único advogado disposto a vê-la sem hora marcada, Connor Whitehall era especialista em direitos dos idosos.

Kat sentou-se diante dele, admirando o ambiente enquanto aguardava Whitehall terminar uma chamada. As paredes do escritório eram de um verde pálido relaxante, enfeitadas com fotografias de paisagens emolduradas. Vários livros de fotografia descansavam a um canto da escrivaninha. Ela nunca havia parado para pensar que seu adversário nos tribunais poderia ter outros interesses, muito menos uma inclinação artística.

— Desculpe por isso. - Connor recolocou o telefone no gancho e sorriu para ela. - Lembro-me do seu tio no tribunal. Ele está um pouco... *ahn*... esquecido, não é? Kat assentiu. O advogado parecia completamente diferente de quando se apresentara na corte. Para melhor.

Ela se inclinou e tirou os extratos financeiros de Harry da pasta.

— A demência dele piorou muito nos últimos meses. Eu o tenho ajudado com mais frequência ultimamente: conferindo seus talões de cheques, certificando-me de que ele come, esse tipo de coisa. Foi quando percebi que Harry não tem pagado suas contas. Ele não apenas está quase falido, como também está prestes a perder a casa.

Kat contou sobre o encontro com o corretor na casa do tio, sobre o empréstimo bancário e as cobranças incomuns no cartão de crédito. E também sobre suas suspeitas a respeito de Hillary.

— Pode provar que Hillary está recebendo o dinheiro? - Connor a espiou por cima dos óculos, com as sobrancelhas erguidas.

— Sim. – Ela sempre estivera muito ciente das tendências parasitá-rias da prima, porém nunca suspeitara de uma completa fraude até que esta lhe fora jogada na cara graças a Jace. Entregou a Connor cópias dos extratos bancários de Harry, destacando as várias transfe-rências para o que parecia ser a conta de Hillary. — Liguei para o banco para o qual o dinheiro foi transferido fingindo ser ela. Ficou tudo confirmado uma vez que concordaram em examinar uma trans-ferência que não se concretizou. O banco de Harry rejeitou a transfe-rência devido à falta de fundos na conta. Hillary reapareceu cerca de uma semana atrás, na mesma época em que houve a falha de trans-ferência.

Whitehall franziu as sobrancelhas ao examinar os extratos de Harry.

— Harry pode fazer o que bem entender com o próprio dinheiro. Inclusive doá-lo, por mais que isso nos pareça absurdo. Essas transfe-rências ainda estão acontecendo?

— Estariam se houvesse dinheiro na conta. - Ela contou sobre os saques a descoberto de Harry e o empréstimo absurdo. – Existe o risco de que o banco decida emprestar mais dinheiro a ele. — Kat sentiu-se arrepiar com o pensamento. Eles provavelmente fariam isso em um piscar de olhos, e com frequência, comprometendo até o último centímetro do patrimônio do tio.

— Nada ilegal até aqui.

— Preciso parar essa sangria, Connor! - Kat falou sobre os cartões de crédito estourados de Harry e todas as despesas registradas em seu nome nos últimos seis meses. Contou também sobre os milhares de dólares gastos em roupas, entretenimento e viagens de luxo, pelos quais o tio vinha pagando. Sentiu um aperto no estômago ao pensar em todas as despesas que Hillary devia estar acumulando agora, sem nenhum controle. — Os tribunais não podem ajudá-lo? Você não pode fazer nada?

— Depende de Harry. A menos que ele afirme que não autorizou nada, deve-se presumir que ele o tenha feito.

— Mas ele não está em seu juízo perfeito. Se estivesse, jamais permitiria que isso acontecesse. Na verdade, dinheiro foi o que fez Hillary ir embora de casa. Aconteceu quando ele deu um basta. Harry jamais faria tantas dívidas, muito menos iria hipotecar a própria casa. - Kat levantou os braços, inconformada. – Foram cinquenta anos de economia completamente eliminados em poucos meses. Harry precisa desesperadamente de ajuda.

— Sua opinião não é o bastante para que possa assumir os assuntos de seu tio. É um caso sério, Kat. Existem diferentes graus de Alzheimer. Ele será considerado capaz até prova em contrário.

— É muito pior do que isso. Ele não consegue se lembrar das coisas de um minuto para o outro, e não está mais em segurança. - Ela contou sobre o incêndio na cozinha, os delírios do tio e sua total falta de consciência dos arredores. - Alguém tem que intervir e ajudá-lo. Harry não consegue mais lidar nem mesmo com as coisas mais simples. E ele nunca assinou nenhuma procuração.

— Não é tão fácil. Não há recurso legal nesse caso, a menos que Harry seja comprovadamente incapaz de cuidar da própria vida. Pelo que me diz, ele pode estar chegando a esse ponto. Chegou a conversar com ele sobre a situação?

— Eu tentei, mas é muito difícil. A princípio ele entra em estado de negação, mas quando mostro os extratos, Harry se dá conta do que a filha fez. Ele fica aborrecido, mas a demência complica as coisas. Meu tio se esquece da nossa conversa em poucos minutos e volta à estaca zero. Enquanto isso, está perdendo tudo. Sua conta bancária foi raspada até o último centavo, e até mesmo sua linha de crédito se perdeu.

— O banco precisa bloquear a conta.

— Eu pedi para que fizessem isso, mas não me deram ouvidos. Eles falam que a iniciativa tem que partir de Harry, mas ele não entende o que está acontecendo. É um círculo vicioso. – Kat sentia arrepios só de pensar em toda a dívida acumulada no nome de Harry. — Como a própria filha pode espoliá-lo dessa forma?

Connor suspirou.

— Acontece nas melhores famílias. Vejo isso o tempo todo.

— Kat apontou para o extrato do Visa de Harry.

— Ele passou a vida poupando e economizando. Para quê? Para que tudo o que ele amealhou fosse desperdiçado com joias da Tiffany, viagens a Las Vegas e consertos na concessionária Porsche? Harry nem mesmo tem um carro desses. Hillary é quem tem. E agora ele está prestes a perder a própria casa. - Ela olhou as horas no relógio. — Se é que já não perdeu. Isso é exploração financeira.

— Muito possivelmente. É triste ver como isso é comum. - Whitehall a observou por cima dos óculos. – Precisa conversar com ele sobre seu estado mental antes que possamos tomar quaisquer medidas legais.

— E dizer o quê? Que ele pode ser declarado incapaz? Isso vai matá-lo. - Kat levantou-se e olhou do chão para a janela que ia até o teto, e que emoldurava uma vista espetacular da Lions Gate Bridge, com as Montanhas North Shore cobertas de neve ao fundo.

— Ele merece saber o máximo possível. Além do mais, você o está ajudando.

— Mas Harry tem tanto orgulho da própria independência... Vai se sentir humilhado.

— Talvez. Mas a alternativa é muito pior.

Kat sabia que Whitehall estava certo. A primeira reação de Harry à confirmação mais recente do diagnóstico de Alzheimer pelo médico, entretanto, fora fugir do consultório, perder-se e quase congelar até a morte em um estacionamento subterrâneo. Ela não poderia correr esse risco outra vez.

— Ele precisa ser avaliado por médicos que estejam acostumados com pacientes idosos. Eles irão entrevistá-lo e fazer uma série de testes. Se eles não o considerarem capaz, podem declarar que Harry não pode mais ser responsável por suas ações. Isso o protegerá no futuro. O banco não poderá mais lhe emprestar dinheiro, e Hillary não poderá mais explorá-lo. Claro que ele não poderia mais tomar decisões financeiras por si próprio.

Kat esfregou a testa. Já estava com dor de cabeça.

— Em quanto tempo podemos fazer isso? Acho que já há uma oferta pela casa. – Pouco antes, Kat chegara a considerar a calma de Whitehall uma bênção, mas agora sua falta de urgência estava lhe dando nos nervos. — O que podemos fazer? Não podemos chamar a polícia?

— Não é tão simples assim.

— Pois me parece simples demais. Hillary está se aproveitando do pai.

— Estamos lidando com o estado mental de uma pessoa, Kat. A lei diz que Harry tem o direito de administrar seus próprios negócios enquanto for mentalmente capaz. Tirar esse direito dele é um passo muito sério.

— É óbvio que ele não é mais capaz. Uma pessoa em seu estado normal jamais faria o que ele faz.

— Talvez, mas uma avaliação legal da capacidade mental de Harry recai sobre as opiniões médicas de dois médicos. Seu médico de família pode ser um deles.

— O médico da família simplesmente o abandonou como paciente. Onde vou encontrar dois médicos dispostos a examiná-lo em curto prazo? Não sei nem por onde começar.

— Conheço alguns. - Whitehall deu-lhe um tapinha na mão. — Vou dar alguns telefonemas.

Kat sentiu-se fisicamente mal.

— E quanto aos danos feitos até agora? Hillary não será processada? Não terá que devolver o dinheiro?

— Provavelmente não, uma vez que não há provas da incapacidade mental de Harry por ocasião das transações.

— Então ela vai se livrar de tudo, assim?... - Kat bufou, inconformada. — É mais fácil do que roubar um banco.

Whitehall suspirou.

— A lei pode não parecer justa, mas a capacidade de Harry tem que ser concreta e verificável. Não há como corrigir injustiças do passado. Infelizmente, a exploração financeira é algo muito comum nas famílias.

— Pensei que as leis fossem feitas para proteger pessoas vulneráveis como Harry.

— Se as avaliações médicas comprovarem que ele é mentalmente incapaz, podemos solicitar aos tribunais que ele seja interditado. Isso o protegerá no futuro, mas não podemos fazer nada quanto ao que já se passou. Podemos estar com tudo acertado em três semanas.

— Três semanas?! Até lá, ele não vai ter mais nada.

Whitehall a olhou com simpatia.

— Vou trabalhar o mais rápido que puder. Quando Harry estará disponível?

— Esse é o problema... Eu não sei onde ele está.

CAPÍTULO 44

*L*á fora, a chuva se transformou em granizo. Batia contra a janela da cozinha, aumentando em um crescendo enquanto Kat remexia a massa que fervia. As batidas constantes na janela aumentaram ainda mais, finalmente explodindo em uma cacofonia que afugentou todos os outros ruídos, exceto seus pensamentos. Ela sentiu-se agradecida por ter chegado em casa antes que a tempestade tivesse início.

Nuvens baixas se avultavam no céu, no final de tarde. Kat estremeceu, perguntando-se se Jace estaria sozinho em algum lugar. Ele jamais teria ido embora sem entrar em contato com ela.

E por que a polícia ainda não havia telefonado?

O nó em seu estômago apertou. Jace estaria machucado? Ou pior, havia tido um destino semelhante ao de Svensson?...

Kat não ousava pensar nisso e, ao mesmo tempo, não conseguia pensar em outra coisa.

Ela deu um pulo quando um estrondo invadiu seus pensamentos. Provavelmente um galho tombando com a ventania lá fora.

Desligou o queimador do fogão e jogou o macarrão no escorredor dentro da pia.

As batidas recomeçaram e, desta vez, Kat percebeu que eram na porta da frente! Sentiu o coração quase parar enquanto fazia meia-volta e corria até a entrada. Poderia ser Jace ou, mais provavelmente, Hillary - pronta para despejar Harry ali. Mas não era nenhum deles. Era Connor Whitehall sob o batente, vestido com uma capa de chuva encharcada. Seu cabelo também estava molhado, embora a varanda ficasse a poucos passos da calçada onde ele estacionara o Volvo.

Kat o convidou a entrar e se ofereceu para pendurar a capa no armário do corredor que, felizmente, escapara do incêndio. Fez um sinal para que ele a seguisse até a cozinha.

— Eu estava preparando o jantar. Está servido?

Connor observou os lambris e o corrimão carbonizados.

— Receio que não. Mas havia algo que eu achei que deveria saber o mais rápido possível. – Ele olhou para os sapatos. — Fiz uma pesquisa de propriedade no nome de Harry.

— E? - Kat sentiu o sangue drenar do rosto. A casa já estava comprometida na hipoteca e era tudo o que Harry possuía. – A casa foi vendida? Hillary a vendeu?

— Não exatamente. Mas o nome de Hillary está na escritura. Harry transferiu para ela a propriedade. – Ele observou Kat. — Em resumo, a residência já foi entregue à sua prima. Harry não é mais o dono.

— Impossível... Ele nunca faria isso. - Kat não esperara um golpe tão flagrante, nem mesmo de Hillary.

Por outro lado, aquilo explicava muita coisa. As recentes visitas de Hillary ao escritório, o sumiço da caixa de Harry com a escritura e outros papéis, assim como a chave que desaparecera de trás do calendário do tio dela. Hillary sempre fora calculista, mas ela nunca imaginara que a prima fosse chegar àquele ponto.

Connor deixou cair a pasta na mesa da cozinha e tirou dela um envelope. Pegou um maço de papéis e o entregou a ela.

— Dê uma olhada.

Kat analisou a assinatura de Harry, com o "y" formando um grande laço e o traço largo cortando o "t". Era a assinatura dele. E datada de dois dias antes.

Então era, mesmo, tarde demais.

— Harry não está em seu juízo perfeito. Não fazia ideia do que estava assinando. Isso não pode ser legal.

— Receio que seja. Sem uma prova de sua incapacidade ou qualquer tipo de coerção, é perfeitamente legal.

— Espere um minuto... - Kat ergueu a assinatura para a luz.

Embora fosse a assinatura de Harry, batia mais com a forma como ele costumava assinar o nome um ou dois anos antes. A caligrafia correspondia à de seus documentos e RG, mas não tinha nada a ver com o modo trêmulo como ele escrevia agora. Ela já quase não conseguia decifrar a caligrafia do tio no escritório, tampouco os rabiscos em seu talão de cheques, os quais tinham se mantido praticamente ilegíveis na maior parte do ano. Até mesmo o tal empréstimo para reforma apresentava o mesmo nome tremido.

— Isto aqui está perfeito demais. Só pode ser uma falsificação.

— Falsificação? Como pode ter tanta certeza?

— A mão de Harry treme quando ele escreve. Essa assinatura está suave e fluida, como ele costumava fazer anos atrás. - Hillary havia descido a um novo patamar.

— Tem certeza de que Harry não assinaria isto? Às vezes, genitores passam suas propriedades para os filhos na tentativa de evitar cobrança de impostos, etc. Ele nunca mencionou nada a respeito?

— Não, e meu tio jamais faria isso. – Muito menos com Hillary. Apesar do amor que ele tinha pela filha, Harry conhecia muito bem o lado obscuro e egoísta de Hillary.

— Bem... eu sinto muito ter sido o portador de notícias tão ruins. - Connor Whitehall olhou o relógio. — Melhor eu ir agora.

Kat o acompanhou pelo corredor e entregou-lhe a capa.

— Precisa detê-la.

— Em primeiro lugar, você precisa encontrar Harry, Kat. Não poderei ajudar até que ele esteja disponível. – Connor fez meia-volta e desceu os degraus da frente até o carro.

Estava escuro agora. O Volvo afastou-se da guia, as luzes do freio refletindo no asfalto úmido. Rajadas de vento chacoalhavam os galhos das árvores desnudas para frente e para trás diante dos postes, fazendo as luzes incidirem em flashes intermitentes, tal qual num código Morse.

Kat teve um calafrio e fechou a porta de entrada. Era tarde demais para salvar Harry da bancarrota financeira.

A única vantagem da demência era o esquecimento, pensou. Porque você jamais faria ideia do buraco em que se encontrava. Nem sequer se importaria.

CAPÍTULO 45

*K*at chegou ao escritório pouco antes das seis da madrugada de terça-feira, com o prédio escuro e sinistramente calmo. Subiu as escadas até o gabinete e tentou abrir a fechadura sob a luz fraca. Marcus havia consertado a porta, porém foram necessárias várias tentativas até ela conseguir virar a chave.

Não era de madrugar, mas, após um sono agitado, e de acordar sozinha pela segunda manhã consecutiva, não suportou continuar em casa. Tudo lá a fazia lembrar-se de Jace.

Também continuava incomodada com aquele vídeo da conferência na Suécia de Svensson. A mulher que o acompanhava era de uma semelhança impressionante com Angelika, a chefe das camareiras em Hideaway Bay. Na verdade, tinha certeza de que era ela.

Mas, por que Angelika estaria na Suécia? Estaria, de alguma forma, relacionada à morte de Svensson?

Kat fechou a porta atrás de si e se recostou nela. Do outro lado da sala, as janelas do chão ao teto emolduravam a silhueta das montanhas North Shore. Algumas luzes cintilaram na água conforme o sol se erguia no horizonte, e o porto lentamente ganhou vida.

Respirou fundo. Tinha uma reunião com Zachary pelo segundo dia seguido. Desta vez, o objetivo era armar uma estratégia para divulgar a fraude para os investidores e o banco. Assim que ela terminasse a reunião matutina com seu cliente, voltaria para Hideaway Bay.

Seus inúmeros telefonemas para a Polícia Real Montada do Canadá continuavam sem resposta, e ela não conseguia entender por quê. Que tipo de posto policial atendia a chamadas com mensagem de voz? Jace estava desaparecido, e ela merecia uma resposta por parte deles, mesmo que apenas para ouvir que não tinha havido progressos. Aquilo era simplesmente inaceitável. Se a polícia não estava levando tudo aquilo a sério, iria processá-la... e iria atrás de Jace por conta própria.

Antes de começar, entretanto, precisava determinar melhor sua área de busca.

Kat estudou o mapa preso à parede. O que estava deixando escapar? O mapa de Hideaway Bay era simples. O único acesso terrestre era uma única estrada que partia da balsa, atravessava a cidade e depois continuava para o desvio até o resorte *The Tides*. O acesso por água ou por ar era uma possibilidade, porém menos provável.

Tinha ouvido um helicóptero pousar durante sua estadia. Sem dúvida, uma segunda aterrissagem de helicóptero a teria despertado. Isso significava que

Jace devia ter ido embora a pé ou de barco. O paredão da orla não comportava nenhum píer ou ancoradouro. O acesso era impossível, ainda mais à noite. Uma série de trilhas levava ao resorte, incluindo a Summit Trail, onde Svensson havia despencado para a morte. Não era uma caminhada fácil no inverno, mas possível se o equipamento certo fosse utilizado, incluindo-se uma lanterna na escuridão.

Jace teria tido o mesmo destino de Svensson?

Havia uma outra possibilidade que, ela achava, dificilmente a polícia iria verificar. Jace podia ter ido para o chalé de Kurt, ali perto. Ela duvidava de que ele partisse sem um equipamento adequado para uma caminhada daquelas em uma noite de inverno. Ele também não deixaria o resorte sem dizer nada a ela, a menos que não tivesse escolha.

Não podia descartar uma visita à cabana de Kurt, pensou, uma vez que esta ficava fora do alcance do celular e não tinha linha telefônica.

O entusiasmo de Landers fora uma artimanha? Será que ele havia tido a intenção de armar uma cilada para denunciar Jace e ela?

Kat colocou um pino colorido em cada trilha que ramificava da estrada do resorte, no mapa. Voltaria lá e checaria as mais prováveis naquela tarde.

Sentiu o coração afundar no peito ao colocar o último alfinete. Jace ainda estaria vivo?

A luz do dia invadiu o escritório pouco a pouco. No lado de fora, refletiu na neve branca que cobria tudo, exceto as águas do porto. O ruído do trânsito, de maquinários e vozes elevou-se quando a cidade acordou.

Kat sentiu um arrepio. O sistema de aquecimento finalmente começara a bombear calor para o escritório, mas não compensava o frio que se infiltrava pelas antigas janelas de um só vidro.

Um guindaste, no porto lá embaixo, ergueu o contêiner *Maersk* de um cargueiro chinês e baixou-o para o cais do estaleiro. Os contêineres eram empilhados de três em três, repletos de eletrônicos, móveis e Deus sabia o que mais. O tráfego portuário nunca diminuía, alimentado pelas importações baratas e pela demanda insaciável dos consumidores.

Kat deu um pulo ao ouvir a porta de entrada do escritório sendo aberta.

— Estou aqui, Zachary...

Mas não era Zachary. Era Hillary.

Os escarpins de salto agulha clicaram antes de a mulher surgir na porta da sala. Por mais que Kat não quisesse ver a prima, seu reaparecimento ao menos significava que Harry poderia ser encontrado. Agora ela poderia arregaçar as mangas e pôr um fim na exploração financeira de Hillary.

— O que é isso, prima?... - Hillary apontou para o mapa e riu. — Está no jardim de infância? É isso o que faz o dia todo?

— Hillary, o que está fazendo aqui? Onde está Harry? - Kat levantou-se e impediu o acesso da prima. Ficou diante do mapa com o braço erguido, de modo a não permitir que a prima mexesse nas tachinhas.

— Não posso fazer uma visita sem ouvir essas suas perguntas idiotas? - Hillary levantou o pé direito, depois o esquerdo, limpando as solas dos sapatos Gucci com a palma da mão. Fez uma careta e esfregou uma palma contra a outra. — Nunca limpa este lugar?

— O zelador limpa todas as noites – retrucou Kat. Precisava se livrar de Hillary antes que Zachary chegasse. A simples possibilidade de a prima cruzar com qualquer um de seus clientes dava-lhe arrepios. Ela era muito manipuladora e imprevisível. — Onde está seu pai, Hillary? - Não mencionaria a casa do tio ainda. Não podia correr o risco de Hillary ir embora sem revelar o paradeiro de Harry.

Hillary a ignorou.

— Este escritório está um nojo. E esse mobiliário parece comprado em loja de desconto. Que bagunça!... – Hillary pegou meia-dúzia de revistas na mesa lateral e as jogou na lixeira. — Não é à toa que ninguém a leva a sério.

— Meu escritório está bem assim. Onde está Harry? - Hillary tinha chegado havia menos de um minuto, e Kat já sentia um nó no estômago. Precisou lembrar a si mesma que apenas uma delas lidava com adiantamentos de seis dígitos, e não era Hillary. E ela, Kat, ao menos ganhava o próprio sustento. — Liguei para o meu tio e ele não estava em casa. Harry também não está atendendo ao celular.

Kat tinha um milhão de outras perguntas, como onde, diabos, Hillary havia estado nos últimos dez anos. Mas não era a hora.

— Como posso saber onde está meu pai? Não tenho a guarda dele. Ele deve ter ido fazer compras ou algo do tipo.

— Hillary, você sabe tão bem quanto eu que ele não está fazendo compras e nem está em casa. Você estava com ele!

Hillary era mesmo tão irresponsável, ou havia algo mais em jogo? Sempre que ela, Kat, dera à prima o benefício da dúvida, Hillary falhara. De qualquer forma, tinha certeza de que o reaparecimento da mulher não tinha a ver com nenhuma preocupação com Harry.

— O que a faz pensar que ele não está em casa? - Hillary franziu a testa e sua expressão endureceu.

Kat apontou a poltrona de couro. Confrontar Hillary era inútil, então ela mudou de tom.

— Sente-se. Deve estar cansada.

— Acha, mesmo, que eu vou me sentar nessa droga infestada de pulgas? - Hillary alisou os cabelos com as unhas bem-cuidadas. — Acho que não.

— A poltrona está na mais perfeita ordem, mas, se quiser ficar em pé, fique à vontade.

Hillary encarou Kat, observando sua roupa, cabelo e maquiagem.

— Deveria pensar em uma transformação... - Ela fez uma careta. — ...da cabeça aos pés. Seu guarda-roupa saiu de moda há cinco anos. Como pode sair da casa desse jeito? Está precisando de upgrade no visual.

Kat nada disse. Apenas voltou-se para o quadro. Hillary não suportava ser ignorada.

— O que está fazendo com esses percevejos?

— Só um teste. - Kat olhou pela janela. Em poucos minutos, o sol havia desaparecido, substituído por nuvens baixas. Flocos de neve rodopiavam diante da janela, e ela já mal conseguia distinguir North Shore depois da água. Onde, diabos, estaria Zachary?

— Um teste. - Hillary tirou um antisséptico da bolsa e esguichou um pouco na mão. Esfregou as palmas e olhou para o mapa. – Ei... Esse é o lugar onde você estava escondendo o meu pai.

— Hillary, pare com isso. Eu não estava escondendo Harry coisa nenhuma, e você sabe disso.

— Claro que estava. Não é perto de onde o economista indicado para o Nobel desapareceu?

— Fredrick Svensson? - Kat ficou chocada ao ver que Hillary tinha ouvido falar no homem.

— Sim, esse mesmo. Gostosão para um coroa...

O critério de Hillary para sensualidade costumava ser estabelecido com base em patrimônio líquido, não em aparência. Svensson devia estar por volta dos setenta anos.

— Não importa. Ele está morto agora.

— Mortinho. Nem viu o que o atropelou. - Hillary riu da própria piada.

Já bastava daquilo, pensou Kat. Estava prestes a explodir.

— Onde ele está?

— O cara do Nobel? Como, diabos, eu saberia?

— Harry, pelo amor de Deus! - Kat massageou as têmporas, sentindo um princípio de dor de cabeça.

Na enseada, uma segunda frente de tempestade se reunia em direção a Hideaway Bay. Kat estremeceu apesar do suéter grosso e da meia-calça. Precisava sair logo ou corria o risco de ficar presa em um engarrafamento na estrada. A caminhonete de Jace estava estacionada lá fora, equipada com roupas quentes, equipamentos para atividades ao ar livre, e tudo o que ela imaginava poder precisar.

— Não seja estressada, Kat. — Hillary tirou uma lixa de unhas da bolsa e começou a lixá-las. Apontou a lixa para Kat, estreitando os olhos. – Pode ter um colapso nervoso, viu?... Como vou saber onde ele está?

— A última vez que o vi, ele estava com você. Se Harry não está com você, então, onde está?

Hillary arqueou as sobrancelhas, os cantos da boca erguendo-se em um sorriso malicioso.

— Acalme-se. Por que está tão preocupada? Ele é meu pai, não seu.

Aquelas palavras sempre a perturbavam, não importando quantas vezes Hillary as pronunciasse. Os Dentons a tinham adotado legalmente quando sua mãe morrera e seu pai fora embora. Assim que Hillary havia percebido que o arranjo era definitivo, tinha feito tudo o que podia para que ela, Kat, se sentisse uma intrusa.

— Kat, não é da sua conta o que meu pai e eu fazemos - prosseguiu a prima dela, apertando os lábios. – Melhor parar com isso.

— Claro que é da minha conta. - Kat cruzou os braços. — Ele não está em casa. Não está com você e nem aqui comigo. Onde quer que esteja, deve estar confuso e perdido. Tenho o direito de saber.

— Não tem direito a nada. Trate de cuidar da sua própria família. - Hillary levou a mão à boca. – Opa... esqueci. Você não tem família.

— Hillary, Harry também é família para mim. Fui eu quem cuidou dele enquanto você esteve fora. E está fora há anos.

— Isso vai mudar. - Hillary a fulminou com o olhar.

A porta de entrada do escritório foi aberta. Segundos depois,

Zachary atravessava o corredor e entrava no escritório de Kat, falando ao celular. Uma fina camada de neve ainda cobria os ombros de seu casaco de lã.

Hillary deixou cair o queixo, e um sorriso se formou em seu rosto lentamente.

— Olá... – Ela se voltou para ele e sorriu, fazendo um biquinho. Varreu Zachary da cabeça aos pés, observando o terno feito sob medida, os sapatos de sola de couro e o dedo anelar sem aliança.

Foi como se Kat visse cifrões dançando nos olhos da prima.

Zachary pareceu não notar Hillary, contudo. Estava parado diante da televisão. Manifestantes tinham bloqueado a Grand Central Station em Nova Iorque, exigindo intervenção do governo para alimentos mais baratos. A imagem mudou para um comercial, e Zachary ergueu o olhar, percebendo Hillary pela primeira vez. Terminou a ligação.

— Desculpe-me por interromper... Eu não a vi.

— Não precisa se desculpar. - Hillary deu um passo à frente e estendeu a mão com a palma para baixo, como se esperando ser beijada por um príncipe. — Eu só estava de passagem para ver se minha prima gostaria de se juntar a mim no café da manhã.

Como se ela fosse fazer isso!, pensou Kat. Aquele teatrinho de Hillary era reservado para homens que lhe trouxessem algum benefício; fosse ela conseguir um bom preço em um conserto de automóvel ou um marido em potencial, com um bom fluxo de renda. Muitos até enxergavam suas intenções eventualmente, mas só depois de ela levá-los para um passeio em seu Porsche.

— Claro que, se vocês dois já tem planos, posso voltar outra hora.

Zachary sorriu para Hillary, que se acomodara na poltrona de couro. Aparentemente, ela havia se esquecido de suas objeções a móveis de liquidação.

— Nada disso. - Kat fez um gesto. Precisava falar com Zachary naquele momento. — Hillary já estava de saída.

Hillary cruzou as pernas, fazendo com que a saia subisse estrategicamente. Não parecia disposta a ir a lugar algum.

— Por que não vamos tomar o café da manhã juntos? - propôs Zachary. — Podemos conversar e comer ao mesmo tempo.

Kat se pôs em pé. Aquilo estava virando um pesadelo. Precisava de algum tempo com Zachary antes de partir para Hideaway Bay, e a nevasca aumentando lá fora só diminuía suas chances de chegar lá. Mais atrasos, e ela não conseguiria fazer nada.

— Hillary, posso ligar mais tarde em vez disso?

— Bobagem. Ela pode ficar conosco. - Zachary fez um gesto com o polegar em direção ao corredor.

Kat suspirou. Precisava se livrar de Hillary. Não podia falar sobre Jace na frente da prima. Não sabia exatamente como, mas Hillary sem dúvida usaria o desaparecimento de Jace contra ela.

E por que Zachary estava considerando discutir sua atual situação financeira diante de Hillary, uma estranha?

Kat parou na entrada e encarou a prima.

— Pensei que fosse buscar seu pai. Onde está Harry, afinal?

— Aquele senhor do Lincoln? - indagou Zachary. — Ele está um pouco confuso, não está? Não deveria ficar sozinho.

Os olhos de Hillary se estreitaram.

— Era o que eu estava dizendo a Kat... Onde ele está? - Hillary enrolou uma mecha de cabelo no dedo e ergueu as sobrancelhas numa expressão fingida de preocupação.

Kat apertou os lábios e descerrou o punho. Como as pessoas não enxergavam o que havia por trás daquela mulher?

— Pensei que fosse buscá-lo - respondeu. — Onde disse que o deixou, mesmo?

Hillary fulminou Kat com o olhar.

— Em um centro para a terceira idade. Eu estava indo para lá.

— Foi o que pensei.

Ao menos, Hillary estava sendo forçada a se comportar na frente de Zachary.

— Volto logo após o almoço. - Hillary sorriu para Zachary.

Kat suspirou. Era tempo suficiente para ela conversar com seu cliente e, depois, pegar a estrada para Hideaway Bay.

CAPÍTULO 46

Kat olhou pela janela do escritório, impaciente e frustrada com a falta de progresso. A neve cobria a cidade mais uma vez, e Zachary não tinha saído do lugar.

— Vamos esperar para divulgar qualquer coisa, Kat. Sei que posso recuperar a maior parte do dinheiro.

Ele continuava convencido de que seu modelo de negócio era infalível.

— O que vai negociar, Zachary? Não há dinheiro.

— Tenho meus contatos. Gente que pode me fazer um empréstimo. O suficiente para eu realizar algumas transações e recuperar parte do que perdi. - Zachary jogou o relatório em cima da pilha de pastas sobre a mesa. Conforme o fez, a pilha deslizou, derrubando várias delas no chão.

Zachary abaixou-se para apanhá-las, porém Kat o impediu.

— Faço isso depois. — Ela se pôs de pé. - E quanto aos investidores, Zachary? É o dinheiro deles. Não merecem saber sobre a fraude?

Ele se levantou.

— Claro que sim. Mas vou recuperar suas perdas antes mesmo que eles fiquem sabendo. Estarei defendendo seu interesse, mesmo que eles ainda não tenham noção disso. Vou conseguir o dinheiro de volta, e eles não vão nem ficar sabendo que houve um contratempo. Basta alguns bons negócios, e as coisas voltarão ao normal.

O que era normal naquilo tudo? Incrível o que as pessoas faziam em um navio indo a pique.

— Não, Zachary. Precisar parar tudo agora.

— Kat, você mesma disse que estamos sem uma parte das provas. Se acusarmos Nathan sem provas, isso não vai estragar tudo? Ele poderia fugir antes que as autoridades obtivessem provas suficientes para prendê-lo.

Zachary tinha razão. Esperar poderia ajudá-la a recuperar a programação do Instituto Mundial de Nathan e suas cópias dos documentos. Isso se ela encontrasse Jace e tudo ainda estivesse com ele.

Era pouco provável, na melhor das hipóteses. Não bastasse isso, parecia errado não divulgar a fraude imediatamente.

Por outro lado, a investigação continuava a toda. Se Nathan, ou qualquer outro, fosse processado, seria melhor estar preparada.

Naquele momento, não era o caso. Revelar tudo agora poderia piorar, de alguma forma, a situação de Jace, qualquer que esta fosse. Esperar também lhe daria mais tempo para procurar por Jace. Isso se ela pudesse encontrá-lo.

Kat suspirou e se inclinou para apanhar as pastas. Por que Zachary se arriscava tanto? Talvez por isso fosse tão rico. E implacável.

Sentiu algo duro em uma das pastas da Edgewater. Abriu-a e deparou com um pacote de cartões de crédito amarrados com elástico. Na pressa, ela não os havia notado.

Tirou o elástico que os prendia e examinou o primeiro cartão. Nenhum nome. Olhou o restante. Eram todos do mesmo tipo: cartões de crédito pré-pagos. Exatamente iguais ao que ela encontrara no uniforme de camareira, em Hideaway Bay.

Haveria alguma relação entre eles?

DUAS HORAS DEPOIS, Kat finalmente se encontrava na estrada. Rumou para o norte, em direção a Hideaway Bay, sentindo-se agradecida pela tração nas quatro rodas da caminhonete. Sulcos profundos tinham se formado na neve que cobria o pavimento. A nevasca parecia mais pesada agora, reduzindo a visibilidade a apenas alguns metros à sua frente.

O trânsito que levava à balsa tornou-se mais lento, e ela perdeu a barca. Teria sorte se conseguisse apanhar a seguinte.

Uma vez do lado oposto, seguiu a multidão saindo da balsa até o desvio para Hideaway Bay.

Ali não havia nenhum trânsito. Apesar da pista escorregadia e da baixa visibilidade, sentiu-se muito mais segura conduzindo sem outros carros na estrada. Relaxou as mãos ao volante e mordeu uma maçã.

Olhou pelo retrovisor e avistou um limpa-neve fazendo a curva, alguns metros atrás. Aquele fora o único veículo que ela vira desde o desvio.

Sua maior preocupação era o tempo apertado que tinha até o anoitecer. A luz do dia sumia por volta das quatro da tarde naquela época do ano. Isso lhe dava apenas algumas horas para procurar por Jace nas trilhas. Ele podia ter se machucado e estar caído em uma delas.

Sentiu um calafrio. Se ele tivesse caído, suas chances de sobrevivência naquela temperatura baixa seriam quase nulas depois de duas horas.

O limpa-neve estava a cerca de quinze metros atrás, agora, crescendo cada vez mais no espelho retrovisor.

Seus pensamentos se voltaram para Svensson e seu discurso em Estocolmo.

Svensson havia mudado de opinião, descartando uma moeda única para aceitar o status quo de muitas moedas independentes. Por que Nathan Barron consideraria isso um problema? Explorar as diferenças entre as várias moedas era a maneira pela qual Barron e a Edgewater ganhavam dinheiro. O objetivo do Instituto Mundial de criar uma moeda única anularia seu negócio em vez de ajudá-lo. O que deixava a pergunta: por que Nathan se juntaria a uma organização que frustrava suas ambições financeiras?

Tinha certeza de que tanto o assassinato de Svensson quanto o desaparecimento de Jace estavam relacionados ao Instituto Mundial e a Nathan Barron.

E quanto à mulher na companhia de Svensson? Seria mesmo Angelika, a chefe das camareiras?

Uma explicação mais lógica seria que a desconhecida fosse alguém muito parecida com ela. Afinal, no vídeo, a mulher estava parada atrás de Svensson e meio à sombra. Com os bilhões de pessoas que existiam no planeta, era possível haver alguns sósias. Ou seria coincidência demais?

Kat olhou o espelho retrovisor. O limpa-neve praticamente colara em seu para-choque. Na certa, o motorista estava ansioso por terminar o trabalho e chegar logo em casa.

Ela segurou o volante com firmeza, não querendo ir mais rápido, porém sentindo a pressão. Não havia nenhum acostamento. Tinha um paredão de rocha à direita e, nos metros de pista que se aproximavam, um barranco íngreme para a água, lá embaixo. O homem não poderia ultrapassá-la? Não havia carros vindo no outro sentido.

Foi então que o limpa-neve tocou o para-choque da caminhonete e esta deu uma guinada para a frente. A maçã escorregou de seus dedos e caiu do assento do passageiro para o chão. Ela agarrou o volante, o coração disparado. O cinto de segurança apertou seu peito quando tentou impedir o carro de derrapar.

A estrada coberta de neve era um local perigoso demais para brincadeiras imprudentes. A atitude do motorista era no mínimo suicida num trecho sinuoso como aquele, e em meio a uma nevasca.

Que diabo ele estava fazendo? Teria dormido ao volante?

Olhou pelo espelho, no entanto a cabine da caminhonete era alta demais para que ela enxergasse o motorista. Iria pegar o número da placa e denunciá-lo, decidiu Kat. Tinha mais dez minutos até o resorte, sua primeira oportunidade de deixar a estrada.

Puxou o cinto de segurança do peito e soltou o ar. O limpa-neve recuou ligeiramente, permitindo que ela avistasse a cabine. Desta vez, Kat conseguiu enxergar o motorista, ainda que mal. Era um homem pequeno, um adolescente talvez. Tinha um boné de beisebol cobrindo os olhos.

O espaço entre os veículos de fechou novamente, e a pá do limpa-neve atingiu o para-choque da caminhonete com mais força desta vez.

O veículo derrapou, e Kat deslizou para a pista contrária. Seu instinto entrou em ação, e ela pisou no freio.

Soube que tinha sido um erro antes mesmo de seu pé chegar ao fundo do pedal.

CAPÍTULO 47

Olimpa-neve bateu de lado na carroceria da caminhonete, fazendo-a derrapar de lado pela estrada. Kat agarrou o volante quando o carro de Jace inclinou-se sobre duas rodas e oscilou momentaneamente antes de cair de volta sobre as quatro, fazendo seu pescoço chicotear com violência.

Mais uma vez, seu pé buscou o pedal do freio, porém foi inútil. A caminhonete rodou 180 graus, puxando-a para o seu vórtice enquanto tons de branco giravam no para-brisa. Ela foi arremessada para a frente e bateu a testa no espelho retrovisor. Menos de um segundo depois, o cinto de segurança travou e a puxou de volta para o assento.

A máquina para remover neve recuou e acelerou mais uma vez. Tornou a trombar com a caminhonete, estilhaçando o para-brisa. Kat foi sacudida para a frente e para trás antes de parar, meio caída, do lado do motorista.

Ela olhou pela janela lateral. Estava praticamente pendurada no *guard-rail*. Mais um golpe, e ela despencaria para uma queda livre de quase cem metros até a base da garganta sinuosa e profunda.

Kat se preparou para mais uma batida, sentindo o estômago afundar.

Mas nada aconteceu.

Ofegante, ela afrouxou o cinto de segurança e escutou. Deslizou para o lado do passageiro. A caminhonete rangeu, e a maçã rolou até o canto mais distante do piso.

Silêncio.

O carro parecia estabilizado depois do impacto.

Kat procurou o limpa-neve através do para-brisa estilhaçado.

Não havia nada.

Nada mesmo. Apenas neve branca, caindo.

E um silêncio abafado.

Ela se virou no assento e procurou a máquina de neve pela janela de trás.

Tinha ido embora.

Não havia mais nada além dela, da caminhonete e da balaustrada retorcida, impedindo seu mergulho no penhasco rochoso.

Endireitou o corpo centímetro a centímetro, sentindo a caminhonete se acomodar no metal do *guard-rail*.

Estava segura. Apesar de seus temores, as quatro rodas do carro encontravam-se bem apoiadas no pavimento.

Sentiu-se aliviada e assustada ao mesmo tempo. O limpa-neve tinha fugido ou caído no precipício? Olhou de novo pela janela. A balaustrada continuava intacta, ao menos na parte que ficava dentro de seu campo de visão.

Não ousaria sair para se certificar. Temia mexer no equilíbrio do carro. Temia que o sujeito ainda estivesse por perto.

Virou a ignição e deu a partida na caminhonete. Devagar, manobrou o carro, indo com cuidado para trás e para frente até soltá-lo do *guard-rail*. Conduziu a caminhonete para longe da borda e posicionou-a de frente para o lado direito da estrada.

Dirigiu alguns quilômetros pela rodovia acima, então, depois encostou à margem de uma trilha usada por madeireiras, agora vazia e sem uso no inverno.

Suas mãos ainda tremiam quando largou o volante. Respirou fundo e instintivamente pegou o celular.

De repente, deu-se conta de que tinha ligado para Jace sem pensar.

Estava prestes a desligar quando uma mulher atendeu.

— Sim?

Kat tentou prestar atenção nos ruídos ao fundo. Um lugar barulhento, como se cheio de máquinas operando. Podia ser qualquer lugar: uma fábrica, um canteiro de obras. Onde, exatamente, não fazia ideia.

— Quem está falando?

A mulher desligou tão logo ela pronunciou as palavras. Sua voz lhe pareceu familiar, entretanto. Não sabia por quê. Era difícil afirmar com todo aquele barulho. Era um lugar movimentado, como um aeroporto ou um shopping center.

Todas as outras chamadas que fizera para Jace haviam caído no correio de voz. Teria discado errado? Impossível. O número dele estava registrado no celular. Quem estaria usando o telefone de Jace e por quê? Seria alguém envolvido em seu desaparecimento, ou que apenas encontrara o celular dele?

De qualquer modo, não poderia ficar ali, no meio da estrada, decidiu Kat.

Considerou retornar à cidade. Precisava denunciar o motorista do limpa-neve para a Polícia Real Montada do Canadá.

Por outro lado, a polícia não fizera absolutamente nada em relação ao sumiço de Jace, portanto seria mais perda de tempo. Inclusive, isso atrasaria ainda mais sua busca por ele.

E se o limpa-neve estivesse esperando por ela na estrada mais à frente, procurando por mais encrenca?

Era pouco provável, concluiu. Um sujeito impaciente como aquele não ficaria parado. Provavelmente estava descarregando sua ira em outro veículo, se é que havia mais algum por ali.

No final, Kat decidiu continuar dirigindo. Chegaria ao resorte em poucos minutos, e lá estaria a salvo do motorista maluco. Daria parte dele na polícia no dia seguinte, depois que encontrasse a Pinnacle Trail e o chalé de Kurt. Até lá já poderia ter encontrado Jace.

Kat deixou o acostamento devagar, procurando por rastros do limpa-neve. A neve, entretanto, já havia apagado qualquer marca de pneu. Mais uma vez, a estrada à sua frente parecia não ser limpa há várias horas.

O motorista não tinha deixado a pá abaixada? Não conseguia se lembrar.

Uma coisa era certa: só iria se sentir mais segura quando estivesse fora da rodovia.

O dia já esmaecia. Restava-lhe pouco tempo para alcançar Summit Trail e fazer a caminhada até a cabana de Kurt.

Ao menos, naquela região deserta, ela sabia quem eram seus inimigos.

CAPÍTULO 48

Kat buscou fôlego para atravessar os últimos metros de Summit Trail, sentindo as raquetes de neve pesarem nos pés. Eram apenas mais trinta minutos da trilha principal até o lugar onde Svensson mergulhara para a morte, porém o atalho que tinha pego não ajudara em nada.

Não havia traço do economista ou de sua misteriosa acompanhante por ali. Muito menos alguma pista deixada pela polícia ou pela equipe de Busca e Salvamento.

Jace teria percorrido aquele mesmo caminho antes dela? Não havia como saber com certeza; não depois de outra nevasca. Exceto por alguns rastros de cervos nas laterais da trilha, a montanha continuaria a guardar seus segredos.

Ela parou por um instante para apreciar a vista de tirar o fôlego da enseada. Não era um lugar que inspirava suicídio... isso se algum lugar realmente o fizesse.

Também era muito ermo. Chegar até ali exigiria muito esforço de alguém com a intenção de abrir mão da própria vida.

Estava exausta após quase duas horas de subida praticamente constante. Não era o esforço físico que a exauria, entretanto. Era aquela angústia, o fato de ela não fazer ideia de onde poderia encontrar Harry ou Jace. Sempre pudera contar com o apoio do namorado, e agora ele não estava ali para ajudá-la.

Após chegar a Hideaway Bay, Kat mudou de ideia e decidiu denunciar o limpa-neve antes de partir para a trilha, contudo a estação local da Polícia Real Montada do Canadá estava fechada, com um bilhete "Volto logo" pregado na porta.

Que tipo de posto policial fechava as portas?!

O mesmo tipo que não retornava as chamadas para informações sobre pessoas desaparecidas, pensou. Que absurdo.

O problema era que Hideaway Bay era um desses vilarejos sossegados demais. Tirando o movimento do resorte, não havia nada de muito importante acontecendo por ali.

Voltaria no dia seguinte. Mas, primeiro, queria dar uma olhadela em um lugar onde poderia encontrar Jace. Ainda detinha uma ínfima esperança de que o namorado houvesse ido para o chalé de Kurt Ritter. Kurt e Jace tinham se tornado amigos íntimos na Busca e Salvamento, embora cobrissem territórios diferentes. Supondo que Jace tivesse conseguido se livrar de Nathan, o chalé de Kurt era o único abrigo mais próximo.

Jace estivera ansioso por refazer os últimos passos de Svensson. Eles até haviam discutido a respeito, com ela afirmando que seria uma perda de tempo. Jace mantinha seu equipamento de resgate no carro, portanto era plausível que ele o tivesse tirado do estacionamento do resorte. Estaria se escondendo na cabana? Kat sentiu uma ponta de esperança.

Kurt liderava a equipe de Busca e Salvamento de Sunshine Coast, e provavelmente estava por perto quando o corpo de Svensson fora recuperado. Por isso Jace devia estar desesperado para falar com o amigo.

O chalé do alemão grandalhão ficava a cerca de quarenta e cinco minutos partindo-se da trilha principal. Ela e Jace haviam pernoitado lá muitas vezes, depois de suas caminhadas pela região.

Ela teria que passar a noite lá, também desta vez, já que o sol já quase se pusera no horizonte. Mesmo no quadragésimo nono paralelo, o anoitecer chegava rápido naquela época do ano.

Estava sem sinal de celular. Isso significava que quem quer que houvesse atendido a chamada no telefone de Jace, no início do dia, não se encontrava mais ali. Também era possível que Jace estivesse no local, mas não tivesse como atender a quem quer que fosse.

Kat sentiu uma onda de esperança enquanto se curvava para reapertar as raquetes de neve. Fez meia-volta e tratou de descer a colina.

A descida foi muito mais rápida do que a subida. Por não ter feito muito esforço, sua roupa agora úmida a estava congelando.

Seus pensamentos tornaram a se concentrar em Jace. Se ele não houvesse teimado tanto em investigar o Instituto Mundial, ela já teria encerrado o caso de fraude da Edgewater. Tinha tudo o que precisava com aqueles documentos nas mãos, porém Jace insistira em colaborar com Roger Landers. Ela jamais o teria trazido se soubesse que, para ele, um furo de reportagem seria mais importante do que qualquer outra coisa. Principalmente depois que ele fora demitido do *Sentinela*.

Ela, entretanto, subestimara o poder do Instituto Mundial e o que este fazia às pessoas.

Finalmente o chalé surgiu, e sua visão não poderia ter sido mais bem-vinda.

O próprio Kurt havia construído a cabana com madeira local. Era rústica, porém funcional, confortável e aconchegante. Ela jamais a trocaria por uma suíte de luxo, pensou Kat.

A exaustão finalmente a venceu quando ela alcançou a porta da frente. Não conseguiria dar mais nem um passo sequer.

Soltou as raquetes de neve e tateou debaixo do pote de argila em busca da chave escondida. Ela sempre repreendera Kurt por manter um vaso de flores em uma cabana cercada por prados alpinos. Agora tudo estava invisível sob o pesado manto de neve.

Abriu a porta e se arrastou para dentro. Sentia-se completamente exaurida, embora ainda fosse fim de tarde.

A pequena cabana era decorada em um estilo masculino e prático. A estrutura em forma de "A" tinha escadas para um sótão que continha dois quartos. Ela havia ficado com Jace em um deles no verão anterior.

Kat olhou ao redor, sentindo o pesado fardo de todos os seus problemas. Jace havia sumido, Harry continuava abandonado, e Hillary planejava algo que só poderia ser outra encrenca. Ela nunca havia se sentido tão sozinha.

Suspirou e largou a mochila sobre a enorme mesa de pinho. Curvou-se, então, para pegar uma braçada de lenha da pilha benfeita ao lado do fogão.

O fogão a lenha estava frio. Ninguém estivera ali recentemente.

Ela acendeu o fogo e o cutucou até que este queimasse com consistência. Depois saiu da cabana a fim de estocar lenha antes que a noite caísse de vez.

O ar gelado a varreu quando abriu a porta. O calor do fogão ainda não preenchera a cabana. Mesmo assim, a construção rústica do chalé ainda oferecia uma excelente proteção contra o frio.

Kat deu a volta no chalé lutando com a neve e alimentando a esperança de encontrar algum sinal de Jace, Kurt, ou de qualquer outro visitante. Mas não havia nenhum rastro humano, ou mesmo de um animal, à vista. Até mesmo a pilha de lenha do lado de fora da cabana parecia a mesma de quando ela e Jace a tinham visitado em setembro.

Tudo intocado.

Um galho estalou, e Kat deu um pulo ao captar um movimento em sua visão periférica. Mas era apenas um coelho correndo em busca de abrigo no mato, a poucos metros de distância.

Ela permaneceu imóvel por um instante enquanto tentava se acostumar ao silêncio. Neve escorria dos ramos dos pinheiros gigantes, aterrissando com um *ploft* suave. As árvores que cercavam o chalé geralmente proporcionavam uma sensação acolhedora. Naquele fim de tarde, contudo, pareciam sinistras, formando sombras compridas na paisagem branca.

Ela ajeitou a lenha no colo e se arrastou de volta para a entrada, fazendo uma careta ao bater o braço no batente da porta. Seu bíceps ainda estava dolorido da injeção de Victoria.

Tinha lenha o bastante para passar a noite, pensou, largando a madeira ao lado do fogão. No dia seguinte, retornaria por um caminho diferente em busca de alguma pista de Jace. Talvez ele estivesse ferido, sem poder chegar à cabana.

Era uma hipótese pouco provável... mas não tinha mais nada em mãos.

Arrancou as botas para neve e pendurou a roupa molhada diante do fogão antes de se jogar na poltrona enorme, em frente ao fogo. Sabia que precisava comer, mas não conseguia reunir força o bastante nem mesmo para abrir a mochila sobre a mesa, a poucos metros de distância.

Em vez disso, fechou os olhos e sentiu o calor lhe aquecendo os ossos devagar.

Fazer trilha na neve sempre a fazia pensar no quanto o mundo era gigante.

Por que ele era controlado por tão poucos?

CAPÍTULO 49

*K*at acordou sobressaltada, com alguém batendo na porta do chalé, no andar de baixo. Estavam forçando a pesada porta de madeira na tentativa de abri-la.

Ela saiu da cama em um pulo e bateu a cabeça no teto baixo do sótão. Praguejou, lembrando-se de onde estava: no segundo quarto do andar de cima da cabana de Kurt.

Sentiu o coração disparar dentro do peito. Quem quer que fosse lá fora, estava desesperado para entrar.

Ela avançou pé ante pé em direção à escada que levava ao andar de baixo e espiou do topo. Mesmo na escuridão, a vista aérea do sótão lhe dava uma vantagem sobre o intruso. A porta do chalé já estava meio aberta, com a luz da lua emoldurando o batente.

Estava perdida. Não tinha para onde fugir.

A porta cedeu com um último estrondo, e um homem surgiu, a silhueta escura sob o batente contrastando com o céu iluminado pelo luar. Kat prendeu a respiração enquanto ele se virava para fechar a porta.

Kurt já mencionara uma invasão da cabana antes. Transeuntes às vezes procuravam chalés para arrombar.

O sujeito poderia apenas roubar comida e ir embora, pensou. Mas era pouco provável, no meio da noite. Estava escuro demais para viajar e não havia outras cabanas nas proximidades. Na certa ele ficaria até a manhã seguinte, o que significava que iria inspecionar toda a cabana, incluindo o sótão. Quando ele o fizesse, seria melhor ela estar preparada.

Tateou o piso à procura de uma arma, mas não encontrou nada. Amaldiçoou sua estupidez por ter deixado a navalha dentro da mochila, lá em baixo.

O fogão a lenha! Mesmo apagado, ainda estaria quente ao toque, um claro sinal de que o chalé estava habitado. E sua mochila estava largada bem à vista, na mesa da cozinha!

Com a porta fechada, tudo ficou no escuro novamente. Kat, porém, conseguia discernir a sombra do intruso enquanto ele examinava a cabana. Ele atravessou a sala e veio direto para a escada do sótão. Pisou no primeiro degrau e hesitou, olhando ao redor.

Kat correu para dentro do quarto e agarrou um bastão de esqui de um par que ficava pendurado na parede. Voltou na ponta dos pés para a escada e aguardou na lateral. Esperou que as mãos do homem alcançassem o último degrau. Ele devia ser mais forte do que ela, portanto o elemento surpresa seria sua única vantagem.

Sentiu o pulso acelerar enquanto aguardava, consciente de que só teria uma chance.

Kat golpeou os nós dos dedos do intruso, pressionou o bastão em sua carne, e o torceu. Para seu horror, o brutamontes continuou avançando e alcançou o topo da escada com uma só mão.

— Ei! Que diab...!? - Ele parou de repente.

— Para trás!

O estranho, contudo, já havia libertado a mão ferida. Ela o golpeou na outra mão, e o homem caiu um degrau.

Kat o reconheceu no momento exato em que a ele a viu.

— Você! - Landers a encarou, os olhos arregalados pelo choque. — Como chegou aqui? - Ele parou e sacudiu a mão direita.

— Eu deveria perguntar o mesmo! - Kat tornou a golpeá-lo na outra mão com o bastão. Desta vez, ela o manteve no lugar, empalando a parte macia e carnuda com a ponta do instrumento. – Saia daqui!

— Kat, que diabo, está me machucando!! Tire essa coisa da minha mão!

— De jeito nenhum. Pode fazer meia-volta e ir embora. Agora!

— Acalme-se, eu posso explicar tudo!

Ela enfiou o bastão com mais força.

— Explicar o quê? Que você nos traiu? Fora daqui!

— Não posso ir a lugar nenhum até que solte a minha mão.

Kat ergueu o bastão de esqui e o manteve no alto enquanto Roger Landers recuava na escada. Mas ele desceu somente dois degraus, apenas o suficiente para ficar fora de seu alcance.

— Vamos logo com isso!

— Precisamos conversar primeiro. - Ele a observou.

— Não há nada para conversar. - Ela continuou apontando o bastão de esqui, porém mantendo-o fora do alcance dele.

Landers não se moveu.

— Não está entendendo... Desça aqui e conversaremos.

— Sem chance. - Landers não iria arrancar mais nada dela.

— Eu sei onde Jace está. Pode descer, OK? Prometo não fazer nada.

Kat baixou o bastão de esqui. Seria um truque para fazê-la descer?

Mas, e se Landers soubesse, mesmo, o paradeiro de Jace? Eles haviam ficado juntos no quarto. Sem dúvida, Nathan e Victoria estavam envolvidos no desaparecimento de Jace.

— Onde ele está?

— Preso. Na cadeia de Hideaway Bay. Ele me disse para vir até aqui se as coisas dessem errado. Para eu me esconder de Nathan.

Jace estava preso na delegacia, a poucos metros de distância, quando ela passara por lá?

Landers não saberia da cabana de Kurt, a não ser que Jace houvesse lhe contado. Ao menos aquela parte devia ser verdade.

Kat baixou o bastão de esqui e desceu a escada devagar, tomando o cuidado de não tirar os olhos de Landers. Ela o seguiu até a mesa e o observou enquanto ele se sentava. Cautelosa, resolveu ficar de pé.

— Vou lhe dar cinco minutos para que você me convença. Depois você vai embora. Ela sabia não ser páreo para Roger Landers estando desarmada. O bastão de esqui tinha funcionado enquanto estava no sótão, onde ela possuía uma vantagem na altura... Mesmo assim, não iria abrir mão de sua arma.

Kurt teria alguma arma na cabine? Se assim fosse, era melhor encontrá-la antes que Landers o fizesse. Mesmo que ela não soubesse como usá-la.

— Por que Jace está preso?

— Nathan o levou até Hideaway Bay para um interrogatório. - Landers se ergueu, desabotoou a jaqueta e a colocou na cadeira mais próxima da porta, como se pretendesse ficar por ali.

— Pelo quê? Jace não fez nada errado. - Nathan Barron podia ser poderoso, mas, a menos que a polícia de Hideaway fosse corrupta, não iria prender Jace sem ter provas de algum crime.

— Nathan o está acusando de ter roubado aqueles documentos de seu quarto do hotel. - Roger Landers tornou a sentar-se à mesa, segurando a mão. — Acho que você quebrou a minha mão... E está sangrando.

Kat sentiu uma ponta de culpa. Então se lembrou da passividade de Landers quando Victoria lhe dera uma injeção. Ele não impedira Victoria de agir, permitindo que ela fosse deixada inconsciente na estação de trem.

Não devia nada a Roger Landers. Muito menos compaixão.

Na verdade, ele é quem estava em débito com ela.

Cruzou os braços e o ignorou.

— Ouviu o que eu disse?... Estou sangrando. Onde está seu kit de primeiros socorros?

Kat o encarou.

— Por que não prenderam você? Estava no quarto com Jace.

Landers seria um comparsa de Nathan e Victoria? Jace desaparecera, ela fora sedada, e somente Landers escapara ileso. Muita coisa naquela história não fazia sentido.

— Jace falou que tinha agido sozinho. Não faço ideia por que eles me deixaram fora disso, mas precisamos trabalhar juntos. Vamos nos concentrar em tirar Jace da prisão e em colocar os verdadeiros criminosos atrás das grades.

— Verdadeiros criminosos...?

Landers ainda não respondera à sua pergunta.

— Nathan e o Instituto Mundial, claro. - Ele fez uma careta e mexeu os dedos. — O Instituto Mundial é quem está cometendo o maior crime de todos.

— Eles não desobedeceram a nenhuma lei - afirmou Kat.

Nathan, Victoria e o Instituto Mundial podiam ser difíceis de engolir, mas o Instituto Mundial, em si, não fizera nada ilegal. Apenas Nathan tinha feito, com aquela fraude da Research Analytics. Sem contar o que ele fizera com ela e, provavelmente, com Jace. O Instituto Mundial podia ser lamentável, mas debater a dominação do mundo não era crime.

Ela já estava farta de Landers e de suas teorias da conspiração. O fato de eles estarem naquela situação era culpa dele.

— Mas vão desobedecer - prosseguiu Landers. — Ou, no mínimo, irão mudar as leis para que estas atendam às suas necessidades. Estão colocando seus planos em prática agora mesmo. A crise de endividamento foi apenas o começo, orquestrada pelos membros do Instituto Mundial. Seus bancos ganharam muito dinheiro com empréstimos de risco, sem se importar se quebrariam ou não. Com tantos empréstimos ruins, o governo não teve escolha a não ser resgatá-los. Por quê? Porque deixá-los quebrar provoca um efeito em cascata. As mesmas pessoas que atuam no governo estão ou estavam atuando nos bancos. Todos aqueles secretários do tesouro e presidentes de bancos vêm dos bancos. É incestuoso.

— Está insinuando que as quebras dos bancos aconteceram de propósito? - Kat caminhou até a mesa da cozinha e riscou um fósforo para acender a lamparina a querosene. Sentou-se na outra ponta da mesa, do lado oposto de Landers, desejando jamais tê-lo conhecido.

— Isso mesmo. Alguns poucos lucram, mas a maioria paga. Fazer empréstimos ruins não apenas enriquece os banqueiros como também reforça os objetivos do Instituto Mundial. Quando os governos socorrem os bancos, aumentam os impostos para permanecerem solventes. Quando não podem mais aumentar os impostos, eles simplesmente imprimem mais dinheiro. Na melhor das hipóteses, a moeda desvaloriza. Na pior, perde todo o valor. Não importa o que eles façam, nós, os contribuintes, é que pagamos a conta. Eventualmente, a moeda fracassa, e o Instituto Mundial entra em cena como o salvador da pátria.

— Por que não disse tudo isso a Nathan Barron quando teve a chance?

Ali estava ela, presa em um chalé sem nenhuma defesa e sem celular. Estaria ali com um amigo ou um inimigo? Roger Landers falava as coisas certas, mas suas atitudes diziam o contrário.

— Por que eu deveria lhe dar ouvidos? Não me ajudou no hotel.

— É complicado. - Landers recostou-se na cadeira, alisando a mão dolorida.

— Complicado quanto?...

Aquele era exatamente o tipo de coisa que as pessoas diziam quando queriam esconder algo.

— Se eu revelar alguma coisa cedo demais, eles vão abafar tudo. Mas quando o meu novo livro for lançado, eles não terão como impedir. Irei denunciá-los, e eles poderão ser processados.

— Pelo que, exatamente? Tudo isso gira em torno de você: de seu livro, de sua investigação, de você ficar famoso e receber todo o crédito... - Todo o restante não passava de efeito colateral. Como Jace.

— Não sei. Os advogados vão resolver tudo.

— Você acabou de me dizer que estão arruinando a vida das pessoas. E, no entanto, está disposto a deixar esses caras continuarem para que possa publicar seu segundo livro...? - Kat se levantou. Já tinha ouvido mentiras demais para uma noite.

— Não vou abandonar anos e anos de pesquisa por nada. O livro é minha recompensa. Se outras pessoas são prejudicadas por isso, não há muito que eu possa fazer.

— Claro que há. Se escrever uma matéria é a resposta, por que não fazer isso agora e revelar tudo de uma vez? Quanto antes, melhor.

De repente, ocorreu a Kat que isso era exatamente o que Jace queria fazer. Seu namorado era uma ameaça para Landers. Se Jace publicasse tudo naquele momento estaria atropelando Landers.

— Algumas semanas ou meses a mais não farão muita diferença. Eles não vão enfraquecer as moedas e os governos do dia para a noite. Onde está o seu kit de primeiros socorros?... Acho melhor eu enfaixar esta mão.

Kat balançou a cabeça devagar. De súbito, ela soube o que a incomodava.

Se Jace realmente havia instruído Roger Landers a encontrá-lo na cabana, por que Landers não sabia sobre a chave sob o vaso de flores?...

CAPÍTULO 50

Kat sentiu a luz da manhã antes mesmo de abrir os olhos. Piscou quando um brilho suave e difuso filtrou-se pelas cortinas da janela do sótão.

Estremeceu e cobriu os ombros com o edredom. Não havia nenhum tipo de aquecimento no andar de cima, e o fogão acabara queimando toda a lenha durante a noite. O colchão firme demais também lhe judiara das costas.

Ela fez uma careta e rolou de lado, a respiração se transformando em vapor no sótão frio e úmido conforme se deslocava em direção à janela. Desenhou um pequeno círculo na fina camada de gelo que se formara no lado de dentro da vidraça e olhou lá fora. Exatamente a mesma paisagem que no dia anterior: silenciosa, deserta e enganosamente serena.

Serena demais para o drama que se desenrolava em sua vida.

Tinha dormido pessimamente, preocupada com Jace. Landers estaria dizendo a verdade sobre o paradeiro do namorado dela, ou seria apenas mais uma mentira? Ele já a enganara sobre ter combinado de se encontrar com Jace na cabana. Também estaria mentindo sobre Jace estar preso na delegacia da Polícia Real Montada do Canadá de Hideaway Bay? O fato de a estação estar fechada quando ela passara por lá não significava que ninguém estivesse preso lá dentro. Queria muito acreditar naquilo, mas talvez fosse ingenuidade de sua parte.

Mas, e se Landers estivesse dizendo a verdade? Se assim fosse, ela convenceria Jace a esquecer a matéria, entregaria o relatório a Zachary e poria um fim àquilo tudo. Que Landers ficasse com a história. Nada daquilo valia a pena.

Kat sentiu um arrepio ao afastar as cobertas. Quanto antes ela se pusesse em movimento, mais cedo poderia ver Jace.

Levantou-se e vestiu-se rapidamente, usando as mesmas roupas do dia anterior. Teria ido embora na noite anterior se pudesse, porém o clima e o terreno acidentado do inverno tornavam impossível caminhar no escuro.

Ouviu o bater de louças lá embaixo e se lembrou de que não estava sozinha. Sentiu um nó no estômago ao pensar que teria de passar mais tempo na companhia de Roger Landers.

Espiou por cima da balaustrada do sótão e sentiu o calor do fogão a lenha. Um aroma de café e torrada flutuou em sua direção, fazendo-a se lembrar de tio Harry. Ele estaria com Hillary? A hipótese de Hillary estar preparando o café da manhã para o pai, ou então de, no mínimo, ficar com ele por algumas horas, parecia extremamente improvável.

Kat afastou o pensamento e tratou de guardar as roupas ainda úmidas na mochila.

Desceu a escada, carregando a mala.

Landers ergueu o olhar da mesa e sorriu.

— Café?

— Com certeza. – Ela largou a mochila perto da porta. Se precisaria passar mais algumas horas na companhia dele, andando na neve até Hideaway Bay, seria ao menos civilizada... e decidiria, de uma vez por todas, se Landers era amigo ou inimigo.

∿

Trinta minutos depois, Kat aguardava do lado de fora da cabana enquanto Landers martelava pregos na porta arrombada do chalé com a lâmina de um machado. Kurt não ficaria nada feliz com aquele massacre na porta esculpida à mão, por mais que o serviço garantisse a segurança.

Mas ela daria um jeito de consertar a porta antes que Kurt voltasse de onde quer que estivesse, uma vez que era pouco provável que Landers fosse contribuir com algo além do trabalho primitivo que estava fazendo. Ele não era o tipo de pessoa que se sentiria grata ou incomodada o bastante para corrigir o serviço. Landers faria um bom par com Hillary. Ambos eram donos de uma arrogância muito peculiar. Eram do tipo que nunca se daria o trabalho de estender a mão a quem quer que fosse.

Pensando bem, Landers talvez fosse bom demais para Hillary.

— Só mais um minuto... eu me esqueci de uma coisa. - Kat contornou o chalé e procurou lápis e papel nos bolsos. Rabiscou um bilhete e o colocou em meio à pilha de lenha, tomando o cuidado de posicioná-lo de maneira que este pudesse ser notado e não fosse levado pelo vento. Não importava o que acontecesse. Ao menos Jace ou Kurt saberiam que ela havia estado ali.

Dez minutos depois, eles estavam na trilha. Era um dia límpido e claro, e a senda se atenuava depois da primeira elevação fora do vale. Kat pisava nas pegadas deixadas por suas raquetes de neve no dia anterior, até agora intocadas. Rastros de pequenos animais ao lado da picada formavam tangentes de um pinheiro ao outro, encobertas e fora da vista de coiotes ou pumas.

O caminho de volta para Hideaway Bay era na maior parte em declive; fácil, exceto por algumas descidas mais técnicas. Landers tomara a liberdade de usar as raquetes de neve de Kurt, e Kat ficou se perguntando como ele conseguira fazer a caminhada - em sua maioria íngreme – até o chalé do amigo deles sem raquetes de neve ou esquis.

Precisava se lembrar de trazer as raquetes de neve de Kurt quando voltasse para consertar a porta.

Landers já estava sem ar. Logo ela se viria livre dele.

O problema era que Landers era sua única chance de encontrar Jace. Só ele sabia a verdade sobre o que acontecera naquela noite com Nathan e Victoria.

Landers, entretanto, evitava habilmente o assunto toda vez que ela o trazia à tona. Insistia ser igualmente vítima de Nathan e Victoria, embora quase não entrasse em detalhes.

— Não se preocupa com a democracia, Kat? - Ele parou em uma bifurcação na trilha e virou-se para encará-la. Tinha a testa coberta de suor e já havia descido o zíper da jaqueta.

— Claro que me preocupo. Mas o Instituto Mundial não está no topo da minha lista de preocupações neste momento.

Como se ele realmente se importasse com o conceito de democracia em si. Provavelmente só estava interessado em utilizar os conceitos dela como gancho em seu livro. Ele a incitara durante toda a viagem, tentando avaliar ou influenciar sua opinião sobre o Instituto Mundial. Não era preciso ser nenhum gênio para perceber que suas atitudes eram todas planejadas para alcançar o que era melhor para Roger Landers. Ponto.

— Como pode dizer uma coisa dessas? Basta dar rédeas a essa gente, e eles controlarão a moeda do mundo inteiro. O Euro foi apenas o começo. Eles estão trabalhando em uma moeda asiática única. Depois disso, vai ser na América do Norte. Os governos não vão conseguir controlar muita coisa.

— O que poderia haver de errado com uma moeda comum? - Kat cutucou a neve com seu bastão de esqui. — Haveria menos flutuações no câmbio internacional, menores custos na conversão de moeda... Isso beneficiaria o consumidor.

— Tudo isso parece certo na teoria. Mas também significaria que menos pessoas controlariam a moeda. Em vez de dezenas de países e seus bancos centrais, milhares de operadores e especuladores, haveria apenas alguns deles.

— E isso seria ruim?

— Sim, quando se trata do Instituto Mundial. São os mesmos homens que controlam o comércio mundial, a mídia global e...

— Não quero saber - Kat o interrompeu. — Por que não me protegeu de Nathan e Victoria? Está trabalhando para eles, não é?

— Não, absolutamente. Precisei cooperar, ou eles se certificariam de que eu nunca mais voltasse a trabalhar. E eles me prometeram que não iriam lhe fazer mal.

Kat não conseguiu imaginar Nathan ou Victoria fazendo aquele tipo de afirmação. Landers achava, mesmo, que ela acreditaria naquilo?

Ela enfiou o bastão em um banco de neve.

— E quanto a Jace?

— Eu já disse. A polícia o levou.

— Por que Jace e não você?

— Foi tudo parte do nosso plano. Se viéssemos a ser descobertos, Jace assumiria a culpa, deixando-me livre para divulgar a conspiração.

Kat tentou se lembrar da cama no quarto adjacente do hotel. Quando Nathan a jogara sobre o colchão, a cama estava feita, sem uma ruga sequer. Landers só podia estar mentindo.

E ela queria que ele estivesse mentindo. A alternativa - Jace tê-la abandonado por uma matéria -, era impensável. Ele jamais faria isso. Nem mesmo por um furo de reportagem.

Ou faria?

— Não acredito em você. Pare de me enrolar com essa baboseira sobre o Instituto Mundial e diga o que realmente aconteceu com Jace. Você estava no quarto. Como Nathan sabia que vocês dois estavam lá? O que disse a ele? - Kat puxou o bastão da neve endurecida e virou-se para continuar.

Landers foi atrás dela.

— Nada... eu juro.

— Não acredito em você.

Landers, como a maioria das pessoas, tinha um preço. Ela só não sabia ainda qual era.

Por que Jace iria se voluntariar daquela maneira?

Kat fez um gesto para que Landers prosseguisse. Se era obrigada a fazer a trilha com ele, faria de tudo para que esta não fosse tão fácil.

— Conte-me o que aconteceu naquele quarto.

— Eu não disse uma palavra. Nathan simplesmente o invadiu. - Landers diminuiu a passada e puxou as luvas, removendo-as. — Está mais quente do que eu pensava. Kat olhou as mãos nuas, porém decidiu não dizer nada. Uma queimadura de frio seria uma boa lição para Landers.

— Nathan tinha uma chave-mestra. Havia dois soldados da Polícia Real Montada do Canadá com ele.

— Polícia? Por quê?

— Acho que por causa da invasão em seu quarto... Não sei com certeza. Ninguém falou nada.

Kat detectou a hesitação na voz dele.

— A polícia não costuma aparecer do nada. Alguém a chamou.

Por que tinham levado Jace e deixado Landers?

— Bem, eu que não fui. Não sei como... mas eles sabiam o nome de Jace. - Landers abriu e fechou as mãos, depois tornou a colocar as luvas.

Era mentira, pensou Kat. Ninguém pedira para que Jace se identificasse. Além da equipe da recepção e de Angelika, a chefe das camareiras, ninguém mais no hotel tinha visto Jace.

E além dela, Kat, apenas Roger Landers sabia seu verdadeiro nome. O resorte só tinha o nome da empresa de audiovisual.

— Por que não aconteceu nada com você? Estava no quarto também.

— Jace disse a eles que eu não tinha nada a ver com a história. Isso deixou um de nós livre para divulgar a conspiração.

Ou lucrar com ela. Landers não permitiria que Jace soltasse a matéria antes de ele terminar seu livro. Jace era um concorrente.

Até onde Roger Landers chegaria para salvaguardar sua reportagem? Ele mataria por isso?

— Precisamos continuar. - Kat decidiu que não poderia perder mais tempo e que Landers também não merecia descanso. Apontou para a bifurcação da trilha à direita com o bastão de esqui. — Não acredito em você. Para começar, Nathan não saberia onde encontrar Jace, nem teria motivo para ir atrás dele... a menos que você tivesse contado algo a ele.

Apenas a equipe do hotel sabia quais quartos se encontravam ocupados, e os funcionários não tinham permissão para divulgar informações sobre os hóspedes.

Landers suspirou e a seguiu.

— Acha que eu sou paranoico? Devia prestar atenção a si mesma... Por que eu estaria trabalhando com eles? Estamos do mesmo lado.

Kat nada disse, porém tratou de pegar ritmo. Poderia tomar distância dele se quisesse. Landers estava fora de forma, e não aguentaria muito tempo marchando naquela neve pesada e sem trilhas.

— Está bem, está bem... Foi uma manobra para atrair Nathan. Eu fingi cooperar para encurralá-lo. Ele me prometeu uma reportagem se eu provasse que alguém tinha se infiltrado no Instituto Mundial e tomado conhecimento da agenda. Obviamente Jace estava envolvido. - A respiração de Landers ficou mais pesada conforme ele se esforçava para acompanhá-la.

— É mesmo?...

Seu instinto sobre Landers estava certo, concluiu Kat. Era óbvio que ele estava mentindo. O quanto Jace compartilhara com o jornalista?

— Eu sigo Nathan Barron há anos. Ele é muito egoísta, mas, quando eu disse que estava escrevendo uma matéria sobre os homens mais poderosos do mundo, concordou em ser entrevistado.

— E o que Jace tem a ver com isso tudo?

Landers tossiu.

— Para conseguir alguma coisa, eu tinha que dar algo em troca. A ideia era contar como Jace se infiltrou na conferência, ganhar a confiança de Nathan e o fazer falar sobre o Instituto Mundial. Quando Nathan admitisse que este existia, nossas reportagens teriam credibilidade.

— Jace concordou com isso? - Kat precisou se segurar para não empalar Landers com o bastão. Era difícil continuar conversando com ele depois de saber que o jornalista traíra seu namorado.

— Claro que concordou. E nosso plano deu certo. Nathan ficou tão possesso por Jace ter entrado na conferência que acabou deixando escapar alguns segredos.

— Como o quê? - A trilha fez uma curva fechada à direita, na direção de uma clareira, e o pequeno vilarejo de Hideaway Bay surgiu lá embaixo. Estavam a menos de um quilômetro de distância, porém, caminhando na neve, naquela trilha íngreme e tortuosa, levariam mais vinte minutos para chegar à pacata cidadezinha.

— Leia o livro... Até lá, meus lábios estarão selados.

CAPÍTULO 51

at e Landers chegaram à delegacia da Polícia Real Montada do Canadá logo após o meio-dia. Kat soltou as raquetes de neve e bateu os pés, expulsando o gelo que lhe cobria as botas e as polainas. Girou a maçaneta da porta e, para seu alívio, desta vez esta se abriu.

Entrou na sala deserta, tendo Roger Landers logo atrás. Uma fila de cadeiras em uma parede opunha-se a um balcão vazio. Um programa de rádio chiava, vindo de um aparelho de som portátil na ponta do balcão.

— Olá?...

Nenhuma resposta.

O comentarista da rádio tagarelava sobre a economia mundial. Kat aguçou os ouvidos quando estes captaram o nome Svensson e o prêmio Nobel em Economia. Devido à morte de Svensson, outro economista fora indicado. Alguém que apoiava uma moeda única.

Ela olhou para Landers, que esfregava as mãos com uma careta, parecendo alheio à notícia.

Melhor assim. Ela também não precisava de nenhum motivo para conversar com ele. Sua discussão os levara ao ponto de não mais falarem um com o outro. Kat não sabia no que acreditar com Landers mudando sua versão a cada cinco minutos. A prisão de Jace também seria mentira?

Landers soltou um suspiro alto ao desabar em uma das cadeiras de vinil alinhadas contra a parede. Kat o observou pelo canto do olho, ainda em pé diante da bancada. Procurou uma campainha, mas não encontrou coisa alguma. Tirando as luzes acesas e o aquecimento ligado, o lugar parecia deserto.

Não esperava por uma festa de boas-vindas, mas depois de uma caminhada de três horas em um frio de vinte graus negativos, também não planejara ter que esperar.

Uma porta de madeira simples, atrás do balcão, levava ao que ela imaginava ser o escritório interno e tudo o que existia mais, a portas fechadas, nas delegacias de polícia. Quem sabe uma cela com Jace dentro?

— Olá! - Kat mudou o peso dos pés cansados e se debruçou sobre a bancada. A neve escorria da barra de suas calças de neve e se derretia em poças no chão gasto.

Ela lançou um olhar para Landers, que continuava esfregando os dedos congelados, o rosto contorcido pela dor. As janelas acima dele estavam embaçadas pela condensação do ar causada pelas roupas molhadas e o excesso de aquecimento.

Kat sentiu mais raiva do que nunca. De Landers por enganá-la e depois negar tudo. E de Nathan e Victoria.

Também quis ter raiva de Jace por ele insistir em fazer aquela matéria, mas não conseguiu. Ela só o queria de volta.

Virou-se para a porta. Já estava considerando a ideia de pular o balcão quando esta se abriu e um guarda com excesso de peso surgiu à sua frente.

— Posso ajudá-la? - Sua respiração difícil ficou evidente quando ele se deixou sentar em uma cadeira de vinil gasta. Os últimos dois botões inferiores de seu uniforme se espremiam contra uma barriga que pedia para escapar.

— Vim ver Jace Burton.

— Quem? – O homem passou a mão na testa e a enxugou na camisa antes de se esticar, com o rosto vermelho, para tirar uma pasta velha debaixo da bancada. Ele a abriu e voltou umas poucas páginas antes de tornar a se acomodar na cadeira.

— Jace Burton. Ele foi preso no resorte *The Tides*.

— Jason Burton? - Ele olhou por cima dos óculos de leitura. – Não há ninguém aqui com esse nome. O que a faz pensar que ele está aqui?

Kat leu o nome no uniforme: Comandante Kravitz. O mesmo guarda da entrevista de Roger Landers na TV.

— Jace Burton. Você o prendeu algumas noites atrás. Disseram que ele está preso aqui.

— Essa é boa - afirmou Kravitz. — Se eu tivesse prendido alguém, eu saberia.

— Talvez algum outro guarda tenha feito isso.

Kravitz riu, irônico.

— Pouco provável. Não há mais ninguém aqui, a não ser eu.

— Roger, conte a ele o que me contou... - Kat virou-se para Landers, mas a fila de cadeiras de vinil estava vazia. Tudo o que restava eram as raquetes de neve de Kurt em uma poça de neve derretida. – O cara que estava aqui... ele disse que estava presente quando você prendeu Jace!

— Não vi ninguém.

— Como não viu, comandante? Ele estava sentado ali, segundos atrás! – Ela apontou a fileira de cadeiras.

— Não há ninguém aqui, a não ser você e eu. Como é mesmo o seu nome?

O comandante Kravitz aumentou o volume do rádio. O noticiário fora substituído por um programa de entrevistas, onde o apresentador arrazoava sobre dívida do consumidor.

Kat aproximou-se mais do comandante Kravitz e ergueu a voz:

— Meu nome é Katerina Carter. Comandante Kravitz, Roger Landers estava aqui. Ele é jornalista e... – A voz de Kat minguou quando ela percebeu que o comandante não a escutava.

Kravitz deixou cair o arquivo que levava debaixo do braço e o colocou na mesa. Tirou um caderno do bolso da camisa e o abriu. Escreveu alguma coisa, esquivando-se claramente.

— Com licença, comandante Kravitz?

— Continue, estou ouvindo. - Ele abriu a pasta suspensa, lambendo o dedo a cada vez que virava uma página.

— Não, não está. Está apenas esperando que eu pare de falar e vá embora. Acontece que não vou a lugar nenhum. Jace tem que estar aqui. Quero uma prova de que ele não está. - O relógio acima da cabeça de Kravitz lia meio-dia e quarenta e cinco. Vinte e cinco minutos até a saída da balsa.

— É a mesma Srta. Carter que denunciou outro desaparecimento há alguns dias? - Ele ergueu a cabeça e levantou as sobrancelhas. Depois tornou a folhear a pasta mais uma vez. — Diz aqui que se tratava de Roger Landers. Agora ele sumiu de novo, além do outro sujeito?

— Estou aqui por causa de Jace. Ele está aqui ou não?

Kravitz sorriu.

— A Polícia Real Montada do Canadá não tem o hábito de verificar quem se encontra ou não sob custódia.

Kat cruzou os braços e sorriu sem vontade, mal controlando a própria raiva.

— Então vou esperar aqui até que faça isso.

Afinal, para que servia a polícia daquele vilarejo? Para fazer palavras cruzadas?... Para o que Kravitz estava tão ansioso por voltar?

— Tudo bem.

Ela rumou para a fila de cadeiras de plástico e jogou nelas as coisas. Fez o máximo de barulho que podia na esperança de irritar o homem.

Funcionou. Kravitz a fulminou com o olhar.

— Ainda está aqui? - Ele baixou o rádio.

— Eu já disse que não vou embora sem uma resposta.

Ele apertou os lábios, porém nada disse. Kat enfrentou seu olhar.

— Eu sei que está com Jace aqui. Roger Landers viu quando você o prendeu e o trouxe para cá. Onde mais ele poderia estar?

O rosto do homem tingiu-se de vermelho.

— Ele não está aqui. Nunca esteve.

— Prove. Esta é a segunda vez que venho aqui. Não vou embora até ter certeza de que Jace não está preso.

O telefone tocou, e o comandante Kravitz atendeu ao primeiro toque. Manteve a mão erguida enquanto segurava o fone.

Kat esforçou-se para ouvir. Era algo sobre um acidente e um fechamento de estrada.

— Em quanto tempo podem tirá-lo daí? – Fez-se uma longa pausa enquanto o Kravitz escutava quem quer que estivesse no outro lado da linha. — Quando?... Ok, vou esperá-los aqui. - Ele ouviu mais um pouco. — Entendi. Farei o comunicado de imprensa às cinco. Isso deve lhe dar tempo suficiente.

O que exigiria um comunicado de imprensa naquela cidadezinha minúscula? Um furto no armazém? Esquis roubados?

O comunicado de imprensa só poderia estar relacionado ao Instituto Mundial. Quais eram as chances de haver outro evento desse porte naquele lugar?

O comandante Kravitz lançou-lhe um olhar irritado enquanto devolvia o fone ao gancho.

— Ainda está aqui?

— Eu já disse que não vou embora. - Todas as evidências apontavam para aquele lugar.

Por outro lado, ela estaria bem melhor em casa. Se houvesse uma emergência envolvendo Jace, ligariam na casa dela para comunicá-la. Principalmente porque ela havia deixado o celular no resorte.

— Se eu lhe mostrar, você vai embora? Ninguém está preso. Na verdade, ninguém vem aqui há semanas. - Ele fez um sinal para que ela passasse pelo portão basculante na lateral do balcão. De algum modo, aquele telefonema tinha mudado as coisas.

Ela atravessou o portão e seguiu Kravitz atrás da bancada. Havia uma espécie de salão do outro lado, com outra porta para uma única cela.

Estava vazia.

— Acredita agora? – O comandante ficou em pé ao lado da porta aberta, os braços cruzados.

Kat olhou a cela vazia, derrotada. Tinha tanta certeza de que Jace estava ali, que não havia considerado nenhuma alternativa.

— Quando o soltou?

O comandante Kravitz jogou as mãos para o alto.

— Você é surda? Ele não está aqui. Nunca esteve. Não sei nada sobre esse... como é mesmo o nome dele?

— Jace Burton. Então quero registrar uma ocorrência de desaparecimento.

— Está bem. Depois vai embora?

Kat nem mesmo respondeu enquanto o seguia de volta à recepção.

Alguém estava mentindo. Ou Landers, ou a Polícia Real Montada do Canadá. Ela não sabia quem, mas de uma coisa tinha certeza: Roger Landers estava, de alguma forma, envolvido no desaparecimento de Jace. Tinha o dedo dele naquela história.

CAPÍTULO 52

Kat encostou-se na porta da frente e a fechou. Do lado de fora, o vento lufava e sacudia as antigas janelas de um só painel de vidro.

Chutou as botas para longe e largou o equipamento no corredor, exausta. Quase não conseguira pegar a última balsa da quarta-feira, e ainda estava com o estômago embrulhado devido à travessia agitada. As outras travessias tinham sido canceladas pelo resto da noite, e ela se perguntou que fim levara Landers. Não o vira a bordo.

Jogou as chaves no aparador do corredor e acendeu a luz. Olhou para a lateral da porta na esperança de ver os sapatos de Jace ou algum sinal de sua presença.

Nada. O lustre do hall iluminava o ponto vazio no piso de madeira danificado pelo fogo, apagando qualquer esperança de ela encontrá-lo em casa.

Kat sentiu o coração pular ao ver o moletom de Jace pendurado no corrimão de mogno entalhado, mas depois se lembrou: estava exatamente no mesmo lugar quando eles tinham ido embora para Hideaway Bay. Um duro sinal de que nada havia mudado.

A velha casa rangeu conforme a ventania se intensificou lá fora.

Ela rumou para o quarto e pegou a primeira roupa quente que conseguiu encontrar.

Olhou pela janela do cômodo enquanto vestia pijamas e chinelos. O entardecer já se fazia presente, o vento varrendo as folhas e formando um pequeno ciclone.

Kat sentiu-se feliz por estar dentro de casa, quente e seca, por fim.

Desceu as escadas para a cozinha em silêncio, e se deu conta de que não comia desde o café da manhã. Abriu a geladeira e espiou lá dentro, mas a visão de comida só serviu para deixá-la nauseada. Fechou a porta sem tirar nada de dentro.

Voltou para o escritório, no andar de cima, e ligou o computador. O desaparecimento de Jace estava, de algum modo, relacionado a Roger Landers. Ela só precisava descobrir como, exatamente.

Uma coisa era certa: Landers queria Jace fora do caminho porque o considerava um concorrente.

Mas, haveria outro motivo? Talvez o jornalista não estivesse atrás de um furo de reportagem. Talvez fizesse parte da história toda. Talvez estivesse envolvido naquela farsa.

Kat fez uma busca, à procura de tudo o que pudesse encontrar sobre Roger Landers, mas, exceto por seu livro de alguns anos antes, não havia muita coisa. Se ele estava realmente escrevendo uma matéria, devia haver alguns artigos, porém ela não encontrou nenhum.

Estava tão absorta na busca, que não notou a casa ficando escura. Acendeu a luminária da escrivaninha, vendo-a falhar de leve quando o vento uivou lá fora. Perguntou-se sobre Harry. Tempestades costumavam deixá-lo nervoso, e ele ficaria preocupado com a própria casa.

Kat ligou para o celular do tio, contudo não obteve resposta. Sem dúvida, àquela altura Hillary devia ter se cansado do pai e estava louca para se livrar dele. Teria coragem de abandoná-lo em algum lugar?

Telefonou para a casa dele. Também não houve resposta.

E ela nem tinha o número do celular de Hillary.

Kat devolveu o fone para o gancho, dividida entre aguardar notícias de Jace ou se aventurar de novo lá fora, indo para a casa de Harry. Por fim, decidiu ficar onde estava. Poderia perder a chance de encontrar qualquer um dos dois se eles viessem até ali naquele meio tempo.

As luzes voltaram a piscar, e a interrupção de energia foi alguns segundos maior desta vez.

Kat suspirou. O comandante Kravitz finalmente capitulara e concordara em fazer um boletim de ocorrência para pessoas desaparecidas em nome de Jace. Fora apenas uma formalidade, já que ele não ficara convencido de que o namorado dela havia sumido. Provavelmente não faria nenhum esforço para procurá-lo.

Kravitz estaria mesmo envolvido na prisão de Jace, como Roger Landers afirmara? Ela já não sabia mais no que acreditar, ou em quem confiar.

Precisava da matéria de Jace para estabelecer alguma prova. E isso não aconteceria se ela não encontrasse o próprio Jace.

Trabalhou no relatório da Edgewater por uma hora, contudo não conseguia se concentrar. Aquela era uma batalha perdida, pensou, enquanto lutava para manter os olhos abertos. O brilho da tela do computador, seus olhos ressecados e aquela exaustão sem precedentes estavam cobrando seu preço.

Já estava farta de Hideaway Bay, do Instituto Mundial e da Edgewater Investments. Tinha seus próprios problemas com que lidar. Tudo o que ela queria era Jace em casa e Harry em segurança.

Mas, claro que aquilo era uma estupidez. O mundo, assim como sua necessidade de se sustentar, não iriam parar apenas porque ela assim desejava. Quanto antes terminasse o relatório de Zachary, mais rápido poderia canalizar todas as suas energias para encontrar Jace e Harry.

E estava tão perto disso!... Tudo o que tinha de fazer era atualizar o relatório da Edgewater, incluindo suas descobertas do fim de semana, e anexar a programação do Instituto Mundial - a confirmação do envolvimento de Nathan. Aquilo daria a Zachary provas suficientes para processar o pai pela fraude, mesmo que alguns dos principais documentos tivessem desaparecido. No fim, a decisão entre denunciar Nathan imediatamente ou esperar mais um pouco seria dele.

Mas algo ainda a incomodava. O próprio Zachary.

Se pensasse bem, Zachary acusava Nathan de não ser ético e fazia a mesma coisa: capitalizava em cima das pessoas. Assim como todos os outros, o que ele queria era abocanhar sua fatia do bolo. A qualquer custo.

Kat sentiu as pálpebras pesadas e lutou para mantê-las abertas. Precisava terminar o relatório naquela noite se quisesse entregá-lo a Zachary pela manhã.

O vento lufou contra as janelas do escritório, e as luzes piscaram antes de se apagar por completo. O computador também desligou.

Ela praguejou baixinho ao perceber que não havia salvado a última versão do relatório. Sem dúvida, a energia não seria restaurada antes do amanhecer.

O melhor a fazer, então, era aproveitar algumas horas de sono.

Esgotada, ela se arrastou pelo corredor até o quarto e se jogou na cama sem nem mesmo tirar a roupa. Mergulhou em um sono profundo e sonhou com Jace.

Desta vez, encontrava-o na cabana de Kurt, mas, a cada vez que ela se aproximava, alguém se interpunha entre eles.

CAPÍTULO 53

K at acordou sobressaltada. Alguém batia na porta da frente, lá embaixo.

O motor de um carro roncou, e pneus cantaram a distância. Pouco depois, ela ouviu vidro se quebrando.

Outro coquetel Molotov?!

Ou pior... alguém tentando invadir a casa?

Desceu os degraus aos tropeços para chegar ao hall de entrada e derrapou no tapete quando o vidro se estilhaçou.

O vento lufou pela vidraça quebrada da porta da frente. Kat viu o vidro quebrado no piso de madeira no mesmo instante em que algo perfurou-lhe o pé.

— Ai!

Ela transferiu o peso do corpo, mas isso só fez o vidro penetrar ainda mais.

Ergueu o pé e tateou a planta, sentindo uma lasca se projetar da parte carnuda.

Puxou-a para fora. Algo pegajoso exsudou do corte e pingou em sua outra perna: sangue.

Kat pôs a mão por baixo do corte, querendo evitar que o sangue pingasse no tapete do hall.

279

— Ai!... Mas, que droga! – praguejou, pegando o que havia de mais próximo para conter o fluxo - a blusa de moletom de Jace.

Enquanto a enrolava em volta do pé, viu o telefone sem fio no tapete da entrada. O projétil que arrebentara o vidro.

Sentiu uma onda de alívio. Não era um coquetel Molotov. Ainda estava escuro lá fora, então devia ter dormido apenas por algumas horas.

A energia ainda não voltara? Deveria chamar a polícia?

Seus instintos tomaram a frente do bom-senso. Girou a maçaneta e abriu a porta na esperança de apanhar quem tinha feito aquilo antes de uma eventual fuga.

Não precisou olhar para muito longe. Tio Harry estava bem diante dela, sozinho na varanda, em meio à tempestade invernal.

— Tio Harry?! O que está fazendo aqui?

— Isso é o que eu chamo de boas-vindas, Kat. Minha nossa... Ele esfregou as mãos e estremeceu.

— Desculpe, tio Harry. Eu... eu só estou surpresa por vê-lo aqui. Onde está Hillary? Os pneus cantando deviam ter sido os do Porsche de sua prima.

Ela esfregou os olhos, querendo espantar o sono. E se houvesse perdido a balsa e não estivesse ali para atender à porta? Harry não saberia o que fazer. Não conseguiria encontrar o caminho para casa, e ficaria do lado de fora sozinho.

— Não estou vendo Hillary aqui, você está? – Ele fez um gesto com a mão. — Posso entrar?

— Claro! - Kat o fez entrar. — Estou muito feliz em vê-lo... Fiquei surpresa, só isso.

A demência de Harry parecia ter piorado sensivelmente naqueles poucos dias. Teria sido o estresse de ver a filha novamente?

O médico a tinha alertado quanto ao risco de mudanças muito drásticas na rotina de Harry, lembrou Kat. E Hillary, definitivamente, podia ser considerada uma mudança drástica.

— Acho que não me ouviu bater. O que estava fazendo? – Harry batia os dentes quando parou no hall para fitá-la.

— Eu estava trabalhando lá em cima. - Kat fechou a porta atrás dele. Não adiantava dizer ao tio o quanto era tarde. — Alguém o trouxe até aqui?

Tio Harry usava uma jaqueta corta-vento, calças de algodão e nenhuma luva - um traje mais apropriado para o final da primavera do que para o mês de dezembro em Vancouver. Apesar das temperaturas abaixo de zero e da chuva gelada, sua roupa não impermeável encontrava-se quase seca. Qualquer coisa a mais do que uma corrida pela calçada o teria ensopado.

— *Nãão...* - Harry descalçou os sapatos e pendurou a jaqueta no armário do hall. —Vim andando. O que você e Jace estão fazendo para o jantar? Pensei em sairmos.

Kat deixou cair os ombros. Precisava de café para acordar.

— Ahn, seria ótimo, mas... Jace não está em casa agora. Que tal eu fazer alguma coisa para o senhor? - Ela observou o tio. O rosto de Harry parecia cinzento. — Está se sentindo bem? Não está com uma cara muito boa.

— Estou bem. O que aconteceu com o seu pé?

— Nada. Pisei naquele vidro quebrado. - Ela apontou os cacos forrando o hall de entrada.

— Isso não é nada bom... Se tivesse limpado essa bagunça, não teria se cortado.

— Eu sei, tio Harry. - Kat suspirou enquanto o seguia, evitando os vidros com cuidado. Como ele não se lembrava de ter quebrado a vidraça havia menos de cinco minutos? — Tem certeza de que Hillary não o trouxe até aqui? Estava com ela, lembra?

As palavras saíram antes que ela pudesse evitar, porém Harry pareceu não se dar conta.

— Não. Não a vejo há séculos. - Ele enxugou a testa. — Quer sair para comer alguma coisa?

— Ahn, que tal um sanduíche em vez disso? Eu faço para o senhor. Sente-se um pouco enquanto eu limpo isto. - Ela o conduziu, cuidando para que o tio também evitasse os cacos.

— Está bem. - Harry cambaleou até a mesa da cozinha e sentou-se.

Kat mancou escada acima, até o banheiro, tentando não deixar o sangue pingar no carpete.

Apoiou o pé no joelho enquanto revirava o kit de primeiros socorros. O vidro parecia ter penetrado mais durante sua subida, apesar de seus esforços para não pisar.

Estudou o corte na base carnuda da frente do pé. Tinha quase oito centímetros de comprimento.

Fez uma careta de dor enquanto tentava tirar o caco com a ajuda de uma pinça. Era difícil enxergar com todo aquele sangue, mas finalmente conseguiu extrair uma lasca de uns dois centímetros e meio.

Quinze minutos depois, após higienizar e enfaixar o ferimento, manquitolou escada abaixo, de volta à cozinha.

Harry se pôs de pé.

— Está mancando... O que aconteceu?

— Não foi nada. Tio Harry, por que não bateu na porta? - Kat arrastou o pé enfaixado até a geladeira e tirou dela queijo e tomate.

— Eu bati, mas você não atendeu. Então fiquei preocupado que algo tivesse acontecido. Desculpe-me pela janela.

— Está tudo bem.

A doença de Alzheimer era um enigma. Às vezes, Harry não se recordava de coisa alguma que ocorrera minutos antes. Entretanto, fazendo-se a mesma pergunta alguns minutos depois, ele se lembrava de tudo.

Ela cortou o queijo e o tomate, e os dispôs sobre duas fatias de pão integral.

— Veio andando, mesmo, até aqui? Desde a sua casa? – Sentia o pé latejar agora. Estava difícil se concentrar em outra coisa.

Manchas vermelho-escuras começaram a filtrar pelas camadas de bandagem branca.

— Foi o que eu disse, Kat. Já se esqueceu? - Harry se levantou e começou a andar de um lado para o outro.

— Desculpe. Estou cansada... Não estou pensando direito. O senhor não sabe, mesmo, onde está Hillary? – Sua prima devia ter trazido o pai até ali porque não poderia levá-lo de volta para a casa dele após tê-la esvaziado e colocado à venda. Independentemente do estado mental de Harry, sem sombra de dúvida ele notaria a ausência de suas coisas.

— Hillary? Ela está no trabalho. - Harry segurou-se na bancada. — Preciso me sentar... A cozinha está girando e estou enjoado.

Kat o conduziu de volta à mesa. O que ela imaginara ser gotas de chuva na testa de Harry eram, na verdade, gotículas de suor.

Tocou a testa do tio. Estava quente, embora ele tremesse.

— Está quente... Não está se sentindo bem?

— Estou bem. - Harry suspirou e se deixou sentar na cadeira.

— Tem certeza? - Ela serviu um copo de água e o entregou ao tio, notando o tom azulado em sua testa. — Não me parece muito bem. Talvez um sanduíche o faça sentir-se melhor.

— Seria ótimo. Estou morrendo de fome. Sanduíche de queijo e tomate?

— Acho que consigo fazer um desses... E você, trate de descansar.

Kat suspirou. Precisava encontrar um cuidador urgentemente.

Cortou o sanduíche de Harry ao meio e levou-o à mesa, colocando-o diante dele. A bandagem espessa estava agora completamente encharcada. Ainda sentia vidro sempre que transferia o peso para o pé ferido.

Harry deu duas mordidas no sanduíche, depois o baixou e empurrou o prato.

— Não consigo comer agora, Kat. Não consigo nem olhar para o sanduíche.

— Mas você disse que estava com fome!

— Não, não falei nada. Como eu podia estar com fome? Acabei de jantar.

Kat suspirou. Era assim a demência. Em um minuto, Harry estava com fome. No outro, não.

E não havia como discutir.

— OK, então vamos.

— Aonde?

— Dar um passeio.

O curativo improvisado não fora suficiente para estancar o sangramento. Ela precisaria de pontos.

Não bastasse isso, ainda teria que dirigir até o hospital. Ao menos não machucara o pé com que conduzia o carro.

Quando apanhou as chaves da caminhonete de Jace no aparador do hall, seus olhos pousaram no telefone sem fio de Harry. O projétil utilizado para quebrar seu vidro continuava no meio da entrada.

Como aquele telefone escapara da limpeza de Hillary era um mistério; a menos que Harry o tivesse guardado no bolso.

De qualquer modo, ele seria inútil sem a base.

Kat o pegou e colocou no aparador. Mandaria consertar a janela na manhã seguinte. Até pensou em remendar a vidraça de alguma forma, mas não tinha energia nem mesmo para procurar uma fita adesiva.

Não que fosse muito importante. Não havia mais nada naquela casa que não pudesse perder. Tudo o que ela mais amava se fora: Jace, o velho Harry antes da demência e, mais do que tudo, qualquer traço de esperança.

Estava cansada demais para continuar lutando.

CAPÍTULO 54

Kat ergueu o pescoço para assistir à televisão presa à parede da sala de espera da Emergência. Assim como as cadeiras de tecido manchado, esta se encontrava voltada para baixo, aparentemente sem que nenhuma consideração ergonômica tivesse sido feita, uma vez que se encontrava inconvenientemente posicionada - próxima demais do teto.

Quantos pacientes da emergência haviam roubado televisores ou móveis para levar àquela decisão?...

Tio Harry olhava para o nada, ignorando os gritos dos bebês, os bêbados característicos da madrugada e o alvoroço típico de uma sala de espera de hospital superlotada.

Kat aguçou os ouvidos para tentar escutar o canal de notícias em meio ao burburinho. Na parte inferior da tela da televisão, rolava a legenda oculta. A barra lateral de atualizações piscava à direita.

No que restava da tela, um repórter surgiu em frente ao resorte *The Tides*, em Hideaway Bay.

— Tio Harry... nós estávamos lá! - Kat apontou, ao mesmo tempo em que a câmera se afastava da repórter, uma loira baixinha vestindo uma jaqueta *Gore-Tex* com o logotipo da estação.

Conforme o ângulo da câmera foi ampliado, um homem se fez ver.

Roger Landers usava a mesma roupa que no dia anterior. Ainda estava de dia. Aquilo devia ter sido filmado em algum momento após ele ter desaparecido da delegacia de polícia.

— Ahn? - Harry moveu a cabeça.

— Na TV. Olhe! - Kat apontou para o monitor.

— Olhar o quê?

— ...Nada. – Ela se levantou e se aproximou da televisão a fim de ouvir melhor.

— Eu vi Svensson sair do resorte desprevenido. Foi quando suspeitei do pior. - Roger Landers apontou para trás com uma das mãos, segurando uma cópia do próprio livro com a outra.

— O quê! - Kat deixou escapar.

Duas mulheres sentadas em frente lançaram-lhe um olhar cansado.

Mentiroso. Roger Landers não estava nem mesmo em Hideaway Bay quando Svensson desaparecera. Não podia ter visto o economista sair para sua caminhada fatídica, uma vez que chegara lá na mesma balsa que ela. Svensson já estava morto àquela altura.

A repórter o estimulou a continuar.

— Foi quando deu o alarme de que não havia sido um suicídio...?

— Isso mesmo. Muita gente queria Fredrick Svensson morto. Seus pontos de vista acerca da reforma monetária eram muito controversos.

A câmera deu um close na repórter.

— Fredrick Svensson foi indicado para o Nobel. Sua pesquisa sobre moeda e política econômica era revolucionária, e a base para as atuais discussões acerca de uma reforma monetária. Ao longo de trinta anos de carreira, Svensson propôs uma moeda única, mas, de repente, mudou de opinião... a qual deixou em um bilhete pouco antes de sua morte.

A tela mudou para o discurso de Svensson em Estocolmo e, de novo, Kat reparou na mulher em pé atrás do economista.

Desta vez, teve absoluta certeza. Era Angelika, a chefe das camareiras do resorte *The Tides*.

Kat continuava intrigada com o disfarce de camareira de Angelika.

Se aqueles dois eram amantes, como ela desconfiava, aquilo explicava a presença da mulher em Hideaway Bay.

Angelika estaria envolvida no assassinato de Svensson? Seria a mulher vista com ele no dia em que ele havia desaparecido?

Teria algo inacabado em Hideaway Bay?

Kat se lembrou de outra coisa. Por que Landers havia fugido dela na balsa para Hideaway Bay?

Porque ser visto na balsa desmentiria a série de eventos por ele alegada. Landers não poderia fingir ter visto Svensson se estivesse lá. De acordo com a polícia, ele era a única testemunha além da desconhecida, a qual poderia precisar o exato momento do sumiço do economista.

Aquilo tornava o timing do desaparecimento de Svensson um tanto suspeito. E se ele houvesse sumido muito antes?

Kat retornou para as cadeiras, repentinamente ciente da dor latejante no pé. Apoiou-o na mesa em frente, ignorando a cara feia de um homem de meia-idade. Landers estava tentando inventar uma história. Estaria querendo fazer tudo coincidir com o que ele postulara em seu livro? Ou havia mais alguma coisa?

A repórter segurou o microfone diante de Roger Landers enquanto a câmera abria.

— A súbita mudança de opinião de Svensson foi um choque para todos - afirmou Landers. – Afinal de contas, ele desmontou sua teoria sobre a reforma monetária: a base para sua indicação ao Nobel.

— A polícia tem alguma pista nova acerca do assassinato de Svensson?

Kat estranhou o fato de as perguntas serem dirigidas a Landers e não à polícia. Sem dúvida, um destacamento tão pequeno como o de Hideway Bay adoraria aparecer na televisão. O assassinato de Svensson devia estar entre as coisas mais importantes que haviam acontecido naquele vilarejo em décadas. Ou ser simplesmente a mais importante.

Então, onde estaria o comandante Kravitz?

— Há uma pista em particular - assegurou Landers. — Outro homem desapareceu ao mesmo tempo que Svensson.

Landers não mencionara isso no quarto do hotel.

Kat olhou para Harry. O tio dormia, a cabeça caída sobre o peito.

— E quem poderia ser? - A repórter parecia guiar Landers, como se já soubesse a resposta.

— Jace Burton. Um voluntário de Busca e Salvamento familiarizado com a região. Ele perdeu o emprego recentemente e pode ter se desesperado. Burton conhece todas as áreas perigosas, incluindo a cornija onde Svensson caiu... ou onde foi empurrado.

A tela mostrou uma imagem de Jace.

Kat deixou cair o queixo. Landers estava tentando incriminar Jace?... Ele sabia que Jace não estivera naquela trilha! Era possível que fosse tão longe por uma matéria? Por isso havia ido até o chalé de Kurt? Para produzir provas?

A verdade era que Landers agira como um criminoso invadindo a cabana de Kurt. Estaria envolvido no desaparecimento de Svensson, ou apenas acobertando alguém... como Nathan Barron?

Jace estava certo. Nada importava até que acontecesse com você. Então, sempre valia a pena lutar.

Ela só esperava que não fosse tarde demais.

CAPÍTULO 55

— *K*at? A enfermeira está chamando! - Harry apontou a mulher obesa que aguardava diante das portas duplas, o uniforme estampado acentuando as camadas de gordura que tentavam lhe escapar pela cintura.

A enfermeira deslocou o peso de um pé para o outro, parecendo cansada.

Kat não acreditava que tinha dormido na sala de espera. A privação de sono e o estresse de ficar indo e voltando de Hideaway Bay começavam a cobrar seu preço.

Ela se levantou e seguiu a mulher, fazendo um gesto para que Harry viesse atrás delas.

Ele se arrastou com dificuldade a seu lado. Mesmo mancando, ela foi obrigada a diminuir o passo para acompanhá-lo.

A enfermeira arqueou as sobrancelhas para Harry.

— Ele está comigo – explicou Kat.

Nunca mais o deixaria sozinho em salas de espera.

A mulher encontrou seu olhar e assentiu após mais uma olhadela em Harry. Conduziu-os a um salão com leitos alinhados em ambos os lados das paredes. Cortinas separavam as camas, porém a privacidade que ofereciam era ilusória. Vozes se faziam ouvir em todos os tons e volumes, e Kat pôde ouvir vários trechos de conversas enquanto passava mancando pelos leitos.

A enfermeira parou no meio da sala e fez um gesto para que ela se deitasse. Apoiou o pé ferido de Kat em travesseiros e desenrolou as ataduras.

Harry sentou-se na cadeira de plástico ao lado da cama e ficou olhando para o nada.

Minutos depois, o médico apareceu. Devia ter uns trinta e poucos anos. Era magro, com pele oleosa e entradas pronunciadas na cabeça.

Kat relatou o acidente enquanto ele terminava de tirar as ataduras e lhe examinava o pé.

Pouco depois, o médico exibia um pedaço de vidro com a pinça.

— Aqui está o problema. Ainda tinha uma farpa. Vai precisar de alguns pontos e uma antitetânica. - Ele sorriu e rabiscou algo no receituário. — Use sapatos da próxima vez. – Contornou o banco alto em que se sentara e deixou a pinça em uma bandeja ao lado. Fez meia-volta, porém parou diante de Harry. – O senhor não está com uma cara muito boa... Está se sentindo bem?

Harry tinha o rosto corado e suava a despeito da sala fria.

— Sim. - Ele enxugou a testa. – Só estou meio enjoado.

O Dr. X pegou um abaixador de língua da bandeja e puxou o banquinho para perto do tio dela.

— Abra a boca, por favor.

Harry obedeceu.

— Quando foi a última vez que comeu?

— Ahn... já faz um tempinho. Não comi hoje.

— Na verdade, ele comeu uma hora e meia atrás, mais ou menos – interveio Kat. — Deu uma mordida em um sanduíche de queijo e tomate. - Ela sentou-se na cama e sorriu para o médico. — Ele se esquece, às vezes.

Harry continuou olhando para a frente, em evidente concentração, enquanto o doutor o examinava com o depressor.

O médico virou-se para Kat com uma expressão fria no rosto. O tom amigável se fora.

— Eu gostaria de interná-lo e fazer alguns exames. Ele pode estar com gripe ou algo mais grave. Precisamos mantê-lo aqui esta noite.

Harry aguçou os ouvidos.

— Não vou ficar aqui. Preciso ir para casa.

— O senhor não está bem. Não é aconselhável que vá para casa.

— Bem, nesse caso... - Harry deixou os ombros caírem. — Não posso ir para casa se não for seguro.

— Precisamos apenas descartar algo mais sério, Sr. Denton.

— Está certo, doutor. — Harry deu de ombros e buscou Kat com o olhar.

Ela fez que sim com a cabeça.

O médico deu um tapinha no ombro de Harry e saiu, evitando encará-la.

— Não se preocupe, tio Harry. Vou dar uma olhada na sua casa, ver se está tudo fechado... Voltarei amanhã cedo para levá-lo embora.

Harry não parecia, mesmo, muito bem. Mesmo levando-se em conta a demência, ele parecia estranho. Seria bom que ele passasse por exames.

Sem dizer que aquilo também resolveria outro problema: Harry não poderia ver sua casa vazia.

Talvez ela até conseguisse ir atrás de Hillary e confrontá-la a respeito da venda da casa.

— Tem certeza, Kat? Não vai atrapalhar você?

— Claro que não. O hospital é o melhor lugar para você, já que não está se sentindo bem. Será bem cuidado aqui.

A enfermeira gorda reapareceu e fez um gesto para Harry.

— Pode me acompanhar, Sr. Denton.

Ele virou-se para Kat, inseguro.

— Está bem, Kat. Acho melhor eu ficar mesmo.

— Está tudo bem, tio Harry. Nós nos veremos em breve. - Ela o abraçou antes de a enfermeira levá-lo.

Mas não estava tudo bem. Harry estava doente, tinha perdido tudo, e suas finanças estavam fora de controle. Jace estava desaparecido e havia a suspeita de que tivesse sido assassinado... ao menos segundo Landers.

O que ela poderia fazer?, perguntou-se Kat. Suas vidas estavam desmoronando tão rápido, que ela nem conseguia mais juntar as peças.

CAPÍTULO 56

Na quinta-feira pela manhã, Kat deixou o elevador no décimo andar um pouco mais relaxada, apesar de apenas algumas horas de sono ininterrupto. Sentia o pé bem melhor, e conseguira mandar consertar a vidraça quebrada. Havia até parado de chover. Tinha vindo direto para o hospital, decidida a não ir à casa de Harry até conseguir falar com Hillary.

Seguiu as placas para a enfermaria da terceira idade. Avistou Harry sentado em uma cadeira próxima ao posto de enfermagem, conversando animadamente com duas enfermeiras. Sorriu conforme se aproximava. Tio Harry também parecia muito melhor, e seu tom de pele voltara ao normal.

— Tio Harry?... Cheguei.

Harry virou-se e abriu um grande sorriso ao vê-la.

— O que está fazendo aqui, Kat?

— Vim visitá-lo. Como está se sentindo?

— Estou bem. - Ele baixou a voz. — Não vê que estou trabalhando? Não posso conversar agora.

— O senhor está no hospital, tio Harry.

— No hospital?... Não seja boba. - Harry apontou a fileira de

293

cadeiras ao longo do corredor. – Espere ali. Converso com você na hora do café.

As duas enfermeiras a olharam, contudo, suas expressões permaneceram inalteradas. A mais velha disse algo à mais nova, depois se levantou e se aproximou de Kat.

— A Dra. Konig gostaria de conversar com a senhorita. Aguarde aqui, por favor.

— Claro. - Kat postou-se ao lado da cadeira do tio, ao mesmo tempo em que uma ruiva dobrava a esquina, quase colidindo com ela e a enfermeira.

— Ah... Dra. Konig, esta é a sobrinha de Harry Denton. Foi ela quem o trouxe na noite passada.

A enfermeira retornou para o posto de enfermagem, deixando Kat cara a cara com a médica.

A moça concordou com um gesto de cabeça e observou Kat sem dizer nada.

Kat estendeu a mão, porém a médica a ignorou e cruzou os braços.

— Já temos os resultados dos exames preliminares de seu tio. – A mulher a encarou, como se aguardando por uma reação.

— É uma gripe, não é? - Kat deslocou o peso do pé dolorido. — Ele já não estava muito bem algumas semanas atrás, mas parecia já estar saindo dela.

— Ele não está nada bem. Ele foi envenenado.

Kat quase caiu para trás.

— Envenenado?!... Impossível. Tem certeza?

— Certeza absoluta. - A médica concordou com a cabeça, os lábios apertados em uma linha fina. — Isso é o que os exames mostram. Harry disse que mora sozinho, é verdade?

— Sim, mas... não entendo. Sou eu quem prepara todas as refeições dele. Costumamos tomar café e almoçar juntos. Ele vai trabalhar comigo todos os dias e fica na minha casa para o jantar. Quero dizer, normalmente é assim. Estive fora por alguns dias.

— Ficou dias sem vê-lo?... Pensei que cuidasse dele. – A médica bufou. — Com que frequência cuida de seu tio, afinal?

Kat não gostou do tom de voz da doutora.

— Como eu disse: todos os dias. Mas estive fora, a trabalho, nas últimas horas. Não tive como evitar. De qualquer forma, comemos a mesma comida. Eu também não devia estar doente?

A médica a observou.

— Teoricamente, sim.

Kat sentiu-se mal com o modo como a Dra. Konig a encarava.

— Não pode estar pensando que eu... Não! - Kat deu um passo atrás. – Está achando que eu o envenenei? Isso é uma loucura!

— Não importa o que eu penso, Srta. Carter. Já enviei minha avaliação para as autoridades de saúde. Elas é que determinarão os próximos passos.

— Como assim, "os próximos passos"?

A Dra. Konig olhou para Kat e entregou-lhe um cartão de visitas.

— Aqui está o número. Uma assistente social fará contato em alguns dias. Enquanto isso, espero que compreenda que não podemos permitir que leve seu tio... e que todas as suas visitas serão supervisionadas.

Kat olhou para Harry. Um segurança havia se materializado a cerca de seis metros, próximo da entrada. Seus olhos encontraram os dela antes de se desviarem.

— Supervisionadas? – ela repetiu com voz trêmula. — Isso não faz nenhum sentido. Não pode estar achando que eu... que eu o envenenei?

A Dra. Konig apertou os lábios sem dizer coisa alguma.

— Eu jamais faria mal ao meu tio! Deve haver algum engano!

— Sou obrigada a tomar precauções. Agora, se me der licença... – A Dra. Konig fez meia-volta e se afastou.

Kat seguiu a médica com o olhar enquanto esta percorria o corredor.

— Não está entendendo... Eu não fiz nada! - Ela foi atrás da Dra. Konig, contudo parou ao notar a aproximação do segurança.

Engoliu o nó na garganta. Sentia-se como uma criminosa.

— Não pode fazer os exames de laboratório outra vez? – gritou para a mulher. — Deve ter havido algum erro!

Mas a doutora continuou andando e desapareceu em uma esquina, ao final do corredor.

Kat estremeceu. Se seu tio realmente havia sido envenenado, e ela não tinha feito nada... apenas outra pessoa tivera acesso a Harry nas última vinte e quatro horas: Hillary.

Mas sua prima não podia ter ido tão longe. Ou podia?

— Kat? – A voz de Harry subiu um tom. – Leve-me para casa.

O segurança avançou um pouco, parou e olhou os pés, evitando fitá-la nos olhos mais uma vez. Permaneceu próximo ao posto de enfermagem, a apenas alguns passos de Harry, decerto aguardando que ela fosse embora.

— Não posso, tio Harry.

Kat sentiu o rosto quente enquanto lutava contra as lágrimas. Não era assim que as coisas deviam ter saído. Um a um, todos aqueles que amava lhe estavam sendo tirados.

Olhou para o cartão que a Dra. Konig lhe dera, tentando ler as palavras borradas. Era alguma organização de saúde pública com um nome comprido.

Por que eles acreditariam nela?

Fez meia-volta para ir embora sentindo-se envergonhada, embora nem soubesse por quê.

— Por que "não pode"? – O rosto de Harry ficou vermelho. — Não me deixe aqui, Kat! Tem que me tirar daqui!

— Eu sinto muito... Voltarei assim que puder. – Ela se virou, a garganta apertada com a emoção. Harry não entenderia.

Estacou, então, e piscou, certa de que estava vendo coisas.

Mas não estava.

Hillary vinha pelo corredor, as pulseiras chacoalhando. Usava um casaco preto longo e bem cortado, e botas de grife salto dez. Sem dúvida, comprados com o crédito de Harry. Acenou para o posto de enfermagem, os olhos cor de mel faiscando na direção dela.

Kat a ignorou.

Hillary, então, correu atrás da Dra. Konig e sorriu para Kat antes de desaparecer com a médica em um pequeno consultório. Fechou a porta atrás dela.

Foi então que Kat se lembrou do suco de laranja amargo na geladeira de Harry. Ela o havia tomado no mesmo dia em que passara mal, porém imaginara apenas que o suco tinha se estragado.

Harry tomava alguns copos daquele suco diariamente; muito mais do que o pouco que ela experimentara!

Há quanto tempo aquele suco fora batizado?...

Kat respirou fundo. Precisava pôr as mãos naquele suco de laranja e submetê-lo a um teste.

Só esperava que não fosse tarde demais.

CAPÍTULO 57

*K*at sentou-se diante de Zachary Barron, preocupada com o prognóstico de Harry e com as acusações da Dra. Konig.

E, mais do que tudo, com o suco de laranja na casa de Harry.

Zachary recostou-se na poltrona de couro, as mãos cruzadas atrás da cabeça.

— Já encontrou a prova?

— Sim e não. - Kat contou o que tinha acontecido no quarto do hotel com Nathan e Victoria, sem omitir nada. — Não tenho mais os papéis do Instituto Mundial, mas está tudo documentado no meu relatório.

Ela logo havia recuperado o arquivo perdido após deixar Harry no hospital. Nem por decreto deixaria Zachary atrasar ainda mais a denúncia sobre o esquema Ponzi de Nathan.

— Quando conseguir recuperar os documentos do Instituto Mundial de Nathan, iremos discutir os próximos passos. - Zachary levantou-se, prestes a dispensá-la. Mas Kat não fez menção de ir embora. Ele não poderia usar os documentos como desculpa para adiar o inevitável.

— Zachary, não pode continuar adiando tudo indefinidamente. Já tem provas suficientes, mesmo sem estar com os documentos do Instituto Mundial, que seriam apenas um acréscimo. Nós dois sabemos que a Edgewater é parte de um esquema de pirâmide. Você tem o dever de alertar seus investidores agora.

— Não estou certo de que dever é a palavra certa, Kat. Olhe só... - Zachary virou o monitor do computador, de modo que ela pudesse enxergá-lo. – Meus negócios valorizaram dez por cento desde ontem. Dez por cento. Estou negociando por conta própria, e vou usar todo o lucro que obtiver para repor as perdas do fundo. Dê-me mais uma semana, e os investidores terão cada centavo seu de volta, para não dizer que terão mais. Eu irei recompensá-los - como se nada disso tivesse acontecido.

— Uma coisa dessas não pode deixar de ser denunciada.

Como era possível que Zachary houvesse recuperado bilhões em menos de uma semana?

Mesmo que houvesse, por que ele não fizera isso com o fundo antes? Nenhuma de suas transações anteriores chegara perto daquele tipo de retorno. Mesmo que tivessem sido realmente concretizadas.

— Não se trata de um jogo, Zachary.

— Claro que é um jogo. Todo o sistema monetário é um jogo. A moeda de todos os países é manipulada. Não é possível que seja tão ingênua...? Vou denunciar a fraude de Nathan, mas só se eu recuperar todo o dinheiro dos investidores.

— Zachary, são pessoas de carne e osso... com perdas reais! Elas merecem saber imediatamente. Agora, não em duas semanas!

— Acha que não sei disso? Meu investimento no fundo é maior do que o de qualquer um.

Então era esse o motivo. Agora, a mudança de rumo de Zachary fazia sentido. Tudo tinha a ver com seus próprios interesses.

Zachary contornou a mesa.

— Pense bem... Se denunciarmos Nathan, vão fechar o fundo e congelar os ativos da Edgewater. As perdas serão permanentes. A Edgewater irá declarar falência, e toda essa confusão se transformará em anos de processos e batalhas judiciais.

— Não pode estar falando a sério. - Kat balançou a cabeça.

— Claro que estou falando a sério. Vou recuperar o dinheiro primeiro. Nathan não vai conseguir nada. Ele ainda poderá ser processado, mas ao menos os investidores não ficarão arruinados financeiramente.

— Como pode recuperar todo esse dinheiro em duas semanas?

— Não vai ser fácil, mas pode ser feito. O sistema financeiro mundial é todo artificial: os meus negócios, a valorização da moeda de cada país... Até mesmo a moeda única do Instituto Mundial, seja lá como for sua indexação. É tudo completamente à parte do valor real das coisas, e isso acontece há décadas. Veja só... - Zachary pegou a carteira do bolso de trás, tirou dela uma nota de um dólar e a jogou sobre a mesa. — O que está vendo?

— Um dólar. - Kat entrou no jogo.

— É o que diz o papel. Mas, o que é um dólar? É apenas uma promessa de pagamento. Uma nota promissória chique do governo. Essencialmente, é inútil.

— Estranho ouvir esse tipo de coisa de alguém que negocia moedas como meio de vida.

— Não. Estranho é trocarmos papel-moeda por itens de valor, isso sim. Antigamente esse papel tinha como lastro o ouro... agora, não mais. Agora preferimos outras coisas ao ouro. Nós podemos trocá-lo por alimentos, talvez. Algo de valor costumava ser dado em troca de outra coisa, mas é diferente hoje em dia. Essa promessa de dívida não vale o papel em que é impressa. O papel-moeda impresso atualmente excede o valor dos ativos que o endossam mil vezes ou mais.

— O que isso tem a ver com a Edgewater e a fraude de Nathan?

— Tem tudo a ver. Denunciar a fraude de Nathan significa desvendá-la. Estamos falando de uma enorme quantia em dinheiro, Kat. De tanto dinheiro, que haveria repercussões muito além da Edgewater e do fundo. Esse montante alcançou um patamar que ninguém mais conhece ao certo. Se houver um choque, todo o sistema financeiro pode entrar em colapso.

— Isso é um exagero. O fundo da Edgewater é apenas uma fração do dinheiro que existe em circulação. Não pode estar falando a sério quando diz que o sistema financeiro global poderia se desestabilizar. Isso não vai acontecer.

— Não estou me referindo à Edgewater, Kat. Veja para onde foi o dinheiro roubado... Para uma organização secreta que pretende substituir a moeda mundial. Se as pessoas sonharem com isso, perderão a confiança em seus governos, em todos os seus sistemas monetários. Irão resgatar todos os seus investimentos, vai acontecer uma corrida aos bancos, e não há dinheiro suficiente no mundo para impedir isso.

— Só pode estar brincando. Não queira usar isso como desculpa para adiar o inevitável.

— Não estou usando nada. Estou apenas afirmando: está tudo conectado.

— Está me dizendo que o sistema monetário internacional foi criado do nada?

— Basicamente. É como um enorme jogo de pôquer, onde todo mundo imagina estar com uma mão boa. Enquanto esse for o caso, os investidores irão mantê-la, e está tudo certo. No momento em que começarem a passar, estaremos com problemas. Não podemos ter muita gente trocando as fichas ao mesmo tempo.

— Mas Nathan roubou a Edgewater. Você mesmo disse que queria acabar com ele.

Zachary ficou em silêncio.

Nesse momento, Kat percebeu que seu cliente desejava exatamente o mesmo que o pai: poder absoluto. Ele apenas usava uma maneira diferente para obter o que queria. Nathan ansiava por controlar o próprio sistema monetário. Zachary, em contrapartida, usava as transações como um meio para explorá-lo.

E ambos obtinham o mesmo resultado: valores manipulados para o seu próprio ganho.

— Vou acabar com ele. Mas não à custa do mercado e da minha subsistência. Em primeiro lugar, vou recuperar o dinheiro. Depois irei denunciar Nathan – garantiu Zachary. — Não queira ferrar os investidores da Edgewater, Kat. Estará ferrando a si mesma. A todos nós.

— Quem está ferrando quem? Mais cedo ou mais tarde, eles vão ter que pagar. Esperar só torna o inevitável pior!

— Nada é inevitável. - Zachary tornou a virar o monitor. — Quantos esquemas de pirâmide imagina que estão acontecendo no mundo nesse momento? - Zachary não esperou pela resposta. — Centenas? Não... Milhares. E em todo o mundo. Grandes e pequenos. A maioria deles nunca será descoberta, a menos que - ou até que – haja uma escassez de dinheiro. Enquanto houver retorno, oferta de moeda, e os investidores continuarem aumentando, ninguém sabe de nada. Acontece o mesmo com o sistema monetário internacional. Os ativos que o respaldam são uma fração do papel-moeda circulante. Ele se baseia na premissa de que ninguém vai trocar suas fichas ao mesmo tempo. Contanto que ninguém entre em pânico, o suficiente permanece investido e tudo dá certo. O dinheiro continua nos bancos, e os investidores mantêm o deles em nossos fundos. Se isso não é um jogo, então não sei o que é. É perigoso chamar o blefe quando as coisas não estão a seu favor.

— Não compreendo, Zachary. O que aconteceu com a sua disposição em denunciar Nathan?

— Ele vai ter o que merece. Assim que eu recuperar o que perdi.

Kat pulou ao ouvir o celular tocando. Olhou o display e viu que era do hospital. Lidaria com Zachary mais tarde.

— Tenho que atender.

A mulher ao telefone parecia apressada:

— Tenho um paciente aqui exigindo vê-la... Em quanto tempo consegue chegar?

Tio Harry devia estar se sentindo melhor. Aquela enfermeira estava sendo, decididamente, bem mais educada do que as outras duas, da noite anterior. Provavelmente não sabia que ela era quem tinha levado Harry ao hospital, concluiu Kat.

— Como ele está?

— Está bem. Um pouco confuso, talvez. Não para de murmurar algo sobre globalização e dinheiro...

Estranho. Harry geralmente abstraía-se de conversar sobre finanças.

De qualquer modo, ela tinha certeza de que ele não se lembraria de nada depois.

— Eu estava planejando ir vê-lo daqui a algumas horas – informou, pensativa. A atitude da enfermeira era um verdadeiro mistério depois das visitas supervisionadas e dos olhares suspeitos. O que havia mudado?

— Espero que consiga chegar mais cedo, para acalmá-lo, talvez. Ele está ameaçando ir embora. Não tenho como detê-lo, e ele precisa de cuidados médicos.

— É a demência. Ele costuma ficar agitado em ambientes que não conhece - ponderou Kat, surpresa por Harry haver se lembrado do Instituto Mundial e de Nathan Barron. Mais ainda de ele ter falado sobre eles.

— Demência?... Creio que não. Ele me parece bem normal.

— Ele sempre parece bem no início, mas em poucos minutos vai começar a repetir as coisas.

Como uma profissional da saúde não enxergava os sinais? Harry ficava confuso logo depois de começar uma conversa.

— Até agora ele não fez nada disso. Posso garantir que o rapaz não tem demência. Até porque é moço demais.

— Moço?... - Tio Harry poderia passar por alguém anos mais novo, mas continuava sendo um idoso. – Ele tem oitenta anos!

A enfermeira riu.

— Oitenta anos? Acho que não. Será que estamos falando sobre a mesma pessoa? - Ela não esperou por resposta. – Este rapaz não está com nenhuma identificação, apenas com um telefone celular. Foi assim que consegui o seu número. Ele está programado, no aparelho, como contato de emergência.

O coração de Kat falhou uma batida.

— Ele tem cabelo castanho, olhos azuis?... Um metro e noventa e pouco?

— Parece que sim.

Ele está vivo.

— O nome dele é Jace! Jace Burton!

CAPÍTULO 58

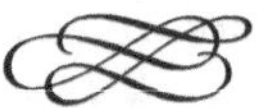

$\mathcal{K}$at chegou ao hospital em tempo recorde apesar do tráfego pesado, de um acidente com quatro carros e do estacionamento impossível. Estacionou em uma zona de reboque, duvidando de que a caminhonete fosse estar lá quando voltasse.

Mas, o que importava? Valia a pena estar ali.

Jace olhou para ela do leito do hospital. Tinha o lado direito do rosto forrado de hematomas e o olho quase fechado de tão inchado.

— Leve-me para casa.

— Quem fez isso com você?... - Kat posicionou-se ao lado da cama e o acariciou na testa. — Nathan Barron?

Ele franziu o cenho.

— O que Nathan Barron tem a ver com isso tudo?

— Hideaway Bay... O quarto do hotel... Não se lembra? Você foi para o quarto adjacente com Roger Landers.

Jace coçou a cabeça.

— Só me lembro de estar no quarto com você e Landers. Você estava com raiva porque ele tinha comido tudo o que havia no frigobar. Não vi Nathan Barron. Ao menos, acho que não. - Jace franziu as sobrancelhas. — Como vim parar aqui?

— Não sei. - Kat engoliu o nó na garganta. – Só sei que estava desaparecido havia dias. Pensei que nunca mais fosse ver você.

— Dias? - Ele segurou a mão dela e a apertou.

— Não se lembra de ter ido para o quarto ao lado?

— Não. - Jace apontou a cabeça. – É como se eu tivesse um enorme espaço vazio aqui dentro.

Kat contou sobre a briga dela com Nathan e Victoria.

— Deve ter acontecido o mesmo com você. Lembra-se de tê-lo visto? Ou Victoria Barron?

— Eu... eu não sei. Mas alguma coisa aconteceu. Não consigo tirar isso da cabeça. - Jace franziu a testa. — Alguém bateu na porta, acho.

— Tente se lembrar, Jace. Você foi para o quarto adjacente com Roger. Levou os documentos do Instituto Mundial e o meu laptop com você. O laptop ainda estava lá quando eu também estava. Sabe o que aconteceu com os documentos? Roger os levou? Ou foi Nathan Barron?

Ele olhou ao redor do quarto.

— Estou tentando, mas não consigo. Onde estão minhas roupas?

Kat se levantou, sentindo uma onda de esperança. Os documentos estariam ali, no quarto? Eles eram o elo entre Nathan Barron, a Research Analytics e o Instituto Mundial. A programação e as minutas das reuniões eram especialmente incriminadoras, e uma peça fundamental para a investigação de Zachary.

Ela procurou em volta, mas não viu nenhum dos pertences de Jace no minúsculo quarto de hospital.

— Você estava escrevendo uma matéria sobre o Instituto Mundial. Você e Landers discutiram o sistema monetário internacional e os planos do Instituto Mundial para uma moeda única. Você estava com o meu laptop e os documentos.

E nós brigamos, completou em pensamento, torcendo para que Jace não se lembrasse daquela parte.

— A programação... Você não queria que Landers a visse. - Jace tentou sentar-se, mas praguejou e deixou cair a cabeça no travesseiro.

Kat fez um sinal com a mão para impedi-lo. Apertou o botão ao lado da cama e fez o leito se erguer devagar até deixá-lo quase sentado.

— Então se lembra. O que aconteceu com a programação? - Ela examinou o quarto, notando várias gavetas embutidas na parede oposta. Contornou a cama e as abriu, uma a uma.

— Eu não sei. - Ele bocejou e esticou os braços. — Lembro-me um pouco do quarto, mas é tudo um grande borrão.

Jace não mencionara sua matéria inacabada. Teria se esquecido dela também?

— Eu descobri por que o *Sentinela* cancelou sua matéria sobre fraude hipotecária. Veja isto... - Kat mostrou-lhe a reportagem. — Olhe o endereço: Cedar Street, 422.

Ele lançou-lhe um olhar vazio.

— O endereço da Global Financial é Cedar Street, 422, Jace.

— Não estou entendendo. - Ele apanhou o copo de plástico na bandeja da cabeceira e tomou um gole com o canudo.

— A Global Financial, a empresa que você denunciou em sua matéria sobre fraude hipotecária, tem o mesmo endereço da Beecham, a firma de auditoria falsa da Edgewater.

Embora Jace tivesse investigado a Beecham, apenas ela havia ido até Cedar Street, 422.

— Elas estão interligadas? - Jace se pôs sentado na cama, derramando água no camisolão do hospital. – É muita atividade para um terreno baldio.

— Estava certo sobre Pinslett, Jace. Ainda estou trabalhando nos detalhes, mas parece que a fraude hipotecária da Global Financial era a contribuição de Pinslett para o Instituto Mundial. Nathan Barron desviava dinheiro da Edgewater, e Pinslett fazia o mesmo. A diferença era que os recursos de Pinslett vinham da Global Financial.

— Você seguiu o dinheiro, e ele a levou ao crime. - Jace limpou a água derramada com a palma da mão.

Kat assentiu. Encontrar o mesmo endereço tinha sido um golpe de sorte.

Mas a contabilidade forense normalmente envolvia fazer a própria sorte. Buscar padrões nos dados geralmente fornecia pistas; neste caso, um endereço comum. Aquele fora o elemento catalisador que expusera o caso.

— Isso prova que quem está por trás dessa fraude hipotecária também tem a ver com o Instituto Mundial. Quem você conhece que pode e quer abortar uma matéria do *Sentinela*, e que também está ligado ao Instituto Mundial?...

— Gordon Pinslett. - Jace arremessou os lençóis e jogou as pernas para fora da cama. — Minha matéria... Tenho que sair daqui.

— Você não vai a lugar nenhum, meu querido.

Kat parou de procurar nas gavetas e virou-se para a porta de saída.

Uma enfermeira roliça entrou, apressada, as solas de borracha guinchando no piso vinílico à medida que se aproximava da cama.

— Trate de se deitar. Quanto mais relaxar, mais cedo estará fora daqui. – A mulher segurou o braço de Jace. O mesmo antebraço queimado no incêndio agora exibia um hematoma roxo de quinze centímetros no lado de dentro do cotovelo. Exatamente no mesmo lugar que no braço dela, pensou Kat.

Uma pequena casca também decorava o topo do antebraço de Jace. Típica de uma aplicação de agulha malfeita, ou da resistência do paciente. Provavelmente um pouco das duas.

— Parece que tem visita hoje... - A enfermeira fez um gesto com a cabeça na direção de Kat enquanto contornava a cama e erguia o braço são de Jace. Envolveu-o com o medidor de pressão e começou a bombear. — Ele estava bem confuso quando foi admitido. Nem se lembrava do próprio nome. - A enfermeira olhou para o monitor e soltou o manguito de velcro. – Está tudo certo. Ele só não está cem por cento por conta da concussão. Sua memória provavelmente irá voltar nos próximos dias. Difícil saber com certeza.

— Já recuperei a memória - Jace protestou. – Estou bem, agora.

Tanto a enfermeira quanto Kat o ignoraram.

— Como Jace chegou aqui? No hospital, quero dizer.

— Da mesma forma que todos chegam, querida. De ambulância.

— Tem certeza?... Quero dizer, está na ficha dele, ou você o viu chegando?

— Eu não estava aqui, mas fiquei sabendo. Você não? - A mulher pareceu irritada com a pergunta. — Já passou em todos os noticiários.

A enfermeira notou a pausa de Kat e lançou-lhe um olhar reprovador quando ela negou com um gesto de cabeça.

Kat suspirou. Estivera ocupada sendo jogada na rua ela mesma.

A diferença era que havia tido a sorte de acordar em um banco na estação de trem Waterfront.

Explicar tudo aquilo à enfermeira, no entanto, só a faria parecer maluca.

A linha cronológica da mulher também conflitava com a versão de Landers. A história da cadeia era falsa, no fim, e Kat sentiu-se uma idiota por acreditar nas mentiras do jornalista. O sujeito era um mentiroso patológico.

Ela retomou a procura nas gavetas.

— Nem sei o que aconteceu - resmungou Jace. — Não me lembro de nada de antes de acordar aqui.

A enfermeira recolocou o histórico médico no lugar e virou-se para ele.

— Estava caído à beira de uma estrada, inconsciente. A polícia falou que alguém o jogou lá. Teve sorte por não ter congelado até a morte ou ser atropelado. - Ela se voltou para Kat. — Ele só acordou há uma hora.

— Não me sinto tão sortudo assim. - Jace fez uma careta e mudou de posição na cama.

Kat sorriu ao abrir a última gaveta. As roupas dele!

Pegou a jaqueta e revirou os bolsos. Nada. Dobrou-a e a deixou no chão.

— Acredite, você teve sorte - repetiu a enfermeira. — Hipotermia leve, congelamento de três dedos e uma concussão. Podia ter sido bem pior. Você quase foi atropelado.

A mulher fez meia-volta e deixou o quarto, os solados guinchando pelo piso.

Kat pegou a camisa de Jace e procurou nos bolsos. Nada também. Agora só faltavam os jeans.

Ergueu-os da gaveta e enfiou a mão em um dos bolsos traseiros.

Escondida no fundo, dobrada em quatro, estava uma cópia das minutas do Instituto Mundial. Mas faltavam os outros documentos. Landers ou Nathan Barron provavelmente os haviam pego. Não importava qual dos dois o fizera, uma vez que, provavelmente, eram comparsas.

— Também tive uma briga com Nathan e Victoria... - Kat contou o que havia acontecido. — Landers ficou lá, parado. Não fez nada.

— A ex-esposa do seu cliente?

Ela assentiu, lembrando-se de que Jace não conhecera Victoria.

Explicou o relacionamento entre a mulher e Nathan.

— Agora me lembro – ele comentou. — Ela estava com Nathan. Eu só não sabia que ela era russa.

— Russa?

— Sim. O sotaque de Angelika não é russo?

— Angelika? Está falando da chefe das camareiras do resorte *The Tides*?

— Foi ela quem me aplicou uma injeção. - Ele esfregou o braço. — Estava no quarto com Nathan e Roger. - Os olhos de Jace se estreitaram. — Aquele traidor.

— Angelika?

Então por isso a chefe das camareiras entrara no quarto deles logo pela manhã? Devia estar procurando por algo, ou por alguém.

Jace assentiu.

— Foi o que eu disse.

Svensson e Angelika. Angelika e Nathan.

Nathan estaria de algum modo envolvido no assassinato de Svensson?

A enfermeira voltou, desta vez com um copo de papel e algumas pílulas.

Jace sorriu enquanto engolia os remédios. Independentemente do que continha aquele medicamento, tornara-o alheio ao Instituto Mundial, ao *Sentinela* e à sua própria matéria.

Kat sentiu o pulso se acelerar. Os cartões de crédito pré-pagos... Nathan tinha um monte deles, e um do mesmo tipo ficara no uniforme da camareira.

Um uniforme mais ou menos do tamanho de Angelika.

Seria uma forma de pagamento? Se era, teriam sido prestados outros serviços?...

A enfermeira interrompeu seus pensamentos.

— Este moço não vai a lugar algum por enquanto.

Era a melhor notícia que Kat ouvia em muito tempo.

CAPÍTULO 59

*K*at chegou à casa de Harry logo após o meio-dia. A calçada da frente continuava malcuidada em comparação às calçadas extremamente limpas do resto do quarteirão.

Ela subiu as escadas da frente e bateu. Se houvesse uma chance de Hillary não ter esvaziado a geladeira, daria um jeito de conseguir aquele suco de laranja. Sem dúvida, ele era a fonte do veneno.

Mas tinha que haver outra explicação. Intoxicação alimentar, talvez?...

Precisava testar aquele suco e ver se o resultado batia com a teoria da Dra. Konig. Se o suco estivesse batizado, significava que ela também tinha sido envenenada.

Nenhuma resposta.

Kat soltou um suspiro de alívio. Com sorte, Hillary não havia vendido a casa para o casal, nem para qualquer outra pessoa. Dificilmente a venda se concretizaria tão depressa, mas tudo era possível com Hillary. Principalmente se ela estivesse precisando de dinheiro.

Cortar a fonte de Hillary fora, no mínimo, desastroso, concluiu Kat. Isso trouxera sua prima de volta à cidade, arruinara Harry financeiramente e quase custara a vida dele. Se ela, Kat, não tivesse impedido o acesso de Hillary à conta bancária e aos cartões de crédito de Harry, nada daquilo teria acontecido. Tinha sido tudo sua culpa.

Mas que escolha ela havia tido?

Estava ansiosa por entrar na casa, agora, mas, mesmo assim, bateu de novo e se obrigou a esperar por mais um minuto.

Nada ainda.

Encostou o rosto na porta e tentou escutar algum sinal de atividade.

O diagnóstico de intoxicação aguda de Harry ainda lhe parecia surreal Como ela e Jace estavam juntos em Hideaway Bay durante o período do envenenamento, entretanto, só sobrava Hillary.

Então, por que sua prima não era uma suspeita em potencial? Como podia visitar o pai sem supervisão?

A menos que Hillary tivesse fabricado uma história para implicá-la, deduziu Kat.

Sentiu um arrepio. Harry estava em perigo se Hillary tinha acesso irrestrito a ele no hospital. Não havia outra explicação para o veneno que tinham encontrado em seu organismo, a não ser que este fora instilado pela filha dele.

Kat espiou pela janela lateral enquanto esperava na varanda de Harry. Ainda não tinha obtido resposta e não havia nenhum sinal de atividade olhando-se através das cortinas transparentes. Aquilo era bom.

Desceu as escadas e seguiu pela calçada que levava à parte de trás da casa. A neve não continha marcas. Ninguém tinha chegado ou partido desde a noite anterior.

Espiou pela janela da cozinha. Estava vazia. Sem nenhuma mobília, exatamente igual à sua última visita. Mesmo os pratos empilhados ao lado da pia pareciam intocados.

Ela virou a chave na fechadura e entrou. Foi direto para a geladeira e fez uma careta ao se lembrar do gosto amargo do suco de laranja. Em momento algum chegara a pensar que o suco podia estar mais do que estragado, até o diagnóstico da médica.

Tanto ela quanto Harry tinham ficado mal logo após o café da manhã com o famigerado suco. Ela havia dado apenas um gole, o que podia explicar o fato de não ter tido grandes sintomas. Mas a náusea depois de ter bebido era incontestável. E também o sabor amargo.

Kat se deu conta de que, por várias semanas, não havia feito suco de laranja para Harry, pois já encontrara um jarro cheio dele dentro do refrigerador. Sem dizer que Harry não vinha comendo, lavando pratos nem preparando alimentos.

E durante todo esse tempo, seu tio se queixara de dores no estômago. Seu médico o ignorara, concentrando-se no diagnóstico de Alzheimer.

Envenenamento explicava muita coisa nele: a palidez, os suores, o mal-estar generalizado. Seus sintomas oscilavam, não sendo consistentes com os de uma gripe.

Seria possível que Hillary tivesse ido tão longe a ponto de envenenar o pai? Que outra explicação poderia haver?

Kat abriu a geladeira. As prateleiras estavam vazias.

Onde mais poderia procurar?

Ela praguejou. Hillary devia ter destruído todas as provas após o diagnóstico de Harry.

Por outro lado, os resultados só tinham saído naquela manhã. A ausência de rastros na neve significava que a garrafa devia ter sido descartada antes da nevasca da noite anterior.

Kat pegou o celular e ligou para Connor Whitehall. Precisava conversar com alguém urgentemente. Alguém que a compreendesse.

A chamada caiu no correio de voz de Connor, porém ela não deixou nenhuma mensagem. Em vez disso, escorregou pela parede da cozinha até o chão e afundou a cabeça nas mãos. Não fazia a menor ideia de como agir, entretanto, tinha que fazer alguma coisa. Aquele envenenamento parecia absurdo, mas, segundo o hospital, era real.

Era como se ela estivesse participando de um reality show bizarro, no qual jamais pedira para entrar.

Poderia pedir que outro médico examinasse Harry, porém ela mesma acreditava no diagnóstico da doutora. Envenenamento fazia todo o sentido. O problema era que, suspeitando dela, eles não pensariam em considerar mais ninguém.

E se a garrafa de suco estivesse no lixo?

Kat se levantou tão rápido que ficou tonta. Depois de se estabilizar, revirou a cesta da cozinha. Nada.

Abriu a porta e desceu as escadas do fundo. Uma vez na rua, tirou a tampa da lixeira. Mesmo no frio, o cheiro acre do lixo ascendeu e a envolveu.

Ela abriu a porta da garagem, então, e pegou as luvas de jardinagem de Harry na bancada. De volta à lixeira, deu início à árdua tarefa de revirar toda a lata.

Enfiou a mão pelas camadas de lixo, tocando sacos de papel e de plásticos imundos.

Não demorou muito para que um pedaço de vidro ficasse preso na luva de lona. Decidida, ela retirou a maior parte do lixo e o jogou sobre a tampa da lixeira, no chão.

Já quase no fundo, avistou um monte de vidro quebrado. Era a garrafa de suco de laranja.

E agora? Mesmo que conseguissem fazer o teste no recipiente, no que aquilo poderia ajudar? Embora pudesse corroborar as suspeitas da médica, sem dúvida não provava sua inocência. Pior do que isso: provavelmente a incriminaria mais, uma vez que o hospital já concluíra que ela era a culpada.

De qualquer forma, Kat achou melhor preservar a garrafa do que perdê-la para o aterro sanitário. Recuperou os cacos e os colocou em uma vasilha. Depois perguntaria a Connor Whitehall o que fazer.

Sentiu-se observada e, ao erguer a cabeça na direção da rua, avistou a Sra. Brantford. A vizinha de Harry a olhava do portão aberto com um misto de desconfiança e curiosidade.

Kat acenou.

A mulher ergueu o braço devagar, parecendo insegura. Acenou de volta, então, depois se virou, fechando o portão atrás de si.

Estranho, pensou Kat. A Sra. Brantford normalmente a cercava, ansiosa por conversar.

De qualquer forma, ela não estava com tempo sobrando.

Voltou para a garagem à procura de algum lugar onde colocar a garrafa quebrada. Viu uma pequena caixa de papelão, e já se esticava para apanhá-la quando notou três sacolas de compras da loja Garden

Heaven sobre a bancada de trabalho. Tinha certeza de que elas não estavam ali da última vez.

Olhou dentro de uma das sacolas. Sacos de um quilo do pesticida *No-Gro*.

Tirou um dos sacos e parou ao ver o crânio e os ossos cruzados: símbolo de perigo de envenenamento.

Harry, alguma vez, usara produtos químicos em seu jardim? Não se lembrava disso.

De qualquer modo, seis sacos seriam suficientes para matar tudo em uma pequena fazenda, quanto mais em um jardim da cidade.

Leu a nota fiscal. Os pesticidas tinham sido comprados havia duas semanas, pouco antes do horário de fechamento da loja.

Onde estava Harry naquele momento? Fora ele quem comprara os pesticidas?

Ela duvidava disso. A Garden Heaven ficava a uma meia hora de carro dali, sem dizer que, na data do recibo, o controle do portão da garagem já fora desligado, ou seja, ele não teria conseguido tirar o Lincoln de casa. A compra também fora feita na hora do jantar, horário em que Harry costumava estar com ela e Jace.

Kat estudou o rótulo. Logo abaixo do símbolo de veneno, havia uma lista de ingredientes. Todos os elementos químicos eram desconhecidos e impronunciáveis. Ela não ouvira falar de nenhum deles.

Guardou a nota fiscal da Garden Heaven no bolso. Quem, diabos, comprava pesticidas em dezembro?

CAPÍTULO 60

Pouco antes das cinco, Kat finalmente chegou ao escritório de Connor Whitehall. Passou pela recepcionista e rumou para o escritório de Connor.

— Você precisa me ajudar. Tenho certeza de que Hillary está tentando envenenar Harry. - Ela se deixou sentar na cadeira em frente à mesa, porém logo se levantou novamente.

Connor olhava a tela do computador. Virou-se para observá-la.

— Ora, ora... olá para você também. Acusação pesada essa... Tem certeza?

Kat contou suas suspeitas sobre o suco de laranja e Hillary.

— O único problema é que o suco já era. As únicas provas que tenho são esses cacos de vidro.

Ela não mencionou o pesticida porque queria ter certeza antes de formalizar uma acusação. Antes de mais nada, faria uma checagem na Garden Heaven. Talvez conseguisse descobrir quem havia comprado o produto.

Entregou a Connor a caixa de papelão com a jarra de suco de laranja quebrada. Havia vários cacos de vidro, de diferentes tamanhos, assim como parte da alça de plástico da garrafa.

— Acho que ela está tentando matá-lo.

— Precisa de mais provas além dessa.

— A prova está na motivação, Connor! Hillary está desesperada por dinheiro e cansada de Harry. Ela o quer fora do caminho, assim poderá obter o que tiver sobrado dos bens dele.

Connor balançou a cabeça.

— Não é o bastante. Se as impressões digitais nesses cacos de vidro forem analisadas, o que irão mostrar? Provavelmente as suas impressões, assim como as de Harry e Hillary. Ou seja, precisa de algo mais contundente para provar que há o dedo da sua prima nessa história.

— Mas, como? Estou no limite da minha capacidade.

— Não sei exatamente, porém confio que vá encontrar um modo. Tem que encontrar. Muito provavelmente o hospital fará a polícia dar queixa de você.

— Suspeitas não são fatos. Não há nada que me incrimine.

— Harry passa o tempo todo com você - contradisse Connor. – Você é quem prepara as refeições dele e, você mesma afirma, Hillary nunca está por perto. Sua proximidade já é o bastante para torná-la uma suspeita... o que me leva ao ponto seguinte. Não sou advogado criminalista. Se eles seguirem com a acusação, precisará de um bom profissional para defendê-la.

— Não acredito nisso. Sou a única que cuida de Harry, que zela por ele! E por causa disso me acusam de envenená-lo? - Kat saltou da cadeira. — Não é justo!

Connor fez um gesto para que ela voltasse a se sentar.

— Acalme-se. Ainda não foi acusada de nada. Verdade que a equipe médica parece disposta a isso, mas é preciso mais do que apenas suspeitas para formalizar uma denúncia. Estou apenas preparando você para o que pode acontecer.

Kat sentou-se.

— Mas eles estão ignorando Hillary completamente. Por que as visitas dela não são supervisionadas? Não deveriam monitorar todas as visitas como precaução?

— Provavelmente, mas ninguém lhes deu razão para fazer isso. Por algum motivo, a médica suspeita de você. Você o envenenou?... - Connor olhou-a por sobre os óculos.

— Claro que não! - Kat se pôs de pé, derrubando um copo de água que havia na beirada da mesa. — Como pode me perguntar uma coisa dessas?!

— Peço desculpas, mas precisava perguntar. - Connor levantou-se e pegou uma camisa polo pendurada no mancebo. Enxugou a água com a blusa, depois a largou no chão. — Precisa se acalmar, Kat. Isso não vai ajudar em nada.

— ...Perdão. - Connor estava certo. — E me desculpe pela água.

Ele dispensou as desculpas com um gesto.

— Eu trouxe um médico para ver Harry hoje. Ele parece estar melhorando no hospital, sem dúvida.

— Isso porque Hillary não pode continuar envenenando-o enquanto ele está lá. - Kat inclinou-se para a frente e apoiou os cotovelos sobre a mesa. — Eu sei que parece loucura. Nem eu mesma acredito que Harry foi envenenado. Não fiz isso, e quem fez precisa ser detido. Por que a médica chegou à conclusão de que fui eu? — Você é a suspeita mais óbvia. Trouxe Harry para o hospital, disse que cuida dele... Harry fica com você no escritório o dia todo e ao final do dia também. Ou seja, quase o tempo inteiro.

— Precisa ser assim. Harry não pode ficar sozinho, Connor. Você viu o estado em que ele está.

— Eu sei. Mas pode-se entender as suspeitas da doutora. Ela precisa primar pela segurança em se tratando de um paciente. Enfim... tive a chance de conversar com Harry a respeito de sua capacidade mental. Ele insiste em dizer que está perfeitamente bem.

— É óbvio que ele vai dizer isso. Harry não percebe o que está errado. - Kat sentiu um nó na garganta. Era um círculo vicioso.

— Entretanto, ele concordou com uma avaliação médica. Para "provar que esses médicos estão errados", como ele mesmo disse. Vou tentar providenciá-la antes do final da semana.

— Harry não pode esperar tanto tempo. Ele está sem nada, Connor. São consequências sérias demais para uma disputa familiar... Parece que ninguém leva o abuso financeiro a sério. Por quê?

Hillary talvez não tivesse apontado uma arma para o pai, mas o roubara do mesmo jeito.

— Não é que não levam a sério, Kat. O problema é que o ônus da prova está na vítima.

— Uma vítima que não pode nem cuidar de si mesma? Isso é tão injusto!...

Ela sentiu-se impotente. Não podia fazer nada a respeito da casa porque Harry não se provara incapaz no momento da transferência de propriedade. A falsificação de sua assinatura era uma possibilidade, entretanto as acusações e a data para uma audiência ainda pareciam muito distantes.

Até lá, Hillary já estaria longe.

— Não é possível que a polícia não possa fazer nada.

— Kat, você mesma disse, não há prova concreta.

Ela abriu os braços no ar.

— Harry perdeu a própria casa, Connor. Sua conta bancária foi zerada, e ele contraiu dívidas que jamais poderá pagar. Hillary é a proprietária da casa agora. Dirige um Porsche e usa joias pagas com o dinheiro do pai. Quem está se beneficiando nessa história toda? A motivação precisa ser ainda mais óbvia?

— Entendo. Mas os tribunais só funcionam preto no branco, você sabe. É preciso que um processo seja instaurado, com provas de que ela tomou o dinheiro do pai sem o conhecimento ou consentimento dele. Ou então temos que provar que Harry não poderia dar o seu consentimento por conta de sua incapacidade mental. Não permita que as emoções afetem o seu bom-senso, Kat.

— Mas Harry não tem como compreender o que Hillary vem fazendo. A filha dele o arruinou.

— Pode ser. Mas tudo o que podemos fazer é seguir em frente... assim que ele for considerado mentalmente incapaz.

— Então, até agora está tudo perdido? O dinheiro dele, a casa, tudo?... Não consigo acreditar. Como a lei pode ser tão injusta?

— Pode parecer injusta. Mas não podemos voltar no tempo e questionar a capacidade de Harry em algum ponto do passado. Não houve uma avaliação concreta de seu estado nessa época. Não importa como você se recorda das condições dele. Sem o diagnóstico de um médico especialista, é apenas uma questão de opinião. – Connor deu-lhe um tapinha na mão. — Eu sinto muito. De verdade.

Harry tinha perdido todas as suas economias, e agora sua saúde estava em perigo. O que precisava ser feito para deter Hillary?

Se ninguém ia ajudá-la, decidiu Kat, ela faria isso do modo mais difícil.

A única maneira de provar sua inocência era provar que Hillary era culpada.

CAPÍTULO 61

Dez minutos depois, Kat parava o carro no estacionamento de cascalho da Garden Heaven, onde havia apenas mais dois veículos. Quem comprava plantas e utensílios de jardinagem no meio do inverno, afinal?

Os pedregulhos protestaram sob seus pés enquanto ela rumava para a porta de entrada. O vento soprou forte e agitou o banner rasgado da fachada.

Kat desabotoou o casaco e entrou.

— Posso ajudar?

Os negócios deviam estar muito devagar. A mulher de cinquenta e poucos anos a abordou praticamente antes de ela pôr os pés na loja. Usava uma camisa polo verde da Garden Heaven com um crachá onde se lia Rosemary. Limpou as mãos nos jeans largos e sorriu.

Kat sorriu de volta e pegou o recibo no bolso.

— Pode, sim. Vim atrás de uma informação.

Rosemary olhou a nota e franziu o cenho.

— Desculpe, mas não podemos aceitar devolução neste caso. Já ultrapassou o nosso prazo de catorze dias. – Seus olhos pousaram em Kat, esperando por uma reação.

— Não quero devolver nada. Eu só gostaria de saber se foi você quem realizou esta venda. - Kat estendeu o recibo.

— Que diferença isso faz? – indagou a mulher. Mesmo assim, aceitou a nota. Baixou os óculos que tinha empoleirados na cabeça e examinou o papel. — Sim, fui eu mesma. Eu me lembro desse dia.

Kat sentiu a esperança renascer.

— Lembra-se da pessoa que fez a compra?

— Normalmente, não, mas desta eu me lembro. Era meu aniversário, e eu tinha fechado a loja um pouco mais cedo. Uma mulher entrou correndo aqui... eu ainda não tinha trancado a porta. Eu disse a ela que estávamos fechados, mas ela me ignorou. Falou que não iria embora. Eu não quis discutir, porque não tinha fechado o caixa ainda. Ela saiu em cinco minutos. Foi a maneira mais fácil de eu me livrar dela.

Kat exibiu uma foto de Hillary.

— Foi esta mulher?

— Hum... talvez. Ou não. Não sou boa fisionomista. Não posso afirmar.

— Está bem. - Kat deixou cair os ombros, vendo suas esperanças se esvaírem. Agradeceu Rosemary e dirigiu-se para a porta.

Foi quando viu. A Garden Heaven tinha uma câmera de vigilância, logo acima da entrada.

Ela fez meia-volta e apontou a câmera.

— Rosemary, essa câmera fica ligada o tempo todo?

— Deveria. Por quê?

— Estou investigando uma fraude. Por favor, salve as imagens... Não apague nada. Podem ser importantes para o caso.

Os olhos da mulher se arregalaram.

— Que tipo de caso? Algum crime?

— Sim. - Não era exatamente uma mentira. No que dizia respeito a ela, Kat, Hillary era mesmo uma criminosa. Rosemary não chegara a perguntar se ela era da polícia, e ela também não precisava entrar em detalhes. – Uma pessoa pode estar em perigo. Será que você... Não.

— Eu o quê? - Os olhos de Rosemary se iluminaram com aquela faísca de interesse pela qual ela esperara.

Kat deu uma batidinha no relógio.

— A verdade é que estou correndo contra o tempo e tenho várias pistas. Se eu pudesse dar uma olhada no seu vídeo, poderia descartar algumas delas. Mas, deixe estar, não quero complicar a sua vida. - Ela soltou um pesado suspiro, esperando ganhar a simpatia da mulher.

Funcionou.

— Imagine! Eu sou a dona, então posso fazer o que quiser. O movimento está péssimo hoje. Podemos acessar as imagens do meu computador.

Rosemary fez um gesto para que Kat a seguisse até uma mesa no departamento da florista. Menos de um minuto depois, estavam sentadas diante do computador.

Rosemary inicializou um programa e, após alguns cliques no mouse, elas assistiram ao vídeo daquele dia.

Outro dia péssimo em termos de movimento, pelo que Kat pôde constatar. Rosemary acionou o modo rápido. A porta se abria e fechava, as pessoas entravam e saíam rapidamente. Menos de uma dúzia de clientes até aquele momento. Exatamente o que se podia esperar em dezembro.

— Espere. Volte um minuto... - A imagem da última mulher estava embaçada, contudo havia algo familiar nela.

A pulsação de Kat se acelerou.

Rosemary desacelerou as imagens, retornando para o modo de reprodução.

O som na fita estava péssimo, mas a imagem era clara. Uma mulher de preto entrava na loja e seguia para os fundos. Rosemary a seguia, fazendo um gesto na direção da entrada e dizendo algo que Kat não conseguiu entender. Estava comunicando que a loja se encontrava fechada, sem dúvida.

A desconhecida ficou de costas para a câmera. Usava um casaco comprido. E Hillary sempre usava preto.

Ninguém entrou ou saiu da loja nos minutos seguintes. Rosemary adiantou a fita até o ponto em que a desconhecida seguia para o caixa. Empurrava um carrinho de compras lotado de sacos do mesmo tamanho e cor dos pesticidas na garagem de Harry.

— Agora me lembro dela – afirmou Rosemary. — Estava muito bem vestida, sabe? A maioria das paisagistas não usa sapatos de salto. Às vezes, talvez, quando passam na loja na hora do almoço ou no caminho para casa, depois do trabalho. O esquisito é que isso foi logo depois de eu ter fechado. Outra coisa estranha... ninguém compra pesticidas em dezembro.

— Para que esse pesticida é usado?

— Ele tem largo espectro; quer dizer, mata qualquer coisa. Mas seria preciso uma infestação muito séria para se usar algo tão forte. Ele mata praticamente tudo com que entra em contato.

Kat estremeceu.

— Até mesmo pessoas?

— Bem, é veneno... Alguém morreu?! - Rosemary deixou cair o queixo.

— Quase. Alguma chance de eu conseguir uma cópia dessa fita?

APÓS UMA ETERNIDADE presa no tráfego pesado da hora do rush, no caminho de volta para casa, Kat acomodou-se no escritório, no andar de cima, perguntando-se como poderia vincular o pesticida ao relatório toxicológico de Harry. Um relatório ao qual ela nem tivera acesso.

Uma cópia em CD do vídeo da Garden Heaven aguardava na lateral da mesa.

Descobrir Hillary na fita, fazendo a compra, fora um passo enorme. Aquilo ainda não era o bastante para que pudesse denunciá-la, mas o suficiente para envolvê-la no caso.

Kat suspirou. Queria a prima enfrentando a justiça por seus atos.

Na manhã seguinte iria até o escritório de Connor Whitehall com o vídeo e pediria orientação quanto aos próximos passos. O recibo seria prova suficiente? De maneira alguma ela simplesmente o entregaria à polícia. Depois de tudo o que tinha acontecido em Hideaway Bay, não podia confiar cegamente em mais ninguém sem que tivesse um plano.

Voltou a atenção para o pesticida propriamente dito e digitou todos os ingredientes listados no rótulo, um a um, no computador. Queria correr para o hospital - e para a polícia - levando suas suspeitas, mas sabia que precisava construir um caso primeiro. Caso contrário, ninguém acreditaria nela.

Embora já esperasse por aquilo, as palavras no rótulo a chocaram:

Entre em contato com um centro de controle toxicológico e busque atendimento médico imediato se o produto for ingerido, inalado ou entrar em contato com a pele, olhos ou mucosas. Pode causar cegueira.

A ingestão pode causar desarranjo gastrointestinal, incluindo dores estomacais, náusea, vômito, palidez, tonturas, desmaios, convulsões, confusão mental, delírio ou morte.

Kat concentrou-se na última palavra. Estava ficando sem tempo.

E Harry também.

CAPÍTULO 62

Kat correu os dois quarteirões para a casa de Harry na chuva. Após o acidente com o limpa-neve, vinha evitando dirigir a caminhonete de Jace o mais que podia, pois esta lhe dava arrepios depois daquele ataque tão aberto.

Dobrou a esquina, aliviada ao ver que o Porsche preto de Hillary não se encontrava parado diante da casa. Nem o Lincoln de Harry, nem qualquer outro carro.

Tomara não fosse tarde demais, pensou, amaldiçoando a si própria por ter deixado o pesticida ali. Um erro imperdoável, já que este era uma prova concreta do que tinha envenenado seu tio.

E se o pesticida não estivesse mais lá? A nota fiscal não era evidência suficiente de que alguém estava tentando fazer mal a Harry. Deixar o pesticida na casa também poderia representar um belo suprimento para futuras doses de veneno...

Onde ela estivera com a cabeça?

Hillary já deveria estar longe após ter raspado a conta do pai, acabado com sua linha de crédito e tudo mais. Inclusive com a casa, o único bem dele, e quase com sua vida.

Kat ficou se perguntando o porquê de a prima ter chegado àquele extremo. Hillary já conseguira todo o dinheiro de Harry, assim como sua propriedade. O que mais pretendia?

Um segundo depois, ela percebeu que havia outra coisa: Harry tinha uma apólice de seguro de vida.

Cruzou a viela que dava para a garagem correndo. Hillary não iria escapar ilesa. Não se ela pudesse evitar.

A chuva gelada caía ruidosa e impiedosamente, salpicando de lama seus tênis de corrida. Kat arrepiou-se, desejando ter vestido algo impermeável.

Passou por uma poça e fez uma careta ao sentir a água fria penetrando-lhe os calçados, que guincharam conforme ela vencia os últimos metros até a entrada trancada da garagem.

Enfiou a mão gelada no bolso e apanhou a chave. Lutou com os dedos entorpecidos, tentando virá-la na fechadura enferrujada.

O ferrolho pegajoso finalmente cedeu.

Kat abriu a garagem e recolocou o cadeado no trinco da porta. Suspirou, aliviada, ao avistar os sacos de pesticida ainda intocados sobre a bancada.

Hesitou, insegura. Aquela seria a cena de um crime? Se fosse, não iria adulterar as provas com a remoção dos sacos?

O problema era que não poderia deixá-los ali para serem usados outra vez.

A tempestade aumentou em volume, como num sinal, conforme ela adentrou a garagem, abafando seus pensamentos tal qual no crescendo de um maestro.

Kat olhou pela porta aberta. Estava escuro lá fora, exceto pela luz fria de um poste, do outro lado da rua, que fazia cintilar as gotas conforme estas se chocavam com o solo. Era melhor se apressar antes que morresse congelada.

Deveria pegar os pesticidas, ou deixar as sacolas ali?

No final, decidiu levá-las. Hillary poderia comprar outros sacos, claro, mas ao menos, dessa forma, ela removeria a fonte de veneno e preservaria as provas.

Pegou os sacos, um a um, e colocou-os sobre a bancada.

Evidências.

Olhou para as próprias mãos. Ela também tocara no pesticida, mas o mais importante era tirar aquele veneno dali. Talvez conseguisse comparar aqueles sacos aos do vídeo da Garden Heaven. Os números dos lotes poderiam bater com as datas, etc.

Claro que tudo não passava de um palpite seu sobre aquele pesticida. Nada estava comprovado.

Kat se arrependeu por não ter ido de caminhonete até ali. Carregar quase cinco quilos de pesticidas por dois quarteirões não era exatamente uma boa ideia.

Vasculhou a garagem de Harry, procurando nas gavetas e caixas por uma sacola plástica que protegesse os sacos da chuva. O plástico também preservaria as impressões digitais... inclusive as suas.

Estava curvada, procurando em um balde cheio de sacolas, quando uma sombra bloqueou a claridade que vinha da rua.

Kat virou-se para a porta.

— O que está fazendo aqui? - A voz de Hillary era inconfundível.

Ela endireitou o corpo para encarar a prima, odiando a si própria por não ter imaginado que Hillary voltaria para buscar o veneno e encobrir seus rastros.

— Responda! Por que está aqui, Kat? Esta não é a sua casa. - Hillary permaneceu na entrada, com os braços cruzados. Usava jeans, botas e um *pullover* preto. – Este lugar não lhe pertence!

— Eu... vim apenas procurar umas coisas para Harry. - Kat sentiu o estômago se apertar.

— Procurar o quê? - Hillary bufou, entrando na garagem. — Harry não precisa de nada. Ao menos de nada vindo de você.

Kat olhou a bancada de trabalho, feliz por ainda não ter pegado os sacos. Ao menos Hillary não saberia que ela viera atrás do pesticida.

— Por que você está aqui, Hillary? Esta casa também não é sua.

Hillary sorriu, porém nada disse. Em vez disso, chacoalhou a garrafa de água que trazia na mão e caminhou na direção da bancada.

— Não tenho tempo para suas acusações ridículas, Kat. Já tenho problemas suficientes sem que você fique me atormentando. - Ela olhou para o relógio de pulso.

— Aposto que tem, mesmo. Está atrasada para alguma coisa? Ou talvez as coisas não estejam caminhando tão rápido quanto gostaria...?

Hillary largou a garrafa de água na bancada, ao lado das sacolas de pesticida. Usava luvas de jardinagem. Teria feito uso delas para administrar o veneno?

Kat lembrou-se do vídeo da Garden Heaven. Nele, Hillary também estava usando luvas.

Seria possível que suas próprias impressões digitais fossem as únicas nos sacos de pesticidas?...

Teve um calafrio. Talvez estivesse sendo paranoica. Aquela visita da prima ao centro de jardinagem era a única coisa anormal, que não podia ser explicada. Hillary jamais fora jardineira ou paisagista. Não era do tipo que cuidava e cultivava plantas. Era do tipo que as matava.

— Acho melhor você ir embora – declarou a prima dela.

— Não vou a lugar algum. - Kat permaneceu firme.

Hillary apontou o dedo para ela e riu.

— Vou lhe dar trinta segundos para cair fora, ou então... - Ela marchou na direção de Kat, bloqueando a luz que vinha da porta aberta.

Kat sentiu o pouco de autocontrole que ainda lhe restava desaparecer. Aquilo já era demais.

— Como pôde fazer isso, Hillary?

— Fazer o quê? – Os dentes exageradamente brancos da mulher cintilaram. Seu sorriso, porém, era frio.

— Pensa que não sei o que está fazendo? - Kat não mencionou o veneno. — Os cartões de crédito, as contas... A casa de Harry em seu nome... Que golpe baixo, Hillary, até mesmo para alguém como você! Está tão desesperada que precisou acabar com os únicos recursos que garantiriam o conforto de um idoso?

— Como ousa me acusar de roubo quando você mesma roubou a minha vida? Hillary recostou-se na bancada, de costas para os sacos de pesticida.

— Do que está falando? - Kat se aproximou. — Você é responsável pela sua própria vida. Nada que eu faça vai mudar isso.

— Ele é meu pai, Kat, não seu. Estou farta de ver você se intrometendo em tudo, recebendo a metade de tudo! Não tem direito a nada.

— Metade do quê?!

Hillary não respondeu. Agarrou uma chave de fenda da bancada de Harry e golpeou um saco de pesticidas, rasgando-o. Então o ergueu acima da cabeça e soltou uma nuvem de pó sobre Kat.

O pó venenoso verteu do saco, cobrindo sua cabeça e rosto. Kat ofegou ao senti-lo na face, no pescoço e nos ombros, invadindo suas narinas e pulmões. Baixou a cabeça, tentando proteger os olhos com os braços, mas era tarde demais. Havia veneno por toda parte, grudado às suas roupas molhadas, cobrindo seus sapatos e o piso da garagem.

Kat sentiu-se sufocar com o pesticida nos pulmões. Agitou os braços e se debateu, momentaneamente cega pelo pó em seus olhos. Sentiu-os arder e tentou abrir um deles. Esfregou-os, cambaleando para a frente. Tinha que tirar o veneno das vistas, mas a pia mais próxima estava dentro da casa.

— Tudo aqui é meu! Ficou claro agora? - Hillary virou-se e se afastou, carregando o saco vazio.

Kat ouviu a porta da garagem bater e o cadeado clicar.

— Ah, prima... pode deixar... - prosseguiu Hillary. — Eu digo ao papai que você se despediu.

CAPÍTULO 63

Kat tropeçou às cegas até a bancada e passou a mão pela superfície. Soltou um suspiro de alívio ao tocar a garrafa de água de Hillary. Derramou um pouco no dedo e provou para ter certeza. Água pura.

Por que concedera à prima o benefício da dúvida? Devia saber que os atos de Hillary só beneficiavam ela própria; mesmo que isso significasse trair uma parente, Harry ou qualquer outra pessoa.

Ergueu a garrafa e derramou o conteúdo em um olho, depois no outro, lavando-os até sentir parar o ardor. Usou a água restante para lavar o rosto da melhor forma. Seus olhos ainda ardiam, mas ao menos ela já conseguia abri-los.

Todos os sacos da Garden Heaven tinham sumido.

Kat forçou a porta, sabendo que era inútil. Tinha escutado Hillary fechar o cadeado.

Como a prima podia deixá-la ali?

Olhou em torno da garagem. Já estava pensando em quebrar a janela quando se deu conta de que havia outra saída. O sistema de fechamento do portão!

Apertou o botão e, um minuto depois, viu-se do lado de fora, aspirando ar fresco e permitindo que a chuva lavasse o veneno de sua pele e roupas.

Já não podia contar com os sacos de pesticida que tinha vindo colher como prova. Hillary se encarregara de sumir com eles. Mesmo assim, poderia juntar um pouco do pó para que este fosse examinado.

Voltou para dentro da garagem, pegou um pote de iogurte vazio da pilha que Harry mantinha sob a bancada e juntou o máximo que podia do piso.

Telefonou para Connor Whitehall, mas não obteve nenhuma resposta. Deixou-lhe uma mensagem, então, instruindo-o a pegar a amostra e o vídeo na casa dela, assim como encontrar uma cópia da chave. Não teria tempo para esperá-lo. Precisava ir para o hospital antes que Hillary o fizesse.

UMA HORA DEPOIS, Kat corria pelo corredor do hospital, apenas para descobrir que Hillary já havia chegado lá. Estava sentada em uma cadeira do lado de fora do quarto, aos prantos.

Apesar das roupas molhadas, Kat começou a suar. Hillary teria feito aquilo mesmo?... Teria matado o pai?

Ficou paralisada. O que poderia fazer?

Nesse instante, Hillary ergueu o olhar. Se ficou chocada em vê-la, não demonstrou.

— Não quero você aqui – disse, dispensando-a com a mão bem-cuidada.

Kat a ignorou e entrou no quarto de Harry. Meia dúzia de enfermeiras e médicos se aglomeravam ao redor da cama de seu tio acompanhados de carrinhos com equipamentos e instrumentos.

Uma enfermeira a encarou quando ela entrou. A mesma enfermeira que a destratara antes. Ergueu a palma da mão, fazendo um gesto para que ela se detivesse.

O coração de Kat quase parou. Seria tarde demais?

Voltou para o lugar onde Hillary continuava sentada com uma expressão fria. O público da prima tinha se afastado, e suas lágrimas, desaparecido. Agora Hillary tinha o rosto seco, e a maquiagem não parecia tão destruída.

Kat sabia que não devia falar com a prima, mas não pôde resistir.

— O que fez com ele?

Hillary sorriu.

— O que a faz achar que fiz alguma coisa?

— Não acho nada... tenho certeza, Hillary.

A enfermeira emergiu do quarto de Harry. Ignorou o fungar de Hillary e se dirigiu a Kat.

— Ele piorou.

— Ahn?... – indagou Kat, confusa, quando a moça falou com ela.

E não só por isso. A preocupação estava estampada nos olhos da enfermeira.

Por que ela não estava falando aquilo para a filha dele?

— Piorou como?

— Entrou em choque. Todos os sintomas voltaram, ainda mais fortes. Ele ingeriu veneno outra vez.

Sem que eu estivesse aqui.

De repente, Kat se deu conta do porquê de a moça estar sendo solidária. A enfermeira agora sabia que ela não tinha feito nada.

Teria percebido que Hillary era a culpada?

A moça desviou o olhar para Hillary, cujos soluços haviam se transformado em um choramingo. O choro de sua prima parecia convincente, porém seus olhos a traíam: iam da enfermeira para ela, buscando uma reação.

Hillary devia ter dado uma última dose a Harry. Maior do que as outras. Enquanto a equipe médica tentava salvar uma vida, sua prima fizera de tudo para tirar uma. E quase havia conseguido.

Kat digitou o número de Connor Whitehall. Àquela altura, ele já podia estar com as imagens de vídeo da Garden Heaven e com a amostra do pesticida. Se tudo caminhasse de acordo com seu plano, Connor Whitehall os estaria entregando

à polícia naquele momento. A amostra bateria com as toxinas encontradas no exame de sangue de Harry, e as autoridades seriam obrigadas a agir.

Hillary ficou em pé do lado de fora do quarto. Continuou se lamuriando, cada vez mais alto, como se fosse a única sobrevivente de uma tragédia. A cada pouco, lançava olhares para checar sua audiência.

Em pouco tempo, o corredor ficou completamente vazio, pois todas as equipes médicas disponíveis haviam entrado no quarto de Harry. Somente Hillary e Kat ficaram do lado de fora, proibidas de entrar.

As lágrimas de crocodilo de Hillary provocaram náuseas em Kat. A prima achava, mesmo, que poderia enganar todo mundo?

— Por que fez isso, Hillary?

— O quê? - Um sorriso malévolo curvou os lábios da mulher. — Não faço ideia do que está falando. E mesmo que fizer, você nunca saberá... Ninguém saberá.

— Eu sei. E tenho provas.

Hillary levantou as sobrancelhas.

— É mesmo? Do que exatamente?

— Eles sabem que foi você, Hillary. Sabem sobre o dinheiro e o veneno.

— Eles quem?

— Os médicos, a polícia... Os exames de sangue confirmaram o veneno, e as autoridades já têm todas as provas. Está tudo gravado em vídeo: você na Garden Heaven, você batizando o suco de laranja. Não vai conseguir escapar.

Kat acrescentou a história do suco apenas para avaliar a reação de Hillary.

— Está blefando.

— A polícia já está a caminho – garantiu Kat.

Mesmo que Connor já tivesse entregado o vídeo à polícia, ela duvidava de que eles fossem tão rápidos.

Mas Hillary não sabia disso.

— Se falar qualquer coisa, farei você se arrepender de ter nascido! - Hillary murmurou entre os dentes enquanto espiava o quarto de Harry.

Mas ninguém a ouvira, exceto Kat. A equipe médica continuava concentrada em seu trabalho.

Hillary pegou um estojo compacto da bolsa e o abriu. Limpou o rímel com um lenço de papel, depois encarou Kat. A crise de choro se fora, como sempre acontecia quando o público dela se afastava.

— Não saia da cidade, Hillary. Tem muitas explicações a dar.

A outra a encarou, absolutamente calma.

— Tente me impedir.

— Já fiz isso.

Hillary a encarou, o ódio queimando no olhar.

— Vai me pagar por tudo.

— Tarde demais. - Kat devolveu o olhar da prima, perguntando-se como havia chegado a ter medo dela. Também estivera cega para o fato de que Hillary era incapaz de cuidar de alguém além de si própria.

Uma vez concretizada essa percepção, Hillary deixou de ter poder sobre ela.

Definitivamente, pensou Kat, ela tinha o direito de estar ali. Não importava mais o que sua prima dizia ou pensava.

— Se me acusar de qualquer coisa, farei com que se arrependa – prometeu Hillary, de cenho franzido.

— A verdade sempre vem à tona, Hillary. Já veio.

Hillary lançou um olhar para o quarto de Harry e revirou os olhos. Parou por um instante, depois girou nos calcanhares e marchou corredor afora, cruzando as portas duplas da enfermaria. O barulho de seus saltos ecoou pelas paredes, seguidos pela campainha do elevador.

Tomara ela nunca mais pusesse os olhos na prima, Kat pensou com um suspiro.

CAPÍTULO 64

No escritório de Zachary, algumas horas depois, Kat ficou atordoada com o que acabara de ouvir.

— Apostou tudo? – Ela deixou cair o queixo, abismada com o fato de ele ter apostado todas as fichas em apenas uma transação. — Por que, Zachary?

Ele estava de pé em frente ao computador, as mangas enroladas, uma mancha de café escurecendo a frente da camisa amarrotada. Não devia dormir há dias.

Pela primeira vez, Kat sentiu-se mais bem arrumada do que ele.

— Posso recuperar tudo, Kat. - Zachary sorriu. — O meu modelo de negócio funciona. Só preciso provar que...

— Zachary, é tarde demais. Já não importa se o seu modelo de negócio dá certo ou não. Os investidores da Edgewater e as autoridades precisam ficar sabendo sobre o esquema Ponzi de Nathan. Agora.

Zachary apontou a tela de negociação.

— Eles vão saber. Depois que eu conseguir o dinheiro de volta. Veja na tela... O Euro subiu e já recuperei algumas das perdas. Quase um bilhão até agora. - Ele tirou um lenço do bolso e enxugou a testa.

— Um bilhão, Kat. Tenho que pegar carona nesse movimento enquanto ele durar.

As imagens prosseguiam no monitor atrás de Zachary. O Dólar havia caído em relação ao Euro. Dezenas de operadores assustados encontravam-se colados em suas telas de computador, exatamente o oposto do cenário que se desenrolava ali, entre ela e Zachary.

— É o dinheiro do investidor, Zachary. Cesse as perdas e caia fora enquanto pode. — Isso é loucura. Ganho cem milhões a cada dez pontos-base em que o Euro se valoriza em relação ao Dólar. Por que parar agora?

Cem pontos-base equivaliam a um por cento em termos comerciais. Um bilhão de dólares era o equivalente à metade das perdas da Edgewater causadas pela fraude de Nathan.

— Esse jogo é fácil de virar, Zachary. Saia agora.

O pânico estampado no rosto de Zachary quando ela contara sobre o esquema de pirâmide de Nathan havia sumido. Sua expressão, antes vulnerável, agora beirava a arrogância.

Kat pregou os olhos no gráfico da tela. A curva de tendência do Euro estava verde, já um por cento acima da moeda americana.

— Venda, Zachary! Saia enquanto está ganhando e denuncie a fraude. Os investidores vão entender que foi tudo culpa de Nathan e não sua.

— Ainda não.

— E se você perder o pouco que resta? É uma aposta arriscada demais.

— Pare de agourar... Não é risco nenhum. Minha aposta é grande o bastante para movimentar o mercado. Uma vez que ganhar impulso, estarei no azul de novo em poucos dias, se não em poucas horas.

— Não pode estar falando a sério. Reclamou que Nathan arruinou a Edgewater e está prestes a fazer o mesmo.

Zachary bufou, irritado.

— Os mais ricos não vão se conformar com uma perda tão grande, Kat. Vão querer ver sangue se ficarem sabendo do que Nathan aprontou. Vão imaginar que ele se deu mal por minha causa, que sou um completo imbecil, idiota demais para perceber uma fraude bem debaixo do meu nariz, que sou incompetente ou ladrão. De qualquer forma, vou sair perdendo.

— Com provas suficientes, vão acreditar em você. - Kat apontou a tela. — Esses lucros não estão garantidos. Isso pode virar a qualquer momento. Em vez de uma perda de dois bilhões, pode perder muito mais. Venda, Zachary, e abra o jogo. Você não fez nada de errado... ainda.

— Não vou fazer isso. O que estou fazendo é perfeitamente legal. Não há nada no prospecto do fundo me impedindo.

Tecnicamente aquilo estava dentro da lei. Mas seria o certo a fazer?

— Seus investidores dificilmente iriam querer vê-lo apostando tudo em uma só transação. O que eles fariam se soubessem?

Zachary não respondeu, então Kat respondeu à própria pergunta.

— Eles resgatariam o próprio dinheiro.

A linha do gráfico do Euro tornou a cair, revertendo todos os ganhos de alguns minutos.

Zachary era tão pouco ético quanto o pai. A única diferença era que ele ainda não cruzara a linha da legalidade.

— Ninguém precisa saber – ele contrapôs.

— Não está apostando em Las Vegas! - Kat olhou para a tela. A linha do gráfico ficara vermelha, mostrando agora uma perda de um por cento. Quase todos os ganhos do dia anterior haviam se perdido. - Foi o que eu disse... agora está perdendo.

— Quer calar a boca? - Zachary abriu os braços. — Não é nenhuma aposta, é o meu modelo de negócio e está dando certo. Ao menos estava até você ficar dando palpite... – Ele apontou uma poltrona à sua frente. — Está me distraindo. Sente-se aí ou vá embora. Se quiser ver as coisas seguirem seu curso, vai entender o que quero dizer.

Kat soltou um suspiro e sentou-se. A última coisa que queria ver era Zachary fazendo história.

Uma tragédia se anunciou quando o Euro caiu mais cem pontos. Agora a perda era de dois bilhões.

Ambos olharam a tela de negociação em silêncio.

Então, quando tudo parecia perdido, o Euro parou de cair. Lentamente, ele foi se recuperando: alguns pontos-base, depois uma dúzia, depois trinta. Agora, a perda era de apenas um bilhão e setecentos. Apenas.

— Está vendo, Kat? - A expressão de pânico de Zachary transformou-se em pura satisfação. – Ponto para mim. Minha aposta está dando certo agora.

— Como pode ter tanta certeza? - Para ela, a linhas do gráfico parecia mais a queda íngreme de uma montanha-russa sem fim. Em alguns segundos ela mergulharia em um precipício, repetindo a aventura dos últimos vinte minutos.

— Coisa de momento, Kat. Já está virando. - Zachary apontou uma curva acentuada na linha do gráfico. — Tudo dá certo se a aposta for boa o bastante.

Em menos de dez minutos, a linha subira mais uma vez. Agora, Zachary precisava de um bilhão.

— Como pode ser tão simples?

— É um jogo de soma zero. Se eu ganho, alguém perde. Se aposto o suficiente, movo o mercado para qualquer direção que eu queira. Quando ele se move, outros o seguem. - A linha do gráfico continuou a subir. No momento estava verde, e a fortuna de Zachary continuava a aumentar.

— Mas os economistas estão prevendo que...

— Quem se importa com o que os economistas pensam? Os operadores é que controlam os mercados. Quem pensa de outra forma não passa de um tolo.

— E quanto a Svensson e aos outros economistas? Se o trabalho deles não faz sentido, então por que não dão prêmios Nobel aos operadores?

— Acha que os mercados têm base na ciência?... - Zachary riu. — É mais como o pôquer. Você pode blefar e fazer fortuna, Kat.

Zachary recostou-se na cadeira, cruzou as mãos atrás da cabeça e sorriu. De acordo com a linha verde, ele já subira dois por cento. Tinha recuperado todas as perdas da Edgewater.

Kat mal acreditava que aquilo pudesse ter acontecido tão rápido. Mas acontecera.

— Esse seu modelo... Você disse que ele tinha base na Teoria dos Jogos Quânticos. Que era infalível.

Zachary riu.

— Era apenas uma jogada de marketing. Eu digo isso às pessoas para impressioná-las, e funciona como mágica. No fim, no que eu realmente aposto é na ganância. Ninguém quer perder.

— Mas não é uma coisa certa.

— *Au contraire*. Quem você acha que cria as oscilações de moeda? Se estas forem fortes o bastante, posso bloqueá-las. Eu vendo uma vez que todos os investidores menores o fizerem.

— Assim como faria o Instituto Mundial? À custa dos investidores da Edgewater?

— Investidores traquejados, que conhecem os riscos. Se eles não forem experientes, não deveriam estar no jogo. É simples assim. Se todos estão dentro é devido a seus próprios interesses. É apenas uma questão de quem dá mais.

— Então tudo é manipulado? O resultado final é uma conclusão inevitável?

— Claro. Tudo está decidido, Kat. Assim como em Las Vegas. Só que, nesse caso, a banca sou eu.

Kat ficou em silêncio, olhando para a tela, transfixada. O Euro continuou a subir, aparentemente incontrolável. Zachary não havia apenas recuperado todas as perdas causadas por Nathan - também ganhara um bilhão extra.

— Estou de volta! – Ele bateu palmas e soltou um assobio. — Não só recuperei o fundo como obtive algum lucro... e uma taxa legal para a Edgewater. Que tal essa jogada?

Jogada típica de Las Vegas. Em favor da banca, claro.

Kat olhou para a tela.

— Hora de assegurar seus lucros?

— Daqui a pouco. - Zachary virou-se para ela. - Agora, falando sobre o meu acordo de divórcio... Precisamos refazer os números e voltar ao tribunal. Victoria não vai receber um centavo.

Zachary estava mais preocupado com seus dólares do que com o caso entre Victoria e Nathan. Uma vez que o acordo de divórcio fora baseado em números falsos, Victoria teria direito a muito menos do que havia levado.

Mas o caso poderia ser reaberto?

— Vou ver se consigo algo para você até amanhã. - Kat levantou-se e fez meia-volta para sair.

Mas Zachary não pareceu ouvir. Estava curvado sobre o monitor, mordendo o lábio quase até sangrar.

— ...Que diabo...?!

Kat inclinou-se para olhar a tela. Embora não se tratasse de seu próprio dinheiro, sentiu-se fisicamente mal. A linha do gráfico mudara de verde para vermelho. Uma vez mais, tinha mergulhado na direção errada.

Zachary não era mais a banca. As perdas da Edgewater tinham sido tão repentinas quantos seus ganhos. Alguém tinha feito uma aposta ainda maior...

E havia ganho.

CAPÍTULO 65

No saguão do escritório da regularização fundiária, no final da tarde de sexta-feira, Kat olhou o relógio. Hillary devia ter chegado há trinta minutos. Daria as caras antes do escritório fechar para o final de semana?

Claro que sim, concluiu Kat. Seu plano não dava alternativas à prima, se esta pretendia evitar um processo criminal.

Não que ela quisesse que as coisas tivessem chegado àquele ponto. Um caso como aquele levaria anos para passar pelos tribunais. Talvez muito mais tempo do que Harry dispunha. Não gostava de recorrer à chantagem, pensou, mas era a único modo de garantir justiça para o tio mais rapidamente.

Cinco minutos depois, Hillary marchava pelos degraus da entrada e abria a porta.

Kat sentiu o estômago se apertar, como sempre acontecia quando tinha que enfrentar a prima. Hillary faria o que ela havia pedido? Suas promessas costumavam ser vazias, por isso ela tomara medidas de precaução para assegurar que a outra cooperasse.

— Gostou do vídeo?... – indagou com cinismo. Enviara uma cópia da filmagem do Garden Heaven a Hillary, com instruções para que esta fosse encontrá-la ali. A nota fiscal dos pesticidas e os sacos vazios também constituíam evidências da intenção da prima de envenenar Harry.

— Não me ameace. - Hillary franziu o cenho. — Estou aqui. Não basta?

— Não é ameaça. É promessa - corrigiu Kat. Se fizer algo parecido novamente, denuncio você. A minha cópia vai para a polícia.

Antes que as autoridades detivessem Hillary, havia algo que esta precisava fazer. As rodas da justiça giravam devagar demais para corrigir algumas arbitrariedades, decidiu Kat. Tinha insistido em encontrar Hillary ali para ter certeza absoluta de que a prima tiraria o próprio nome da escritura de Harry. Isso significava nada menos que a confirmação oficial de que o tio retomaria a posse de seus bens. Nem por decreto ela aceitaria apenas a palavra da prima.

— Vamos entrar – ordenou, segurando a porta para Hillary.

Dez minutos depois, toda a documentação fora expedida. Hillary retirara o nome da escritura de Harry, e o imóvel de seu tio fora recuperado. A polícia saberia o que fazer em relação ao dinheiro que sua prima surrupiara do pai.

Não que Harry fosse voltar a vê-lo. O dinheiro já fora gasto, e tentar fazer Hillary devolvê-lo seria inútil. Mas ao menos Harry tivera sua casa de volta.

Hillary permaneceu próxima da porta, remexendo a bolsa. Parecia acabada. Tinha os cabelos escuros despenteados, e os olhos borrados de rímel não paravam de olhar o relógio.

— Está atrasada para alguma coisa? - indagou Kat.

Hillary estreitou o olhar.

— Devia estar grata por eu ter assinado a papelada. Eu não precisava fazer isso.

Ah, precisava, sim!

— Não espere por nenhum agradecimento – declarou Kat.

— Vai se arrepender disso.

Kat duvidava. As ameaças de Hillary já a haviam assustado, mas agora caíam no vazio. Hillary não vivia apenas fazendo promessas vazias... Ameaças vazias também. Assim como Nathan Barron e Gordon Pinslett, Hillary Denton só olhava para o próprio umbigo.

Todos eles circulavam feito tubarões prestes a matar, consumindo suas presas e obtendo toda e qualquer vantagem que podiam.

O problema era que seus tanques vinham se tornando cada vez menores... até que eles fossem os únicos sobreviventes.

E tubarões não podiam sobreviver sozinhos por muito tempo.

CAPÍTULO 66

Vinte minutos depois, Kat chegou em casa esgotada, mas feliz. Harry vinha se recuperando rapidamente e teria alta em breve.

Quem diria?

Embora ela houvesse conseguido recuperar a casa do tio, não havia como fugir do fato de que ele agora estava afundado em dívidas, o que era no mínimo trágico. Hillary ser obrigada a enfrentar as acusações de fraude não era exatamente um consolo.

Kat chutou os sapatos na porta de entrada, pendurou o casaco no corrimão da escada e rumou para o andar de cima. Continuava abismada pelo fracasso de Zachary, no começo do dia, ter arruinado o pouco que restava da Edgewater Investments. O fato de ele ter apostado tudo o que lhe restava era um mistério. Zachary mal evitara sua falência pessoal. Talvez não estivesse habituado a perder.

O pior era pensar no dinheiro dos investidores com o qual ele havia apostado.

Kat alcançou o topo da escadaria e estacou. Havia alguém no escritório. Ouviu a cadeira ranger, como acontecia quando alguém se sentava nela e girava. Quem quer que fosse também digitava no teclado.

Ela viu uma vassoura no roupeiro do corredor e a agarrou, erguendo-a acima da cabeça enquanto espiava lá dentro.

Havia um homem sentado à escrivaninha, de costas para ela!

Estava prestes a fazer meia-volta e sair correndo, quando a cadeira girou.

— Chegou! - Jace sorriu e pulou da cadeira. Então parou e se rendeu, levantando os braços. – Ei, não me bata!...

Kat deixou cair a vassoura e correu para abraçá-lo.

— Teve alta do hospital?! Pensei que fosse ficar mais alguns dias. Por que não me ligou?

Ele recuou para observá-la.

— Pensei em fazer uma surpresa.

— Já lhe deram alta? Mas pensei que...

— Tenho que soltar minha matéria, Kat. Antes que alguém o faça. - Ele a beijou.

— Você fugiu do hospital? Com uma concussão? - Kat recuou e o tocou na testa. Os hematomas de Jace estavam ficando roxos, e ele mais parecia a vítima de um acidente.

Ele não respondeu.

— Jace, devia ter ficado no hospital. - Ela o esmurrou de leve no braço são. — Vou levar você de volta. É só você dizer o que precisa ser feito, e eu faço.

Ele negou com um gesto de cabeça.

— Estou me sentindo bem. Além do mais, eu preciso - e quero - fazer isso sozinho. Quero ver Pinslett e o restante desses caras na cadeia.

— Eu não sabia que era tão rancoroso.

— Não vou deixá-los escapar, Kat. Eles não podem continuar tomando tudo o que querem impunemente. A lei é para todos, inclusive os ricos. Até mesmo para Hillary.

Kat nem iria discutir quanto àquilo.

— Eu sei, mas devia ao menos descansar. Podemos retomar sua matéria quando estiver totalmente recuperado.

— Tarde demais. - Jace sorriu para ela. — Pinslett não pode mais esconder a verdade. Ele pode ser dono de rádio, de televisão, jornais...

mas não vai conseguir controlar as redes sociais. Olhe só... - Ele apontou o monitor do computador. – Minha matéria viralizou. Está por toda parte. Pinslett não pode mais negar seu envolvimento na fraude hipotecária. Eu tenho as provas.

Kat olhou a tela. Era verdade. Pinslett acabara de convocar uma entrevista coletiva. Pela primeira vez, o magnata da mídia encontrava-se na defensiva.

— E a minha história finalmente foi publicada. - Jace sorriu. — Tenho muito a dizer, e Pinslett não pode mais me impedir. Agora que está no olho do furacão, as autoridades serão obrigadas a investigá-lo... A menos que não temam uma manifestação pública.

Kat assistiu ao vídeo - uma gravação da coletiva de imprensa do início do dia. Gordon Pinslett aparecia sentado à uma mesa comprida, na companhia de vários de seus sequazes, e com o logotipo do *Sentinela* projetando-se na parede atrás deles. Desafiador, Pinslett negava qualquer envolvimento na farsa, insistindo que não havia tido participação na fraude hipotecária ou naquela sacanagem imobiliária.

Mas, mesmo sem nenhuma prova, Kat sabia como detectar um mentiroso. Ele gaguejava, lutando para encontrar as palavras certas e se livrar dos repórteres.

— Não mudou nada. Ele continua negando tudo.

— Espere, Kat.

A matéria mudou para um segundo vídeo, gravado apenas alguns minutos antes. Kat tentou prestar atenção à locução do repórter enquanto Pinslett era conduzido algemado, para fora das portas de entrada de seu conglomerado de comunicação. Meia dúzia de repórteres postavam-se na entrada, bombardeando-o com perguntas. O desonesto magnata da mídia os ignorava, limitando-se a baixar a cabeça ao ser conduzido até o carro da polícia que o aguardava.

— Minha matéria veio a público durante a coletiva de imprensa. E, uma vez que se tornou pública, não pôde ser ignorada. Até mesmo a mídia tradicional foi obrigada a fazer a denúncia. Ninguém está acima da lei. E você não sabe... Roger Landers também aprontou a dele. Parece que Pinslett pediu a Landers que parasse com a reportagem.

— Quer dizer que foi Landers quem incendiou a nossa casa?... Vou matar esse infeliz!

— Relaxe, Kat. Pinslett realmente pediu isso a Landers, mas ele não fez nada. Na verdade, Landers gravou a conversa, assim como outras tantas que havia tido com o sujeito. Tudo muito incriminador. Landers pode ser egoísta, mas ao menos é honesto. Ele só queria a matéria. Queria denunciar o Instituto Mundial, assim como eu.

— E quanto à toda aquela história sobre o assassinato de Svensson?

— Ele estava tentando descolar um furo, penso eu, ou tentando nos tirar da jogada. De qualquer forma, isso é algo que a polícia vai resolver.

Kat duvidava daquilo. Assim como ela imaginara, Landers continuava tentando roubar a história de Jace.

Mas Jace estava certo. Landers era mesmo inofensivo em comparação à Gordon Pinslett, Nathan Barron e o restante do Instituto Mundial. E agora que a matéria de Jace tinha vindo à público, havia pouco que Landers poderia fazer para levar os louros.

— Fez a coisa certa, Jace. Mesmo que isso tenha lhe custado o emprego. - Ela o abraçou. — Não guarda rancor em relação a Landers? Ele tentou nos passar para trás...

— Talvez, mas só consigo lamentar por ele. Está tão desesperado por reconhecimento que se dispôs a inventar uma história do nada. Está arruinado como jornalista. Quem o levará a sério agora?

ngelika reclinou-se na poltrona da primeira classe e sorriu para o homem a seu lado. Ele sorriu de volta, ruborizando com a atenção.

Cinquentão, confiante e seguro. Mudaria de atitude se conhecesse os segredos dela?...

Em poucas horas, ela estaria de volta a Londres, longe de Hideaway Bay, do Instituto Mundial e de Nathan Barron. Longe do homem que roubara sua confiança e a traíra.

Ela limpou as mãos com a toalhinha úmida quando a comissária de bordo tirou as bandejas. Nunca duvidara de que Nathan fosse fazer um acordo para salvar a própria pele. Desistiria dela em um piscar de olhos se obtivesse com isso alguma vantagem.

Ele não lhe deixara nenhuma alternativa a não ser matá-lo.

Angelika suspirou. Detestava finais tumultuados.

Àquela altura, o serviço de limpeza já devia ter descoberto Nathan pendurado pelo nó improvisado no cinto, dentro do armário. Outro homem falido, arruinado. Outro suicídio trágico.

Tinha havido uma epidemia deles em Hideaway Bay ultimamente...

Seria por conta daquele clima cerrado? Da ruína financeira de Barron? Culpa por ter traído o próprio filho?...

O esquema Ponzi a surpreendera, contudo este se encaixara perfeitamente em seus planos. Fosse qual fosse a causa, o "suicídio" de Nathan alimentaria teorias por meses a fio. Depois ele seria esquecido.

Havia feito um favor a Nathan. Em vez de enfrentar processos criminais e hordas de investidores irados, ele agora descansara. Ela o livrara do sofrimento.

Assassinato era uma palavra dura demais. Eutanásia seria mais adequado.

Nathan. Como podia ter se enganado tanto quanto a ele?

Ela o havia conhecido nas planícies africanas. Em Selous, na Tanzânia, em uma viagem de caça. Naquele lugar ermo e selvagem, Nathan a acalmara. Ela havia se apaixonado perdidamente, embriagado-se com sua atenção, deixado-se envolver por sua aura de poder. Faria qualquer coisa por ele. Até mataria por ele.

E tinha feito isso mesmo.

Nathan compreendia bem aquela dança entre um caçador e sua presa. Ambos necessitavam lutar pela própria... e vivê-la.

Assim como o relacionamento especial que ela mantinha com suas vítimas. Svensson, por exemplo, confiara nela por completo, até mesmo no momento de sua morte.

Após ter provocado uma reviravolta no caso da morte de Svensson, o médico legista finalmente optara por suicídio. Ela havia adorado essa parte.

Nada de pendências.

Angelika lançou um olhar para o colega de assento. Ele olhava pela janela, meio de costas para ela. Lá fora, o céu anil passava, preso em algum lugar entre a noite e a manhã, conforme rumavam para o leste.

As pessoas nunca apreciavam muito a própria rotina, tampouco paravam para pensar se esta podia ter fim. Já ela, aprendera com a caça.

Mas Nathan a enganara. Ela havia pensado que a parceria deles era especial: ele, um dos homens mais poderosos do planeta; ela, a assassina profissional que ninguém jamais esperava. Não se encaixava no estereótipo; entretanto, isso era justamente parte de seu sucesso. Ninguém contava com uma assassina, muito menos uma que fosse jovem e linda.

Isso até que Nathan havia lhe deixado plantada em Londres. Por isso ela havia atrasado o golpe em Svensson... como castigo. Tinha esperado que Nathan fosse lhe telefonar em pânico, porém ele não fizera nada disso. Então, ela viajara com Svensson para o Canadá, para a conferência de Nathan, esperando aumentar os riscos antes de dar cabo do economista em Hideaway Bay.

Havia algo intimista em passar as últimas horas da vida de um homem em sua companhia. Principalmente quando este não fazia ideia de que elas estavam acontecendo.

Além de ignorá-la, Nathan também a passara para trás no pagamento final por Svensson ao não recarregar seus cartões de crédito pré-pagos. Os cartões eram convenientes e impossíveis de serem rastreados; muito úteis para se transportar grandes quantidades de dinheiro entre as fronteiras. Não ter recebido já fora ruim o bastante, mas a tal Victoria tinha sido a última gota. Nathan esperava, mesmo, que ela fosse fazer todo o trabalho sujo enquanto ele se divertia com aquela vaca *botocada*?

Angelika apertou os lábios. Não contara com outra mulher na jogada.

Homem nenhum a abandonava. Se algum tentasse, deixava este mundo à maneira dela... não à dele.

Olhou pela janela da cabine e tomou um gole de café enquanto o avião perseguia o nascer do sol.

No fim, fora um dia perfeito. E já havia outro despontando no horizonte.

CAPÍTULO 68

*K*at sentou-se à mesa da cozinha de Harry, abismada com a diferença no tio. Os olhares parados, o andar atrapalhado e o esquecimento tinham ficado para trás. Parecia um milagre.

Havia uma explicação, embora ela ainda tivesse dificuldade em acreditar. Os efeitos do veneno haviam reproduzido os sintomas da demência, resultando no diagnóstico equivocado de Alzheimer de Harry. No fim, ele nunca fora vítima de demência.

Claro que às vezes ele se esquecia das coisas, mas não mais do que qualquer senhor de oitenta anos.

Agora, após uma semana no hospital, o veneno fora expurgado de seu organismo. Harry se recuperara rapidamente, embora não se lembrasse das últimas semanas e meses. Sua recuperação fora simplesmente surpreendente.

Kat olhou a pilha de catálogos de sementes sobre a mesa. Harry já planejava o jardim do ano seguinte e até mesmo voltar a entrar em contato com seus amigos de boliche.

— Hillary arrumou um emprego novo, Kat. Fora da cidade.

— Que bom para ela – ela respondeu, perguntando-se em quanto daquela história Harry realmente acreditava, ou queria acreditar.

Afinal, para ele, uma alternativa era impensável.

Claro que ela mesma havia caído em muitas das mentiras de Hillary ao longo dos anos, querendo dar à prima o benefício da dúvida. Mas agora a via pelo que ela realmente era: uma parasita.

Incrível, pensou Kat. Os pesadelos financeiros de Harry haviam começado ao mesmo tempo que os sintomas da demência. E ela, naturalmente, pensara que os delírios e esquecimentos do tio eram causados pela doença, assim como o médico da família.

Em retrospecto, a saúde de Harry fora ladeira abaixo de repente. Quando ela cancelara seus cartões de crédito e confrontara o banco, acabara exagerando na dose. Havia secado a fonte de Hillary. O declínio da saúde de Harry, no fim, não fora a causa de seu descontrole financeiro, pelo contrário. Em seus esforços para proteger Harry, ela mesma havia dado corda à prima.

Harry fora idealista. Recusara-se a acreditar que a própria filha vinha se aproveitando dele financeiramente outra vez. Continuara acreditando em suas desculpas e lhe dando dinheiro na esperança de que esta fosse se livrar de suas embrulhadas financeiras.

— Um ovo ou dois? - Ele tirou a caixa de ovos da geladeira e bateu a porta.

— Dois.

Quando o dinheiro tinha acabado, Hillary voltara, desta vez em uma tentativa desesperada de acabar com o pai e tomar seus bens.

— Suco de laranja? - Harry segurou a jarra.

Embora Harry não se lembrasse muito bem dos meses infernais pelos quais havia passado, Kat tinha certeza de que a Dra. Konig havia mencionado o veneno no suco. Mas ela mesma, Kat, não podia culpar o tio por ele se recusar a acreditar que a própria filha tentara envená-lo. Era uma verdade dolorosa demais para qualquer um.

— Acho que vou deixar para outro dia – respondeu.

Harry virou-se para ela.

— Ela é um pouco irresponsável, Kat... Mas vai aprender.

Mesmo agora ele dava desculpas para o comportamento da filha. Mas, o que mais poderia fazer?

Pensar que fora tudo premeditado era demais para Harry.

Kat nada disse, distraída por um barulho vindo da frente da casa.

— Volto já. - Ela se levantou da cadeira e foi até a sala de estar. Conforme se aproximava da janela, viu alguém se abaixando na frente do Porsche.

Seu coração quase parou quando a frente do carro de Hillary deu um pulo para a frente. Hillary tinha voltado para buscar o Porsche, desobedecendo à ordem judicial que a proibia de qualquer contato com Harry!

Kat se preparou mentalmente. Por que a prima estava violando os termos da ordem judicial depois de apenas um dia? Já tinha problemas suficientes sendo acusada de tentativa de assassinato e fraude. A polícia a incriminara apesar dos protestos de Harry, e agora cabia aos tribunais decidir seu destino.

Abriu a porta, ansiosa por interceptar Hillary antes que Harry tivesse de fazê-lo.

Mas não era Hillary.

Um caminhão de reboque era o que levantava a frente do Porsche.

Kat correu para fora de casa.

— Ei, não pode guinchar esse carro! Está estacionado legalmente, e não há multa nenhuma aí.

— Claro que posso. Foi tomado pelo banco... Pagamentos em atraso.

— Ah. - Kat recuou enquanto o homem içava o carro. De uma maneira ou de outra, o golpe de Hillary seria descoberto e resolvido. Com o reboque da companhia financeira, ao menos o carro estaria seguro e a salvo de sua prima. E os avisos de cobrança cessariam. — Bom dia, moço.

O motorista do reboque sorriu de volta para ela.

— Está aí uma coisa que eu não costumo escutar muito. - Ele fez um sinal de positivo e pulou para dentro do caminhão.

Pouco depois, o veículo se afastava da calçada, rebocando o Porsche.

Kat observou enquanto o caminhão subia a ladeira. Alcançou o topo, onde a colina tocava o céu, onde o mundo parecia desaparecer do outro lado.

O sol da manhã cintilou por um instante no para-choque do Porsche quando este atingiu o cume. Depois este mergulhou devagar no horizonte e desapareceu.

Desta vez, não era ela quem estava fugindo.

GOSTOU de Teoria dos Jogos? Então, leia o próximo livro da série

Fórmula Mortal

Boletim informativo de novos lançamentos http://eepurl.com/c0jHW1

Visite o site da autora para mais informações sobre seus últimos lançamentos: http://www.colleencross.com

NOTAS DA AUTORA

Apesar de a maioria dos ambientes de *A Teoria dos Jogos* ser real, Hideaway Bay não é. Hideaway Bay é uma combinação de várias pequenas comunidades que pontilham Sunshine Coast, uma parte da costa sudoeste do Canadá. O Instituto Mundial também é fictício, mas, sem dúvida, encontra-se dentro do campo das possibilidades.

O pesticida *No-Gro* é coisa da minha imaginação. Quando as apostas são altas, as pessoas chegam a extremos para obter dinheiro e poder.

Corrupção também me fascina. Fico impressionada com o que motiva as pessoas a enriquecerem à custa dos outros. A despeito do que pensam esses criminosos, contudo, é uma questão de tempo até que estes sejam apanhados. Mais cedo ou mais tarde, eles cometem um deslize ou se acomodam.

Contadores forenses como Kat têm vários métodos para rastrear e desmascarar corruptos, entretanto, todos eles se concentram em uma coisa: seguir o rastro do dinheiro eventualmente leva ao infrator.

Espero que você tenha gostado de *A Teoria dos Jogos* tanto quanto eu gostei de escrevê-lo. Se gostou, por favor, não deixe de fazer uma breve análise, uma avaliação ou de comentar com um(a) amigo(a). O boca a boca é o melhor amigo de um autor! Enquanto leitores como você curtirem minhas histórias, continuarei a escrevê-las.

Se também gostou de *Exit Strategy* e ficou com vontade de ler meus outros livros, poderá encontrá-los aqui.

Meus livros foram traduzidos para muitos outros idiomas. Acesse meu site para obter as informações mais recentes sobre os lançamentos.

Você também pode se manter atualizado(a) sobre meus últimos lançamentos cadastrando-se para receber as *newsletters* dos lançamentos em http://www.colleencross.com
Atualizações são feitas apenas quando tenho novos livros e incluem ofertas exclusivas para os assinantes.

Conecte-se comigo nas mídias sociais:
Facebook - http://www.facebook.com/colleenxcross
Twitter - @colleenxcross
Goodreads - http://www.goodreads.com/author/show/5315300.Colleen_Cross

OUTRAS OBRAS DE COLLEEN CROSS

Boletim informativo de novos lançamentos
  http://eepurl.com/c0jHW1

Série de Aventuras de Suspense e Mistério com a Investigadora Katerina Carter
  Saída Estratégica
  Teoria dos Jogos
  Fórmula Mortal
  Greenwashing : A Farsa Verde
  A Farsa Vermelha : uma curta história

Série Mistérios das Bruxas de Westwick
  Que Bruxaria é Essa?
  Bruxas aos Farrapos
  Bruxas e Famosas
  Bruxarias de Natal

Não ficção
  Anatomy of a Ponzi Scheme